논개 2

김별아 장편소설

논
개
2

해냄

차례

논개 2

논개 1

천리비린*

금돈처럼 찬란한 민들레로 겅성드뭇이 뒤덮였던 들판이 어느덧 날아오르는 갓털들로 설야같이 애애합니다. 정처를 두지 않은 듯 가분히 허공을 부유하다가도 어디고 마땅한 곳에 내리면 기어이 실뿌리를 뻗고 땅속줄기를 돋우는 홀씨들이 신통하고도 대견스럽네요. 한 가닥을 뽑아 따 훅 불어봅니다. 중국에서는 이 정경을 패패정(孛孛丁)이라고 부른다지요. 긴 꼬리를 끌고 흐르는 혜성, 그 묘연한 살별의 행방으로 사랑을 점친다지요. 그리운 이가 사는 곳을 향해 솜털을 불어 순풍을 타고 날아가면 이루어지리라, 역풍을 타고 엉뚱한 곳으로 가면 그 사랑을

***천리비린**(千里比隣) : 천리나 떨어진 먼 곳도 이웃과 같이 가깝게 느낀다는 뜻.

7

끝내 이룰 수 없으리라고.

> 춘화 춘풍 피는 꽃은 매화꽃인데
> 오늘날 피는 꽃은 신랑 신부라
> 영화롭다 오늘날은 괴로운 시계인데
> 백년가약 맺는 날도 오늘뿐이네
> 춘화 춘풍 버들잎은 신랑이 놀고
> 만화방창 꽃방석에 신부가 논다
> 뒷동산에 나비는 꽃을 따르는데
> 오늘날 신부는 신랑을 따라
> 이 세상 만물이 변할지라도
> 당신과 나하고는 변치 맙시다.
> 변치를 맙시다…….

　　납폐의 절차와 초례의 격식과 우귀*의 예를 일일이 거쳐야
만 지고하고 지순한 혼약인가요? 사람의 시간으로 헤아려 사
억 삼천이백만 년을 훌쩍 넘는다는 까마아득한 겁의 인연 앞
에서는 흰 망아지가 달음질치는 것을 문틈으로 엿보는 것만
같은 찰나의 절차와 격식과 예가 무색할 뿐
입니다. 그래도 당신은 행여나 못난 제가 마

*우귀(于歸): 혼인한 신부가
처음으로 시집에 들어감.

8

음을 다칠까 봐 친영으로 고향에 데리고 갈 수 없는 저를 위해 당신이 태어나 자란 그곳의 이야기를 자분자분 들려주시었지요.

남으로 운산과 중조산, 북으로 석천산, 동으로 연주산과 금오산, 서로 천불산에 둘러싸인 가운데 뽕밭과 잠실, 누에씨를 저장하는 얼음 창고가 있어 잠정리(蠶亭里)라고도 불리는 자그만 마을. 정월 대보름이면 당산굿과 시암굿이 거하게 펼쳐지고, 마을 사람들끼리 객사구와 객사래로 편을 나누어 고싸움과 줄다리기를 벌이는 함성이 드높은 곳. 붉은 볼에 빛나는 눈을 가진 소년이 활쏘기를 연습했다는 당산나무 옆 사장터가 저기인가요? 담력을 키운답시고 동무들과 어울려 밤마을을 나섰던 안덕굴의 묘지는 또 어디인가요? 욧바탕 관음사의 불상과 안내골의 부처 바위가 그 늠름한 소년을 말없이 지켜보네요. 수업이 파하면 책보를 끼고 달음질쳐 내려오던 가파른 서당재와 여름날 이마에서 뚝뚝 듣는 땀방울을 식히러 툼벙툼벙 뛰어들었다는 충신강과 구시방천, 수다한 내와 소들까지……. 우리의 몸을 갈라 막은 몇 개의 산, 몇 개의 물을 건너 제 마음은 당신이 계신 그곳에서 서성입니다. 숨차게 제 손목을 이끌어가던 추억의 길 끝에서 고향의 아낙들이 즐겨 부른다며 들려주신 그 노래의 제목이 〈백년가약〉이라 하였던가요? 이 세상 만물이 변할지라도…… 당신을 향한 내 마음만은 어떻게 변할 수 있겠습니까?

옛사람들이 어이하여 끊이지 않는 곡조로 꽃을 노래하고 새를 노래하고 산과 강을 노래했는지를 이제야 알겠습니다. 세상 어디에나 무엇에나 당신이 있습니다. 꽃에도, 새에도, 산과 강에도, 무심코 바라보는 하늘에도, 하늘을 조각조각 쪼갠 나뭇가지에도, 그 가장귀에서 똑 떨어져 내 콧등을 적시는 빗방울에도 당신이 계십니다. 너무 그리워 이를 악물었습니다. 괴로움을 견디고 고통을 참듯 잇바디가 갈리고 잇몸이 시렸습니다. 간절한 것들은 어찌하여 다 같이 저리고 아픈 걸까요?

어찌할까요? 보고 싶습니다. 곧이라도 미쳐버릴 듯 보고 싶습니다. 거자일소(去者日疎)이리니 서로 멀리 떨어져 있으면 아무리 가까웠던 이라도 점점 사이가 멀어진다지만, 저는 그 말을 믿지 않을래요. 기꺼이 속을지니 천리비린(千里比隣)이라, 마음이 지척이면 천 리도 지척이겠지요. 기다릴 것입니다. 일각이 여삼추려니 애태워 기다리는 마음으로는 촌음조차 삼 년같이 하염없지만, 오직 다시 만날 수 있다는 믿음으로 천여 일을 하루같이 견디렵니다. 감은 눈 속에도 당신의 모습이 삼삼하여 그리움에 지쳐 낭랑히 우닐면, 눈물로 씻긴 눈에 비친 세상은 더욱 맑고 환하기만 하네요.

건듯 불어온 꽃바람과 함께 수줍은 홍련 사이를 헤쳐 채광 주리 가득 연밥을 따 온 제게 당신이 들려주셨던 채련(採蓮)의 고사가 뇌리를 스쳐갑니다. 한(漢)나라 때의 어느 여인이 홀로 연모하던 남자에게 연밥을 보냈는데, 선물을 받은 남자는 연밥의 배아(胚芽)가 제거되지 않아 맛이 쓰니 먹기에 좋지 않다고 타박을 하였다나요. 그러자 여인은 손톱눈이 아리도록 채취에 힘쓴 정성을 몰라주는 무심한 정인을 향해 쓸쓸하고도 담담하게 대답했다던가요. 당신을 그리워하는 괴로움을 알리고자 한 것입니다……. 그리하여 채련은 연인을 골라 정한다는 뜻으로 쓰이는 말일지니, 부디 슬기롭고 조심성 있게, 달콤하고 향기로운 것뿐 아니라 쓰고 떫고 시고 매운 것까지도 모두 헤아려 알아줄 바로 그 사람을 만나라는 말일 테지요.

하지만 당신! 제게 사랑은 선택이라기보다 기습이었고, 의지라기보다 우연이었습니다. 어쩌면 필연은 참으로 내숭하고 능청스럽기도 하지요. 언제나 우연을 가장하고 다가오니까요.

바다, 그 끝없이 넓고 깊은 물 앞에서였던가 봅니다. 그처럼 무서운 매혹과 황홀한 고통이 가슴을 쥐뜯으며 바싹 다가든 것이. 그때까지도 몰랐습니다. 그때부터 모든 것을 새로이 알았습니다. 뼈를 바수고 살을 태우는 험악스런 형구들로 들어찬 동헌에서 두려움을 잠시 잊고 반짝 고개를 쳐들어 마주했던 눈빛, 작찬 두레박보다도 무지근한 생존을 길어 올리기에 몸보다 마음이 더 축축했던 시절에 동아줄처럼 껴잡아 의지하였던 미소, 악한을 물리친 천둥 같은 호령과 어떤 위로의 말보다 다정하고 돈후했던 침묵, 그리고 정녕 한 마리의 비루한 짐승이 아닌 스스로 높고 거룩한 사람임을 깨닫기를 독려하던 서책의 은전까지……. 물안개에 휩싸여 물보라를 맞으며 무젖은 지난 시간을 돌이키는 순간, 이미 오래전부터 제 안에 자리하고 계셨던 당신을 깨닫고야 말았습니다.

저는 운명을 믿으렵니다. 세상의 모든 것을 지배하는, 상상과 시공과 명리의 한계를 뛰어넘어 반드시 그렇게 되는 수밖에 없는 것들의 신비를 믿고자 합니다. 하지만 그렇다 하여 그것이 빚어내는 길함과 흉함과 재앙과 행복에 붙매여 애면글면하지는 않겠습니다. 다만 선택도 저항도 타협도 복종까지도 모두 운명으로 인정하여 맞아들일 뿐이지요. 그리하여 저는 당신 앞에 사랑을 구걸하고자 무릎을 꿇었습니다. 차린 모양새와 맡은 일감은 어떠할지언정 가슴속에 펄펄 홰치는 자존감으로 버텨왔던 제가 기꺼이 항복의 자세로 당신 앞에 쓰러졌습니다. 이길 수가 없었어요. 질 수밖에 없었어요. 불가항력의 자복은 무참하기보다 그 철저한 무력함으로 인해 더욱 순미하였습니다.

당신은 제게 세상 어느 누구보다 특별합니다. 다른 이들보다 더 젊고 잘나서가 아닙니다. 누구보다 강하고 부유해서도 아닙니다. 저를 사람다운 사람, 더 아름다운 사람이 되고프게 추썩이는 단 한 사람이 바로 당신이기 때문입니다. 좋은 여자가 되고 싶습니다. 진정 당신이 믿고 바라시는 곱고 올찬 사람이 되고 싶습니다. 그리하여 당신께 비밀히 지은 약속 하나를 바치렵니다. 약속은 작을수록 좋겠지요. 희망은 소박할수록 좋겠지요. 큰 사랑의 무게와 부피를 감당하기 위해서라면 그것들은 기꺼이 초라하고 미미해야 옳겠지요. 어쩌면 큰 약속을 지키기보다 작은 약속을 지키기가 더 어렵지 않은가요? 큰 약속은 자기를 넘어서지만 작은 약속은 천지간에 먼지만큼이나 작은 자기 안에 오롯이 갇히기 마련이니까요.

약속합니다. 생애 단 한 번뿐인 사랑으로 살고, 마침내 그 사랑으로 죽기를.

오직 제 자신을 증인으로 삼아 맹세합니다. 당신만을 사랑하며 살다가, 당신을 잃은 채 오래 살아남지 않기를.

그러면 저의 삶은 전부가 사랑일 테고 죽음마저 사랑일 수밖에 없을 테니까요. 당신이 봄눈처럼 서늘히 내려 뜨겁게 녹아버리신대도 저는 끝내 당신의 옷깃을 놓칠 수가 없어요. 모든 열망이 욕심이거나 미망일지라도 저는 기꺼이 당신을 따라 알 수 없는 그곳으로…… 사라지렵니다.

지상의 값어치로 셈할 수 없는 하늘의 황금 솜털에 약속과 맹세와 다짐을 싣습니다. 미련하고 어리석은 사랑이 삽상한 춘풍에 실려 나붓나붓 날아오릅니다. 제 마음속에서 부는 바람은 오로지 한 곳만을 향하니, 다른 방향은 아예 짐작조차 못하니, 당신, 그곳에서도 제가 띄워 보낸 봄이 보이시나요?

검은 하늘

하늘을 향해 개가 짖는다. 창백한 달을 감싼 쪽빛 후광에 홀려 아우성친다. 애초에 그 동물의 피톨에는 은밀한 야성이 흘렀다. 먼 옛날 늑대와 한 조상의 배에서 태어나 가늘고 날렵한 머리로 바람결을 휘저으며 짧은 앞다리로 거침없이 산중을 달렸다. 날카로운 이빨이 어린 짐승의 살에 파고들어 박힐 때, 그들은 포획의 기쁨을 입가에 낭자하게 분칠한 채 높고 길게 울부짖었다. 그러던 어느 시절부터인가, 인간에게 사로잡혀 사육되기 시작하면서 종족의 대다수는 본성을 잊고 먹이를 빌기 시작했다. 타고난 영민함과 교활함으로 인간의 벗이자 주구(走狗)가 되었다. 하지만 종(種)의 요구를 거슬러 결코 복종을 운명으로 받아들일 수 없는 종자들이 남아 있었다. 그들은 버림받기 전에 주인과 그들의 예정된 운명을 버렸다.

놈의 울음소리는 거칠고 음산하다. 우우우, 고개를 쳐들고 목청을 돋울 때에는 산중의 나무들이 부르르 잎을 떨고 바람도 숨을 죽인다. 달을 쏘아보는 눈에는 벌겋게 핏발이 곤두서 있다. 뜨거운 콧김이 내뿜어 퍼져 얼어붙은 대기를 가른다. 입가에는 걸쭉한 맹수의 침이 부글거린다. 놈은 영원히 길들여지지 않을 것이다. 굴욕의 주종 관계를 끝내 받아들이지 않을 것이다. 그리하여 불복종의 서약처럼 달을 향해 울부짖는다. 피톨 속에서 오랫동안 들끓어온 원한과 분노, 피 어린 환희를 공포한다.

놈은 들개였다.

신묘년(辛卯年, 1591년)은 천지의 요동으로부터 시작되었다. 정월 초하루 사방에서 지진이 일어나 하늘을 울리고 땅을 뒤집으니, 곧 몰아닥칠 인간계의 들놀음을 예고하는 듯하였다.

조선을 둘러싼 주변 국가들의 기류가 심상치 않았다. 명(明)은 소년 왕 만력제를 보필하며 개혁 정치를 펼치던 재상 장거정(張居正)이 드높은 뜻을 못다 펼치고 죽은 뒤 반동의 바람이 대륙을 휩쓸고 있었고, 만주 동부에 흩어져 살던 여진족은 누르하치[奴兒哈赤]의 등장 이후 통합되어 명나라와 조선의 통로인 압록강 인근을 장악한 상태였다. 또한 백이십여 년 동안의 기나긴 전국시대를 마감한 일본은 오다 노부나가[織田信長]가 통일을 목전에 두고 죽은 뒤 도요토미 히데요시[豊臣秀吉]가 오기마치[正親町]를 상징적인 천황으로 내세워 실세인 관백의 자리에 오른 상황이었다.

그러나 조선만은 변하지 않은 듯했다. 중화(中華)는 여전히 조선 제일의 가치였다. 우주의 중심인 중국의 문화가 세상의 근원이기에 그것을 아는 사람만이 진리를 이해하리라 하였다. 성리학을 나라의 이념으로 받아들인 조선의 대외 정책은 존화양이론(尊華攘夷論), 즉 중국의 문화와 가치를 존숭하며 야만의 오랑캐들을 물리친다는 논리에 근거하고 있었다. 선진 문물과 문화가 존중과 경외의 대상이 되는 것은 당연한 이치였다. 하지만 크고 높은 것을 우러르는 가운데 낮고 작은 것들을 돌보지 않는 일은 종내 자신을 잊고 격하하는 결과를 낳았다. 아무리 명분을 앞세워 예를 다해도 조선은 다만 중국의 비루한 축소판, 조잡한 모사, 흉내쟁이 소화(小華)에 지나지 않았다.

조선은 일본을 왜(倭)라 부르며 바다 건너 오랑캐로 무시하고 천대했지만, 실상 그들은 기질이 몹시 다른 주시하고 경계할 만한 이웃이었다. 일본인들은 전통적으로 공적과 명예, 그리고 의협심을 숭상하였다. 하지만 그 날카롭고 차가운 가치를 지키기 위해 끊임없이 서로를 의심하고 모함하며 적을 죽이는 일뿐만 아니라 스스로 배를 가르는 일도 두려워하지 않았다. 죽음은 그들의 일상에 스며들어 삶을 지배하는 가장 위력적인 무기였다.

일본의 사내들은 대, 중, 소의 세 가지 검(劍)을 차고 다녔다. 대검은 적을 죽이는 데 쓰였다. 나고야의 작은 마을에서 비천한 계급의 가난한 집안에서 태어난 도요토미는 여덟 살에 아버지를 여의고 개가한 어머니의 덤받이로 눈칫밥을 먹으며 자라났다. 불교를 갈앙하는 일본의 풍토에서는 편히 즐기며 일생을 살고자 하면 중보다 더 나은 것이 없다고 하였다. 주민들과 섞여 살면서도 부역과 세금에서 면제될뿐더러 문자를 익힌 중은 장군의 서기(書記) 임무를 맡아 장로(長老)라 불리며 존경을 받으니, 도요토미의 어머니는 아들을 중으로 만들고자 절에 맡겼다.

그러나 도요토미는 따분한 평화 속에서 평생을 살 생각이 눈곱만큼도 없었다. 도요토미의 어릴 적 별명은 원숭이였다. 그것은 단순히 외모의 특징만으로 패채워진 이름이 아니었다.

도요토미는 태생적으로 염결한 계율을 견디기에 적합하지 않은 기질을 지니고 있었다. 하지만 거칠고 방자한 행동으로 절에서 쫓겨난 뒤 도요토미는 의붓아버지의 눈총이 따가운 집으로 돌아갈 수 없었다. 그리하여 열다섯 살에 가출하여 행상을 하며 떠돌다가 아시가루* 일당에 끼게 되었고, 열여덟 살에 우연히 일본의 역사상 가장 뛰어난 전술가인 오다 노부나가를 만나 그의 종복이 되면서 인생의 전환점을 맞게 되었다.

대검이 적을 죽이는 데 쓰인다면 중검은 자신을 방어하는데 쓰였다. 도요토미는 비천한 신분에 볼품없는 말라깽이였지만 가진 것이 없기에 잃을 것도 없었다. 자존심을 내던지면 충성심은 쉽게 인정받을 수 있었다. 알랑알랑 야살을 떨며 빌붙으면 누구라도 마음이 흐너져 편들거나 두둔하지 않을 수 없었다. 그 간사한 이치는 무지한 자뿐만 아니라 모든 행동이 보비위의 아부임을 번연히 아는 자에게마저 어김없이 통했다. 현실에서 달콤한 말과 부드러운 소리를 경계하여 꺼리는 자를 만나기란 물속에서 달을 찾고 바다 밑에서 바늘을 건지는 일과 같았다. 도요토미는 그 충충한 세상의 이치를 본능적으로 알고 있었다.

도요토미는 주군에게 지극한 정성을 바쳤다. 변소지기를 시키면 구린내 지린내는커녕

*아시가루[足輕] : 살상과 약탈을 일삼는 도둑의 무리.

자리를 깔고 누워도 좋을 만큼 깨끗이 청소하였고, 신을 지으라면 삐져나온 털 한 오라기 없이 삼아 가슴에 품어 데워 내놓았다. 하루는 오다가 아끼던 금 술잔을 우물에 빠뜨리니 수백 동이의 물을 길어 와 한꺼번에 우물에 쏟아부어 떠오른 술잔을 꺼내 바치기도 하였다. 능란한 언변으로 환심을 사고 누구보다 날쌔고 재바르게 움직이는 견마지심으로 도요토미는 마침내 오다의 심복이 되었다.

오다 노부나가는 한 치의 땅을 놓고 피를 뿜던 치졸한 내전에서 단연 기상과 협기가 빛나는 영걸이었다. 그는 다른 영주들과 달리 농업보다 상업을 적극 장려하였고, 일체의 기득권과 권위를 거부하며 막부를 폐지하고 천황의 지위까지 조정하려는 혁명적인 이상을 품고 있었다. 하지만 그는 '인생 오십년이 헛된 꿈만 같다'는 생전의 입버릇이 씨가 된 양 마흔아홉 살에 전국시대 평정을 눈앞에 둔 채로 부하 아케치 미츠히데[明智光秀]가 일으킨 난리 중에 할복하여 죽고 말았다. 그 후 오다가 일궈온 모든 것이 통째로 도요토미의 수중에 굴러들어갔다.

천황을 앞세워 관백에 오른 뒤 도요토미는 더 이상 스스로를 낮추고 숨길 필요가 없었다. 그는 이미 천하대권을 노리던 숱한 무장들 가운데 가장 비천하고 무식하였다. 이제는 밑바닥을 박차고 오르는 일만이 남아 있었다. 교활하고도 명민한 그는 급상승의 법칙을 속속들이 파악하고 있었다. 집중된 시기와 질투와 적의를 물리치는 길은 시시풍덩한 평판이 감히 뒤좇지 못할 만큼 더 높이 더 멀리 솟구쳐 오르는 것뿐이다. 허세와 허위는 도량이 좁고 물정에 어두운 소인들을 간단히 속인다. 천황의 혈통을 이어받았으며 태양의 아들로 태어났다는 큰 거짓말은 그를 누구와도 대적할 수 없는 희대의 영웅으로 만들었다.

그는 화려한 비단 전포를 휘감고 금빛 투구를 쓴 채 준마에 올랐다. 허리에는 큰 칼을 꿰어 찼고 왼쪽 가슴에는 붉은활을 안았다. 전포와 갑옷을 입고 번쩍이는 칼과 방패로 무장한 친위 무사들이 그를 둘러쌌다. 대열의 선두에는 일본 예순여섯 주의 통일을 상징하는 예순여섯 개의 깃발이 휘날리고 있었다. 그의 가슴속에서 뻐근한 자부심과 짜릿한 희열이 고동쳤다. 도요토미 히데요시는 이제 더 이상 어디서도 환영받지 못하는 골칫거리 원숭이가 아니었다. 그는 태양의 아들, 영원과 희망과 광명의 자식이었다.

대검으로 적을 죽이고 중검으로 자신을 지켜낸다면 소검은 명예를 잃었을 때 스스로 목숨을 끊기 위한 자살의 도구였다. 일본인들은 도요토미의 입지전이 열 가지 장점 덕택이라고 하였다. 무조건 열심히 일하고, 부하에게 주는 상을 아까워하지 않으며, 죽음을 각오하는 용기를 지니고, 백성들을 기쁘게 하며, 함부로 사람을 죽이지 않고, 거짓말을 하지 않고, 늘 새로운 착상이 넘쳐흐르며, 사람을 압도하는 박력과 날카로운 눈빛을 지니며, 좋은 말을 하고, 쾌활하고 밝은 마음성을 유지한다는 것이다.

그는 실로 맹렬한 기세로 통일 일본을 위해 일했다. 토지와 수확고를 새로이 조사해 조세제도를 통일하고 병농을 분리하여 무사와 농민의 신분을 고착시켰다. 경인년(庚寅年, 1590년) 오다와라와 오우슈를 제압하고 일본 전 지역을 통일한 뒤에는 직속의 육군과 해군을 편성하고 국토를 여덟 개 지방으로 분할하여 영주들에게 할당하였다. 그리고 마침내 영주들의 절대 복종을 약속하는 서약의 의식에서 도요토미는 그동안 비밀스레 품어온 야망을 공표하기에 이르렀다.

"오늘날 마침내 일본이 하나로 통일된 것이 모두 그대들의 덕일진대 내가 가진 것이 미약하여 아직까지 모두를 흡족하게 할 만한 충분한 보상을 하지 못했다. 그리하여 약속하노니 앞으로 대륙을 정복하여 그 영토를 그대들에게 고루 나누어 주겠다. 명나라와 조선을 통합하여 대일본의 도읍을 북경으로 옮기고, 이후 모든 것의 경영을 그대들에게 맡기고 나는 조용한 곳에 은거하며 편안히 여생을 즐기고자 하노라. 그러니 나의 계획에 모두들 찬성하겠는가?"

도요토미가 즐겨 쓰던 쥘부채에는 앞면에 중국어 회화의 연습 문장이, 뒷면에 일본과 조선과 중국의 지도가 그려져 있었다. 그는 분명 재지(才智)와 담력과 무용(武勇)이 특별히 뛰어난 인물이었다. 그러나 영웅을 간웅과 성웅으로 가르는 경계는 지극히 명확한 듯하면서도 다분히 모호하기 마련이었다. 그는 자기가 통치하는 나라를 열렬히 사랑하였다. 그리하여 무력으로 타국을 수탈해서라도 더 넓은 영토를 지배하길 바랐다. 그는 뼛속까지 철저한 민족아*로 행세하며 가장 오래된 역사책인 『고사기(古事記)』의 예언을 진실로 믿었다. 일본은 신의 나라이므로 절대로 전쟁에 지지 않는다는, 질 수 없다는 오만과 망상.

도요토미는 과연 죽음의 전쟁을 두려워하지 않았고 부하들에게 골고루 식민지를 할애할 구상을 할 만큼 관대하였다. 하지만 그 사실의 이면에는 기득권을 제한받게 된 다이묘[大名 : 막부 시대에 1만 석 이상의 독립된 영지를 소유한 영주]들의 하극상에 대한 불안을 일본 민족에 대한 자부심과 대륙 정벌의 욕구로 대체하려는 의도가 숨어 있었다. 목적이 뚜렷하니 의지 또한 확고하였다. 그에

*민족아(民族我) : 강한 민족의 식을 가진 자.

덧붙여 도요토미는 개인적인 비극을 잊기 위해서라도 무언가 확고한 탈출구가 필요했다. 그는 본처인 오네 외에 열여섯 명의 첩을 두고 있었으나 그중 누구에게서도 자식을 얻지 못했다. 그러다 쉰여섯 살에 소실에게서 얻은 금지옥엽 같은 자식이 말문이 겨우 트일 무렵 죽어버리니 그 슬픔을 이기지 못해 상투를 자르고 봉두난발을 한 채 광인처럼 창망한 나날을 보내던 터였다.

혼란과 살육, 공포와 폐허의 내전에서 막 벗어난 영주들은 새로운 전쟁을 구상하는 도요토미에게 진저리를 쳤다. 하지만 반대의 의견을 밝히는 것 자체가 도요토미의 절대 권력에 도전하는 행위였고, 도전의 끝은 죽음이었다. 또한 그들에게도 도요토미와 운명의 한배를 탈 수밖에 없는 이유가 있었으니, 일본의 통일로 일거리가 없어져 피에 굶주린 사무라이들을 통제할 가장 좋은 방법은 피의 축제를 열어 또 다른 일감을 만들어주는 것뿐이었다. 지배자들에게 그들은 요긴하고도 위험한 존재였다. 본래 '궁마(弓馬)의 전사'로 귀인을 경호하는 역할을 했던 사무라이들은 무예 자체가 직업이요 가업이었다. 조선과 일본이 모두 사민(四民)으로 백성의 신분을 나누지만, 사농공상(士農工商) 중 최고 계급인 '사'가 조선에서는 유학자인 선비를 가리킨다면 과거제도가 없는 일본에서 '사'는 무사,

곧 사무라이를 가리켰다. 그러니 조선의 통치법이 예(禮)를 통한 교화라면 일본의 그것은 군법(軍法)을 통한 질서라고 할 수 있었다.

"좋습니다! 조선을 넘어 명으로, 광대무변한 대륙으로 갑시다!"

칼의 음모와 칼의 흉계와 칼의 비겁이 예리한 침묵으로 이어지는 가운데 우키타 히데이에[宇喜多秀家]가 자리를 박차고 일어나 이 도박과 같은 도발에 대한 찬성의 뜻을 밝혔다. 도요토미의 양자이기도 한 그는 고작 열일곱 살, 삶을 모르기에 죽음조차 두렵지 않은 소년이었다. 도요토미는 히데이에가 퍽이나 마음에 들었다. 그래서 후일 승전하여 천하가 일본의 수중에 들면 조선의 국왕은 체포하여 일본으로 끌고 오고 한성의 텅 빈 궁궐에는 우키타 히데이에를 들어앉힐 구상까지 하였다.

이리하여 일본의 대륙 정벌 전쟁은 만장일치로 결의되었다. 실제로 처음 제안한 도요토미와 그에 동의한 히데이에 이외에는 누구도 드러내어 전쟁에 찬성하지 않았다. 하지만 과대망상과 자기도취에 사로잡힌 악인 앞에서의 침묵이란 다만 동의와 부역의 다른 이름일 뿐이었다.

밤과 잠이 동시에 멀어진다. 은근하고 묵직한 어둠의 장막이 서서히 걷힌다. 멀리서부터 희붐한 여명이 발소리를 죽여 다가온다. 얇은 눈꺼풀 너머로 서성이는 미명을 뚫고 갑자기 컹컹대는 날카로운 쇳소리가 귀를 파고든다.

논개는 그 바람에 번쩍 눈을 떴다. 미로다! 놈은 지난봄 목에 걸린 줄을 끊고 도망친 잡종 진돗개였다. 모친의 삼년초토를 위해 화순으로 떠난 최경회와 헤어져 장수로 오면서, 논개는 장수 현감 시절부터 최경회를 존경하며 따르던 김이라는 촌로로부터 마련해 둔 두옥과 함께 눈도 못 뜬 강아지 한 마리를 선물 받았다.

"아아, 예쁘기도 해라! 그런데 어미 개와 떨어뜨리기엔 너무 어리지 않나요? 몇 달 두고 데려오면 좋을 것 같은데."

"그러고 싶어도 어쩔 수 없답니다. 이 녀석의 어미는 솥발이*를 낳고 그 길로 죽어버렸으니까요."

"저런! 어쩌다가요?"

"그게 참, 애초에 워낙 나이가 많은 암캐였던지라 출산의 후유로 죽었는지 노환인지도 헷갈립지요."

"그럼 같은 배에서 낳은 나머지 두 마리는 어떻게 되었나요?"

"세 마리 중 두 마리는 죽은 어미의 젖꼭지를 몇 번 빨다가 지친 듯이 따라 죽었고, 집의 처자가 불쌍하다며 암죽을 떠먹여 간신히 건진 한 마리가

*솥발이: 한배에서 난 세 마리의 강아지.

바로 이놈이랍니다."

"가엾어라! 이 어린것이 젖도 빨아보기 전에 어미를 잃다니……."

논개는 너스르르 성긴 털로 덮인 녀석의 등을 살짝 건드려 보았다. 따스하고도 뭉클한 촉감이 애처로웠다.

"그럼 고맙게 잘 받아 기를게요. 잔심부름하는 아이와 단둘이 지낼 생각에 적적했는데 번견*으로 기르면 맞춤하겠어요."

천지간에 의지가지없는 처지가 남 같지 않았기에 논개는 기꺼이 녀석을 군식구로 받아들였다. 그리고 나자마자 어미를 잃고 난마에 든 운명을 동정하여 미로라는 이름을 붙여주었다. 순종은 아니었으나 진도견의 혈통을 이어받은 어미를 빼닮은 미로는 둥글게 말려 올라간 꼬리와 형형한 눈빛이 특징적인 자견(子犬)이었다. 더욱이 놈은 머리가 비상했다. 겨울에는 짧은 해를 좇아 제가 깔고 자던 짚방석을 입에 물고 햇빛이 드는 쪽으로 낮잠 자리를 옮겨 다녔다. 그러다 해가 저물 무렵이면 마당 한 바퀴를 돌아 어김없이 제자리에 돌아와 있기 마련이었다. 이 일은 겨우내 반복되었다.

하지만 사람이나 동물이나 엽렵함이 지나친 것도 허물일 테다. 논개의 애틋한 마음에도 아랑곳없이 미로는 점차 본바탕을 드러냈다. 어쩌면 자신

*번견(番犬) : 집을 지키거나 망을 보는 개.

의 생명과 어미의 죽음을 맞바꾼 탓인지 미로는 잘생긴 외양과 진돗개 특유의 날렵함과 민첩함을 지닌 동시에 그 타고난 기질이 호전적이고 음울하였다. 놈은 생후 오 개월에 들쥐와 참새를 사냥하기 시작했고 팔 개월에 접어들 무렵에는 길을 지나던 과객의 갖신에 이빨을 박아 넣었다. 정작 사람을 무는 개는 물기 전에 절대로 으르렁대지 않는다. 뾰족한 송곳니로 붉은 잇몸을 물고 으르렁대는 것은 위협이라기보다 애원에 가깝다. 공포에 떨며 제발 자기를 내버려두라고 호소할 뿐이다. 그에 비하면 미로는 지나치게 조용한 놈이었다. 혈통 있는 명견들이 흔히 그러하듯 심각한 위험이 아니라면 잘 짖지도 않았다.

처음으로 미로가 목울음을 토하듯 처절하게 짖는 모습을 본 것은 과객을 문 사건이 있은 뒤 김 첨지가 강제로 목줄을 맬 때였다.

"우우 두두! 어서 와서 뼈다귀를 물어라! 그래그래, 착하다. 옳거니!"

하지만 놈은 잡힐 듯 잡힐 듯 몸을 뒤틀며 몇 번이고 손아귀에서 빠져나갔다. 미끼를 두어 자기를 옭아매려는 속셈을 금세 파악하고는 높은 귀와 온몸의 털을 꼿꼿이 곤두세운 채 새파랗게 빛나는 눈으로 목줄을 든 김 첨지를 노려보았다. 비루한 먹이나마 구걸하는 신세이기에 차마 날카로운 이빨을 드러낼 수 없어 참는 기색이 역력하였다. 멀찍이 떨어져서 지켜보는 논개의 손에도 땀이 찼다.

셈평 없이 쏟은 애정의 대가가 배신으로 돌아올 때 드솟는 감정은 미움이라기보다 공포였다. 아침에 문을 열고 나올 때마다 개집 주위에 흩어져 있는 잔짐승의 깃털에 가슴이 철렁하였다. 흙바탕에 검붉은 혈흔만을 남긴 채 몸통 없는 쥐 꼬리가 노끈처럼 늘어져 있었다. 처참하게 찢긴 쥐와 참새의 사체를 발이나 입으로 툭툭 치며 태연히 장난치는 놈을 보면 절로 몸이 떨렸다. 손등을 핥고 앞발로 기어오르고 꼬리를 치던 것은 눈속임에 불과했다. 눈에 곤두선 핏발과 뜨거운 콧김과 입가를 흥건하게 적신 걸쭉한 침은 분명 먹잇감의 꼭뒤를 들이덮치기에 골몰한 맹수의 그것이었다.

한동안 유지되던 대치 상태는 김 첨지가 장대에 건 올가미를 미로의 머리에 들씌우면서 끝났다. 목줄은 미로의 목을 가차 없이 조였고 놈은 억울한 듯 분한 듯 갈린 소리로 그르렁거렸다. 하지만 놈은 끝내 패배를 인정하지 않았다. 그로부터 한 달이 못다 지나 미로는 올가미를 목에 건 채로 줄을 끊고 도망쳤다. 시골에서 개는 잡아먹는 동물일 뿐 결코 애착이나 애완의 대상이 아니었다. 사라진 개를 찾기 위해 여기저기를 헤매 다니는 일은 입방아거리가 될 만한 흉이었다. 결국 논개는 미로를 찾는 일을 포기하고 말았다.

멀지 않은 곳에 놈이 있다. 도망친 개가 갈 곳이라곤 가파른 산중의 썩은 나뭇등걸이나 후미진 돌 틈뿐이었다. 하지만 비바람과 추위 속에서도 놈은 기어이 자신이 선택한 자유를 지켰다. 그 후로 단 한 번도 스스로 모습을 드러내지 않았고, 가끔씩 파헤쳐진 쓰레기와 퇴비 더미에서 허기와 투쟁하는 놈의 버거운 생존이 짐작될 따름이었다. 하지만 놈은 언제나 그곳에 있다. 논개는 그 야생의 가축이 안쓰럽고도, 두려웠다.

이웃 나라를 장악한 호전적인 지도자, 분열과 부패로 쇠락해 가는 대국(大國)에 대한 미련하고 안일한 사대(事大), 그러나 전란의 조건이 이것만으로는 불충분했다. 파멸의 마지막 요소는 밖으로부터 옥죄어오기 전에 안에서부터 싹트기 마련이었다.

윤삼월 늦봄에는 흰 무지개가 햇무리를 꿰었고 동해안의 한 마을에서 개미 떼가 새까맣게 모여들어 서로 엉기었다. 기실 도요토미 히데요시의 최종 목표는 조선 정복이 아니었다. 정해년(丁亥年, 1587년) 규슈를 평정한 뒤부터 그는 꾸준히 대마도 도주 등을 통하여 조선 조정에 통신사를 파견해 줄 것을 요청했다. 하지만 일본의 '새로운 국왕'이 보낸 사신을 선조는 받아들일 수가 없었다.

"일본은 국왕을 폐하고 새 임금을 세웠으니 반역의 나라인 셈이다. 그러니 그들이 보내는 사신을 결코 접대할 수가 없도다. 마땅히 대의로 타일러 돌려보내야 하리니 신료들은 비밀리에 이에 대해 논의하라."

도요토미가 무슨 의도로 세종 임금 이후 백오십 년 동안 끊겼던 통신사를 요청하는지 의문조차 품기 이전에, 선조는 오다의 부하였던 도요토미가 그의 자리를 꿰어 찼다는 사실에 강렬한 불쾌감과 거부감을 느낀 것이었다. 왕권과 신권의 길항은 왕조를 가장 예리하게 관통하는 원리 중 하나였다. 왕의 힘이 세어지면 견제하고 보필하는 신하의 힘이 약해지고, 신하의 힘이 강해지면 그들을 통솔하고 제약할 왕의 힘이 줄어들기 마련이었다. 그래서 때로 왕은 벼슬아치들이 파당을 이루어 다투는 것을 묵인하며 이용하기도 하였다. 선조는 동인에게서 서인에게로, 서인에게서 다시 동인에게로 힘을 옮겨 실어주는 위태로운 줄타기를 하며 정국을 운영하였다. 그의 변덕은 결국 깊은 의심과 불안의 뿌리로부터 자라난 것이었다.

이에 자기들이 아는 것만 믿고, 믿는 것만 보고자 하는 조정 신료들은 왕이 원하는 대답을 냉큼 지어 바쳤다.

"일본은 미개한 야만국이니 어찌 중국의 예로써 타이를 가치가 있겠습니까?"

그들에게 주자학의 예의를 모르는 일본인들은 사람이 아니라 금수나 다름없는 존재였다. 그러나 어느 짐승이라도 모의하여 흉계를 꾸미고 조직하여 도발하지 않는 법이었다. 예의 격식에 통달한 거룩한 사문(斯文)들이 사람 취급도 하지 않고 깔보는 동안 일본은 전쟁을 준비하며 착실히 정보를 축적하고 있었다. 실제로 정여립의 참수된 머리통이 한성의 거리에서 조리돌려질 때 일본에서 온 사신 겐쇼[玄蘇]는 이 모든 정황을 빈틈없이 살펴 본국에 보고한 터였다.

경인년(庚寅年, 1590년) 삼월, 처참한 기축옥사의 피비린내를 뒤로 하고 결국 조선 통신사 일행이 일본을 향했다. 일본 조정이 조선 연해에 출몰하는 해구(海寇)의 체포와 일본으로 도망쳐간 조선인들의 쇄환을 내세워 거듭 통신사를 청해 오거니와, 유성룡의 말대로 해마다 흉년이 들고 변방이 허술하여 자치(自治)의 힘이 부족하니 소극적인 방책으로나마 일본과 화해를 도모하지 않을 수 없는 형편이었다.

일행은 병조참판을 지낸 황윤길을 정사(正使)로 하여 부사 김성일과 서장관 허성, 그리고 세종 대의 명재상 황희의 오 대손인 황진이 무관으로서는 유일하게 군관이 되어 따르는 이백여 명이었다. 그들은 부산포를 떠난 지 네 달 보름 만에 대마도를 거쳐 교토에 도착했다. 그런데 그토록 긴박하게 재촉을 해대던 일본 조정은 정작 통신사 일행을 맞이하면서 매우 괴이적은 태도를 보였다. 접대 사신을 제때 보내지 않아 대마도에서 한 달을 허송세월하게 하는가 하면 교토에 도착한 뒤에도 도요토미와의 접견을 계속 연기하여 다섯 달 동안 하릴없이 지체하게 했다.

마침내 조선 통신사와 만난 도요토미는 드러내놓고 거만을 떨며 무례하게 굴었다. 임금의 자리인 북쪽에 앉아 국서를 받고는 간다 온다 말도 없이 내실로 들어갔다가 늦둥이를 안고 불쑥 다시 나타났다. 그러더니 별안간 조선인 악공을 불러 음악을 연주하게 하는가 하면 품에 안겼던 아이가 오줌을 싸자 사신들 앞에서 옷을 갈아입기까지 하였다. 그는 조선의 사신들을, 그들이 대표하는 조선이라는 나라를 농락하고 조롱하였다.

도요토미의 오만무례하고 허세에 가득 찬 태도는 조선 조정에 보낸 서례에서 더욱 뻔뻔스럽게 드러났다.

"……일찍이 나를 잉태할 때에 자모(慈母)가 해가 품속으로 들어오는 꿈을 꾸었는데 상사(相士: 점쟁이)가 말하기를 '햇빛은 천지에 고루 비치지 않는 데가 없으니 장년에 들어 필시 팔방에 어진 명성을 드날리고 사해에 용맹스런 이름을 떨칠 것이 분명하다'고 하였소. 이토록 기이한 징조로 인하여 나에게 대적하는 자는 자연 기세가 꺾여 멸망하는지라, 싸움을 하면 반드시 이기고 공격하면 반드시 빼앗았소."

"……대저 사람의 한평생이 백 년을 넘지 못하는데 어찌 답답하게 이곳에서만 살 수 있겠소? 나라가 멀고 산하가 막혀 있는 것에 상관없이 한 번 뛰어서 곧바로 대명(大明)에 들어가 온 나라를 우리의 풍속으로 바꾸고 황제의 도읍지에 정치 교화를 억만 년에 걸쳐 베푸는 것이 나의 마음 하나에 달렸소. 그러니 귀국이 그 행렬에 앞장서 입조(入朝)한다면 원려(遠慮: 먼 근심)가 있음으로 해서 근우(近憂: 가까운 근심)가 없게 되는 것이 아니겠소?"

먼 근심이 명나라라면 가까운 근심은 일본을 칭할지니, 도요토미의 편지는 일본이 명나라를 정벌하는 데 협조하는 것만이 조선이 살아남을 길이라는 협박이었다.

더 이상 노골적일 수 없었다. 모든 것이 명명백백하였다. 전쟁은 정해진 사실이며 조선은 대륙 정벌의 야욕이 뻗쳐 나갈 통로일 뿐이었다. 그 사실은 서인인 황윤길뿐만 아니라 동인인 허성과 황진의 눈에도 버젓이 보였다. 포구마다 정박한 전선들, 병마와 군수의 집결, 도발을 준비하는 침략자들의 면면에 불길하게 번들거리는 생기가 동인과 서인의 눈이라고 가려 보일 리 없었다. 그리하여 일 년간의 긴 공무를 마친 통신사 일행이 귀국할 즈음 수행원들이 이국의 기념품을 사느라 야단법석을 떨 때에 황진은 가진 돈을 모두 털어 칼 두 자루를 샀다. 누군가 그에게 물었다.

"아니, 황 군관은 어이하여 진귀하고 값진 물건을 다 놔두고 칼 두 자루만을 달랑 사셨소?"

이에 황진은 고뇌에 찬 표정으로 대답하였다.

"늦어도 이듬해에는 왜인이 침입해 올 것이 분명하니 그때 이 칼을 벼려 그들을 물리칠 것이오!"

하지만 적국에 가득한 험악한 형세도, 부산포에서 한성으로 돌아오는 길 곳곳에서 마주한 백성들의 피란 행렬도 안일무사에 젖은 청맹과니들의 맹목을 뜨게 하지 못하였다. 황윤길이 대마도 도주에게서 구한 조총을 들어 보이며 이것은 새를 잡는 총이 아니라 사람을 잡는 총이라고 주장하여도, 조선의 형편을 정탐하기 위해 따라온 겐쇼가 예전에 고려가 원나라 군대를 인도해 일본을 공격한 일을 들먹이며 조선에 원수를 갚겠다고 벼르는 일본의 흉모를 귀띔하여도 소용없었다. 바른말 하는 일을 두려워하지 않아 뛰어난 학식에도 불구하고 삭직과 유배를 거듭하던 조헌이 장문의 봉사*를 올려 전쟁에 방비할 것을 주장했지만 이 또한 받아들여지지 않았다.

황윤길을 비롯한 통신사 대다수가 병화의 조짐을 말했지만 정작 선조와 조정 신료들의 지지를 받은 것은 전혀 엉뚱한 김성일의 의견이었다. 선조가 물었다.

"수길이 어떻게 생겼던가?"

이에 황윤길이 대답했다.

"눈빛이 반짝반짝하니 담과 지략이 있는 사람인 듯하였습니다."

하지만 김성일은 그것을 곧장 반박하였다.

"그의 눈은 쥐와 같으니 족히 두려워할 위인이 못 됩니다."

왜소한 몸집에 검고 주름진 얼굴과 번쩍이는 움펑눈을 가진 원숭이 형상의 야만인이라! 그들은 쥐이거나 원숭이, 어쨌거나 사람으로 여겨 대접할 수 없는 족속임이 분명하였다. 왕과 신료들은 그들의 편벽된 예감이 맞아떨어진 데 안심하며 실소하였다.

그러나 우유부단하달 만큼 진중한 처신으로 난세를 견디어 좌의정의 자리에까지 오른 유성룡이 큰소리를 땅땅 치는 김성일에게 캐물었다.

*봉사(封事) : 임금에게 보내는 상소문.

"왜국에서 황윤길이 겁에 질려 체모를 잃

은 것에 분개하여 그대가 고의로 황과 다른 말을 하는데, 그러다 만약 정말로 병화가 있게 되면 어떻게 하려고 그러오?"

그러자 김성일이 대답하였다.

"나도 어찌 왜적이 나오지 않을 것이라고 단정할 수 있겠습니까? 다만 온 나라가 놀라고 의혹에 휩싸일 것이 두려워 그것을 풀어주려고 그런 것입니다."

이로써 김성일은 모화*의 대의명분으로 왜인들을 가르치고 높은 기개를 떨친 공로를 인정받아 승진하였다. 그는 뇌물을 거절하고 일일이 격식을 내세워 따지니 왜인들조차 황윤길과 허성을 비루하게 여기며 김성일은 칭송했다고 하였다. 하지만 김성일이 주장하는 엄격한 원칙을 접하여 겪은 일본 관리가 전한 이야기는 자못 의미심장하였다.

"김성일은 절의(節義)만을 숭상하니 그로부터 사단이 생겨날 것이오."

세상에서 가장 길다는 장강(長江)도 정작 가본 사람보다 가보지 않은 사람이 더 잘 안다. 직접 가본 사람과 말로만 들은 사람이 입씨름을 하면 그 해맑은 물결이 어쩌고 흰모래와 빙빙 원을 그리며 나는 새가 저쩌고, 겉짐작 속어림으로 넘겨짚은 말이 훨씬 휘황하고 생생한 법이다. 선조와 조정 신료들은 고통스런 진실보다는 안

*모화(慕華) : 중국의 문물이나 사상을 우러러 사모함.

락한 거짓을 선택하였다. 그들은 무엇이 사실이고 허위인가를 따지기 이전에 믿고 싶은 것을 믿었다. 믿고 싶지 않은 것은 철저히 외면하였다.

초여름의 문턱을 넘어서던 사월에는 강원도 춘천의 어느 집에서 기르던 암탉이 병아리 열세 마리를 깠는데 그중 한 마리의 왼쪽 날개 위아래에 발톱이 있는 다리가 둘 달려 있었다. 붕당의 이익을 위해 뿔뿔이 갈라진 벼슬아치들의 행태는 괴상한 병아리가 탄생한 이변에 비길 바 아니었다. 그들은 마치 암흑세계에서 칼을 휘두르는 듯하였다. 스스로 장막을 친 어둠의 공포에 사로잡혀 자신이 아닌 모든 것들을 베어버릴 기세였다. 피아간에 누가 적이고 아인가를 따질 겨를이 없었다. 왜적의 침범을 예고하는 황윤길과 조헌은 서인이기에 그들의 주장은 세력을 잃은 서인이 인심을 교란하기 위해 하는 부언낭설에 불과하다고 하였다. 날지 못하면 걷고 뛰어야 하는 것이 가금의 생리일진대 무거운 외다리로는 날지도 뛰지도 못할 터였다. 한쪽 날개에만 다리 둘을 단 기형 병아리는 오래 살지 못하고 곧 죽었다.

무르익은 여름 유월에는 한성의 남쪽 어느 집에서 머리나 허리가 잘려 죽은 개미 떼가 모래 마당을 뒤덮었는데 개중에는 검은 몸뚱이에 흰 날개를 가진 것들도 섞여 있었다. 집주인은 이것들이 날아온 것이 아니라 땅에서 솟아 나온 듯하다고 하였다.

군역은 무너지고 국고는 텅텅 비었다. 정병이나 잡색군으로 징집되던 장정들은 호시탐탐 군역에서 빠질 궁리에 여념이 없었다. 양반과 부자들은 애초에 군역의 의무가 없는 노비를 돈으로 사 대립(代立)하였고, 군대에 끌려가면 생업에 막대한 지장을 받는 가난한 이들은 도망치거나 스스로 팔다리를 분질렀다. 나쁜 세상이 나쁜 사람들을 만들었고 그들이 지어내는 나쁜 일에는 가속이 붙었다. 아홉 해 전(1582년) 율곡 이이가 「진시폐소(陳時弊疏)」를 지어 올려 북쪽의 여진과 남쪽의 왜구에 방비할 십만의 군사를 기를 것을 주장했을 때 군사를 양성하는 것은 화만 기르는 것이라며 묵살한 결과이기도 하였다. 이이는 외면당한 선견지명을 자신의 문집에 피를 토하듯 적어 넣었다.

"지금 세상에 펼쳐진 폐단을 모두 말한다면 하루 종일 해도 모자랄 것이다. 몇 해 못 가 백성들은 썩은 생선처럼 문드러지고 흙더미처럼 무너질 것이다. 그들의 형편은 거의 숨이 넘어가 곧 죽을 병자와 같아 평상시에도 견뎌내기 버거운지라, 만약 이때에 외국의 침략이 남쪽과 북쪽에서 일어난다면 회오리바람이 낙엽을 쓸어내는 지경이 될 터이니……. 이 일을 대체 어찌하면 좋을꼬?"

늦가을 구월 어느 하루는 천둥과 번개가 사납게 휘몰아쳐 검은 하늘을 찢었다. 바람 앞에 놓인 촛불과 같은 형세에도 등잔 밑에서 주먹구구를 하는 지경이라, 아무도 닥쳐올 재난에 방비하지 못하는 시국에 조선 옷을 입고 조선말을 지껄이는 일본의 밀정들이 장사꾼을 가장하여 나라 곳곳을 누비고 있었다. 구멍이 숭숭 뚫린 조선의 국방, 무사 안일한 조정 대신들, 동요하는 민심, 곧 외적에 유린당할 조선의 산천과 지형지물이 속속들이 살펴져 보고되었다. 도요토미는 그 정보에 따라 삼 년을 견딜 군량을 마련하고 군사 백만을 준비했다. 대륙 정토의 거대한 야망을 펼치는 데 조선은 무방비의 탄탄대로일 뿐이었다.

스스로 이름을 버린 놈은 더 이상 미로가 아니었다. 주인에게 불리던 거추장스런 이름 따위는 사라졌다. 들개가 된 놈은 결국 김 첨지가 청해 온 엽사의 화승총을 맞고 죽었다. 나무토막처럼 뻣뻣이 굳은 채 끌려온 놈의 목에는 제가 끊고 나갔던 목줄이 친친 감겨 있었다. 숨 막히고 답답해 버둥질 칠수록 줄띠는 가죽을 뚫고 살 속 깊이 파고들었고, 굶주림에 지친 놈은 산에서 내려와 이빨 사이로 신음을 흘리며 마을 주위를 배회했다. 놈은 버거운 자유의 대가로 주어진 극심한 고통에 몸부림치며 마을의 개들을 닥치는 대로 물어뜯었다. 수캐들의 멱통을 끊고 암캐들을 올라 타 흘레붙었다. 고집이고 줏대고 내팽개친 채 주인 앞에서 꼬리를 살랑거리며 부화뇌동하는 개. 발길질 한 번에 깨갱대며 몸을 사리다가도 먹다 남은 음식 찌꺼기와 뜯다 버린 뼈다귀에 치근대며 식탐을 부리는 개. 미로는 마지막 독기를 뿜으며 품위를 잃은 비루한 종족에 복수하였다. 어둠 속에서 울려 퍼지는 단말마의 비명에 사람들은 치를 떨며 귀를 틀어막았고, 한동안 어린아이와 여자들의 밤마을이 금지되기까지 하였다.

"마님, 혹 항간에 떠도는 소문을 들으셨어요?"

찬거리를 구하러 나갔던 계집종 곱단이가 돌아와 호들갑을 떨며 말했다.

"무슨 소문 말이냐?"

이울어가는 가을볕 아래 키를 까불어 보리를 사리던 논개가 일손을 멈추고 물었다. 곱단이는 숨이 넘어갈 기세로 듣고 온 이야기를 떠벌였다.

"다들 곧 난리가 날 거라고 야단법석이지 뭐예요? 아이고, 무서워라! 예서 머지않은 무주의 무풍골은 정, 정…… 거시기라는 책에서 이른 피란처라고 하여 방방곡곡에서 사람들이 몰려들고 있답니다. 마님, 우리도 피난 갈 준비를 해야 하지 않을까요?"

"재난을 피해 떠난다고……. 어디로 갈 것이냐? 바깥소문에 들떠 나부대기보다는 있는 자리를 지키며 착실히 곡식을 갈무리하는 편이 나을 터! 지금 여기가 안전하지 않다면 세상 어디에도 안전한 곳이 없을 것이다."

겁 많은 황소처럼 큰 눈을 뒤룩거리는 곱단이 앞에서는 단호한 입다짐을 하였으나 논개의 마음도 마냥 고요하고 안온하지는 않았다.

하루아침에 퍼진 유언비어라고 무시하기에는 흉흉한 소문의 위력이 만만치 않았다. 언제부터인가 조선이 세워진 이래 엄격하게 금지되었던 비기들이 서서히 기지개를 펴기 시작했다. 곱단이가 듣고 와 논개에게 전한 소문 속의 무주 무풍골은 그 비기들의 대표라 할 만한 『정감록(鄭鑑錄)』에서 이른 십승지(十勝地) 중 하나였다. 천지의 개벽이 일어나 하늘과 땅이 뒤집혀 엉킬 때 재앙을 피하기에 맞춤한 곳이 열 군데 있으리니, 그 십승지는 영월의 정동 상류와 풍기의 금계촌, 안동의 춘양과 보은의 속리산 우복동, 운봉의 두류산 골짜기, 예천의 금당골과 공주의 유구, 마곡 부안의 변산과 성주의 만수골, 그

리고 논개가 머무르는 장수에 이웃한 무주의 무풍골이라고
하였다.

　—무언가 다가오고 있다. 서서히 숨통을 조이며 다가들고
있다. 답답하도다! 과연 그것이 무엇일까? 조선의 앞날에 대체
어떤 재앙이 기다리고 있는 것일까?

　마른하늘이 서서히 어두워지더니 갑자기 뇌공*의 호통 소
리가 들려왔다. 논개는 서둘러 멍석을 말아 처마 아래로 끌어
들였다. 수상한 물정만큼이나 괴이쩍은 날씨다. 누군가 천둥
은 하늘신이 땅으로 내려오는 발자국 소리라고 하였다. 그렇
다면 번개는 그 어두운 발치를 밝히는 등롱이런가. 하지만 그
방문을 마냥 반갑게 환영할 수 없다. 우르릉 쾅쾅 하늘과 땅
을 울리는 우레는 원한 맺힌 뜬것들이 땅띔하는 소리마냥 어
지럽고 무섭다. 그동안 대지는 얼마나 많은 사람들의 피로 젖
어들었는지, 그 분하고 억울하고 서러운 원혼들이 하늘에서
악다구니하며 발을 구르는 듯하다.

　저자에는 『정감록』 이외에도 『도선비기(道詵秘記)』니 『삼한비
기(三韓秘記)』니 하는 각종 비기들이 나돌고 풍수지리를 비롯
한 술가(術家)의 설이 백성들의 열렬한 호응을 받으며 난립하
고 있었다. 도참들은 저마다 귀곡성과 같은
예언을 뽑아냈다. 이씨 왕조가 무너지고 정

*뇌공(雷公) : 천둥과 번개를
일으킨다는 귀신.

씨 왕조가 들어선다는 반역의 참어가 있는가 하면 앞으로 중인과 무장이 득세하는 세상이 오리라는 예측도 있었다. 때로는 서자와 노비가 세상의 주인이 되리라는 놀라운 미래기가 버젓이 읽히기도 하였다. 하지만 내용에서는 조금씩 차이가 날지언정 숱한 비기들이 외치는 주장은 하나같았다. 앞으로 곧 난리가 나 세상이 뒤집히리라는 것이었다.

대저 믿고자 하는 것만을 믿는 완고한 우둔은 상하가 다르지 않았다. 하지만 북궐을 차지하고 앉은 군신들이 태평가가 울려 퍼지는 강구연월을 믿고자 기를 쓴다면, 그간 회초리와 몽둥이와 채찍으로 제압당해 온 백성들은 그것이 불난리건 물난리건 어떤 수라장이든 간에 세상이 거꾸로 뒤집히는 혁명을 간절히 믿고파 하였다. 신분 높은 어르신들이 성스럽고 위대해지는 동안 미천한 아랫것들은 고작해야 사람 말을 알아듣는 마소 취급을 받아왔다. 수레를 끌고 밭이나 가는 짐승들이 정직하고 성실해 봤자 무슨 소용인가? 우보(牛步)와 노마(駑馬)로 버티다 채질이 뜨끔하면 기신기신 움직이고, 몽둥잇바람이 거세면 머리통을 싸쥐고 죽여라 죽었다 짓시늉을 하면 그만이다.

"에라, 확 난리나 나버리라지! 우리 같은 천것들한테는 이 세상이 저세상보다 나을 게 무엇이며 저세상이 이 세상보다 못할 게 무언가?"

"쉿! 그런 소리 말게. 함부로 입을 놀리다가는 경치고 포도
청 갈 일일세."

"흥! 경을 친다고? 낯짝에 불그죽죽한 표식을 죽죽 새겨 넣
는 벌을 준데도 기어코 두 번 도망쳤다 잡혀와 세 번 도망칠
궁리를 하는 이유가 어디에 있던가? 그깟 거 하나도 무섭지
않네. 홍두깨 세 번 맞아 담 안 뛰어넘는 소가 없다네!"

아무리 나물 씹고 샘물 마시는 산촌에 숨어 살아도 누리에
왁자한 아우성에 귀머거리 시늉을 할 수는 없었다. 논개는 최
경회의 부실이 된 후에도 작은 마님 행세를 하기보다는 예전
과 다름없이 노동하였다. 김 첨지가 최경회에게 면목이 없다
고 극구 말려도 소용없었다. 논개는 스스로 생활을 꾸려가는
일을 달가워하였기에 일하는 자의 낮은 자리에서 은밀하고도
불온한 세상의 소리를 낱낱이 들을 수 있었다.

세상이 변하기 이전에 사람들이 변했다. 미래는 과거의 것
들을 부정하고 짓밟으며 버그러져 열리고 있었다. 말하는 짐
승의 주인이라는 자들은 오직 상하 존비의 기강이 무너질까
두려워하였다. 그리하여 분별을 앞세우고 분수를 강요하며 위
압으로 내리누르기에 여념이 없었다. 하지만 세상은 이미 아
무리 어리석고 무딘 마소라도 견딜 수 없을 지경에 이르렀다.

용감하고 무모한 미친 마소들이나 뛰어넘는 것인 줄 알았던 담장에도 어느덧 균열이 생겨나고 있었다. 아직은 훌쩍 솟구칠 용기가 없는 이들조차 그것이 무너지길 비손하는 지경이었다.

논개는 여전히 가칠하니 못 박인 손으로 멍석에 말린 까라기 섞인 가을보리를 쓸어본다. 지난봄 보릿고개는 참으로 지난하였다. 굶주린 백성들은 이삭이 익어 누렇게 패는 누름 때까지 차마 견디지 못하여 채 익지 않은 보리를 풋바심하여 허기를 메웠다. 그 시퍼런 풋보리를 살청(殺靑)이라 부를지니, 푸른 것들은 죽었다. 푸른 것들까지도 죽여야만 했다.

"참, 마님! 남새밭에 들렀다가 괴상망측한 이야기를 들었답니다. 글쎄, 미로라는 놈이 말입니다. 화승총에 맞아 죽기 전에 밤마다 산에서 내려와 작폐질을 해대더니 결국 마을의 암캐들에게 모조리 새끼를 배게 했다나요? 점순이네 누렁이가 어젯밤 새끼를 낳았다는데……. 낳는 족족 확인한 그 새끼들의 형상이 꼭 미로를 빼닮아 늑대 꼴이라지 뭡니까?"

문득 알 수 없는 한기가 정수리까지 벋쳐올랐다. 절로 온몸에 아스스 소름이 돋았다.

─무얼까요? 이 정체 모를 불안과 공포는 무엇으로부터 비롯된 것일까요? 당신이라면 대답해 주실 수 있을 테지요? 대관절 무엇이 끝나고 무엇이 시작될는지.

논개는 무지근한 가슴을 내리쓸며 먹장구름으로 뒤덮인 하늘을 쳐다보았다. 낮은 바람에 실려 습한 먼지 냄새가 훅 끼쳐온다. 삶이 낯설고 울컥 외로움으로 목이 멘다. 이럴 때일수록 더욱 애타게 그립다. 큰 재난이 닥쳐오면 각자 날아오른다는 속담이 있다. 위험한 고비를 본능적으로 감지한 뭇백성들은 피붙이들을 그러모으기에 여념이 없었다. 아무리 다정했던 이웃이라도 생목숨을 끊을 지경에 남을 돌아볼 틈이 있겠는가. 피난을 떠날 형편이 되지 못한다면 죽어도 한곳에서 같이 죽을 작정일 터였다.

그러나 논개가 천지간에 믿고 의지할 이는 오직 한 사람, 헤어져 먼 곳에 있는 그뿐이었다.

─다시 만나면 절대로 헤어지지 않겠습니다. 당신이 계신 곳이라면 지옥의 불구덩이라도 따라 좇겠습니다. 다시는 외따로이 살아도 살아 있지 않은 듯한 날들을 배겨내지 않겠습니다…….

논개가 소망의 속다짐을 하는 동안 어느덧 검은 하늘을 북북 찢으며 사나운 뇌우가 퍼붓기 시작했다. 하늘과 땅이 더불어 흔들렸다. 어지러웠다.

맹하의 악몽

    어머니의 무덤에 저녁상식을 바치고 여막*에 누우니 바람 구멍 삼아 뚫은 뙤창으로 달빛이 괴괴히 스며든다. 두둥실 허공에 뜬 달의 형상이 날로 덩두렷해지는 것으로 보아 망일이 다가오나 보다. 매일 조석으로 예를 올리기는 하지만 초하루와 보름에는 특별히 삭망전(朔望奠)을 지내게 되어 있으니 내일 아침 일어나자마자 본가에 제수 마련부터 뚱기어두어야 할 터이다.

    "어머니, 이제 겨울도 다 지났습니다. 곧 산과 들이 봄빛으로 물들겠지요. 어머니가 생전에 그다지도 좋아하셨던 계절이 다시 오고 있답니다."

*여막(廬幕) : 상제가 거처하는 초막.

최경회는 되창문으로 내다뵈는 자그마한 봉분을 향해 마치 산 사람에게 하듯 두런두런 이야기한다. 초상을 치른 지 꼬박 일 년을 넘겨 소상(小祥)까지 치렀음에도 그 차가운 흙더미 속에 어머니가 묻혀 있다는 게 가끔은 믿겨지지 않는다. 붉은 봉분에 갈매 떼가 피면 믿기 싫어도 믿어지려나. 아직도 선잠을 깨어 어둠 속에 몸을 일으키면 금방이라도 어머니의 부드러운 손이 바스대는 가슴을 다독일 것만 같다.

아버지의 노래 속에서 그는 군자의 행실과 품위를 고루 갖춘 늠름한 작은 어른이었다. 수명장수 부귀동이, 부모에게 효자동이, 일가친척 화목동이, 형제지간 우애동이…… 하지만 어머니는 그토록 크고 높은 희망보다는 작고 낮은 소원을 노래했다. 자장자장, 자장자장……. 눈이 큰 우리 아가 잃어버린 것들 잘 찾겠다, 귀가 큰 우리 아가 속삭임도 잘 듣겠다, 코가 높아 냄새를 잘 맡고 입이 커서 상추쌈도 잘 먹겠다, 손이 크니 주는 것도 잘 받겠고 발이 크니 넘어지지 않고 잘 걷겠다……. 있는 그대로 귀하고 어여쁘고 맞춤하다니, 잠투정으로 찜부럭을 부리다가도 어머니의 너그러운 자장가를 들으면 배냇짓을 하듯 벌쭉 웃으며 단잠에 빠져들 수 있었다.

"괜찮아요, 어머니. 이젠 춥지 않아요. 짚 이불 흙 베개도 제법 익어 편편하답니다. 어머니를 먼저 떠나보낸 죄인이 난의포

식(暖衣飽食: 따뜻이 입고 배불리 먹음)하지 못함은 너무나 지당한 일이겠지요. 하늘을 쳐다보기에 부끄러우니 삿갓을 쓰고 부채로 얼굴을 가려야 마땅하지요. 걱정 마셔요, 못나고 어리석은 자식은 아직 견딜 만하여 살아내고 있답니다……."

백형인 경운과 중형 경장은 나이가 많아 노병의 증세를 보이는지라 추운 겨울을 움집에서 보내기가 무리하였다. 소상을 치르는 한 해 동안은 짚자리 대신 골자리를 깔고 버텨냈으나 두 번째 겨울이 돌아오매 결국 최경회에게 등 떠밀려 산을 내려갔다. 본가의 영실에도 신주가 모셔져 있으니 굳이 격식에 붙매여 시묘살이를 고집하며 병을 키울 필요는 없었다.

고인을 떠나보낸 지 만으로 두 해 하고도 한 달을 채워 대상제(大祥祭)를 지낼 때까지 삼년초토 시묘살이를 한다는 것은 누구에게나 쉽지 않은 일이었다. 술과 고기를 먹지 않고 험한 입성과 잠자리를 감수하며 오직 한마음으로 거상해야 한다. 그래서 조정에서 거듭하여 양반들이 효행의 모범을 보여야 한다고 강조함에도 불구하고 어떻게든 상례를 빨리 끝내려고 백 일도 채 지나지 않아 기년복(朞年服: 일년상)을 신청하는 관리들이 숱하였다.

아무리 효가 백행(百行)의 근원이며 사단*과 오상**이 모두 효에서 출발한다고 주장하여도 그것 역시 사람의 마음속에서 빚어지는 조화라는 사실은 엄연하였다. 누군가는 남의 영향에 의하지 않고서도 스스로 기꺼이 하는 일을 누군가는 눈치를 보아가며 억지로 하고, 또 누군가는 그마저 하기 싫어 빠져나갈 궁리에 여념이 없는가 하면 누군가는 그것을 거스르는 일조차 서슴지 않는다. 누군가는 효자 효녀로 칭송받고 누군가는 불효막심한 패륜아라고 손가락질을 당하지만, 그것을 근거 삼아 누군가는 사람답고 누군가는 금수와 같다고 단언할 수는 없다. 그들 모두 사람이기에 고귀하거나 흉측하다. 아름답거나 추악하다.

성현 공자의 제자 재(宰)는 그 나름 솔직하였다. 그는 스승에게 불평하며 말했다.

"삼년상은 기간이 너무 깁니다. 군자가 삼 년 동안 예(禮)를 행하지 않는다면 그 예는 멈추어 끊길 것이고, 삼 년 동안 음악을 행하지 않으면 그 음악은 사라질 것입니다. 묵은 곡식을 다 먹고 새 곡식이 상에 오를 때까지 사계절이 지나는 바, 상례는 일 년이면 족할 것입니다."

이에 공자는 재가 상을 치른 지 일 년 뒤에 다시 물었다.

"이제 찰밥을 먹고 비단옷을 입어도 네 마음이 편하겠느냐?"

***사단(四端)** : 사람의 본성인 인·의·예·지에서 우러나오는 측은(惻隱)·수오(羞惡)·사양(辭讓)·시비(是非)의 네 가지 마음씨.

오상(五常) : 사람으로서 마땅히 지켜야 할 다섯 가지 도리. 인·의·예·지·신.

그러자 재는 당당히 편할 것이라고 대답했다. 공자는 더 이상 그를 다그치거나 꾸짖지 않았다.

"네가 편안하게 느낄 수 있다면 그렇게 하여라. 하지만 군자는 삼년상을 치르는 동안에는 맛있는 음식을 먹어도 그 맛이 달지 않고 음악을 들어도 즐겁지 않으며 본디 있던 거처방에서 지내도 편치 않은 법이다. 그러하기에 일 년으로는 부족하다 하느니라."

그러며 공자가 덧붙인 말 한마디가 과연 격식과 절차를 뛰어넘는 효의 본질이요 하필이면 세 해를 애도의 기간으로 정한 참 의미였다.

"자식은 태어난 후 삼 년이 지나고서야 부모의 품에서 비로소 벗어나느니, 재 역시 태어나 삼 년 동안 부모의 사랑을 담뿍 받지 않았겠는가?"

어쩌면 모든 사랑은 기억이다. 어머니를 잃은 슬픔에 휘청거리며 의지하는 오동나무 상장*은 자식들에 대한 근심과 염려로 속이 딱딱하게 굳어 찬 어머니에 대한 기억이다. 아들 셋을 낳아 기르는 동안 어머니는 자식들의 남다른 혈기를 두려워하며 몸이라도 다칠까 마음이라도 상할까 자나 깨나 걱정을 거두지 못했다. 비손을 위해 모든 어머니

***상장**(喪杖) : 상제가 짚는 지팡이.

의 야윈 손끝에는 오직 자식들이 무사하고

52

무고하고 무탈하기를 비는 소박하고도 간절한 소망이 서려 있었다.

그리하여 모든 사랑은 상상일는지도 모른다. 어머니는 몸을 풀자마자 자신의 육신은 돌볼 짬 없이 갓난아이에게 첫젖을 먹이는 데 온 힘을 쏟았다. 깃저고리에 싸여 나비잠을 자는 붉은 햇것과 뺨을 마주 붙이고 그 달금한 젖내를 큼큼거리며 피로를 잊었다. 낮밤이 바뀐 젖먹이를 싸매어 업고 밤새 좁은 방 안을 뱅뱅 맴돌고, 홍역이며 마마며 어린아이를 노리는 염병이 돌면 쌕쌕거리는 숨소리에도 가슴을 졸였다. 어머니는 거친 세상으로부터 턱없이 약한 어린것을 지켜내기 위해 자신이 할 수 있는 모든 것과 자신이 할 수 없는 것까지도 기꺼이 하려 했다.

차마 어머니의 죽음을 받아들일 수 없기에 숨을 거둔 지 나흘째가 되어서야 성복*하니, 다듬어 빨지 않은 상관(喪冠)을 쓰고 데거친 삼으로 지은 신을 신고 가슴 높이에 오도록 네모지게 깎은 오동나무 지팡이를 짚어도 발걸음이 어린애처럼 저적저적 위태로웠다. 성복을 하고 첫 요기로 나온 미음을 뜨는 숟가락질조차 낯선 듯 서툴기만 하였다. 지극히 익숙하게 행하는 일들, 시시하고 별스러울 것 없는 일과가 모두 그 누군가의 보잘것없고 조용한

*성복(成服) : 상복을 입는 절차.

생애가 남긴 선물이었다. 전력을 다해 달린 자는 자신이 남긴 흔적을 뒤돌아보지 않는다. 그리하여 제가 가진 전부를 덜어주고 홀쩍 세상을 떠난 어머니의 모습은 참으로 조촐하고 깨끗하였다.

"며칠 전 오수에서 깨어난 어머니께서 문득 그러시더라. 대빗자루마냥 초리가 긴 불이 나가는 걸 보았다고, 멀리 안 가고 가깝게 떨어지는 걸로 보아 얼른 죽게 된 것 같으니 미리 초상 치를 준비를 하는 것이 좋겠다고 말이다. 비록 연세는 많지만 남달리 강건한 분이 갑자기 그런 말씀을 하시니 백형과 내가 불침을 맞은 듯 놀라지 않았겠니? 하지만 어머니는 우리를 다독이며 그러시더라. 혼불 나가는 모습을 제 눈으로 보는 건 타고난 수명을 다 살고 간다는 의미이니 당황하기보다 기쁘게 맞이할 일이라고 말이다. 하지만 여전히 밥도 잘 잡숫고 밤잠도 잘 주무시니 별일이야 있을까 하였더니만 하루아침에 이렇게 정신을 놓으시지 않았겠니?"

새삼 임종하며 들은 중형 경장의 이야기가 떠올라 가슴이 미어진다. 어머니는 당신의 마지막을 차근히 준비하고 계셨다. 세간에서 전하길 운명의 순간에는 패도를 끄르고 금이며 은이며 몸에 지닌 쇠붙이를 전부 빼놓아야 환자가 오래 신음하지 않는다고 하였다. 번쩍이는 이승의 미련은 저승길의 오르막을 가파르게 할 뿐이었다. 하지만 굳이 뒤적여 찾을 필요도 없이 어머니는 이미 스스로 모든 제구를 정리한 터였다. 반듯한 몸으로 시판 위에 누운 어머니는 홀가분하고 편안해 보였다. 화순의 장례에서 주로 쓰는 저릅대[麻帶: 삼의 줄기]로 만든 시판 역시 어머니가 몇 해 전에 당신의 몫으로 준비해 두었던 것이었다.

"해동 조선 전라도 화순현 삼천리의 순창 임씨, 돌아와서 옷 가져가시오. 복! 복! 복!"

사자들의 나라가 있는 북쪽을 향해 고인의 저고리를 돌리며 아무리 외쳐도 어머니는 더 이상 아무 대답이 없었다.

"순창 임씨 부인 돌아가셨습니다! 순창 임씨 부인 돌아가셨습니다! 순창 임씨 부인 돌아가셨습니다!"

초혼(招魂)의 마지막은 결국 한번 가면 돌아올 수 없는 죽음을 인정하는 말로 끝이 났다. 그마저 짐스럽다 챙겨 가지 않은 저고리는 입관이 끝날 때까지 지붕 위에 던져진 채 놓여 있었다. 이제 아무리 당신 자신보다 더 아끼고 사랑하던 삼 형제가 머리를 풀고 곡을 하여도 어머니는 돌아오지 않는다. 무슨 미련이 하 남았다고 돌아오실까? 지상의 기억을 모두 떨친 어머니는 가장 아름답고 눈부셨던 그때로 돌아간 것을.

향나무 삶은 물로 목욕재계를 하고 마포와 당목으로 지은 수의를 떨쳐입은 어머니는 더 이상 두려워 꺼림칙해 할 시신이 아니었다. 분을 바르고 연지를 찍고 향수로 빗은 머리에 낭자를 하여 금봉채를 찌르고, 원삼을 입고 족두리를 쓴 채 혼례 때의 그것과 똑같은 청홍색의 베로 얼굴을 가리니, 어디에서도 검푸른 주검의 흔적을 찾을 수가 없었다. 우리 어머니가 언제 저토록 어여쁜 아기씨였나! 어머니는 날 때부터 어머니인 줄로만 믿어온 늙은 철부지들은 청춘이 서럽고 이별이 야속하여 가슴을 쥐뜯으며 울었다. 그때 최경회는 삶과 죽음의 경계마저 훌쩍 벗어난 듯한 어머니의 모습이 낯설고도 익숙하다는 사실을 깨닫고 퍼뜩 놀랐다. 생애 혹은 생이라는 별칭으로 불리는 꽃상여를 타고 둥실둥실 영원의 집을 향해 가는 그 홀연하고도 아려한 모습은 그가 살아 단 한 번 가파른 마음을 쏟은 누군가와 꼭 닮아 있었다.

"경회야! 여느 집 막내들은 하나같이 욕심꾸러기 떼쟁이라는데 너는 어째서 그리 욕심이 없느냐? 무욕하고 검박한 것도 좋다만 우는 아이 떡 하나 더 얻어먹는 게 세상 이치 아니더냐? 백형이며 중형이며 눈치 보지 말고 네가 갖고프고 필요한 것부터 챙겨야지 않겠니?"

언젠가 어머니는 이악스레 제 몫을 챙겨도 모자랄 마당에 양보심이 지나쳐 번번이 형들에게 밀리는 막내를 안쓰러워하며 말했다. 절 나들이를 맞갖잖아 하는 아버지의 질책이 무서워 몰래 마을이라도 나선 척 막내아들만 데리고 백중일에 쌍봉사를 찾았던 때였던가. 풀 먹인 피륙처럼 팽팽한 하늘, 그 하늘 가득 피어오른 종이 연꽃들, 풋내 향긋한 연잎에 싼 뜨거운 찰밥, 승려들의 검은 장삼과 하얀 발뒤꿈치. 그때 어머니의 안타까운 지청구에 어린 최경회는 무어라 대답했던지 기억나지 않는다. 다만 보이지 않는 명분과 도리의 짐을 걸멘 여인의 일생을 감당하느라 들이굽은 어머니의 좁고 낮은 어깨만이 아직도 눈앞에 삼삼하다.

"어머니, 제가 꼭 어머니를 닮지 않았습니까? 어머니를 닮아서 무언가를 탐내며 누리는 일을 아예 모르지 않습니까? 그런데 작금에 와 무슨 괴변인지 뜻밖의 욕심 하나를 품게 되었답니다. 감당하기 버거우면서도 후회할 줄 알면서도 이 욕심에 꺼둘리는 일을 멈출 수가 없답니다……."

최경회는 쓸쓸하고도 미묘한 소회에 젖어 휘영청 밝은 달을 하염없이 쳐다보았다. 그때 돌연 때 이른 낙화인가 한밤의 춘설이련가. 하늘의 먹지 위에 정체를 알 수 없는 희끗희끗한 것들이 어지러이 나부꼈다. 어두운 눈을 눌러 비비고 다시 바라보았다. 희붐한 허공에는 어디로부터 흘러왔는지 알 수 없는 솜털들이 미풍에 실려 난분분 맴돌고 있었다.

단단한 지반 깊은 곳으로부터 울림이, 떨림이, 흔들림이 시작된다. 땅거죽의 열기로 잡풀들이 그을려 탄다. 하늘에서 구름이 회오리치며 흐르고 샘과 호수가 흙탕물로 가득 찬다. 계절에 앞서 피어난 꽃들이 힘겹게 움켜잡은 땅속에서 무언가 쩍 갈라지고 쿵 떨어지는 소리가 들린다. 더그매에서 들뛰던 쥐들이 별안간 잠잠해진다. 그것들을 따라 좇기에 드바쁘던 고양이가 꼬리를 말고 울타리를 뛰어넘는다. 동네의 개들은 밤낮을 잊고 목이 쉬어라 짖어대고, 수탉은 닭장의 홰대를 타고앉아 내려올 생각을 않는다. 깊은 숲 동굴 속에서 겨울잠을 자던 곰이 데워진 보금자리를 박차고 나오고, 땅굴에서 기어 나온 뱀들이 눈 위에서 긴 몸을 서리서리 사린 채 얼어 죽는다. 음음한 하늘에서는 새의 무리가 원무를 하며 빠르게 빠르게 날아간다.

그것들은 무언가를 낌새채었다. 사람에게 지배당하거나 사육되던 그것들이 더 날쌔고 정확하게 알았다. 인간이 주인 행세를 하는 세상에서 미물로 취급받을지언정 오롯이 한결같은 욕망, 살고자 하는 거룩한 본능에 충실하였기 때문이다. 위험을 느끼면 주저하거나 머뭇거림 없이 필사적으로 목숨을 부지할 방도를 찾는 것이 살아 있는 것 본연의 생리였다. 하지만 인간은 날짐승과 멧짐승만큼도 본능에 충실하며 살지 못했다. 편협으로 눈을 가리고 우둔으로 귀를 틀어막았다. 보잘것없는 한 줌의 재물과 지위를 지키기 위해 보여도 보이지 않는다 하였고 들어도 들리지 않는다 하였다. 풍선처럼 팽팽하게 부푼 인간의 욕망이야말로 자연에 대한 오만이자 자기기만이었다.

임진년(壬辰年, 1592년) 삼월 어느 흐린 날 일본인들이 머무르며 통상하던 부산의 왜관(倭館)은 점심나절이 될 때까지 문을 열 기색이 없었다. 관사뿐만 아니라 인근 바닷가에서 떳집을 짓고 조선에 귀화하여 살던 일본인들의 마을도 인기척 없이 적막하였다. 비구름이 무겁게 깔리어 금방이라도 폭우를 쏟아부을 듯하였다. 봄은 무르익은 봄이로되 그 느지럭느지럭한 열과 습기가 왠지 사위스러웠다.

왜관의 일본인들이 철수하여 잠적한 그날로부터 꼬박 한 달이 지난 사월 십삼일의 일이었다. 은은한 해무를 뚫고 만 팔천여 명의 군사를 실은 칠백여 척의 일본 전선이 쓰시마를 출발하여 부산포 앞바다에 닿았다. 아침에는 안개가 끼었으나 곧 화창하게 개었고 풍속이 좋아 항해가 순조로우니 고니시 유키나가[小西行長]가 이끄는 일본군의 제일 부대는 분로쿠[文禄]의 거사를 돕는 신의 뜻을 의심하지 않았다. 더구나 놀라운 일은 칠백여 척의 군선이 절영도의 옆구리에 상륙할 때까지 부산포의 조선 수비대에서 아무 반응을 보이지 않는 것이었다. 그뿐만 아니라 때 아닌 바다의 소요를 고스란히 목격했을 낙동강 입구 가덕도의 응봉 봉수대에서도 연기 한 줄기 피어오르지 않았다.

"아무런 저항이 없으니 도리어 의심스럽구나! 과연 조선은 소가 말한 대로 만귀잠잠한 무주공산인가?"

선봉 부대를 이끌고 조선 땅에 가장 먼저 닿은 고니시가 조선 해안의 정적을 괴이하게 여기며 중얼거렸다.

이미 도요토미의 머릿속에는 전쟁의 시작부터 끝까지가 정연하게 그려져 있었다. 그의 몽상은 허황한 듯 치밀했다. 조선 통신사를 통해 시도했던 정명가도(征明假道)의 협상이 결렬되자 곧바로 침공의 계획을 확정하였다. 도요토미는 신문물과 새로운 종교에 관대했던 오다 노부나가와 달리 일본은 '신의 나라'임을 강조하며 천주교를 박해하였다. 하지만 한편으로 선교사에게 서양의 전선을 사오는 데 중개인이 되어줄 것을 제안하는가 하면 신묘년(辛卯年, 1591년) 칠월에는 인도에 있는 포르투갈 관리에게 편지를 보내어 자신의 야심을 그야말로 세계적으로 공표하기도 하였다. 고립된 섬을 박차고 솟구칠 생각에 들뜬 도요토미에게는 조선 반도와 중국 대륙까지도 좁았다.

"배를 띄워 중국에 들어가는 것은 손바닥을 뒤집는 것 같이 쉬우니, 돌아오는 길에는 당신이 있는 그 땅에 들러 오겠소!"

그는 중화(中華)가 미치지 않는 동방의 유일한 나라인 인도까지 정벌하겠노라고 큰소리를 땅땅 쳤다. 그리고 그 호언장담이 헛수작만은 아니라는 것을 보여주기라도 하듯 전쟁 준비를 착착 진행했다. 규슈에 전쟁을 총지휘할 대본영인 나고야 성을 짓고 조선 출정 부대 십오만여 명, 대본영 대기 부대 십만여 명, 수군 만여 명, 그리고 삼만 명에 이르는 자신의 직속 부대를 구성했다. 이십팔만여 명의 병력을 비롯해 준비를 끝낸 전선과 선원들이 출동 명령만을 기다리고 있었다. 군자금을 충당하기 위해 금화와 은화를 새로이 만들었고 조선을 점령하는 대로 분국의 현물 납세 책임자를 임명하여 그 조세를 받아 군량미로 쓸 계획까지 세웠다. 도요토미에게는 모사(謀事)가 따로 필요치 않았다. 망상광의 머리에서는 끊임없는 방법과 꾀가 샘솟았다. 진정 스스로 즐기어 하는 일이 아니라면 그토록 무한한 신명과 추진력을 발휘하기 어려울 것이었다.

또한 도요토미는 조선으로 진격할 군사의 편대를 놓고 교묘한 수작을 부렸다. 조선 출병군의 총대장은 우키타 히데이에였지만 실제 전투를 벌일 육군의 대장은 하나가 아닌 둘이었다. 제일 부대의 대장에 고니시를 임명하여 이십사만 석짜리 성주의 자리와 상마(上馬)를 내리는 한편, 제이 부대의 대장으로 가토 기요마사를 임명하고는 이십오만 석짜리 성주에 봉하고 나무묘법연화경이 쓰인 깃발을 내렸다. 상인 출신으로 독실한 천주교 신자인 고니시와 전국시대 최고의 무장으로 손꼽히는 다혈한 가토가 서로를 얼마나 경멸하고 질시하는지를 뻔히 알면서도 오히려 그 갈등을 이용하여 경쟁심을 부추겼다.

그의 기이한 용병술은 한편으로 모든 권력자들의 고질병이라 할 만한 하극상의 의혹으로부터 비롯되었다. 두터운 의리와 신뢰, 혈맹의 관계를 강조하며 갸기를 부리는 무리일수록 기실 반심과 배신에 대한 뿌리 깊은 공포를 갖고 있었다. 그리하여 피를 뿌리고 칠하는 요란스런 맹세를 해서라도 배반에 대한 두려움을 잊고 싶은 것이었다. 견광(狷狂)이라는 문자는 꼭 이런 지경에 쓰이나니, 사물을 올바르게 판단하는 힘이 부족하여 허황된 뜻을 과장하며 오로지 의리만을 고집하는 자를 칭하였다. 그들은 무리를 지어 거들먹거리며 남들이 할 수 없거나 하지 않는 극단적인 행동만을 골라 하였다. 약한 자에게 횡포하고 강한 자에게 나약하며 그 스스로의 결핍과 비열함을 끝내 깨닫지 못하였다.

그리하여 도요토미는 일본에 머무르며 배후에서 전투를 지휘하는 대신 출병한 부하들을 철저히 장악할 계획을 세웠다. 고니시의 처자를 비롯한 모든 장수의 식솔들은 전쟁의 시작과 함께 오사카로 강제 이주 하였다. 가족이야말로 장수와 필부를 떠나 누구에게나 가장 위력적으로 통하는 인질이었다. 또한 군사가 조선에 상륙하는 즉시 그들을 수송한 배들은 모두 일본으로 돌아오게 하였다. 혹 장수들이 대륙을 향해 뻗친 칼을 본국으로 돌릴 경우에 대비하여 퇴로를 봉쇄한 것이었다. 도요토미는 자기 자신과 승리 외에는 아무것도 믿지 않았다.

전쟁이 구상되던 즈음 도요토미에게 반대하는 세력이 남단의 사쓰마[薩摩:지금의 가고시마]에서 봉기했을 때, 도요토미를 놀라게 한 것은 반란이 일어났다는 사실 자체가 아니었다.

"일본 전국에서 이번 전쟁을 반대하는 전쟁이 일어났다!"

반란군이 허위로 퍼뜨린 소문에 일본 농민들은 기뻐 환영하며 날뛰었다. 물론 사쓰마는 도요토미가 전국을 통일할 때에도 끝까지 저항하며 골치를 썩었던 지역이긴 하였다. 하지만 도요토미는 아둔한 무지렁이들이 민족적 위업을 달성하는 데 반대한다는 사실을 믿을 수가 없었다. 일본 국내에서도 가장 외딴 벽지인 사쓰마에서 시골 무사들이 일으킨 소요 따위야 간단히 밟아버리면 그만이지만, 민심이 전쟁을 반기지 않는다는 사실은 역모의 기운이 싹트기에 맞춤한 온상이었다. 언제 심복이 정적이 되고 충복이 암살자가 되어 칼을 겨눌지 알 수 없었다. 도요토미는 마음이 조급해져 출병을 서둘렀다. 일단 전쟁이 시작되면 자잘한 불평과 사소한 불만 따위야 간단히 잊혀 사라질 것이었다. 그리하여 출전 준비를 마친 일본군에게 도요토미가 내린 지령은 간단했다.

"모든 부대는 재빨리 조선으로 향하라!"

임진년의 참혹한 조일전쟁이 마침내 시작되었다.

봄날의 새벽은 갖신을 신은 밤손님의 발걸음마냥 조용히 오기 마련이었다. 하지만 그날 새벽은 고여 썩어가는 물과 같았던 조선의 음침한 어둠을 북북 찢으며 다가왔다.

"하이고, 왜놈들이, 왜놈들이 총질을 하며 마을로 들어와 집집마다 불을 놓고 있소!"

부산진성을 공격하기에 앞서 성 주변의 민가를 방화하는 고니시 부대를 피하여 백성들이 속속 성안으로 쫓겨 들어오고 있었다.

"아이고, 우리 재복이! 우리 복이가 아직 집에서 자고 있다고요!"

머리를 풀어 헤친 젊은 아낙이 눈을 허옇게 뒤집으며 비명을 토했다. 몸부림치는 어미의 허리춤을 검잡고 늘어진 무력한 아비의 눈에서는 닭똥 같은 눈물이 뚝뚝 떨어지고 있었다.

"한밤중에 이게 무슨 날벼락이오? 저놈들은 노략질을 하러 들어온 왜구가 아니라 군령에 따라 움직이는 왜군들이란 말이오! 봉화는커녕 모닥불 피우는 연기 한 줄기 못 봤는데 도대체 언제 왜군이 부산포에 상륙했다는 거요?"

민저고리 바람의 촌로가 그을어 탄 수염을 펄럭이며 울부짖었다. 성 밖은 온통 붉은 혓바닥을 널름거리는 화염의 아수라였고 성안은 불보다도 더 뜨겁고 독한 공포에 질린 백성들의 악다구니로 어지러웠다.

"소경 악사를 부르라! 그에게 퉁소를 불게 하여 놀란 백성들의 마음부터 진정시키라!"

오백여 명의 군사를 이끌고 부산진성을 방비하던 첨사 정발이 다급히 명령을 내렸다. 세상 밖을 내다보지 못하기에 사람 안을 들여다보기에 익숙한 맹인 악사가 듬쑥한 자세로 대나무 퉁소를 불기 시작했다. 그제야 공황에 빠져 마구발방 들뛰던 백성들이 조금씩 가라앉았다.

정발 역시 사태가 이런 식으로 급진전되리라고는 꿈에도 생각하지 못한 터였다. 정발은 전날 느긋하게 절영도로 사냥을 나갔다가 적의 침입이 있다는 소식을 전해 들었다. 경상 우수사 원균이 부산포와 해운대로 항진하는 백오십여 척의 적선을 발견한 응봉 봉수대로부터 보고를 받아 주변의 병사와 수사들에게 전한 통보였다. 하지만 정발은 처음에 구십여 척의 배를 발견하고도 일본의 세견선*인 줄만 알고 보고조차 하지 않았던 봉수꾼들과 마찬가지로 예사로운 일로 여겨 묵살하였다. 그가 비로소 사태의 심각성을 깨닫고 방어 준비를 할 때에는 이미 상황이 더 이상 나빠질 수 없는 지경이었다.

"소포**와 쇠뇌***를 성 위에 설치하라! 결사 항전하여 성을 지키리라!"

정발은 안일하고 어리석은 관리였으나 강용한 기개를 간직한 무장이었다. 그는 일본군의 총질과 불난리를 피해 성안으로 꾸역꾸역 밀려드는 백성들을 보며 그가 내릴 수 있는 유일한 명령을 절망적으로 하달했다.

고니시가 공격 시각으로 결정한 새벽이 다가올 즈음 부산진성은 일본군에게 완전히 포위되었다.

"우리의 목표는 너희가 아니다! 성을 비우고 길을 비켜준다면 헛된 피를 흘리지 않아도 되리라!"

*세견선(歲遣船) : 세종 때 왜인의 교역을 허락하여 매년 일정 수의 배를 우리나라에 보내게 한 일종의 무역선.

**소포(小布) : 무명으로 만든 과녁.

***쇠뇌[弩] : 여러 개의 화살이 연달아 발사되는 활.

66

고니시가 정발에게 항복의 의사를 묻는 사절을 보냈다. 하지만 정발은 '길을 비켜 달라'는 말의 의미를 알 수 없을뿐더러 그들의 '목표'가 무엇이든 간에 중요한 요새인 부산진성을 버리고 순순히 투항할 수가 없었다. 그는 회답을 보내지 않았다. 그렇게 침묵으로 대답하였다.

전투가 시작되었다. 성을 에둘러 싼 일본군은 사방에서 무자비하게 공격해 들어왔다. 그들은 이미 평지와 산악을 이용한 부산진성의 특성을 잘 파악하고 있었다. 한 부대는 뒷산을 타고 올라 고지대에서 아래를 향해 조총을 쏘아댔다. 그리고 쏟아지는 총탄에 조선군이 저항하지 못하고 움츠러드는 사이 성안으로 기어들어와 육탄전을 벌였다. 그런가 하면 다른 부대는 지대가 낮은 남쪽에 두 갈래로 나뉘어 사다리를 걸고 성벽을 기어오르기 시작했다.

"물러서지 말고 자기 자리를 지키라! 칼을 들어 사다리를 끊어라! 활을 쏴라!"

병사들을 독려하는 정발의 쇳소리가 처절하였다. 하지만 군민을 합쳐 고작 천여 명이 지키는 부산진성을 공격하는 상대는 만 팔천여의 정예군이었다. 또한 칼과 창, 활과 화살 따위로는 조선군의 승자총통보다도 월등히 우수한 일본군의 조총을 당해낼 수가 없었다. 심지어는 그 수량마저 적군에 맞서기에 턱없이 부족했다. 전쟁이 일어나기 두 달 전 조정에서 신립과 이일을 보내어 각 지방 요새에 비치된 무기를 점검했을 때, 화약과 대포는커녕 구식 무기들조차 실물 없이 문서에만 덜렁 올라 있는 실정이 번연히 드러난 터였다. 그 지경에도 경기와 황해도로 파견 나간 신립은 자기의 행차를 위해 새 길을 닦게 하는 등 어처구니없는 횡포를 부리며 정작 방비에는 아무런 문제가 없다고 큰소리를 쳐댔다. 유성룡은 보고를 받은 후에도 아무래도 의심을 떨칠 수 없어 신립에게 재차 물었다.

"왜국에서는 조총이라는 신무기를 개발했다는데 과연 그것도 걱정할 것이 없겠소?"

"세상의 어떤 창도 뚫지 못하는 방패와 세상의 어떤 방패로도 막을 수 없는 창이 있다기에 모순(矛盾)이리니, 조총이라고 어찌 쏠 때마다 다 맞출 수가 있겠습니까?"

조사가 끝난 뒤 조정에서 세운 대책이라곤 한성에 비치된 화약 이만 칠천 근 중 일부를 덜어 경상도에 사천 근, 전라도에 오천 근을 보낸 것뿐이었다. 사오천 근의 화약이란 고작해야 한 번, 아끼고 아껴 두 번의 전투에 겨우 쓸 만한 분량이었다.

그럼에도 조선군은 필사적으로 일본군의 침공에 맞섰다. 그 모습이 마치 거구의 어른에게 종주먹을 쥐고 덤비는 어린애와 같았지만 지휘관인 정발을 비롯한 부산진성의 모든 군민은 한

가닥의 실낱같은 희망을 잃지 않고 있었다.

─시간을 끌고 버티면 경상 우수사가 원군을 이끌고 올 것이다. 그러면 안과 밖에서 협공이 이루어질 터이니 중과부적이라고 절망할 것만은 아니리라!

하지만 새벽에 시작된 전투가 한나절을 넘기고 해질녘까지 이어져도 경상 우수사 원균이 이끄는 수군은 끝내 나타나지 않았다. 희망은 절망이 되고 절망은 공포가 되었다. 그럼에도 싸움을 멈출 수가 없었다. 활을 쏘던 군사들이 총에 맞아 쓰러지거나 지쳐 나가떨어지면 늙거나 젊은 사내들이 다투어 그 자리를 메웠다. 시위를 당길 힘이 모자란 여자와 아이들은 돌멩이를 주워 던지거나 물을 끓여 퍼부었다.

"포기하지 마라! 조금만, 조금만 더 기운을 내라!"

쉬어 갈라지는 목소리로 군사와 백성들을 격려하던 정발의 옆얼굴이 불그죽죽한 석양볕에 물들었다. 그 순간 정발의 몸이 허방을 밟은 듯 앞으로 푹 고꾸라졌다. 어디선가 날아온 조총의 탄환이 투구를 뚫고 그의 머리를 명중한 것이었다.

"싸워야…… 한다. 끝까지, 싸우라……!"

전투의 지휘관은 단순히 관등의 높낮이를 따져 정하는 우두머리가 아니었다. 그는 전투의 상징일뿐더러 전의의 방벽이기도 하였다. 그 마지막 보루가 성과 함께 무너졌다. 부산진성을 지키던 천여 명의 군사와 백성들이 전멸하였다. 남자와 여자, 노인과 아이, 그리고 개와 고양이까지도 숨탄것이라면 모두 도륙되었다. 이 처참한 패전이 임진란의 첫 싸움이었다.

부산진성은 수성의 전술로 방어하였고, 군과 민이 뒤엉킨 채 함께 싸우다 함께 죽었으며, 철저히 패배하였다. 그러나 부산진성만이 아니었다. 동래성이, 양산성이, 언양성과 김해성이, 경주성과 창원성과 영천성과 성주성과 충주성이 그렇게 하나같은 방식으로 참혹하게 무너졌다.

그리하여 오월 초사흘, 일본군의 선봉 부대가 부산포에 상륙한 지 꼬박 스무 날 만에 고니시의 제일번 대와 가토의 제이번 대와 구로다 나가마사[黑田長政]의 제삼번 대가 위풍당당하게 조선의 수도 한성에 입성하기에 이르렀다. 너무 쉬운 싸움이었다. 거저먹기나 다름없는 전쟁이었다. 그로부터 나흘 뒤 전라 좌수사 이순신이 거제의 옥포 앞바다에서 첫 승리를 거두기 전까지 조선군은 육전과 해전을 통틀어 단 한 번의 승리도 거두지 못한 채 급급히 뒷걸음쳐갔다.

고대 중국 춘추시대로부터 병서의 으뜸으로 전해오는 『손자병법(孫子兵法)』에는 그 앞머리에 백성의 생사를 좌우하고 국가의 존망을 결정하는 전쟁의 다섯 가지 조건과 그를 비교하는 일곱 가지 기준을 밝혀두었다.

전쟁의 다섯 가지 조건 중 첫 번째는 도(道), 백성들이 지도자와 한마음 한뜻이 되어 생사를 함께하매 어떤 위험에도 두려워하지 않고 믿음의 도리를 지키도록 정치력을 발휘하는 일이었다.

왕이 도망쳤다. 개국의 도읍지 한성을 버리고 떠났다. 싸우기 위해서는, 지키기 위해서는 힘이 필요했다. 봉수의 체계가 무너져 봉화로 하루 만에 닿을 개전 소식을 나흘 뒤에야 파발마를 통해 장계*로 전달받은 조선 조정은 그제야 허둥지둥 각곳에 파견할 책임자를 결정했다. 하지만 문제는 그들이 당장 이끌고 내려갈 병력조차 없다는 것이었다. 다급한 조정에서는 벼슬만 던져주고 그들 스스로 군관을 뽑아 대동하도록 하였다. 그러니 순변사**랍시고 임명된 이일이 남쪽으로 가매 서울의 군사라며 데리고 간 삼백 명 중 절반은 군사훈련 한 번 받아보지 않은 건달이거나 아전이거나 유생이었다.

힘이 없다면 의지라도 있어야 했다. 하지만 패전의 보고가 잇따르던 끝에 충주의 탄금대에서 신립의 팔천 기병이 일본군에게 궤멸당했다는 소식이 전해지자 선조는 곧이라도 적군이 한성으로 들이닥칠까 봐 전전긍긍하

*장계(狀啓): 지방에 파견된 벼슬아치가 조정에 써 올리던 글.

**순변사(巡邊使): 변방의 군사와 정무를 돌아보고 조사하기 위해 왕명을 받아 파견된 특사.

였다.

한성은 이미 전쟁보다 더한 소동과 혼란으로 흔들리고 있었다. 도성의 사람들은 남부여대하여 피란 행렬을 지었고 벼슬아치들 중에는 출근하지 않는 자들이 숱하였다. 그토록 충성을 부르짖던 신하들, 국도(國都)의 자존심을 내세우던 경인(京人)들 중 누구도 서울을 지키려 하지 않았다. 미리 낌새를 채 가족을 빼돌리고는 시치미를 떼며 백성들의 불충을 욕하는 고관들을 탓할 수만도 없었다. 대저 그들이 진심으로 지키려던 것은 혈족의 안위와 자기의 위신뿐이었다. 그것만은 상하가 일심동체였다. 선조가 한성을 방어할 계획을 세운다며 가장 먼저 한 일 중의 하나는 내수사 소속의 활 잘 쏘는 노자(奴子) 이백 인을 뽑아 대내(大內: 왕의 거소)를 호위하게 한 것이었다.

아무런 대비도 없이 전쟁을 맞은 조선의 도(道)는 사람의 뜻과 의지를 밝히는 길이 아니라 제각기 발버둥을 치며 살아갈 방도를 찾는 탈로(脫路)나 진배없었다. 그리하여 파천(播遷: 임금이 도성을 떠나 난을 피함)을 먼저 말한 것은 후일 주청자로 문책당한 영의정 이산해와 유성룡이 아니라 바로 도(道)를 이끄는 하늘 아래 단 한 사람이라는 왕, 선조 자신이었다.

영중추부사 김귀영이 목청을 높여 반대 의사를 밝혔다.

"종묘와 사직이 모두 이곳에 계시는데 대체 어디로 가시겠다는 것이옵니까?"

우승지 신잡이 눈물을 흘리며 말하였다.

"만일 전하께서 끝내 파천하신다면 신은 감히 전하를 따를 수가 없사옵니다. 신의 집에는 팔순의 노모가 계시니 차라리 종묘의 대문 밖에서 자결할지언정 한성을 떠날 수는 없사옵니다!"

수찬 박동현이 목 놓아 울부짖었다.

"전하께서 도성을 나가신다면 인심을 보장할 방도가 없사옵니다. 연(輦)을 멘 인부도 길모퉁이에 가마를 버려둔 채 달아나고야 말 것입니다!"

기성부원군 유홍이 선조가 피난을 준비하며 금덩이와 짚신과 말을 준비한다는 소식을 듣고 놀라 상소하였다.

"미투리는 궁중에서 쓰는 것이 아니고 백금은 적을 방어하는 물건이 아닙니다. 지금 급한 것은 화살입니다. 나라를 지킬 무기입니다. 전하께서는 어찌 나라를 망치는 일을 하려고 하십니까?"

그러자 선조는 유홍을 불러들여 오해를 풀답시고 말하였다.

"내가 한성을 버리고 어디로 가겠는가? 미투리는 출정하는 병사들에게 주려는 것이고 백금은 이미 변란 전에 무역하게 한 것이니 경이 들은 것은 모두 날조된 말이다. 허문에 속아 짐을 의심치 말라!"

조정에서는 성문을 지키는 병사들에게 몰래 도성을 빠져나가는 이들의 목을 베라는 명령을 내렸다. 하지만 그 와중에 임금은 뒷길로 몇몇 심복지인과 비밀히 상의하여 평양으로 파천할 것을 결정하였다. 해풍군 이기 등 종친 수십 명이 몰려와 편전의 합문을 두드리며 통곡할 때까지도 선조는 끝내 그런 일은 없으리라고 잡아떼며 의뭉을 부렸다.

"나는 가지 않고 마땅히 경들과 더불어 목숨을 바칠 것이다. 그러니 소란을 떨지 말고 물러가도록 하라!"

왕과 그 일행은 도성의 사대문을 활짝 열어둔 채 돈화문을 빠져나가 임진강으로, 개성으로, 평양으로, 영변으로, 의주로 도망쳤다. 하지만 교서도 없는 초라한 책봉식으로 광해군을 세자의 자리에 앉히고 금덩이를 끌어안은 채 허겁지겁 달아난 선조가 가려던 곳은 그보다 더 먼 북쪽이었다. 파천의 행렬이 황해도를 지날 때부터 슬그머니 그 뜻을 비치기 시작했으니, 이른바 '요동내부(遼東內附)'라 했다. 우리나라 지방에는 피할 만한 곳이 없을 듯하고, 천자(天子)의 나라에서 죽는 것은 괜찮으나 왜적의 손에 죽을 수는 없으니, 그의 뜻은 본디 명나라로 건너가 귀화하려는 것이었다고 하였다.

전쟁의 두 번째 조건으로 꼽는 천(天)이란 낮과 밤, 추위와 더위, 계절의 변화 등 시간적인 조건을 말하며, 세 번째 조건인 지(地)란 거리의 멀고 가까움, 지세의 험하고 평탄함, 지역의 넓고 좁음, 지형의 유리함과 불리함 등의 지리적인 조건을 가리켰다.

조선으로 출병하는 일본군 장수들의 손에는 고니시의 사위이기도 한 쓰시마 도주 소 요시토시[宗義智]가 도요토미에게 바친 조선 지도의 복제본이 들려 있었다. 첫 공격의 대상인 경상도는 백국이었고, 전라도는 적국, 충청과 경기는 청국, 강원과 평안은 황국, 황해도는 녹국, 함경도는 흑국으로 색이 나뉘어져 있었다. 이 여섯 빛깔은 점령 후 분국의 표식이 되어 일본의 지배를 받을 것이었다. 또한 조선말에 능란한 길라잡이 백사십여 명이 각 부대에 배치되어 조선의 산천을 제 집 안방 건넌방 넘나들듯 하였다.

네 번째로 전쟁의 조건이 되는 장(將)이란 지모와 신의와 용기와 위엄 등 장수들의 기량을 일컬으며, 마지막 다섯 번째로 말하는 법(法)이란 군대의 규율이나 장비 등의 조직 체계를 가리켰다

태평성대에는 참으로 충신도 많았다. 입만 열면 충성이요 잠꼬대로도 애국이었다. 비궁지절(非躬之節)이리니 제 몸을 돌

보지 않고 임금에게 충성을 다하는 것이 신하의 도리라고 하였고, 위신사충(爲臣死忠)이니 신하 된 자는 마땅히 목숨을 아끼지 않고 나라에 충성해야 한다고 하였으며, 그 마음이 지극하여 충심관일(忠心貫日)이려니 마침내 뻗쳐오른 충성심이 해를 꿰뚫을 정도라고 하였다. 자기를 높이기 위해서 쓰이나니 충이요 남을 끌어 낮추기 위해서도 충이었고, 자기를 변명하기 위해서도 충이며 남에게 해코지를 할 때에도 그 구실은 충이었다.

그런데 그토록 세상에 차고 넘쳐흐르던 충신과 애국자들은 다 어디로 간 것일까? 밀물처럼 불길처럼 몰아닥치는 적군의 진공에 감투를 쓴 작자들은 여러 마리가 서로 꼬리를 물고 줄을 짓는 문쥐처럼 제 살길을 찾기에 골몰하였다.

서평포와 다대포를 점령한 일본군이 동래성으로 들이닥칠 때 경상 좌수사 박홍은 군기와 식량을 불사른 뒤 좌수영을 버리고 도망쳤다. 경상 좌병사 이각은 동래 부사 송상현에게 나가서 원병을 불러 오겠다 능치고는 동래성을 빠져나갔다. 밀양 부사 박진은 군량 창고를 불사르고 달아났고, 진주에 머무르던 경상 감사 김수는 지원 요청을 받아 동래로 오다가 일본군이 부산을 점령했다는 소식에 말머리를 돌려 도망갔다. 김수는 수령들에게 성을 버리고 산이나 골짜기에 들어가 숨으라고 하달하기까지 하였으니, 그것이 소위 외적에 대비하여 조선이 채택해 온 공성(空城) 전술이었다. 감사의 전령에 그다지도 충실한 창원 부사 장의국과 의령 군수 오응창과 창녕 군수 이철용과 현풍 군수 유덕신이 각기 읍을 버리고 뿔뿔이 흩어졌다. 울산 군수 이언성은 죄를 추궁당할까 봐 고니시가 조선 조정에 전달하라며 건넨 도요토미의 서계를 지닌 채로 달아났다. 부산진성과 동래성에서 그토록 애타게 기다리던 경상 우수사 원균은 거제도의 우수영에 있던 전선 백여 척과 무기들을 바다에 던지고 노량진으로 도망쳤다. 경상 우수영의 일만 수군은 전투 한 번 치르지 않고 스스로 궤멸했다.

곳곳에서 병사, 수사, 군수, 현감 등 군사를 모아 대열을 갖추고 백성들을 지켜야 할 이들이 맡은 바 직책에 아랑곳없이 줄행랑쳤다. 남해 현령 기효근이 창고에 불을 지르고 도망쳤다. 상주 목사 김해가 산으로 달아났다. 영산 현감 황정복과 김해 부사 서예원도 도망쳤다. 한성이 무너지매 도검찰사 이양원과 부원수 신각이 달아나고 도원수 김명원은 무기와 대포를 한강에 처넣고 도망갔다. 그들은 등등하게 떨쳐입었던 관복을 훌렁훌렁 벗어 던지고 누더기를 걸친 채 백성들 사이에 끼어 몸을 숨겼다.

도(道), 천(天), 지(地), 장(將), 법(法). 이 다섯 가지 조건을 제

대로 이해한 자만이 승리하고 알지 못하는 자는 패배할지니, 그 승패를 더욱 확연히 가르는 일곱 가지 비교의 기준은 다음 같았다. 어느 편의 통치자가 정치를 더 잘 하는가, 장수는 어느 편이 더 유리한가, 천후와 지리는 어느 편이 유리한가, 조직과 규율과 장비는 어느 편이 잘 준비되어 있는가, 군대는 어느 편이 더 많으며 강한가, 사병은 어느 편이 더 잘 훈련되어 있는가, 신상필벌은 어느 편이 더 분명히 행해지고 있는가.

그러나 이 조건과 기준은 단지 전쟁에서 승리하기 위해 갖춰져야 할 것들이 아니었다. 그것은 누군가를 지배하기보다 누군가에게 지배당하지 않기 위해 반드시 필요했다. 얻기 위해서라기보다 빼앗기지 않기 위해 더욱 필요했다. 울울창창한 숲과 흐르는 구름의 빛깔을 닮고 구수한 흙과 달콤한 꽃과 서늘한 풀의 냄새를 풍기는, 평화, 그 소박하고 간절한 꿈을 지키려면.

송골매와 갈까마귀

구목*을 타고 족족히 벋은 하눌타리를 정돈하려 낫을 들었다. 하눌타리라는 이름이 하늘의 울타리란 뜻이던가. 애꿎음을 호소하며 황급히 펼쳐 보인 손바닥처럼 뒤숭숭한 이파리들을 쓸어내며 최경회는 곰곰 생각에 빠져든다. 태허에도 경계가 있던가, 있다면 그것은 대체 무엇을 분별하기 위해 지어진 한계인가? 어수선산란한 노란 꽃 사이 자황색으로 물들어가는 열매를 걷어 쳐내면서 의주에 머무르는 임금과 분조(分朝)를 이끌고 이천으로 남하한 세자를 생각한다. 그토록 어그러진 하늘 아래 산산조각 나 흩어진 백성들의 삶을 생각한다. 이름 좋은 하눌타리, 허울

*구목(丘木): 무덤 주변에 가꾸어 놓은 나무.

좋은 하눌타리라! 겉모양은 그럴듯하나 실속 없다는 조롱이 꼭 지금 조선의 형세를 말하는 듯하다. 낫갱기를 휘감은 손에 절로 아픈 힘이 돋는다.

─어이하여 홍재에게선 소식이 없는가? 금산까지 잘 도착하여 고경명을 만났는가? 아, 늙음이여, 이게 누구의 허물인고! 답답하구나! 이제껏 단 한 번도 나이 먹는 일을 서러워해본 바 없거늘, 당장이라도 몸을 일으켜 달려갈 수 없는 신세가 안타깝고도 부끄럽구나!

최경회는 울꺽 솟구치는 역정에 낫을 내던지고 무덤가에 풀썩 주저앉는다. 봄 지나 여름이 오매 이제는 잔디가 완전히 뿌리를 내려 봉긋하고 넉넉한 푸른 젖무덤이 어여쁘다.

"어머니! 거기 극락정토는 어떻습니까? 더없이 안락하여 즐거움만 있다더니 정말 아무 시름없이 무고하십니까?"

꼬박 한 해 하고도 다시 절반, 어머니 곁에 머물며 아이처럼 웃고 울 날도 이제 몇 달 남지 않았는데 어머니는 꿈속에조차 한 번 나타나신 적이 없다. 그리움도 그리움이려니와 꿈에서나마 이처럼 산란한 마음을 하소연하고 싶은데, 야속하게도 어머니는 그 좋은 곳으로 아예 가버려 막내아들의 호곡조차 듣지 못하시나 보다.

전란의 비보를 접하고 황망한 마음을 가눌 길 없어 안절부

절못하던 중하(中夏: 음력 5월)의 그믐께 고경명이 고향인 장흥에서 의병을 일으켰다는 소식을 들었다.

"과연 제봉(霽峰)이로고! 청년기부터 그 기개와 우국지심이 범상치 아니하더니 마침내 나라를 구하고자 늙은 몸마저 일으켰구나!"

최경회는 젊어 기대승의 문하에서 동학(同學)했던 고경명의 거병에 감동을 받았다. 고경명은 최경회보다 한 살이 어린 어깨동갑으로 지난해 당쟁의 회오리에서 파직당한 뒤 낙향하여 후진을 양성하는 데 힘을 쏟던 터였다. 그는 문신이지만 풍채가 좋은 호사였고 풍류를 즐기어 많은 시문을 남기기도 하였다. 그런 고경명이 아들 종후, 인후와 함께 육천 의병을 일으켰다는 소식을 듣고 최경회는 문득 그가 지은 시의 한 구절을 떠올렸다.

    고요해야 안정될 것이며,
    텅 비어야 지혜로워질 것이다.

지금 조선 곳곳에서 들불처럼 일어나는 의병은 바로 그런 텅 빈 지혜로움, 지혜로움의 일공(一空)에서 비롯된 것이리라. 의령에서 가장 먼저 기병한 곽재우 부대를 비롯하여 나주에서 김천일 부대가, 옥천에서 조헌 부대가 나라가 결딴나고 민족이 무너지는 파망을 막고자 분연히 일어났다. 의병장들은 주로 명유중망(名儒衆望)으로 천거된 이들이었는데, 많은 사람들로부터 신망을 받는 이름난 선비이기에 주민들을 설득하고 각처에서 도망쳐 온 관군을 모아 부대를 꾸릴 수가 있었다.

한성을 버리고 떠난 조정에서는 연일 전쟁의 책임을 묻는 공방이 한창이었다. 순변사며 초유사가 전국에 파견되었고 조정의 질책에 쫓긴 관리들은 화급히 삼남(충청, 전라, 경상)에서 긁어모은 오만 병사로 반격에 나섰다. 그 이름도 거창하니 '남도 근왕군'이라! 하지만 우두머리들은 도망가고 제대로 훈련을 받지 못해 오합지졸이나 다름없는 관군은 유성룡의 표현대로 '봄놀이에 나선 양 떼'와 같았다. 싸울 힘도 의지도 없는 그들은 수원을 거쳐 한성으로 진군하다가 용인에서 고작 천육백의 일본군에게 격파당하고 말았다. 이제 육지에서 믿을 만한 저항군이라곤 창의 선비라고 불리는 의병뿐이었다.

애초에 일본군 선봉대가 진군하는 길에는 전라도가 제외되어 있었다. 고니시가 이끄는 일번 대는 동래와 대구, 선산, 상주에서 새재를 거쳐 충주, 여주, 서울에 이르렀고, 가토가 이끄는 이번 대는 부산포에서 동래와 언양, 경주, 용궁을 지나 새재를 넘어 충주, 죽산, 용인에서 한성 동쪽으로 들어갔고, 구로다가 이끄는 삼번 대는 다대포에서 김해, 성주, 금산을 거쳐 추풍령을 넘어 영동, 청주에서 경기 서쪽으로 진입했다. 선봉 대가 서울을 장악하기까지 조선군은 제대로 저항 한번 해보지 못한 채 추풍낙엽으로 쓸려 가니, 사번 대에서 구번 대까지 모두 조선에 들어와 경상도와 충청도에 군사를 상주시킨 상태였다. 그러나 이때까지도 호남 땅에서는 일본군의 그림자를 찾아볼 수 없었다.

지형적으로 일본군이 전라도를 침입하려면 소백산맥과 차령산맥을 넘어야 했다. 아니라면 바닷길을 통해 들어오는 수밖에 없었다. 하지만 천연의 병풍인 산줄기의 고개들을 넘으려면 많은 위험을 감수해야 했고, 바다에서는 예상치 않았던 조선 수군이 이순신의 지휘 아래 선전하고 있었다. 일본군은 육지에서는 거칠 것 없이 승승장구하고 바다에서는 연일 참패하는 꼴이었다. 하지만 일본군이 어쩔 수 없이 전라도를 포기한 것만은 아니었다. 그들의 최종 목표는 조선이 아니었기에, 더 멀고 넓은 땅을 정복하겠다는 야심을 품고 있었기에 곡창지대인 전라도를 군량 창고쯤으로 여기며 미리 짓밟지 않고 지나쳐간 것이었다.

"당장의 침탈과 전투가 없다고 하여 안심할 수 없습니다. 임시의 평화는 앞으로의 더 큰 재앙을 예고하고 있습니다. 일어나 싸우지 않으면 평화를 지킬 수 없습니다. 지금이야말로 우리가 나서야 할 때가 아니겠습니까?"

최경회를 비롯한 경운, 경장 삼 형제는 어머니의 무덤 곁 여막에 모여앉아 속속 밀려오는 전운을 예측하며 시름하였다.

"하지만 지금 우리는 삼년초토에 들어 있지 아니하더냐? 어찌 거상 중에 함부로 몸을 움직일 수 있을꼬?"

중형 경장이 한숨을 쉬며 말했다. 그들이 지금껏 배워온 대로라면 과연 그러했다. 효는 세상의 근본이면서 세상까지도 넘어선 것이었다. 천재지변이든 인재지변이든 머리 꼭대기에서 어떤 불벼락이 떨어져도 경거망동해서는 안 되는 것이 상제의 자세였다.

"실은 고경명이 제게 글을 보내왔습니다. 전주에서 남원을 거치며 칠천으로 병력을 불리고 한성을 탈환하기 위해 북상하던 중 왜군이 곧 전라도에 들이닥칠 것이라는 소식을 들었답니다. 그래서 우선은 금산으로 진격하여 삼남을 모두 점령하려는 왜군을 물리칠 예정이라며 제게 동창(同倡)을 청해 왔습니다. 형님들은 이에 대해 어떻게 생각하십니까?"

"그러지 않아도 홍재가 함께 수학하는 젊은 벗들과 더불어 능주에서 의병을 일으킬 것을 건의하더구나. 우리 집안이 앞장서지 않는다면 누구도 이 지역에서 쉽사리 거병할 수 없을 것이니 마땅히 사재를 털어 모병에 나서야 할 터! 나도 너희의 뜻을 묻고자 하였느니라."

백형 경운이 무거운 입을 떼었다.

"홍재도 그런 말을 하였습니까? 사실은 홍우도 같은 뜻을 밝히기에 저 역시 형님과 아우의 의견을 들어보려던 중이었습니다."

중형 경장이 움쑥한 눈을 휘둥그레 뜨고 말하였다.

"홍재와 홍우, 과연 믿음직한 나의 조카들입니다! 상하를 가리지 않고 제 한 목숨을 건지기에 급급한 도망자들이 천지에 가득한 시국에, 그래도 기꺼이 싸움터에 나서려는 젊은이들이 있기에 이 나라는 아직 망할 때가 아닌 모양입니다! 형님들, 감사합니다. 못난 저는 창의의 뜻이 행여 혼자만의 작심인가 하여 근심하였습니다. 형님들, 죄송합니다. 내심 용맹한 조카들을 군사를 이끌 장수로 세울 생각을 품었으나 무자하여 자애지정을 모른다는 원망을 들을까 저어하였습니다."

최경회는 눈물을 글썽거리며 형들의 손을 덥석 그러쥐었다.

"향리에서 모병을 하는 일은 덕망 있는 두 형님이 나서주신다면 무리 없이 진행될 것인 바, 그렇다면 저는 두 조카와 함께 고경명을 도우러 가겠습니다."

하지만 앞서 달리는 마음의 발목을 몸이 매정하게 움켜잡는지라, 최경회는 두 조카와 더불어 뜻있는 젊은이들을 모으던 중 건강의 이상을 느끼게 되었다. 워낙에 강건한 체질인지라 몸져눕는 지경에까지 이르지는 않았으나 숨이 가쁘고 몸이 떨리며 온몸에 지절통이 느껴졌다. 그도 그럴 것이 최경회는 지난 일 년 반을 꼬박 거친 밥과 박찬으로 연명하며 노숙이나 다름없는 시묘살이를 해온 터였다. 이효상효*함을 마냥 칭송할 수는 없겠으나 본디 둘이 아니기에 마음이 무너지매 몸도 따라 허는 것은 지극히 자연스러웠다.

"비분강개하는 마음으로야 단걸음에 지기의 곁으로 달려가야 옳겠으나 지금의 용태로 출전하기는 아무래도 무리하다. 이토록 기력이 떨어져서야 어찌 시석을 무릅쓰고 싸울 수 있겠는가? 경회는 이대로 머물러 후일을 도모하고, 대신 홍재가 지금까지 모은 향병 오백을 이끌고 금산으로 가는 편이 좋겠다."

백형 경운의 제언을 받아들이지 않을 도리가 없었다. 단단히 속바람이 든 듯 다리마저 허정대는 지경이야 싸움터에서도 방해물밖에 더 되겠는가. 그렇게 맥없이 조카와 병사들을 떠나보낸 것도 벌써 반삭이 얼추 지났다. 하지만 향병이 곳곳에 포진한 일본군을 뚫고 금산까지 무사히 갔는지, 가서 고경명을 만났는지, 고경명 부대와 합세하여 금산성을 점령한 일본군과 전

*이효상효(以孝傷孝) : 효성이 지극한 나머지 부모의 죽음을 너무 슬퍼하여 병이 나거나 죽음.

투를 벌였는지, 그 결과는 과연 어떠한지, 무덤가에서 잡초를 뜯으면서야 헤아릴 길이 묘연하였다.

풀 베어낸 자리에 풋내가 더욱 무성하였다. 덤불숲에서는 멧새가 치칫 칫친 쯔쯔 츄이 변쓰듯 울어댄다. 어머니 무덤에 슬며시 어깨를 기대니 물씬한 흙내가 청량하다.

―새벽에 문득 깨어나면 세상이 갑자기 낯설어요. 살아온 날이 서럽도록 믿을 수 없어 사는 일조차 생경하고 서먹해요. 지금 서성이는 이곳은 어떤 꿈의 갈피일까요?

어둠 속에서도 선연하던 푸른 눈자위가 삼삼하다. 대답을 구하지 않는 그녀의 물음이 머릿속에서 잉잉댄다. 전쟁의 불구덩이, 참담한 현실. 삶은 쌉쌀한 약초 같고 죽음은 달콤한 독풀 같다. 과연 어떻게 살고 어떻게 죽어야 하는가.

"숙부님! 숙부님!"

다급한 외침이 묏등에 머리를 기댄 채 깜박 잠에 빠져들었던 최경회를 깨웠다.

"너, 너는…… 홍재 아니냐?"

최경회는 허위허위 산길을 짚어 오는 조카의 모습을 보고 깜짝 놀라 소리쳤다.

"어찌 된 일이냐? 금산까지 당도하였더냐? 고경명을 만났느냐? 전투는 어찌 되었느냐?"

최경회는 평소의 침착성을 잃고 가쁜 숨을 고르는 조카를
다그쳤다.

"숙부를 뵐…… 면목이 없습니다."

언제나 듬쑥하던 장조카의 고개가 푹 꺾였다. 자세한 영문
은 알 수 없지만 무언가 예상치 못했던 문제가 생긴 것이 분명
하였다. 그때 홍재를 뒤이어 여막을 향해 다가오는 무리 중에
연복*을 입지 않은 한 사람이 눈에 띄었다.

"이보게, 삼계(三溪)! 최공! 날 알아보시겠나? 나 문홍헌일세!"

"아니, 경암(敬庵) 어른! 어르신께서 어인 일로 여기까지 걸
음을 하셨습니까?"

최경회는 뜻밖의 모습에 놀라 외쳤다. 경암 문홍헌은 능주
사람으로 율곡의 문하에서 수학한 유사였다. 그는 기질이 정
백하여 일찍부터 도학과 현인을 숭상하였는데, 그중에서도 중
종 임금 때 기묘사화에 휘말려 원통하게 죽은 정암(靜庵) 조
광조를 사표로 삼아 흠모하였다. 조광조는 문홍헌이 태어나
던 해 벼슬길에 들어서 혁신의 이상을 펼치다가 그로부터 네
해를 못다 넘겨 능주 남정리의 유배지에서 사사되었다. 조광
조가 능주에 머문 기간은 고작 한 달에 지나지 않았으나 비운

*연복(練服): 소상 후부터 담
제 전까지 입는 상제의 옷.

의 개혁가는 절의를 우러르는 능주 사람들
에게 오랫동안 기억되었다. 그리하여 문홍헌

88

은 선조가 즉위하여 조광조가 복권된 뒤 스스로 땅과 노비를 바치어 그를 추모하는 죽수서원(竹樹書院)을 짓는 데 헌신하기도 하였다.

"어르신께서 삼백여 향병을 모집하여 고경명과 함께 전라우도의 의병을 이끄신다는 소식은 일전에 들었습니다. 어르신의 충의와 기개가 소배(少輩: 젊은 후배)의 부끄러움을 자아내기에 충분하였습니다."

백발을 펄펄 날리며 달려온 문홍헌을 보니 나이를 탓하며 탄식한 일이 객심스럽다. 최경회는 문홍헌의 노익장에 진심으로 존경의 마음을 느끼며 말했다. 문홍헌은 평생토록 마음의 스승으로 섬긴 조광조와 마찬가지로 이상과 현실을 분리하여 생각지 않았다. 누군가는 이상은 이상이고 현실은 다만 현실일 뿐이라고 비소하지만, 진정한 이상주의자는 이상을 현실로 이끄는 일을 두려워하지 않았다. 그 무모한 도전, 필패의 수모까지도 마땅히 감당하였다. 지금 문홍헌의 나이 일흔일곱 살, 그러나 최상이면서 최선인 이상은 본디 늙을 수 없는 것이었다.

"일전에 열읍의 선비들과 담양에서 만나 회맹(會盟: 모여서 맹세함)할 때 고 장군이 얼마나 최공을 그리워했는지 모른다네. 그대가 모친상을 당하여 사직하기 전까지 담양 부사로 제직하지 않았던가? 최공이 그 자리에 있었다면 관군과 의병을 통합하여 더욱 강력한 군용을 갖출 수 있었을 터인데 애석한 일이 아닐 수 없다 입을 모았으이."

"그렇다면 어르신께서도 함께 금산으로 출격하셨던 것입니까? 그러지 않아도 제봉의 소식이 참으로 궁금하던 차였습니다. 두 번이나 서한을 보내 함께 거병할 것을 청하였으나 제 처지가 이러한지라 안타까움에 혈루를 삼킬 뿐이었는데, 대체 금산 전투는 어떻게 되었습니까?"

"그게 말일세⋯⋯."

의기로 형형하던 문홍헌의 눈빛이 흐려졌다. 안광이 꺾이자 그는 단번에 열혈 청년에서 추루한 노인의 형상이 되어버렸다. 문홍헌이 주춤주춤 어렵사리 말문을 열었다.

"고 장군은⋯⋯ 전사했네."

"예? 제봉이, 고경명이 죽었다고요?"

"늙은 입으로 젊은이들의 생죽음을 말하자니 욕된 목숨이 더욱 무색하네. 고경명 장군과 그의 차남 인후는 금산 전투에서 장렬히⋯⋯ 전사하였다네."

수발에 서리가 허옇게 내린 늙은 전사가 고개를 무겁게 떨어뜨렸다. 난 순서대로 갈 수 없는 길이 못내 겸연쩍은 듯 그는 주름진 눈가장을 거칠게 구기질렀다.

"늙고 비루한 몸으로 총받이나마 될까 하여 고 장군의 막하에 든 것이 지난 오월이었지. 그리하여 짓밟힌 조선의 자존심을 세우고자 한성을 향해 북진하던 중 정세가 다급하여 금산성을 탈환할 계획부터 세우게 되었다네. 그때 고 장군이 나를 부르더니 군량 보급이 어렵다고 호소하더군. 우리 부대뿐이 아니라 충청 의병 조헌 부대와도 금산성에서 만나기로 약조를 하였으니 대전투를 준비하매 군량미 자루부터 채워야지 않겠는가? 죽기를 각오하고 싸워야 할 테지만 싸우기 위해서는 우선 먹고 살아야만 할지니. 그렇게 부대를 떠나 군량을 확보하려 동분서주하던 중 금산의 패전과 고경명 부자의 순절 비보를 듣게 되었으니…… 이 질긴 목숨이 어떻게 쓰이려고 이토록 때와 곳을 놓치고 헤맨단 말인가?"

문홍헌의 눈에서 결국 굵은 눈물이 후드득 떨어져 내렸다.

"저 역시 금산으로 진군하다가 노상에서 금산성의 소식을 듣게 되었습니다. 원래는 충청 의병이 고경명 부대에 합류하기로 되어 있었으나 시일을 놓치는 바람에 오지 못하고, 대신 전라 방어사 곽영과 영암 군수 김성헌이 거느린 관군과 연합군을 꾸리게 되었다지요."

홍재가 침통한 목소리로 문홍헌이 못다 말한 금산성 전투 소식을 전했다.

고경명이 급촉하게 전투를 개시한 데에는 전술적인 이유가 있었다. 금산성을 점령한 일본군 제칠 부대는 칠월에 들어서면서부터 꾸준히 전라도 진격을 시도하고 있었다. 만 오천여 병력의 수장은 노장 고바야카와 다카카게[小早川隆景]였으나 실질적으로 전투를 이끄는 것은 승려 출신인 안코쿠지 에케이[安國寺惠瓊]였다. 안코쿠지는 스스로를 전라 감사라 칭하며 곳곳에 격문을 뿌려 투항을 종용했다. 누가 일본 중을 전라도 관찰사로 임명했단 말인가? 나라가 얕잡아 보이니 인민들도 모두 허아비로 보이는 모양이었다. 뜨겁고 검질긴 기질을 가진 전라도의 의인들은 그의 오만 방자에 격분하였다.

육로로 전라도에 진입하려는 일본군은 금산을 거점으로 하여 전주성을 목표로 삼았다. 초기에 창원에서 남원을 거쳐 전주를 점령할 계획이 의령의 곽재우 부대에 의해 좌절되자, 안코쿠지는 진안의 웅치(곰티재)나 진산의 이치(배재)를 넘어 전주로 들어가려 하였다. 고갯마루를 넘어 비탈길을 달리면 삼남의 마지막 보루인 전라도까지 적군의 손아귀에 들어가게 되는 셈이었다. 그럴 수는 없었다. 그러하기에 전투는 더욱 치열했다. 관군과 의병을 모두 합쳐 천 명이 채 되지 않는 조선군은 오로지 주검이 되어 웅치를 지키는 수밖에 없었다. 김제 군수 정담은 '차라리 적 한 명을 죽이고 죽을지언정 일 보를 물러서서 살 수 없다'며 끝내 후퇴를 거부하다가 장절한 최후를 맞았다. 그를 태우고 난전의 한가운데를 달리던 백마의 갈기가 쓰라린 피에 물들어 붉게 펄럭였다. 그 모습이 적장인 안코쿠지에게마저 진한 감동을 불러일으킬 정도였다.

―조선국 충신들의 죽음에 애도를 표하노라[弔朝鮮國忠肝義膽].

안국사를 건립한 승려이기도 한 안코쿠지는 겹겹이 쌓인 조선군의 시체를 모아 한데 묻고 나무 팻말을 세워 추모하였다. 현세에서는 적국에서 마주친 적군이겠으나 불국(佛國)에까지 국경이 있고 국적이 있겠는가.

이치 전투는 웅치 못잖게 격렬하였다. 광주 목사 권율과 동복 현감 황진이 이끄는 천오백의 조선군은 고개 곳곳에 복병과 목책과 함정과 마름쇠를 준비하고 정상에서 오색 깃발을 펄럭이며 기세를 돋웠다. 웅치에서 후퇴한 일본군의 공격은 한층 거세었다. 전투가 시작되자 조선군이 연막을 치기 위해 피워 올린 연기 속에서 일본군이 불어대는 피리 소리와 총성이 요란했다.

병법에서는 이길 수 없는 자는 지키고 이길 수 있는 자는 공격한다고 하였다. 군사력이 부족할 때는 방어를 하고 여유가 있을 때에 공격을 한다고 했다. 하지만 방어를 잘하는 자는 마치 땅속 깊이 숨어 있는 것과 같으니, 현격한 힘의 우위에도 불구하고 일본군은 조선군의 용전에 밀려 고개 밑으로 내리달을 수밖에 없었다. 황진이 선봉에 서서 싸우다 조총 세 발을 맞고 기절하자, 권율은 아군의 진지에 들어온 적과 백병전을 벌여 그 우두머리를 베었다. 바다에 이순신이 있다면 뭍에는 권율이 있었다. 전쟁이 발발하기 전 낮은 벼슬로 떠돌며 경시되었던 그들이 가장 어려운 때에 탁월한 지도력을 발휘하며 스스로의 가치를 증명하고 있었다.

"고 장군은 적군이 이치와 웅치 고개에서 크게 패배하여 다시 성안으로 쫓겨 들어온 그때야말로 금산성을 수복할 절호의 기회라고 여기신 듯합니다. 금산성을 탈환해야만 만경 평야와 김제 평야를 노리는 왜군의 예봉을 꺾을 수 있을 테니 말입니다."

고경명은 금산성을 포위하고 웅치와 이치 전투에서 많은 병력을 잃고 미처 전열을 재정비하지 못한 일본군을 사납게 몰아쳤다. 그의 예상대로 일본군은 성루에서 조총을 쏘며 조선군의 접근을 저지할 뿐 적극적인 대항을 하지 못했다.

"광대 삼십 인으로 구성된 돌격대가 성문을 파괴하고 진천뢰를 쏘아 성안의 창고와 막사를 불사르면서 전투가 시작되었답니다. 이틀을 꼬박 그렇게 사력을 다하여 싸우니 적군과 아군의 피해가 모두 막대하였지요. 고 장군은 공성의 어려움을 내세워 철수하자는 방어사 곽영의 주장을 물리치고 결사 항전하였으나, 잡은 포로를 이용하여 이쪽 사정을 정탐한 적군이 겁약한 관군이 투입된 동문을 선제공격하면서 그만 전열이 무너지는 지경에 이르렀답니다. 관군은 흩어지고 방어사마저 도망치니 휘하의 막료들이 몸을 피할 것을 청했으나, 고 장군은 후퇴하느니 차라리 죽기를 택하겠다…… 하셨다고 들었습니다."

아, 미련한 친구. 아아, 올곧은 친구!

―그대들은 어서 이곳을 벗어나시오. 하지만 나는 이곳을 떠날 수가 없소!

벌 떼처럼 달려드는 적의 총칼 앞에 찢겨 쓰러지면서도 떠날 수 없었던, 지켜야만 했던 그곳이 대체 어디란 말인가?

최경회는 팔다리가 뭉텅 끊겨 나가는 듯한 아찔한 통증을 느꼈다. 골바람에 나뭇가지가 스쳐 울리는 산뢰가 이제 원혼이 되어버린 벗의 귀곡성만 같았다. 머무름과 떠남, 삶과 죽음의 거리가 삼만 리 황천길처럼 가마아득하다고 하지만, 때로는 엄지에서 소지까지의 한 뼘만큼이나 다붙지 아니한가.

나이가 든다는 것은 죽음에 가까워진다는 의미 이전에 죽음에 익숙해진다는 뜻이다. 친지와 지인의 숱한 죽음을 겪으며 더 이상 죽음에 설어 놀라지 않게 된다. 서먹하여 끔찍거리지 않는다면 두려워 꺼려할 일도 없을 것이다. 하지만 이미 경험한 양친의 죽음과 벗의 죽음은 사뭇 드다르다. 부모의 죽음이 과거와의 절연을 일컫는다면 같은 시기에 나고 자란 친구의 죽음은 새삼 미망의 세계를 헤매는 현재를 일깨운다. 지금, 이곳, 코밑을 간질이는 숨, 그리하여 살아 있다는 것. 그조차 실제로는 없는 것을 있는 것처럼 착각하는 일에 불과할 따름인가.

"삼계! 이제 최공이 나서줘야만 하겠네. 이토록 불가부득한 상황이 아니라면 대상*까지는 참전을 청하지 않는 것이 도리겠으나 구심을 잃은 호남 의병을 추슬러 재거할 이는 아무리 찾아봐도 최공뿐일세. 나는 이미 최공을 도와 노명을 바칠 각오로 봉친**과 가사의 일 전부를 아우에게 맡기고 떠나왔네. 최공이 의병장이 되어준다면 구희와 김인갑 등 능주의 의인들이 함께 봉기하기로 약속하였고, 부친과 동생을 잃고 비분에 찬 고종후도 설욕전을 다짐하였다네. 부디 이 늙은이의 간청을 뿌리치지 말아주게!"

문홍헌의 눈빛이 다시금 불꽃처럼 이글거렸다. 그 순간 늙은 이상주의자는 도리와 명분과 제도마저도 넘어서 있었다. 오로지 순일한, 일체의 사심이 틈입하지 않은 진정이었다. 참됨을 알고 참마음을

*대상(大祥): 죽은 지 두 돌만에 지내는 제사.

**봉친(奉親): 어버이를 받들어 모심.

믿는 사람이라면 그를 결코 뿌리칠 수가 없을 것이었다.

"알겠습니다."

최경회가 입술을 깨물며 신음처럼 내뱉었다.

"내간상을 당하여 차마 앞장서지 못하는 마음을 안타까워만 하였는데, 오늘날 벗을 잃고 고향을 유린당할 지경에 이르러서야 이효위충*하는 것만이 최선임을 깨달았습니다. 신통찮은 재주를 지닌 범골이나마 국난을 극복하는 데 공헌할 수 있다면 어찌 값없는 목숨을 아까워하겠습니까? 제가 할 수 있는 일이라면 무엇이라도 기꺼이 맡겠습니다. 온 힘을 다하여 싸우겠습니다!"

최경회는 마침내 참전을 결단하였다. 하지만 그 결심은 단순히 의병장으로 전쟁에 참가하는 일만을 뜻하지 않았다. 결심하기 이전에 알고, 알기 이전에 느꼈다. 예감이 명적(鳴鏑)처럼 새된 소리를 내며 그의 이마를 스쳐갔다. 그것은 죽음의 다짐이요 작정이었다. 그 알 수 없는 것과 기꺼이 날카롭고 쓰라리게 입 맞추리라는.

까치가 운다. 아침에 비둘기가 울면 그날 비가 오고 까치가 울면 화창하다니 오늘 하

*이효위충(移孝爲忠) : 부모에게 효도하는 마음으로 국가에 대해 충성을 다함.

루는 얼마나 드맑으려나. 높은 나뭇가지에서 까치가 운다. 옛 시에서는 그 울음소리를 길한 징조라 하여 까치를 영작(靈鵲)이라는 별칭으로 부르니 무슨 편지가 오려나, 그 어떤 기쁜 소식을 들으려나. 논개는 번한 새벽빛 사이로 먼눈을 던져 이 봉우리에서 저 봉우리까지의 마루금을 가만히 더듬는다.

"에꾸나, 놀래라! 마님, 이 꼭두새벽에 벌써 기침하신 겝니까?"

소피를 보러 마당을 가로지르던 곱단이가 어둠 속에 알른알른 그림자인 양 웅크려 앉은 논개를 보고 화들짝 놀라 소리쳤다.

"일없다. 신경 쓰지 말고 들어가 두벌잠이라도 청하렴."

"아닙니다요. 전에 있던 댁에서도 새벽잠이 많은 잠보로 찍혀 부지깽이깨나 맞았는데, 이놈의 버르장머리는 좀처럼 고칠 방도가 없네요."

곱단이는 주인보다 좀 더 눈을 붙였다는 사실만으로 큰 죄라도 지은 듯 쩔쩔맸다. 별안간에 그 등등한 상전이 되어버린 논개는 지레 곱송그리는 곱단이의 모습에서 지난날의 자신을 발견한다. 종놈이고 종년이면 마땅히 지죄(知罪)하고 청죄(請罪)해야 하리니, 논개는 이따금 곱단이처럼 지은 것도 없는 죄를 스스로 알아 벌을 빌어야 할 듯한 기분에 사로잡히곤 한다. 길들여진다는 것은 무서운 일이다. 길들여진 스스로를 깨닫는 것은 참담한 일이다.

"그럼 기왕 일깬 김에 매실 바구니나 가져오렴. 한비도 끝났으니 이제부터 제대로 무더위가 오려나 보다."

일손을 놓고 멍하니 앉아 있노라면 여전히 불안하고 거북스럽다. 화초처럼 맥없이 옹그리고 있어봤자 더 귀하고 높아지는 것도 아니다. 그런데도 귀인성스레 굴기 위해서는 험한 일 따위 천것들에게 맡기고 무위도식해야만 한다니, 논개는 아무래도 그 허황한 체면치레에 익숙해질 수가 없다.

"지지난 달부터 담그신 매실주며 매실차가 고방에 층층인데 무얼 또 만드시려고요?"

"매실도 끝물이니 매육을 마저 손질해 장아찌를 담가야겠다."

"아이고, 마님도 참. 어쩌자고 한시도 쉬지 않으시나요? 매실처럼 손이 많이 가고 독한 실과를 계속 주무르시니 손이 그토록 상하지 않아요?"

곱단이는 고생티가 뚜렷한 논개의 마디 굵은 손을 보며 저도 모르게 혀를 쯧 찬다. 차마 내뱉지 못하고 입안에 가둔 말은 첩실이면 첩실답게 가꾸고 다듬는 데 힘을 쏟아야지 않겠냐는 질책일 테다. 그야말로 상전처럼 굴자면 그 압립한 행동거지에 종아리를 쳐야 마땅하겠으나 논개는 자신을 이해하지 못하는 곱단이를 책잡고 싶지 않다.

곱단이의 나이에 논개도 자신의 손이 부끄러웠다. 하루도 물 마를 날이 없어 트고 헐고 짓무른 손. 사내의 것이나 진배 없는 마디 굵고 거친 손. 하지만 그 손이야말로 스스로를 먹이고 살리고 키우는 연모였다. 무엇이라도 붙잡아 척척 지어내고 꾸며냈다. 닥치는 대로 치우고 거뒀다. 논개가 번쩍 들어 올리고 촘촘히 누벼 박고 말끔히 훔친 것이 어디 물동이며 옷가지며 방바닥이기만 했겠는가.

"이른 봄날에 언 땅 위에서 맨 먼저 피어나는 매화도 아름답지만 그 열매인 매실만큼 버릴 데가 하나도 없는 열매가 어디 흔하겠니? 의원들은 풋것을 볏짚 불에 그슬어 오매(烏梅)로 만들어 설사병과 감적*에 쓰고, 아기를 밴 부인들은 새콤한 산미로 입덧을 치료하고, 뱃사람들은 멀미를 재우는 데 쓰고, 눈이 어두운 사람은 씨를 가루로 내어 볶아 먹으면 효과를 보니, 이처럼 알뜰한 과실이 또 있겠느냐?"

"하이고, 별일이네요. 요 한입 베어 물 데도 없이 쬐깐한 것이 그토록 쓰임새가 많단 말인가요? 그럼 마님이 지난번 덜 익은 과육을 갈아서 달여 두신 그 시커먼 건 무엇에 쓰이는 거랍니까?"

"시커먼 것? 매실고 말이더냐?"

*감적(疳積): 영양 불량이나 기생충으로 인해 열이 나고 배가 아픈 병.

"매실고라고요? 그럼 그게 고약 같은 건가요? 헌데나 종기 같은데 붙이면 잘 듣나요?"

"호호, 그건 바르거나 붙이는 게 아니라 약으로 먹는 거란다. 급한 배탈이나 구토나 이질, 설사병에 특효약이지."

"아무리 약도 좋고 술도 좋지만 독기가 시퍼런 그것들에 손을 상해가면서까지 그렇게 바리바리 만들어 쌓아두실 게 뭐랍니까? 그 양이라면 고을 전부에 설사병이 돌아도 거뜬하겠습니다!"

없는 일을 만들어 하는 논개의 속내를 도무지 이해할 수 없는 곱단이가 고개를 살래살래 젓는다. 논개도 무슨 대단한 결심으로 술이며 약을 빚기 시작한 것은 아니었다. 그저 인이 박인대로 일과 쉼과 놀이를 별스레 구분치 않았던 것뿐이다. 하지만 다시금 헤아려 보면 무작정 저지른 일만도 아니다. 매실이 익기 시작하던 매월, 마침내 전쟁의 흉보가 들려오고야 말았다.

각각 화도(各各禍逃)
각각 궁통개(各各弓筒介)
모두들 화를 피해 도망쳐라!
모두들 화살통을 지녀라!

소문, 바람결을 타고 떠도는 발 없는 말로 한달음에 웍저그르르 천 리를 간다는 그것! 서울 소식은 시골 가서 들으라더니 어느덧 장수 산골짜기까지 한성의 흉흉한 민심이 전해왔다. 왜군이 부산포에 상륙하던 날에는 궁궐 숲에서 날아오른 회색빛 새 한 마리가 이처럼 괴이한 소리로 지저귀며 성안을 분주하게 돌아다녔다고 하였다. 누군가는 그것이 바다에서 왔다고 했고 누군가는 그것이 원래 깊은 산중에나 있었다고 했다. 비둘기를 닮은 그 새가 어디로부터 왔는지는 누구도 정확히 알지 못했으나, 그 어둡고 어수선한 날갯짓은 사람들의 마음을 들이쑤셨다.

이팔자 저팔자 타팔자[此八字彼八字打八字]

자리 봉사 고리 첨정(自利奉事高利僉正)

경기 감사 우장 직령(京畿監司雨裝直領)

큰달마기[大月乙麻其]

아이들이 낯선 노래를 부르기 시작했다. 정월에는 야발스러운 아이 몇이 흥얼거리더니 사월에는 어지간히 굼뜨고 우퉁한 아이들까지 입을 모아 노래하였다. 그 가락이 빠른가 하면 느리고, 흥겨운가 하면 처량하고, 격한가 하면 차분했다. 처음에 사람들은 한낱 아이들 사이에 유행하는 동요를 탈 잡아 부르라 말라 한다는 건 실없고 싱거운 짓이라고 생각했다. 하지만 한 번 듣고 거듭 들을수록 괴상야릇하였다. 무언가 기울어진 듯 어슷한 느낌의 곡조였다. 바작바작 신경을 긁으며 친친 휘감기는 노래였다.

송장의 입에 청심환 쪼개 넣는 짝이지만 마침내 전란을 맞고서야 사람들은 그 노랫말에 숨었던 불길지조를 풀이하며 수런대었다.

이팔자 저팔자 타팔자라! 중국 사람들은 남녀가 간음하는 것을 타팔자(打八字)라고 이르나니, 이는 중국의 군대가 들어와 조선의 여인들을 겁탈하게 되리라는 뜻이랬다. 자리 봉사 고리 첨정이라! 자리고리(自利高利)는 사투리로 냄새가 나고 더럽다는 뜻이며 봉사첨정(奉事僉正)은 낮고 미천함을 의미할지니, 난리 뒤에는 세상의 옳고 그름이 뒤섞여 돈으로 벼슬과 공로를 사고파는 추잡한 일이 이어지리라 했다. 큰달마기, 큰달의 말일 그믐날에는 나라의 우두머리가 요동쳐 움직이리니, 경기 감사 우장 직령, 파천을 하는 어가에 무관의 복식과 비옷을 입은 경기 감사가 뒤따르리라는 것이었다.

"배운 것 없고 아는 것 부족한 몸으로 어찌 감히 청우(清友)요 청객(清客)이라 불리는 매화의 격조를 말할까? 하지만 꽃의 우의*는 모를지언정 열매의 효용은 안다. 세상천지에 뜻 없이 맺히는 결실은 없나니 제때에 거두어 갈무리하면 반드시 요긴히 쓰일 데가 있으리라."

변란을 맞아 모두가 소란을 피우며 들썽대는 지경에도 논개는 다만 당철에 할 일, 해야 할 일들만을 생각했다. 뒤돌아보지 마라. 이미 지난 일들을 돌이켜 곱씹으며 한탄하지 않으련다. 하지만 아직 다가오지 않은 때까지 앞질러 가 초조와 불안으로 복닥대지도 않을 것이다.

"마님! 마님!"

그때 목청을 높여 논개를 부르며 고샅길을 헐레벌떡 달려오는 김 첨지의 모습이 시야에 들었다. 저처럼 요란스레 식전바람부터 들이닥칠 일이라면 정녕 영묘한 날짐승의 계시대로인가. 그것이 과연 낭보인가, 비보인가?

"마님! 화순에서, 능주의 본가에서 기별이 왔습니다!"

기다림도 그리움마저도 익숙해지면 일상처럼 무덤덤하리라 하였으나 능주라는 이름을 듣는 순간 논개의 가슴이 다시금 세차게 울려 뛰기 시작했다.

"어르신이 오신답니다! 어르신께서 곧 장수에 오신답니다!"

"그게 대체 무슨 말인가요? 얘, 곱단아. 얼

*우의(寓意): 어떤 의미를 직접 말하지 않고 다른 사물에 빗대어 넌지시 비춤.

른 찬물 한 사발 내오렴. 일단 숨이나 돌리고 차분히 말해 보셔요."

"아이고, 그것이……. 아이고, 그게 어떻게 된 일인가 하면……."

김 첨지는 곱단이가 내온 냉수를 한숨에 꿀렁꿀렁 들이켜고도 쉽게 마음을 진정치 못하여 말을 더듬었다.

"탈상을 하려면 아직 반세 가까이나 남았는데 어르신께서 어떻게 장수에 오신다던가요? 혹시…… 무리를 이끌고 함께 오신다고 하지 않던가요?"

"아니, 마님께서 그걸 어떻게 아셨습니까? 전세가 위태로워 왜놈들이 조선 팔도를 다 집어삼킬 지경에 이르렀으니, 거상 중에 계시던 어르신마저 궤연에 곡을 하고 상복을 입은 채 떨쳐나서지 않으셨겠습니까? 그리하여 경(經)을 버리고 번례(煩禮·번거로운 예법)를 물리쳐서라도 나라를 구하는 일에 몸을 바치겠노라 하시며 화순에서 의병을 일으키셨답니다!"

그의 검은 옷깃이 곡두처럼 눈앞에 펄럭인다. 놀랍거나 당황스럽지는 않다. 개전의 소식과 함께 엄습했던 예감이 맞아떨어졌을 뿐이다. 논개가 아는 최경회, 그녀가 이해하는 그에게는 너무도 자연스럽고 당연한 일이었다.

"망인을 삼 년 동안 공경하는 일이나 죽은 자를 저승까지

인도하는 사자가 천신(天神), 지신(地神), 인신(人神) 세 명인 이유는 하나같으이. 삼 년이라는 시간 동안 위로는 하늘을 본받고 아래로는 땅의 법을 따르며 가운데로는 사람에게서 그 뜻을 취하리니, 어찌 복잡하고 까다로운 예법에 꺼둘려 숫백성의 고통을 외면할 수 있으리오……."

논개는 자신에게 하는 입다짐인 듯 중얼거렸다. 스스로 고독을 기꺼워하는 사람을 사랑하기 위해서는 강해져야 한다. 그의 사랑에 매달려 애면글면하기 전에 자신의 사랑을 확신하며 댕돌같이 단강같이 야무지고 날카로워져야 한다. 아픔과 슬픔에 무르고 무뎌져서는 견딜 수 없다. 먼저 부서지거나 무너져서는 안 된다.

"따르는 의병의 수가 얼추 얼마쯤이라고 들었나요?"

"백중(伯仲: 맏형과 둘째 형)의 도움을 받으시어 삼천리 고사정에 의병청을 설치하고 주변 마을에 격문을 보내니, 반삭이 지나 그 병력이 팔백에 이르렀다고 합니다요. 이에 칠월 스물엿샛날 부대를 편성하여 군기를 세우고 단에 오르시어 결사보국할 것을 맹세하셨답니다. 지금 호남 곳곳에서는 고경명 장군의 전몰에 감분한 의병들의 봉기가 이어지고 있으니, 보성의 임계영 장군과 우리 어르신께서 각각 전라 좌의병장과 우의병장을 맡아 출전하게 되셨다지요."

"그런데 곧바로 전장에 출정하지 아니하고 장수로 오신다는 이야기는 무언가요?"

"종묘와 사직이 적군의 손아귀에 놓였다는 사실에 격분하여 거병하면 한성으로 진공할 생각부터 하는 게 당연지사겠습죠. 허나 지금 조선 팔도 어디라고 왜놈들의 더러운 발에 짓밟히지 않는 곳이 있습니까? 당장은 금산과 무주의 왜적이 전주와 남원을 발판으로 하여 전라도 땅에 들어올 기세를 보이니, 어르신께서는 우선 안전한 곳에서 병력을 키우며 이치 전투에서 승리하여 전라 감사로 새로 부임하신 권율 장군의 명을 기다리실 모양입니다요."

그가 온다. 홀연히 돌아오리라는 헤어질 때의 약속과는 달리 무겁고 중대한 짐을 이끌고. 그러나 까닭과 형편은 어찌 되었든, 그가 온다. 그를 다시 만나게 된다.

"간장이 넘치지 않느냐? 이제 다 끓었나 보아라. 식혀서 반은 지난주에 담았던 장독에 다시 붓고 반은 남겨두어라. 그동안 나는 항아리를 부셔낼 테니."

"아이고, 마님! 곧 어르신이 들이닥치신다는 데 여태 장아찌 걱정이시다요?"

"그럼 지금 당장 무엇을 하랴? 수세를 하고 분을 바르랴? 임시나마 팔백 병사가 머무른다는데 그들을 무엇으로 거둬 먹이고 입힐 것이냐? 어르신이 군이 장수로 훈련지를 정하신 뜻을 헤아려 살펴야 하리라."

논개는 효행이 남다른 최경회가 상중에 칼을 빼어 들고 거병하기까지 얼마나 큰 고뇌가 있었을지 짐작할 수 있었다. 일 년 반을 꼬박 초막에서 기거하며 한뎃잠을 자고 군밥이나 다름없는 거친 먹을거리로 끼니를 이었으니 그 신관도 여간치 않을 것이다. 더구나 최경회가 이끌어 올 무리는 분기로 충천한 의병들이라고 하나 정식으로 군사훈련을 받아 조직된 군사가 아니었다. 효과적인 전투를 위해서라면 인력을 보강하고 조련해야만 할 것이었다.

장수는 그 모든 일을 하기에 적당한 근거지였다. 벌써 십수 년 전의 인연이나마 최경회가 현감으로 목민하였던 곳이고 그 때 베푼 선정이 공덕비로만이 아니라 백성들의 기억에 선연히 남아 있으니 족히 지지와 환영을 받을 수 있을 터였다. 장수는 모병과 병참에 유리한 곳일 뿐더러 지리적으로도 주둔지로 삼기에 맞춤했다. 아직 일본군의 침범을 받지 않은 전라도 땅에 속해 있으면서도 일본군이 장악하고 있는 경상도와 접경하고 있으니 이후 명령을 받아 신속히 이동하기에 매우 편리한 지역이었다. 논개의 머릿속에 팔백, 아니 차후로 보강될 수천의 병사가 주둔할 병영의 그림이 드넓게 펼쳐졌다.

—아마도 막사를 세울 곳으로는 한들을 염두에 두고 계시리라. 그곳 어디쯤에 솥을 걸고 불을 지피면 적당할꼬?

겉모습은 차분하고 담담하였으나 논개의 속내는 다가올 일들의 구상으로 바빴다. 그 모든 셈속이 끝난 마음 한구석, 누구에게도 들키지 않을 후미진 데에는 최경회가 장수를 전투 근거지로 정한 이유 중 하나가 논개가 그곳에 있기 때문이리라는 어림짐작이 숨어 있었다. 중대한 연유들을 다 따져 헤아린 뒤 곁가지로 딸린 미미한 곳, 그 자리면 충분하였다. 아니, 그마저 어리석은 여인의 오해나 착각이라고 해도 상관없었다. 그는 분명 그녀에게로 오고 있었다.

처서와 백로를 지나 서늘한 가을 기운이 느껴질 즈음, 최경회 부대는 갈바람에 휘날리는 깃발을 앞세우고 장수에 도착했다. 논개가 예상했던 그대로였다. 의병 부대가 주둔하며 훈련할 장소는 두문봉, 추락봉, 노고봉, 백화산 등 덕유산의 형제봉들이 정답게 둘러쳐진 한들의 동부 월강평(月岡坪)으로 정해졌다. 한들은 장수현청에서 머지않을뿐더러 산간에서는 좀처럼 보기 힘든 넓고 오목한 분지였다. 또한 덕유산에서 발원한 장계천과 장안산에서 발원한 유천이 젖줄처럼 가로질러 흐르는지라 군사를 초모하여 훈련하는 데는 더없이 좋은 자리였다.

흰 바탕에 붉은 술을 매단 최경회 부대의 깃발 한가운데는 '송골매 골(鶻)' 자가 새겨져 있었다. 잔짐승들의 천적인 나그네새 매에도 털이 누런 갈지게, 흰 새매인 궉진, 새매의 수컷인 난추니, 사냥용으로 기르는 보라매와 송골매 등 여러 종류가 있다. 그중에서도 송골매는 야성의 기품을 간직한 하늘의 엽사로 준마와 더불어 무인이 갖춘 위엄과 덕망의 상징이었다.

깃발이 꼭 깃발의 주인을 닮았다. 너른 들판을 휩쓸며 펄럭이는 바람이 논개의 마음처럼 앞질러 가 그를 맞이한다. 아무리 멀리서 무리 지어 와도 사랑에 빠진 여인의 눈은 오로지 한 사람을 야멸스레 골라낸다. 마상에서 흔들리는 점 하나만으로도 그를 헤아려 가려낼 수 있다. 도두 솟구쳐 올라 바람결을 헤집는 송골매처럼 유린당하는 강토와 잃어버린 벗을 생각하는 그의 분노가 높다. 그러나 때로는 지면을 스칠 듯 낮추나는 송골매처럼 자신을 따르는 귀한 목숨들에 대한 책임감으로 그는 더욱 냉정하다. 한결같이 단단하고 가만한, 긴장 어린 침묵의 비행처럼.

마침내 최경회가 논개 앞에 마주 섰다. 그는 일꾼의 옷차림으로 앞치마를 두르고 선 논개를 보고 놀라는 듯 당황한 듯 반가운 듯도 하였으나 표정에는 일절 변화가 없었다. 하지만 논개는 최경회의 그런 모습조차 낯설거나 서운치 않았다. 생의 음습한 우물을 홀로 들여다보는, 그는 언제나 그다웠다.

"먼 길 오느라 고단하시겠습니다. 우선 준비한 식사부터 드시지요."

논개의 말에 최경회는 고개를 휘돌려 월강평을 둘러보았다. 들판에는 군막을 지을 피륙이며 장대들이 차곡차곡히 준비되어 있고, 바람이 잘 통하는 길목에 놓인 화덕에서는 어느새 가마솥이 설설 끓고 있었다.

"주먹밥 한 덩이로 끼니를 때우고 새벽길을 밟아 오느라 모두들 허출하던 차에 이토록 반가운 말이 또 어디 있는가? 최 장군! 과연 장수로 군마를 이끌어 오길 잘했습니다! 이토록 민인들의 충절이 갸륵하고 인심이 후하니 무주와 진안, 임실과 용담과 남원 등지에 격문을 보내어 장정을 모으고 훈련할 근거지로 이보다 더 좋은 곳이 어디 있겠습니까?"

최경회를 설득하여 전라 우의병장으로 세우고 참모가 된 문홍헌이 감격하여 말했다.

"허어, 그 국밥 냄새 한번 기가 막히네요! 금강산도 식후경이라니 우선 허기부터 달래고 봅시다."

전부장인 송대창과 후부장인 허일, 남원에서 합류한 좌부장 고득뢰와 우부장 권극평이 모두 기뻐하며 말하였다. 전라 우의병에는 전직 관리이거나 은사(隱士)인 그들뿐 아니라 최경회의 조카인 홍재와 홍우가 막좌로 참전해 있었다.

전쟁은 단지 전장에서 칼과 창, 총과 활로 적과 맞서는 일만을 의미하지 않는다. 생과 사의 갈림길에서 흩어져 엉킨 일상은 무엇이든 난리요 어디든 쌈터였다. 먹는 것이 그중에서도 가장 큰 재변이고, 입는 것, 자는 것, 씻고 쉬고 배설하는 것까지도 모조리 전쟁이었다. 칼에 찔리고 총알에 꿰뚫리는 것만이 참화인가? 그 단순하고도 시시한 욕망이 좌절되는 일이야말로 가혹하고 집요하였다.

논개는 팔백의 병사를 바라지하기 위해 동분서주하였다. 팔백의 목숨, 그들이 싸워 지킬 수많은 삶과 꿈을 위해 이리 뛰고 저리 뛰었다. 김 첨지로부터 최경회군이 장수로 온다는 전갈을 받은 순간부터 낮밤을 가리지 않고 바쁘게 움직였다. 마을의 아낙들을 만나 정황을 설명하고 동참을 호소했다. 곡식과 땔감을 모으고 화덕을 지어 솥을 걸었다. 주저하며 나서기를 꺼리던 여인들도 일단 울력을 약속하면 훈련과 지령이 따로 필요 없는 훌륭한 두레꾼이 되었다. 목숨을 보듬어 키우고 살리는 것이야말로 일체의 치하와 갈채 없이 그들이 해온 예삿일이기 때문이었다.

최경회는 팔백의 병사가 모두 배를 채울 때까지 자리를 잡고 앉아 수저를 들지 않았다. 아직 상중이니 국말이나마 육미

가 깃든 밥을 먹을 수 없었던 탓도 있었다. 그는 군막의 한구
석에서 홀로 지도와 병서를 뒤적이며 앞날을 구상하였다. 그
때 대소쿠리를 받쳐 든 논개가 최경회의 곁으로 다가왔다.

"나리!"

나직한 목소리가 최경회를 흔들어 부른다.

"변변찮은 국밥이나마 양껏 엎어말아 호궤*하였고 군마들
도 거여목으로 배를 불려두었습니다. 시석에 몸을 내어놓고
싸우기 위해서는 나리께서도 때를 거르지 않으셔야 합니다."

논개의 눈빛은 그녀의 음성만큼이나 조용하였다.

"육기를 저어하실 듯하여 따로 드실 것을 마련하였습니다.
기력을 차리려면 차차 고기와 술을 잡수셔야만 할 터이나, 더
운밥에 매실 장아찌 한 개면 입맛을 돋울 뿐 아니라 피가 맑
아지고 피로가 풀리어 몸이 스스로를 치유할 힘을 얻는다고
들었습니다."

논개는 소쿠리의 덮개를 벗겨 정갈히 차린 음식을 최경회에
게 내밀었다. 가마솥에서 막 퍼낸 듯 모락모락 김이 오르는 밥
한 사발에 볼그스름하게 윤기가 도는 장아찌 몇 점이 새뜻하
였다. 뜻밖에도 없던 구미가 당기어 입안에 군침이 돌았다.

"매림지갈(梅林止渴)의 고사를 들었더냐?
위왕 조조의 대군이 불모지에서 길을 잃어

*호궤(犒饋): 군사들을 위로
하여 음식물을 베풂.

갈증에 시달리며 고통 받을 때, 조조가 저 산 너머에 매화나무 숲이 있으니 조금만 더 힘을 내어 가지가 휘어져라 달린 열매들을 따 먹자고 하였단다. 그 말만으로 병사들의 입안 가득 시고 단 침이 괴어 당장의 갈증을 견딜 수 있게 되니, 헛기운이나마 매실의 위로가 얼마나 아름다우냐?"

최경회는 말로 할 수 없는 고마움과 미더움의 인사를 옛이야기로 능친다. 조선의 개국공신 정도전은 「매천부(梅川賦)」에서 그 청정한 꽃을 이렇게 읊조렸다. 천진스러운 태도에 단정한 얼굴, 하얀 치마에 깨끗한 소매, 눈같이 흰 살결과 옥 같은 얼굴에 윤기가 흘러 산뜻하다……. 그러나 얼굴은 가을 햇볕에 발갛게 익었고 단단히 졸라맨 앞치마엔 밥 국물 탕국물이 얼룩졌지만, 그녀는 꼭 매화를 닮았다. 최경회는 큰일이 닥쳤을 때 더욱 강인해지는 논개에게서 빙설을 이겨내는 매화의 차갑고 깨끗한 소성(素性)을 느낀다.

"미련한 소첩에게 군기에 새겨진 송골매의 의미를 설명해 주실 수 있을는지요?"

짭조름 간간한 매실 장아찌를 한 입 베어 무는 최경회에게 논개가 물어왔다.

"맨 처음 형명*을 위해 깃발을 드높일 때 내가 직접 지은 부대의 이름은 골입아군(鶻

*형명(形名): 기(旗)와 북으로 군대를 지휘하던 신호법.

114

入鴉群)이었느니라. 네가 그 뜻을 풀어 보겠느냐?"

"골입아군…… 송골매가 날아들면 갈까마귀 떼가 놀라 흩어진다, 제 풀이가 맞사옵니까?"

영리한 학동처럼 눈을 반짝이는 논개를 바라보며 최경회는 흡족하게 고개를 끄덕였다.

"예전에 날카로운 발톱으로 죽은 청솔모를 움켜잡고 있는 갈까마귀를 본 적이 있습니다. 그 뾰족한 새부리로 청솔모의 머리통을 쪼는 모습이 참으로 끔찍스러웠습니다. 연이어 한 군데만 집중하여 쪼아대는 것이 뼈에 구멍을 뚫어 골수를 빼먹으려는 모양이었습니다."

그러고 보니 남의 나라를 침공하여 함부로 짓밟는 일본군의 횡포가 꼭 짐승의 시체 주변에 까맣게 모여드는 갈까마귀 떼와 닮았다는 생각에 논개는 진저리를 치며 말했다.

"그러나 용맹한 송골매 한 마리면 허섭스레기 같은 갈까마귀 떼는 순식간에 흩어지나니, 나는 팔백 의병 하나하나를 모두 송골매로 만들고자 하노라. 그들은 사랑하는 땅과 사람들을 지키기 위해 그 모두를 버리고 떠나온 용자들이다. 이른바 삼군의 장수의 머리는 빼앗기 쉽되 필부의 뜻은 빼앗기 어렵다고 하지 않더냐?"

"그러하옵니다. 천시(天時)는 지리(地理)만 같지 못하고 지리는 인심(人心)만 못하다고 들었습니다. 까마귀가 까치집을 빼앗으려 덤빈대도 까치가 송골매가 되어 맞선다면 어찌 허망스레 질 수만 있겠습니까?"

논개와 최경회의 눈이 동시에 군막 바깥에 펼쳐진 진풍경을 향했다. 포만감으로 느긋해진 병사들이 울력을 나온 장수 사람들과 어우러져 한바탕 씨름판을 벌이고 있다. 그 우꾼우꾼한 기세가 믿음성스럽고 애틋하다.

논개는 최경회가 소보록한 밥 한 사발을 다 비울 때까지 잠자코 곁을 지키고 서 있었다. 그동안 건강을 돌보지 않아 음식을 삭이는 힘이 떨어졌음에도 최경회는 논개의 갸륵한 정성을 꼭꼭 씹어 삼켰다. 굳이 입 밖으로 내어 말하지 않아도 알 수 있는, 알아야만 할 간절한 마음이 소박한 쥐코밥상에 곰삭아 있었다.

논개가 빈 그릇을 챙겨 소쿠리에 담고 물러갈 때에, 최경회는 비로소 일 년 반 만에 다시 만난 정인에게 처음으로 사사로운 말을 건네었다.

"그동안 잘 지냈느냐? 많이…… 궁금했었느니라."

논개의 어깨가 움찔 떨리었다. 갑자기 까막바보가 된 듯 무언가 대답하려도 무어라 대답해야 할 지 알 수 없었다. 논개는 말대답 대신 그저 희미한 고갯짓만 해 보이고 황급히 돌아섰다. 하지만 굴우물 같은 입안에는 어느새 청매의 맑은 향미가 가득했다. 새곰하고도 달금하였다.

붉은 평화

처서를 지나 백로에 다가드니 남쪽에서 선들선들 더넘바람이 불어온다. 밤에 뜸이 들도록 불땀을 눅여놓고 잠시 그늘에 앉아 땀을 들이노라니 들녘만큼 넓은 하늘이 어질하도록 높다. 날로 누렇게 수그러드는 한들의 벼 이삭은 중추의 시절이 다가왔음을 고한다. 하지만 사람의 재앙이 초목군생에마저 미치었는지 올해는 벼의 패암이 그다지 신통찮다. 살아가는 모든 것들의 이치가 참으로 묘하다. 금수조차 불안하고 수상한 앞날을 느끼는지 새끼를 치는 일을 사뭇 꺼린다. 지난봄 이후로는 어느 집 소가 새끼를 배었다는 소식마저 뜸하다. 그리 보아서인지 어미 닭을 좇는 병아리들의 행렬도 얼마간 몽탕한 것 같다.

"아이고, 저 혀를 빼문 풋벼를 베어나 보고 갈 수 있으려나? 언제 영을 받아 떠날지 알 수 없으니 벼때를 놓칠까 봐 내 맘이 다 타네그려!"

주름투성이 얼굴이 햇볕에 검게 그을어 더욱 늙숙해 뵈는 의병 하나가 아직은 감람색을 머금은 청전(靑田)을 바라보며 발을 구른다. 그의 손에는 호미 대신 활이, 가래 대신 창이 들려 있다. 행여 낫이 들렸다 해도 그 본래의 쓰임새대로 곡식을 베기보다 사람을 베는 연습에 바쁘지만, 그는 오갈 데 없는 실농군인 게다. 농가에서는 우스개로 말하길 어정칠월이요 동동팔월이라 했다. 봄에 심은 곡식과 과일이 여름 볕에 익어가는 칠월에는 막상 할 일이 없어 어정버정하지만, 팔월에 들어서면 가을걷이에 눈코 뜰 새 없이 바쁘니 불강아지 도둑괭이 손이라도 빌고 싶을 정도라는 뜻이다. 그토록 목구멍에서 단내가 나도록 바빠도 농사꾼에게 익은 곡식을 거두어들이는 것만큼 재미나고 행복한 일이 있을까. 그리하여 농번기는 아무리 고단해도 괴로운 때가 아니라 민시(民時)이면서 인시(人時)였다. 일하는 자의 때, 사람의 시간.

오늘 아침 군사훈련이 시작되기 전 장대(將臺)에 오른 최경회가 했던 연설이 서늘바람에 실려 논개의 이마를 스친다.

"우리가 나라를 구하고 부모 형제를 지키기 위해 의병군으로 떨쳐 일어서매 잊지 말아야 할 것과 잊어야만 할 것이 있다! 스스로 결단하여 나설 때의 굳은 뜻과 갸륵한 마음은 마지막 숨이 끊어지는 순간까지 잊지 말아야 할 것이다. 하지만 한(漢)나라의 사마천이 쓴 『사기(史記)』에는 군인이 전장에서 잊어야 할 세 가지 일을 밝히고 있으니, 우리는 또한 이 삼망(三忘)을 명심해야 할 것이다!"

이제 전라 우의병의 병력은 화순에서부터 최경회를 따라온 팔백여 명에다 그간 장수에 머무르며 모집한 팔백여 명을 합쳐 천육백에 이르렀다. 그들의 머리 위로 골자 부대의 깃발이 송골매의 날갯짓처럼 펄럭이고 있었다.

"그 첫 번째, 명령을 받고서는 집을 잊어야 할 것이다!"

집, 역시 같은 마누라쟁이와 토깽이 같은 자식새끼들과 아옹다옹 복닥복닥 어울려 지냈던, 그토록 익숙하여 좋은지 나쁜지도 모르고 살았던 곳. 이제는 그 구질구질하면서도 푸근했던 일상마저 잊어야 한다.

"두 번째, 싸움터에 나가서는 부모를 잊어야 한다!"

평생토록 벗어날 수 없는 노동에 허리가 굽은 아비와 자식 걱정에 짤깍눈이 된 어미, 그 무던하고 선한 이들이 겪을 참척의 고통까지도 잊어야 한다. 아무리 천하에 다시없는 부모 자식의 인연이라도 그들이 뒷짐결박이 되어서야 싸움터에서 전진할 수 없다.

"마지막 세 번째로 공격의 북소리를 듣고서는…… 자신마저 잊어야 한다. 나는 없다. 너희는 없다. 오직 우리, 그리고 적이 있을 뿐이다!"

누가 쏘았는지 어디로부터 날아왔는지 알 수 없는 화살에 정통으로 꿰뚫린 듯 가슴이 쓰리다. 전쟁은 삶의 정반대말이다. 침략자들은 일말의 이익이나마 개사망하려 전쟁을 일으키지만, 죽음의 대가로 얻어질 더 나은 삶이란 어디에도 없다. 누군가의 자식이며 남편이며 아비이며 자기 생의 가장 빛나는 순간을 살고 있는 장정들의 얼굴에 비장한 기운이 감돌았다. 그들의 의연하고 장한 모습은 참으로 슬프도록 아름다웠다.

월강평은 여러 부대로 나뉜 그들이 벌이는 군사훈련으로 한창이다. 어느 무리는 목검과 목극*을 서로 부딪히는 대련에 열심이고, 어느 무리는 과녁을 향해 활시위를 당기느라 간힘을 쓰고 있다. 그런가 하면 한편에서는 육탄전에 대비하여 수박과 씨름의 기술을 단련하고 있다. 그 사이로 이십 년 전 문신 이품 이하의 관리들을 대상으로 열렸던 활쏘기 시합에서 이십오 분(分)으로 장원을 했던 최경회가 궁수들의 훈련을 지도하며 들판을 누비고 있

*목극(木戟): 끝이 좌우로 갈라진 창.

었다.

하지만 중종 임금 이후 이백 년 동안 전쟁 없는 평화기가 지속되면서 문과 무의 괴리가 심해지고 무가 상대적으로 천시되어온지라 모든 사정이 용이치 않았다. 저자의 객소리로는 누군가 아들 형제를 두었을 경우 글을 잘하는 아들은 마루에 앉히고 무예를 익힌 아들은 종처럼 마당에 앉힌다고 하였다. 무장들이 병법에 어둡고 관군조차 제대로 무예 훈련을 받지 못한 지경에 의병군을 조직하여 단기간에 기량을 익히게 한다는 것은 바늘허리에 실을 매어 쓰는 짝이었다. 그런 데다 의병장의 대부분은 문인 출신이요 그마저 관직에서 물러나 있어 새로운 정보에 어두웠다. 적군인 일본군의 검술이 얼마나 뛰어난지, 그들의 신무기인 조총이란 것이 얼마나 위력적인지도 알 수 없었다. 그러나 어쩌랴? 백절불요(百折不撓: 백번 꺾어도 굽히지 않음)요 진인사대천명(盡人事待天命)일 따름이다.

하늘의 뜻은 알 수 없다. 하늘의 도리와 이치를 독차지한 사람들의 주장도 잘 모른다. 하지만 논개는 지금 이곳에서 자신이 할 수 있고 해야만 할 일에 온 힘을 쏟는다.

"능주에서 갈보리 이백 섬을 보낸다더니 도착했나요?"

논개가 흰 수염을 더펄거리며 분주하게 진중을 오가는 김 첨지를 잡아 세워 물었다. 그는 오랜 의리의 인연으로 최경회의 수족이 되어 군량 창고의 열쇠를 관리하고 있었다. 끼니때마다 밥을 지어내는 처지에 가장 신경 쓰이는 것은 역시 군량미였다. 의병군은 관의 지원을 받지 못하기에 의병장이 사재를 털거나 지역의 선비들이 각출하는 의곡(義穀)으로 군량을 조달하는 형편이었다.

"능주에서 보낸 짐바리는 아직 도착하지 않았습니다. 길이 험한 데다 방비를 하며 오느라 조금 더뎌지는 모양입니다."

"군량 사정은 어떠한가요?"

"밑절미로 마련해 둔 곡식이 남아 있어 당장은 걱정이 없으나 의병군의 숫자가 크게 불어난지라 미리 방비는 해두어야 할 것 같습니다."

지금껏 근근이 의리를 아는 이들의 도움을 받아왔으나 군량을 조달하는 문제는 노상 떨칠 수 없는 압박이었다. 낯없는 일이지만 집집을 돌며 기부를 독촉하는 수밖에 없었다. 그런데 정작 군량미를 모집하러 다닐 때 많고 적음에 상관없이 기꺼이 재물을 내놓는 이들은 평소 천석꾼 만석꾼을 자처하던 부자들이 아니라 쌀 한 됫박이 아쉬운 숫백성들이었다. 각박성가(刻薄成家)라는 말이 과연 그르지 않으니, 몰인정하고 인색한 짓이야말로 부자가 되는 지름길인가 보았다.

그 와중에 논개는 해묵은 악인연을 다시 만났다. 대곡리 풍천 마을의 김 풍헌, 사악한 술수를 부리어 논개 모녀를 고향에서 쫓아내다시피 한 인물이었다. 하지만 김 풍헌은 논개를 알아보지 못했다. 그간 흐른 세월도 세월이려니와 몇 해 전 아들이 죽은 뒤 갑작스레 풍을 맞아 반신불수가 되어버린 터라 정신마저 하리망당하였다. 그럼에도 그는 똥오줌이 절어 진자리에 곳간 열쇠를 깔고 앉아 부들부들 손사래를 쳤다. 삐뚤어진 입을 헤벌려 내놓을 것이 없다고 외쳤다. 아무러한 악인이라도 저승말의 울음소리를 들으면 회심하는 것이 이치가 아니런가? 하지만 김 풍헌은 자식을 잃고 병에 걸려 곧 죽어나갈 지경에도 손아귀에 움켜쥔 것을 놓지 못하였다. 그런데 이상야릇하게도 그 이악스런 탐심이 논개의 가슴 밑바닥에 고여 있던 일말의 원망마저 가셔버렸다. 그는 끝까지 가엾고 딱한 사람이었다. 내놓을 것이 있든 없든 그는 아무것도 가지지 못한 것이 분명하였다.

"조금만 있으면 한가위인데……. 오례쌀과 신도주(新稻酒: 햅쌀로 빚은 술)를 마련하기는 많이 어려울까요?"

"지금 날씨 같으면 풋벼바심으로 조금은 상을 차릴 수 있겠으나 이 많은 입을 감당하기엔 아무래도 무리하지 않겠습니까?"

"식구들과 떨어져 타향에서 명일을 맞는 병사들에게 송편에 젓조기는 내지 못하더라도 햅쌀로 지은 밥에 토란국 한 그

릇씩은 이바지해야 마땅할 터인데, 다만 한 줌씩이라도 호렴(戶斂: 집집마다 거둠)하여 모은다면 아쉬운 대로 시늉은 할 수 있지 않을까요? 아무리 난리 중이라도 한가윗날만큼은 나누고 베풀어야 옳지 않겠어요?"

"지당하신 말씀입니다. 제가 좀 더 재게 움직여 촌맹들을 독려해 보겠습니다."

김 첨지는 내심 논개의 마음 씀씀이에 탄복하며 대답하였다. 김 첨지의 아내와 딸도 의병들의 뒷바라지에 나서 울력을 바치지만, 다녀올 때마다 하는 소리가 의병장 어른의 젊은 마님에 대한 감동 어린 찬사였다.

처음에 아낙들은 십수 년 만에 고향으로 돌아왔다는 낯선 여인을 몹시 경계하였다. 물론 아직까지 몇몇 노인은 주촌 마을의 훈장네가 몰락한 사연을 기억하고 있었고, 주달문의 서당에서 글을 배워 면무식한 중년도 혹간 남아 있었다. 하지만 송사가 마무리된 뒤 그 가련한 사모(師母)와 어린 여식이 어디로 갔는지를 아는 사람은 거의 없었다. 그러던 차에 논개가 훌쩍 성장한 모습으로 다시 장수에 나타나니 놀라움만큼이나 호기심과 의혹이 컸던 것이 사실이었다. 인정 많고 악의 없으나 비밀을 제 안에 가둬둘 줄 모르는 김 첨지의 아내가 통어리적게 흘린 말들은 좀처럼 이야깃거리가 없는 무료한 산골

마을을 발칵 흔들어놓기에 충분했다.

"아니, 그럼 그 색시가 바로 풍비박산 난 훈장 댁의 여식이란 말인가?"

"그래, 그렇다지 않아?"

"그런데 일전에 멧나물을 하러 나온 걸 먼발치에서 봤더니 쪽을 찌고 목잠(木簪)을 꽂았던걸? 집안에는 사내 그림자가 얼씬거리지 않는 것 같던데, 그럼 어디서 소박을 맞은 건가, 과부가 된 건가?"

"그런 게 아니라잖아? 듣자니 어느 양반의 작은집이라던데? 그 양반은 상을 당해 남쪽 어디 고향의 본가에서 삼년초려 중이라 하고."

우물가와 빨래터, 아낙네들이 모이는 곳이라면 어디서나 낯선 여인의 내력이 입방아에 올랐다.

"아이고, 다들 봉사 코끼리 어루더듬듯 하는구먼! 그 작은 댁이 바로 주씨 집안의 여식 논개이고, 바깥양반은 십여 년 전 현감으로 계셨던 최씨 어른이시라네!"

"가만, 가만있어봐라. 최씨 성을 가진 현감이시라면 저어기 동네 어귀에 공덕비가 세워져 있는 바로 그 어른?"

"그렇지! 그러니까 추악한 송사로 가명이 훼손되어 더 이상 장수에 살지 못하게 된 주씨 모녀가 현감 어른을 따라 떠났던 게지. 그러다 우여곡절 끝에 논개는 그 어른의 부실이 되었고, 어른이 삼년상을 치르는 동안 고향인 장수에 머물기로 약조를 했다나. 이제 전후좌우 사정이 좌르륵 한 꿰미에 묶이는가?"

"하이고, 그 초강초강한 젊은 새댁이 팔자 한번 기박하구 먼! 어쩐지 고 되똑한 콧대며 암팡진 입매가 보통내기는 아닐 듯했어."

하지만 논개의 기구한 사연을 알게 된 아낙들이 새삼스런 호의로 고향 따라지를 대하게 된 것은 아니었다. 논개가 이미 잘 알고 있는, 충분히 각오한 세상의 편견들이 의병군의 바라지에 동참할 것을 호소하는 그녀에게 장벽이 되었다. 늙은 양반의 젊은 첩실, 종의 신분이었던 비첩, 죽은 정실의 자리를 차고앉은 작은 마님.

그렇다고 마냥 사람들의 선입견을 탓하면서 주저앉아 있을 수는 없었다. 남들의 뒷손가락질과 흠구덕에 시달리며 괴로워 하는 일 따위는 태평한 날에 겪어도 족할 것이다. 하지만 전쟁 은 모든 일상을 소거하는 잔인한 현실이었다. 논개는 자기를 둘러싼 갖은 소문을 무시한 채 부녀들을 설득하는 일에 발 벗 고 나섰다.

어쩌면 논개는 당찬 소년 같았다. 외적에 짓밟힌 조선의 산 하와 풍문만 듣고도 놀라 무너진 군현의 처참한 정황, 결사 항전으로 끝까지 맞서다 전멸한 성의 민인들과 각지에서 나라를 위해 일어난 의로운 군사들을 말할 때에는 그녀의 눈에서 정의감과 분노의 불꽃이 파랗게 튀었다. 그런가 하면 논개는 원숙한 현부인 같기도 하였다. 가문과 인격의 품위로 절대적인 존경과 흠모를 받는 자리가 의병장인지라 그를 내조하는 논개의 행동거지는 조심스럽고 드레졌다. 의병장이 된 지아비에 대한 근심 혹은 자부심이 엄연하련만 일절 내색을 하지 않았다. 그녀는 과연 예의를 지키며 스스로 부끄러워할 줄 아는 여인이었다.

그런데 논개의 간곡한 설득에 감동하여 같이 일하게 된 아낙들은 또 한 번 크게 놀랐다. 어찌 되었거나 논개는 천육백의 전라 우의병을 이끄는 의병장의 아내였다. 쩨마리일망정 양반가의 일원인 셈이었다. 하지만 그 처신은 의연하였고 행동은 기민하였다. 논개는 벌불이 지는 아궁이 앞에서 그을음과 연기에 시달리면서도 낯 한번 찡그리는 법이 없었다. 밥이 익고 국이 끓어 배식을 할 때에는 지켜선 채 몫몫이 모자라지 않는가를 면밀히 살피었다.

"주촌리의 젊은 마님은 아무리 봐도 신통방통하네요! 내 이 나이까지 반가의 잔치에 일손을 도우러 다니면서 여러 마님들을 겪어봤지만 주촌리 마님 같은 이는 단 한 명도 못 봤으니 말이에요."

하루는 김 첨지의 아내가 베갯머리에서 불쑥 말을 꺼냈다.

"뭐가 그리 신기하고 훌륭하단 말인가? 언제는 새파란 작은 마님이 어쩌고저쩌고 입을 비죽거리더니?"

"내가 언제 입을 비죽거렸단 말이에요? 그냥 화순 어르신과 연기의 차를 따지고 들면, 뭐, 사실이 그렇다는 거였지."

"허허, 동네 여편네들끼리 모여 화초첩이 어쩌고 등글개첩이 어쩌고 했다는 말도 내가 잠귀에 잘못 들은 소리인가?"

"아이고, 생사람 잡을 소리를 하시네! 당신 마누라를 뭣으로 보시오? 난 그런 쌍된 수다를 떨어대는 여편네들하고는 말도 섞지 않는단 말이에요. 그냥 그런 되도 않는 입방정을 떠는 여편네들도 있다, 고 전했던 것뿐이지!"

"알았으니 흥분하지 마오. 그 혈기면 의병들 밥만 지어 먹일 게 아니라 자네가 궁통을 메고 쌈터에 나서도 왜놈 서넛쯤은 거뜬히 때려잡겠구먼. 그러니 대체 자네가 마님께 홀딱 반한 이유가 뭔가?"

"그러니 말이오, 아무리 깐깐하고 빈틈없는 안주인이라도 뒷짐을 지고 부엌문 앞에 서서 이래라저래라 말로 호령하지 직접 팔을 걷어붙이고 나서진 않지요. 행여 부엌 안으로 한 발짝 들어온댔자 뜸 들이는 솥뚜껑이나 들썩거리며 밥이 되

다 질다 지청구이고, 수저를 들고 간은 볼지언정 소채를 다듬
고 씻는 수고를 하는 이는 머리털 나고 단 한 번도 보지 못했
지요. 그럼요, 계집이라고 다 같은 계집이오? 겸노상전이라 지
지리 가난하여 종이 할 일까지 몸소 해야 하는 양반 지스러기
가 아니라면 누가 상것들이나 할 일에 섬섬옥수를 뻗치겠소?"

김 첨지의 아내가 너스레 끝에 한숨을 푹 내쉬었다. 층층의
세상에서도 가장 밑바닥, 험한 일과 모진 대우를 기꺼이 감당
해야 하는 낮은 신분의 여인들은 쉬느니 한숨이요 읊조리느
니 신세타령일 수밖에 없었다.

"그런데 주촌리 마님은 참으로 신기하지요! 아, 물론 의병장
어른의 부실이 되기 전에는 종비에 무자리 일까지 했다는 내
력은 알고 있지만 말이에요. 하지만 종이 종을 부리면 식칼로
형문을 친다고, 모진 시집살이를 한 며느리가 늙어 시어미가
되면 자기 며느리에게 시어미 티를 더 하는 법이 아니랍니까?
여우가 범의 위세를 빌려 호기를 부린다니 여북 우쭐대고 잘
난 체를 하려나 의심하는 마음이 왜 없었겠어요? 하지만 주
촌리 마님은 아니더란 말이에요! 사람은 겪어봐야만 안다고,
정말 처음과 끝이 딱 맞아떨어지더란 말이에요. 누구한테 뭘
시키며 부리기보다는 눈에 띄는 대로 손에 잡히는 대로 먼저
나서서 척척 일을 하니 지켜보는 우리가 더 민망하지 않겠어

요? 그래서 얼마나 인심을 얻으려고 저러나 할기족족 지켜보노라니, 솔선수범이니 뭐니 작심하고 하는 게 아니라 정말 마음이 시키는 대로 몸이 움직여서 일을 하더란 말이에요!"

"허, 그것참! 나 또한 어르신이 부실을 들이셨다는 소리를 처음 들었을 때는 늙마에 무슨 채신사나운 일이신가 하였다네. 이십 년 가까이를 모셔왔고 나도 같은 남정네지만, 사내의 욕기란 정말 알 수 없는 것이라고 생각하였으이. 그런데 무엇이든 연유가 있고만! 머리 없는 꼬리가 없고만!"

"어쨌든가 어르신이 사람 하나는 제대로 보신 것 같네요. 오늘은 뭘 좀 가져올 게 있다고 하시기에 마님을 따라 주촌리에 다녀오지 않았겠어요? 하이고, 놀래라! 고방 안에 갖은 과실주며 약차며 장아찌들이 착착 갈무리가 되어 있는데, 대체 그 마님 나이가 몇인가요? 열아홉인가, 스물인가요?"

"올해로 아마…… 열아홉이실 게요."

"열아홉이든 스물아홉이든 나는 그 나이에 애를 서넛 낳았어도 사는 일이 그저 황황하여 세상천지가 어떻게 돌아가는지, 다음 철을 위해 이번 철에 뭘 준비해 둬야 하는지를 까맣게 모르고 살지 않았겠어요? 머루 다래가 눈에 띄면 따서 입에 넣을 궁리만 했지 무슨 술을 담고 차를 잴 생각을 했겠어요? 그런데 내가 참말로 주촌리 마님에게 깜짝 놀란 건 따로 있네요. 고방에 있던 걸 하나도 남기지 않고 다 꺼내서 들고 나오는데, 그 경황없는 중에 화닥닥 부엌에서 물 한 바가지를 떠 내오시더니, 글쎄 앞마당에 소담히 핀 국화를 적셔주는 게 아니겠어요? 아, 물론 같이 갔던 아낙들은 이미 시원한 단술 한 사발씩을 다 얻어 마셨지요. 그러면서 하는 말씀인즉, 봄에는 그 국화의 움싹을 데쳐 먹었고 여름에는 잎에 쌈을 쌌는데 이번 가을에 꽃잎으로 화전을 부치기는 아무래도 힘들 것 같다나요? 하이고, 어쩌면 그다지도 여문 사람이 다 있나요?"

김 첨지의 아내는 마치 노릇노릇하게 구운 화전 한 절음을 꿀에 찍어 집어 든 양 고소한 입맛을 다시며 혀를 내둘렀다.

논개는 참마음의 힘을 믿었다. 아무러한 편견과 의심과 시샘이라도 진심갈력을 당해내지 못한다. 단지 시간이 문제일 뿐이다. 다소 이르거나, 조금 늦거나. 또한 논개는 장수 여인들의 검차고 오달진 바탕을 믿었다. 어릴 적 어머니를 따라나서 보았던 한보름의 정경이 지금까지 기억 속에 뚜렷하다. 장수에서 정월 보름에 지내는 탑제는 특이하게도 여인들만의 의식이었다. 남치마를 떨쳐입은 아낙네들이 자줏빛 고름을 휘날리며 마을 입구를 지켜선 탑 아래 모여들었다. 그날만은 제주(祭主)도 여인이요 축문을 읽는 이도 여인이었다. 탑의 신령에게 묽숙하게 쑨 팥죽을 제물로 바치고 소지를 올리고 풍물을 치며 마을 곳곳을 돌았다. 넓은 길만 아니라 좁은 고샅에까지 죽을 뿌려 잡귀와 병액을 쫓았다. 조용하고 엄숙한 의식이 아니라 시끄럽고 요란스런 축제였다.

하지만 논개는 그 어지러운 대열 속에서 어느 때보다 빛나던 여인들의 얼굴을 기억한다. 남편에게 하루걸러 매타작을 당하는 앞집 아주머니, 딸만 줄줄이 낳은 죄로 안방을 내주고 씨받이의 몸조섭을 하고 있는 뒷골 새댁, 게으른 서방 덕에 홀로 고단한 김매기를 감당하다가 탈항이 되어 비척걸음을 걷는 옆 동네 아주머니, 그리고 늙은 어머니와 어린 논개의 얼굴에까지 반짝이며 비추던 황홀한 빛, 뜨끈뜨끈하게 피어오르던 붉은 평화.

"주촌에서 한들까지는 솔찮은 거리인데, 매일 십오 리 길을 오가기 힘들지 않으십니까?"

김 첨지가 볼수록 대견하고 애틋한 어린 마님에게 물었다.

"그리해봤자 내 한 몸이요. 천육백의 목숨을 다 담부한 분도 계신데 내가 아무리 고단하대도 그 노고만 하겠습니까?"

초년고생이 얼마나 심했으면 꽃다운 방년에 저리도 의젓한가. 한 번쯤은 생색을 내거나 공치사하여도 큰 흉이 아니련만, 그 부러 지어 꾸미지 않은 겸양이 짐짓 연민을 자아내기까지 하였다.

논개는 현명하였다. 자신을 가장 낮은 자리에 부리어 스스로 높아지는 법을 알고 있었다. 할 수 있는 일과 할 수 없는 일을 알 뿐더러 해야 할 일과 하지 말아야 할 일까지 알았다. 하지만 또한 논개는 어리석었다. 귀중한 것을 모두 내놓아 바치고 자기를 돌보지 않은 채 몸과 마음을 다하였다. 사랑이라는 어리석은 충동이 아니라면 그 희생과 헌신은 결코 이해될 수 없었다. 그러나 무엇보다도 논개는 현명해지기 위해 어리석어지길 포기하지 않았다. 그녀는 기꺼이, 흔쾌히 어리석었다.

처음 전쟁을 시작할 때에 도요토미 히데요시는 조선이라는 나라를 손바닥의 손금 들여다보듯 잘 알고 있다고 생각했다. 수많은 간자들을 통해 정탐할수록 조선은 하찮고 가소로운 발판으로만 여겨졌다. 조정에서는 연일 당파를 이루어 싸움질을 하며 서로 죽고 죽이기가 예상사였고, 관리들은 부패하고 무능하며 군사는 규율도 통일도 없이 몰려 있는 무리에 불과하고, 학정에 시달리는 백성들은 임금이고 나라고 아무런 애정이 없는 듯만 하였다. 그러니 이런 나라를 정벌하여 복종시키기란 '아침 식사 전[朝飯前]'에 해치울 만한 일이었다.

병법가 손자가 말하길 무릇 십만 병력을 동원하여 천 리의 원거리에 출정하게 되면 나라의 재산을 하루에 천 금씩 소모하게 된다고 하였다. 그리하여 온 나라 안팎이 소란해지고 백성들은 물자의 마련과 수송에 지쳐 생업에 종사할 힘을 잃게 되니, 가장 중요한 것은 속전속결, 신속한 승리만큼 귀중한 것이 없다고 하였다. 따라서 일본군은 힘이 소진되어 대열이 둔해지고 국고가 고갈되기 전에 조선을 장악하려고 무서운 기세로 몰아붙였다. 한성을 점령한 뒤 북서 방면으로 진군한 고시니는 유월에 평양성을 함락시켰고, 함경도로 북동진한 가토는 회령에서 두 왕자 임해군과 순화군을 사로잡았다. 조선은 이제 껍데기만 남은 쭉정이나 다름없었다.

하지만 단 하나, 그들이 간과한 겨자씨만 한 알맹이가 남아 있었다. 그것은 임금과 신료들이 구걸하다시피 매달려 얻어낸 명나라의 구원병이 아니었다. 『전국책(戰國策)』의 교훈대로 외세를 빌리면 도리어 위태로워진다는 것쯤은 군이 병법의 전문가가 아니더라도 거뜬히 알 만한 사실이었다. 실로 작전권 전부를 명군에게 일임한 수모 속에서 치러진 칠월의 평양 전투는 앞으로의 갈등에 대한 예고편이었다. 일본군의 매복 작전에 걸려 완패하고 몇 십 명이 겨우 살아남아 청천강을 건너 도망친 뒤에도 명군의 장수는 조선군 부대가 일본군에 투항하여 전세가 불리하게 되었다는 터무니없는 보고로 조선군을 음해하였다. 허풍과 미신과 오만, 그리고 거짓. 그럼에도 원병을 얻었다는 사실로 민심을 달래는 효과를 보고 명군이 가져온 대포와 화기로 몇몇 전투에서 승리하였다며 재조(再造)의 은혜 운운하는 사대주의자들의 망발은 여전하였다.

그러나 조선에 침투하여 기밀을 정탐한 일본의 간자들이 결코 알아챌 수 없었던 알짬은 바로 민인들의 피톨에 내재된 근성과 오기였다. 평화 시에는 좀처럼 드러나지 않고 잠복해 있던 그것이 전쟁의 발발과 더불어 맹렬하게 터져 나왔다. 의병의 봉기는 그 명백한 증거였다. 지배자들은 그것을 삼강(三綱)의 으뜸인 충성, 임금에게 바치는 곧고 지극한 마음이라고 불렀다. 또한 그것은 조국의 강토를 적에게 빼앗길 수 없다는 애국심이며 애향심이었다. 그런가 하면 이대로 앉아 죽느니 싸우다 죽겠다는 악착스런 저항심이기도 하였다. 그중의 어느 하나든 그 모두든, 어쨌거나 조선은 벼랑 끝에서 허공을 등진 채 외적과 맞서 싸우기 시작했다.

조선인들의 그 기묘한 열정과 더불어 일본군을 괴롭힌 것은 조선의 날씨였다. 여름에 들어서면서 일본군은 부쩍 사기가 꺾였다. 더위도 더위려니와 본국에서 겪지 못했던 토질(土疾: 풍토병)이 복병이 되어 그들을 덮쳤다. 물을 갈아 마시는 바람에 배앓이를 하는 자가 숱하였다. 군사를 지휘하는 데 가장 경계해야 할 것이 탐욕과 교만이라, 병법에서는 하루에 삼십 리 이상을 행군하지 말라고 하였다. 하지만 다투어 전공을 세우고자 하는 장수들에 끌려 북진에 북진을 거듭하니, 고향이 멀어지는 만큼 일본 병사들이 느끼는 피로와 불안감도 커졌다. 낮에는 낯선 이국의 산을 기어오르고 강을 헤엄쳐 건너기에 진을 빼고, 밤에는 들끓는 모기와 파리에 잠을 설치며 서러운 노숙을 해야 했다.

결정적으로 장마가 시작되면서 일본군이 자랑하던 신무기인 조총이 무력해졌다. 조총은 조선군의 승자총통보다 월등히 우수하여 신기(神器)라고까지 불렸다. 하지만 야전에서 더없는 위력을 발휘하는 조총도 비가 와서 물에 젖으면 쓸 수 없다는 약점을 가지고 있었다. 이에 맞서는 조선군의 주 무기는 활과 화살이 고작이었지만 어린애의 매도 많이 맞으면 아프다고 하였다. 작은 손해가 겹치고 겹치면 큰 손해가 될 수밖에 없었다. 전쟁은 점점 아무도 그 요동칠 방향을 예측할 수 없는 괴물이 되어가고 있었다.

❀

달이 밝다. 구름 사이로 달이 흐르듯 시간도 그렇게 훌쩍 지나 어느덧 중추를 넘어 중양(重陽)에 접어들었다. 제비는 따뜻한 남쪽을 찾아 먼 여행을 떠나고, 북쪽에서 찬바람을 타고 구만리를 날아온 기러기들이 하늘에 빗금을 그을 날이 머지않았다.

—믿음의 새……. 암수 서로 신의가 깊다고 하여 기러기의 별칭이 신조(信鳥)라던가?

논개는 벌써 며칠째 교교한 달빛을 벗 삼아 바느질에 한창이었다. 그러나 촉박한 마음에 손끝이 도리어 무뎌지니 몇 번이고 바늘을 잘못 놀려 손가락을 찔렀다.

아.

새빨간 피 한 방울이 살갗에 내맺힌다. 논개는 뾰족한 통증에 이맛살을 찌푸리며 정신을 집중하려 애쓴다.

—이제 며칠이나 남았는가? 하루, 이틀, 그리고 사흘…….

며칠 전 골자 부대에 전라 감사 권율의 군령장이 도착했다. 전라 감사가 최경회의 전라 우의병에게 내린 군령은 무주 무풍으로 진격하여 일본군이 전라도로 침공하는 것을 방비하라는 명이었다. 이에 최경회는 병사들을 정돈하여 임시로 주둔했던 장수를 떠날 채비를 하였다. 바야흐로 진중에는 팽팽한 긴장감이 감돌았고 병사들의 표정도 버쩍 굳어졌다.

누구라도 그러하지 않을 수 없었다. 모든 것을 잊어야 할 날이 다가오고 있다. 삶의 모든 따뜻하고 부드러웠던 기억을 뒤로 하고 죽음을 향해 성큼성큼 나아가야 한다. 알 수 없는 삶의 끝, 아무도 가본 적 없는 다른 세상의 시작은 날카로운 공포를 자아내기에 충분했다. 최경회는 엄명한 호령으로 병사들의 동요를 막기 위해 최선을 다하였다. 그러나 지아비 혹은 아비와 오라비, 아들과 곧 헤어질 지경에 놓인 여인들 중에는 지레 울음을 터뜨리며 발광하는 이도 있었다. 누구도 그들을 쉽게 위로하지 못했다. 무슨 말로 어떻게 달래야 할 지 알 수 없기 때문이었다.

"생이별이 꼭 영이별이기야 하겠어요? 울지 마셔요. 우리, 웃으며 떠나보내요."

논개가 흙바닥에 주저앉아 가슴을 쥐어뜯는 여인을 일으키며 말했다.

"당장은 아니에요. 군이 한들을 떠나려면 아직 며칠이 남아 있어요. 그사이 남은 사람이 갈 사람에게 베풀 수 있는 정성도 많이 남아 있어요. 곧 날씨가 차가워질 거예요. 병사들이 홑저고리를 입고 떠나지 않게 하기 위해 살손을 붙여 겹것을 짓도록 해요. 좀 바빠진 것뿐이에요. 한숨을 쉬며 눈물을 흘릴 시간에 더 바지런히 움직여야 해요."

그렇게 며칠을 이바지와 바느질로 밤낮없이 일하노라니 아무리 일로 다져진 몸이라도 축지는 것을 어쩔 수 없었다. 그럼에도 논개는 가는데 십오 리 오는데 십오 리, 합하여 삼십 리, 매일 월강평까지 오가는 길을 멈출 수가 없었다. 몸살이 나 열이 끓고 삭신이 쑤신 지경에도 무엇에 홀리거나 들린 듯 그곳을 향해 달려갔다. 어제 밤새 지은 핫저고리와 겹바지를 건네주고 다시 헌 홑옷들을 거둬다 뜯이하여야 한다. 지난 추석에 한 줌씩 거두어들인 햅쌀로 한두 개씩이나마 떡을 빚어 나눠 먹었듯 차진 고향의 기억을 솔솔이 눌러 박아 지어 입히고 싶었다. 새물내 나는 빳빳한 옷을 떨쳐입고 떠나는 모습을 볼 수 있다면 뒷전에 남아 견뎌야 할 누추한 일상과 비루한 목숨이나마 위로받을 수 있을 듯하였다.

논개의 눈에만 무리 속의 그 한 사람이 돌올하게 보이는 것은 아니었다. 언제나 같은 시각이면 무언가를 이고 또 지고 골안개로 새뽀얘진 논틀밭틀을 헤쳐 오는 여인의 모습이 최경회의 눈을 아프게 쏘았다. 나날이 할쭉하여지는 몸피에 짐의 무게가 버거운 듯 그 걸음걸이가 비쓱거린다. 이리저리 쓰러질 듯 비스듬히 나아가면서도, 그러나 용케 넘어지지 않는다. 가냘픈 걸때에 목이 짜그라져라 무거운 물동이를 이고도 꽃샘하늘의 비밀한 편지를 반갑게 받아 들며 웃던 고 눈부신 계집애처럼.

그들의 눈길이 허공에서 마주쳤다.

─이제 장수를 떠날 날도 얼마 남지 않았다.

─알고 있사옵니다.

─이번에 떠나면 쉽게 돌아오기 힘들 것이다.

─그 또한 알고 있사옵니다.

─그동안 네 수고가 많았다. 어찌 몇 마디 말로 그 노고를 다 치하할 수 있으랴?

─칭찬받자고 한 일이 아닙니다. 저 혼자 공치사를 들을 일도 아닙니다. 제가 아니더라도 누군가는 했을 일입니다.

─……몸이 많이 수척해졌구나.

─제 걱정은 마십시오. 제 근심은 오직 다른 곳에 있습니다. 전장에서 배겨내려면 부디 자중자애하셔야 합니다. 해상*하여 상복을 벗으시게 되면 술도 잡숫고 고기도 잡수셔야 합니다. 그것만이라도 다짐해 주시어요.

─알았다. 네 마음을 다 알고 있다. 너도 이 난리를 잘 이겨내라. 참아 견디고 버텨 싸우다 보면 언젠가 다시 만날 날이 있지 않겠느냐?

─잊지 않겠습니다. 마음에 새겨 기억하겠습니다. 언젠가, 어디서라도…… 꼭 만나고야 말 것입니다.

마침내 그가 떠났다. 제각각 곧추세운 신념과 기개를 깃발삼아 펄럭이며, 그들이 전

*해상(解喪): 어버이의 삼년 상을 마침.

장을 향해 나아갔다. 환송, 혹은 이별의 인사는 어찌해야 마땅한가? 옛 여인들처럼 버들가지를 꺾어 던지며 탄성의 주술을 걸어볼까, 저고리를 찢어 던지며 그대들이 지키지 못하면 적군에 유린되는 것이 강산만이 아니리라고 울부짖을까? 논개는 대열의 후미가 산굽이를 돌아 사라질 때까지 하염없이 그들을 바라볼 수밖에 없었다. 떠올려 상상하는 것만으로도 목이 죄어 숨이 막히던 일인데 막상 눈앞에 닥치자 담담하니 견딜 만했다. 절로 새어 나오는 눈물과 한숨마저 스스로 옳다고 믿고 정한 길을 가는 그에게 누가 될까 봐 어금니를 악물어 참았다. 언젠가, 어디서라도, 꼭 만날 것이다……. 그녀는 약속을 믿었다. 지금까지 그래온 것처럼 그의 약속에 의지하는 그녀 자신을 믿었다.

달포 가까이 장수를 거점으로 삼고 월강평에 머무르는 동안 최경회는 승패의 기본 원칙인 정공과 기습에 충실하였다. 정공으로 대결하기 위해 병력을 확충하고 훈련하여 후일을 대비하는 한편, 기습으로 적을 기만하고 교란하는 유격전을 벌여 작은 승리를 얻어냈다. 실제로 기습과 매복전은 군량과 무기 등 모든 여건이 미비한 상황에서 의병군이 쓸 수 있는 주요 전법이었다.

제이 차 금산성 전투가 벌어진 것은 한가위를 사흘 넘긴 팔월 열여드렛날이었다. 일차 금산성 전투에 미처 합류하지 못해 망인이 된 고경명에게 마음의 빚을 진 충청 의병장 조헌은 전열을 정비하여 도요토미의 양자인 고바야카와 다카카게 부대가 지키는 금산성을 향해 진격하였다. 조헌의 칠백 병사와 승려 휴정의 제자인 영규의 육백 승군을 합친 천삼백의 병력은 고바야카와의 일만 군대에 맞서 처절히 싸웠다. 하지만 계란으로 바위를 치는 양 힘의 열세가 자명하니 끝내 모두가 전멸하였다. 의병군 승군 가릴 것 없이 거의 전원이 제자리를 지키다 죽은 전투는 장렬하고 비장했으나, 기실 처음부터 자살 행위나 다름없는 싸움이었다. 전라 감사 권율과 충청감사 허욱이 시일을 두고 준비하자고 권해도, 조헌과 함께 청주성을 회복했던 영규마저 관군의 지원 없이는 필패하리라고 말려도 조헌은 막무가내 북을 울리며 진군하였다.

조헌은 과연 어리석었던 것일까? 명예욕과 죽음의 충동에 경도되었던 것일까? 일본군에 포위당한 채 무기가 떨어지는 순간까지 싸우면서 그는 끊임없이 죽음을 말했다.

"임금이 욕을 당하면 신하는 죽어야 한다!"

그리하여 조헌은 충의로 가득한 대쪽 같은 성품 때문에 사생결단하였다고 하였다.

"오늘 남은 일은 오직 죽음뿐이다. 마땅히 의롭다는 말에 부끄럽지 않아야 할 것이다."

그는 자신의 말이 틀리면 차라리 머리를 쪼개라며 도끼를 걸머멘 채 지부상소(持斧上疏)를 올렸다가 함경도로 유배를 당했던 강골이었다. 그러니 전날 지키지 못한 약속을 부끄러워하며 고경명이 그러했듯 아들 완기와 함께 부자가 순국하기를 결의했다고 하였다.

"대장부는 죽으면 그만이지 구차하게 살 수 없다!"

그러나 최경회는 조헌의 유언 속에서 쓰라린 속뜻을 읽었다. 의병군의 활동은 결코 쉽지 않았다. 이름만 남아 있을 뿐 실상은 거의 없다시피 한 관군을 대신하여 자발적으로 싸우는 의병군은 명명백백한 적인 일본군뿐만 아니라 드러나 눈에 보이지 않는 내부의 적과도 맞서야 했다.

안동에서 권응수가 의병을 일으켰을 때 경주 부윤 윤인함은 지원은커녕 방해하기에 바빴다. 조헌과 영규의 의승병군이 청주성을 회복하여 성안에 있던 곡식을 굶주린 백성들에게 나누어 주려고 하자, 뒤늦게 나타난 방어사 이옥은 적군이 이용하지 못하게 해야 한다며 이를 깡그리 불태워버렸다. 애초에 조헌에게 관군과 합동으로 금산성을 공격할 것을 제의했던 것은 충청 감찰사 윤선각이었다. 하지만 의병군을 자신이 지휘하는 관군에 편입시키려는 시도가 무산되자 윤선각은 도리어 의병에 가담한 장정들의 부모와 처자를 잡아 가두어 대열을 허물어뜨렸다. 본래 그런 자들이 벼슬아치가 되는 것인가, 벼슬아치가 되면 자연 사람이 변하는 것인가? 전투의 주도권을 잡지 못한 데 대한 관군의 용심은 백척간두에 선 나라의 운명보다도 더 가팔랐다.

비휴처럼 날쌘 동녘 땅의 백만 용사들이
어찌하여 이 간난의 위기를 구하지 못하는고?
형강(금강)을 함께 건너자 한 그대는 어디 가고
이제 나 홀로 건너노라니 차가운 바람만이 노를 치는구나.

조헌이 고경명에게 남긴 추모시를 곱씹으며 최경회는 그들이 흩뿌린 피비린내가 선연한 금산성을 향해 나아갔다. 두 번에 걸친 전투가 모두 참혹한 패배로 끝났으나 분명 무의미한 헛짓만은 아니었다. 비록 승리하였다지만 일본군이 입은 타격도 만만찮았다. 이차 금산성 전투가 끝난 뒤에는 성 밖에서 죽은 전사자의 시체를 성안으로 옮기는 데만 꼬박 사흘이 걸렸다고 하였다. 아무리 뼈 없는 계란이라도 부서지고 으깨져라 치고 또 치면 바위에 흔적이나마 남길 수 있다. 흔적 따위로 바위가 쪼개지지 않는다 하여도 최소한 흠집은 낼 수 있을 것이다. 그 무모함이, 미련한 믿음만이 지금 조선을 구할 수 있는 유일한 힘이었다.

"병력이 많다고 하여 승리가 보장되는 것은 아니다. 머릿수를 믿고 자만하며 상대를 멸시한다면 오히려 수의 우세가 그들을 망칠 것이다. 그러니 병력이 적다고 낙심할 것도 없다. 적정의 상황을 면밀히 살펴어 집중해 싸운다면 반드시 우리에게 승산이 있으리라!"

최경회는 긴장으로 굳어진 병사들을 격려하며 병력의 열세를 만회할 전술을 구상하였다. 싸움은 이기기 위해 한다. 승리만이 유일한 정의다. 하지만 그 정의를 실현하기 위한 전술은 본질적으로 기만적이다. 병법이란 곧 기만전술이다.

앞서 떠난 이들이 마지막으로 토해낸 숨결인 양 두터운 안개로 자욱한 밤이었다. 달빛은 우리었으나 바람은 없었다. 거듭 혈전을 치른 금산성은 지쳐 늘어진 짐승처럼 괴괴하였다. 그토록 조밀한 안개의 입자에 가려 한 치 앞을 식별하기 어려운 밤길을 헤쳐 가는 무리가 있었다. 젖은 풀들이 그들의 발치에서 온순히 부복하였다. 그들은 마치 안개에 등을 떠밀린 듯 성벽 가까이로 흐르듯 다가갔다.

"북을 울려라! 꽹과리를 처라! 전진하라!"

추상같은 최경회의 행호령에 골자 부대의 천육백 병사가 일

제히 함성을 드높이기 시작했다.

둥둥 까강까강! 와아 와아아 —!

하지만 그들은 총알과 화살이 닿지 않는 안전지대에서 마치 진군하는 듯 노호할 따름이었다. 실제로 성벽을 향해 나아가는 것은 정예로 선발된 몇몇 기마병들뿐이었다. 하지만 짙은 안개 속에서 울리는 북과 꽹과리와 사나운 고함에 성안의 일본군은 혼비백산하여 깨어났다. 척후병이 망루에 올라 살펴보았지만 눈앞에는 외로운 넋처럼 스멀거리며 떠도는 안개의 숲, 안개의 늪만이 펼쳐져 있었다.

"전진, 전진하라!"

조선군 장수가 벼락불 같은 호령을 드높일 때마다 북과 꽹과리 소리는 거세어졌다. 곧이라도 대군이 성벽을 타 넘어 성안으로 밀어닥칠 듯하였다. 놀라 질린 일본군의 눈에 언뜻언뜻 안개 사이로 움직이는 것들이 보였다.

"조선군의 기마병이다! 조총을 쏴라! 활을 쏴서 떨어뜨려라!"

눈에 보이지 않기에 더욱 선명하고 두렷한 공포에 사로잡힌 일본군은 마구잡이로 공격을 퍼붓기 시작했다. 탄환이 무언가 물컹한 것에 박혔다. 화살이 무언가 푹신한 것에 꽂혔다. 하지만 비명도 들리지 않았고 후끈 풍겨오는 피비린내도 없었다. 그러나 의심스러움에 총소리가 잦아든다 싶으면 여지없이 곧을 울리는 북소리와 혼을 뺄 듯한 꽹과리 소리가 덤벼들었다. 일본군은 그렇게 밤새도록 실체를 알 수 없는 안개의 정병들과 싸웠다. 새벽이 되어 먼동이 트고 서서히 안개가 걷히기 시작할 무렵에야 지칠 대로 지친 일본 병사들은 비로소 그들을 야습한 적군의 정체를 알아차렸다.

"바로 지금이다! 공격, 총공격이다!"

지금껏 일본군이 전통이 비고 총알이 다 떨어지도록 쏘아 맞췄던 마상의 기마병은 짚못을 엮어 만든 사람 형상의 허수아비였다. 말고삐를 잡은 병사가 그 은폐물 뒤에 숨어 함성으로 적진을 교란했던 것이었다. 일본군의 무기와 기력이 떨어지기만을 기다렸던 조선군은 날이 밝자 본격적으로 공격을 시작하여 사납게 몰아닥쳤다. 몸집은 작지만 기민하고 힘센 제주도의 토마(土馬)를 탄 일백의 정병이 칼창을 휘두르며 적진을 향해 돌격했다.

"우리가 바다를 건너온 뒤 만난 조선군 중에서 골자 부대가 가장 무섭구나!"

조선군의 교란 전술에 기가 꺾인 일본군은 동료의 시체를 타 넘으며 성안으로 도망쳐 문을 걸어 잠그는 수밖에 없었다. 그렇게 며칠을 대치하노라니 어느 날 최경회에게 보고가 들어왔다. 금산성 안에 새가 날고 까치가 지저귀는 걸 본 사람이 없다는 것이었다. 기병을 보내 살펴보니 과연 일본군은 급히 말먹인 흔적만 남긴 채 우물을 메우고 부엌 아궁이를 막은 뒤 몰래 후퇴한 상태였다.

"대열을 정비하라! 도망친 적을 추격할 것이다!"

최경회는 금산에서 퇴각한 일본군이 무주로 향했다는 정보를 얻고 정예병을 이끌어 거창과 무주 사이의 고개인 우지치(牛旨峙)에 매복하였다.

"왜적들이 무주에서 다시 경상도로 퇴각한다면 이 길을 거쳐 갈 것이다. 이곳은 지형이 험악하고 좁은 길이 외가닥이니 적들은 반드시 장사진*을 이루어 빠져나갈 것이다."

까마득한 하늘에 솟구쳐 올라서도 지상에 굼실거리는 먹잇감을 알아채고 활강하는 눈 밝은 송골매처럼, 최경회는 지형지물을 파악한 뒤 그에 걸맞은 병가의 일책을 구상했다.

"좌부장, 그리고 우부장!"

"예!"

"자네들은 각각 군사를 이끌어 양측 산기슭에 매복하라. 그리고 후부장! 그대는 산정에 올라 몸을 감추었다가 형세를 보아 무리를 이끌어 왜군의 중간을 치도록 하라!"

"예! 알겠습니다!"

최경회의 예상이 정확히 들어맞았다. 정오

*장사진(長蛇陣) : 뱀의 형상으로 한 줄로 길게 벌이는 진법.

무렵 일본군이 꼬리에 꼬리를 물고 우지치로 밀려들었다. 최경회는 적군의 진입 상황을 예리하게 지켜보다가 많은 일본 병사가 한꺼번에 들어설 무렵 공격의 신호를 보냈다.

"돌격하라!"

진군나팔이 우레같이 울리며 화살과 돌무더기가 소낙비처럼 쏟아져 내렸다. 좌부장 고득뢰와 우부장 권극평이 양측에서 찍어대고 후부장 허일이 허리를 끊었다. 화살에 몸통을 꿰뚫리고 바윗돌에 머리를 찍혀 죽은 병사들도 많았지만 그보다 더 많은 수가 놀라 달아나다 넘어져 깔려 죽었다. 그들은 전의를 깡그리 잃고 오로지 도망갈 구멍을 찾기에 바빴다. 그러나 앞뒤에서 조선 의병군이 육박하니 곧 우지치 고개에는 일본군의 시체가 산처럼 쌓였다.

"도망치는 적을 뒤쫓아라! 단 하나라도 살려 보내지 마라!"

그 와중에 기병 십여 기의 호위를 받으며 퇴로를 뚫고자 몸부림치는 일본군 장수의 모습이 최경회의 시야에 들어왔다. 비늘처럼 빛나는 은 갑옷을 입고 번쩍거리는 황금 투구를 쓴 일본군 장수는 여덟 치는 족히 됨직한 큰칼을 휘두르며 백마에 박차를 가하고 있었다. 최경회는 전통에서 쇠로 만든 정량대를 뽑아 큰활에 걸었다. 목표물까지는 이백 보 남짓, 그러나 최경회는 기합술로 정신을 집중하고 일본군 장수의 머리를 조준하여 시위를 당겼다.

─제봉! 술과 시를 즐기던 순정한 벗! 내 손으로 자네의 원수를 갚으려네. 중봉(重峯: 조헌의 호)! 스스로 죽음의 방식을 택한 의인! 이제 그대들의 높디높은 봉우리에 원수의 목을 걸려네! 그것으로 과연 그대들의 고혼(孤魂)을 위로할 수 있을 것인가?

화살이 활시위를 떠나는 순간 손끝으로부터 명중의 예감이 왔다. 뜬귀신처럼 검측한 일본군 장수의 목이 뒤로 획 젖혀졌다. 그는 턱에 정통으로 화살을 맞고 마상에서 곤두박질하여 떨어졌다. 장수를 잃은 일본군은 무기를 버리고 사방으로 달아났다. 싸움은 끝났다. 골자 부대의 첫 전투는 대승으로 막을 내렸다.

최경회가 쏜 화살에 맞아 죽은 일본군 장수의 몸에서는 뜻밖의 귀물이 나왔다.

"어허, 왜장이 등에 메고 있던 이 그림은 고려의 마지막 왕인 공민왕이 그린 〈청산백운도(靑山白雲圖)〉인 듯하오! 도둑이 가져간 보물이 이제야 제자리를 찾았소이다."

지켜 섰던 문홍헌이 탄성을 터뜨리며 말하였다.

"칼날이 짧고 자루가 긴 이 언월도는 참으로 특이하니, 성할 성(盛) 자에 길 도(道) 자가 새겨져 있고 손잡이에 오동나무 잎이 다섯 점, 세 점, 세 점 연이어 그려져 있군요. 왜의 관백이 지닌 칼에 일곱 점, 다섯 점, 다섯 점의 오동나무 잎 문양이 새겨져 있다고 들었소만, 아마도 최 장군이 쏘아 죽인 왜장은 상급 무장인 것이 분명하오. 참으로 큰 공을 세우셨소!"

"보물이라 하여 어찌 한결같이 보배롭겠습니까? 이 칼은 말의 발목을 내리쳐 잘라 기마병을 죽이는 칼이니 참으로 끔찍한 보물, 귀중한 혈전의 증거입니다. 전리품은 단순히 전공을 과시하기 위해 지니는 것만이 아닐지니 오래도록 간직하여 두고두고 살펴보며 결의를 다질 것입니다."

최경회는 일본군 장수에게서 빼앗은 〈청산백운도〉와 언월도를 소중히 간수하였다. 그 노획물을 들여다볼 때마다 첫 전투에 임하며 다졌던 각오와 단엄침중*의 자세를 잊지 않으려 하였다.

금산과 무주에서 크게 이긴 전라 우의병은 구월 스무이틀날 전라 좌의병과 합세하여 남원에 진을 쳤다. 임계영군은 광한루에, 최경회군은 객사 서쪽에 자리를 잡았다. 전투는 이제부터 시작이었다.

---

*단엄침중(端嚴沈重) : 단엄
하고 침착하여 무게가 있음
이를 받들어 모심.

고독한 신념

계사년(癸巳年, 1593년) 정월 초하루 아침 진시(辰時), 조선의 하늘에 겹진 햇무리가 섰다. 안으로부터 바깥으로 붉고 누르고 푸르게 뻗힌 햇무리는 사시(巳時)에 졌다가 오시(午時)에 다시 나타났다. 이 하늘의 조화가 과연 길조일는지 흉조일는지 누구도 쉬이 점치지 못했다.

상처 입은 짐승처럼 신음하며 뒤척이는 조선의 산하에 겨울비가 내렸다. 봄비는 일 비일지니 봄에는 아무리 비가 내려도 구들장을 박차고 나가 들일을 해야 한다. 여름비는 잠 비라 불리니 밭매기 논매기 고단한 짬에 짧은 낮잠을 청하기에 맞춤하다. 가을비는 떡 비라니 햅쌀로 빚은 떡을 먹으며 쉬기에 적당하고, 겨울비는 술 비려니 익은 술을 부어 마시며 낙낙히 즐기기에 족하다 하였다.

하지만 삿된 야욕을 품은 외적에 강토를 침범당한 뒤로는 모든 일상이 버그러졌다. 논밭은 불타고 가옥은 허물어졌다. 식솔은 흩어져 생사조차 알지 못한다. 그래도 아직 죽지 않았으니 살아 있다. 살아서 치욕 같은 밥을 먹고 악몽 같은 잠을 잔다. 하지만 죽지 못해 유지되는 삶에서는 지옥의 취기가 몰칵몰칵 풍겼다. 너절하고 누추하던 일상이야말로 삶과 죽음의 경계를 누긋이 잇는 여린뼈였던 것이다. 뒤늦은 깨달음이 마디마디 저리게 삐걱거렸다.

밤새 지은 솜옷을 오목누비로 단단히 도래매듭한 뒤 고방에서 주항(酒缸)들을 끌어내려 뚜껑에 쌓인 먼지를 닦았다. 그가 떠난 뒤 황황한 마음을 달래려 마구잡이로 일거리를 찾아 매달릴 때 담아두었던 국화주다. 국화는 장수화요 연령객(延齡客)이라고 불리는 불로장수의 상징이기도 하지만, 무엇보다 만추의 꽃이다. 한 해는 매화를 앞세워 왔다 국화를 후미에 끌고 사라진다. 계절이 그렇게 피었다 진다.

꽃 중에 국화만을 아끼는 것은 아니지만
이 꽃이 지고 나면 다시 피는 꽃이 없잖은가?

당나라의 시인 원진(元稹)의 감미로운 한탄이 담황색 국화주 속에서 흔들린다. 무어 그리 대단한 것을 바랐다고? 불현듯 코끝이 짜르르 울린다. 그저 가까이에서 바라보며 조용히 머물기를 소원했을 뿐인데. 그 작은 희망조차 무참히 부서진 지경에 이르러서야 우둔한 아낙네들처럼 팔자타령 허희탄식을 하지 않을 도리가 없다. 하지만 논개는 입술 끝에서 간질거리는 한탄을 감쳐물며 다시 일손을 붙든다. 그는 비록 백여 리 떨어진 경상도 땅에 있지만 이곳에서도 그를 위해 할 수 있는 일이 있을 것이다. 해야만 할 일이 있을 것이다.

"아이고, 마님! 밤사이 이 핫옷들을 다 지으신 겝니까? 벌써 며칠째 밤샘을 하시는 겝니까? 그러고도 식전부터 무슨 소제를 하려십니까? 밀고 들어와 앉을 틈도 주지 않는데 무슨 먼지가 올랐다고 그걸 다 끌어내어 일일이 닦으신답니까? 천둥벌거숭이 같은 곱단이년까지 걱정하는 말을 하기에 웬일인가 하였더니, 정말 생병이라도 나면 어쩌려고 이러십니까?"

아침 일찍 찾아온 김 첨지가 불면불휴로 파리해진 논개의 낯빛을 보고 놀라 펄쩍 뛰며 말했다.

"제 걱정은 하지 않으셔도 됩니다. 다 할 만하기에 하는 일입니다. 그나저나 무슨 좋은 소식이 있나요?"

"암요! 좋은 소식이다마다요. 기뻐하십시오! 전라 우의병이 김면 도대장이 이끄는 경상 의병과 합세하여 성주와 개령의 왜적을 소탕하니, 이제야 비로소 경상우도 전부가 왜적의 소굴에서 벗어나게 되었다고 합니다. 감축 드립니다! 이 모두가 상중에도 불구하고 호국의 요구에 기꺼이 응하신 어르신의 충의와 내조지현을 다하신 마님의 정성 덕분입니다."

어찌 기쁘지 않을 수 있을까? 고마운 일, 반가운 소식이다. 하지만.

"말씀은 고마우나 어찌 그것이 몇 사람에게 공을 돌릴 영광이겠어요? 살아남아 승리의 소식을 듣는 것은 기쁜 일이지만 그 기쁨이야말로 무수한 피의 대가가 아니더이까? 이번에는…… 얼마나 희생을 하였답니까?"

지금은 기쁨도 마냥 기쁘게 받아들일 수 없는 환난의 때다. 승전보를 전해 들은 논개의 얼굴이 잠깐 쨍하게 개었다 다시 흐려진다.

"그것이……. 개령을 포위하여 공격하던 중 적에게 역공을 당하여 아군 서른 명이 전사하였는데, 그중에 골자 부대원도 대여섯 끼어 있다 들었습니다……."

슬픔과 고통의 선명함에 비하면 기쁨과 즐거움이란 얼마나 무디고 둔한가. 논개는 자식이 전사했다는 소식을 듣고 혼절하여 쓰러지던 여인의 모습을 떠올린다. 죽음으로 부모를 잃은 자식의 슬픔을 하늘이 무너지고 땅이 꺼지는 듯하다 하여 천붕지괴(天崩地壞)라 부른다면, 자식의 죽음을 겪는 부모의 심정은 혹독하고 잔인하기 그지없다 하여 참척(慘慽)이요 창자가 토막토막 끊어지는 듯 애달프다 해서 단장(斷腸)이랬다. 그것은 단련할 수 없고 짐작될 수 없는 아픔이었다. 어떤 명약으로도 치료할 수 없고 사람의 위로조차 소용없었다. 그래도 여인들은 어느 집에서 전사자가 났다는 소식을 들으면 그 가시울타리에 조용히 모여들었다. 새끼를 잃고 피눈물을 흘리는 어미, 신랑을 잃고 눈물씨름을 하는 새색시 곁에서 어리석고 미련스럽게 눈물로 품을 지고 갚기 위하여.

"작은 승리가 모여야 큰 승리가 있겠지만 아직은 맘껏 승리를 즐길 때가 아닌 듯합니다. 어쨌거나 모두가 이 겨울을 무사히 넘기기만을 바라야지요."

"그러잖아도 마님께서 아낙들과 더불어 겨우내 지어 보내신 갑옷이 매우 요긴하게 쓰인다고 들었습니다. 골자 부대가 겨울을 나는 곳이 지리산과 덕유산의 동북쪽이라 그 추위와 눈보라가 어지간하지 않다고 합지요. 얼음비를 맞으며 매복하고 설원에서 전투를 치르노라니 동상에 걸려 생짜로 잘름발이가 된 자가 부지기수며, 각 부대에서 고통을 견디지 못한 병사들이 도망하는 일도 빈번하다고 들었습니다. 그런데 골자 부대는 좀처럼 전열이 흐트러지지 않고 눈밭을 거니는 호랑이처럼 의연하니, 모두들 입을 모아 장수가 충성하면 군사도 정직하다는 옛말이 그르지 않다고 한답니다요."

절로 몸이 부르르 떨린다. 맵찬 삭풍이 살을 에고 뼛골에 사무치는 듯하다. 산중의 매서운 추위와 전투의 긴장, 그리고 시시때때로 차가운 뺨을 바싹 붙여오는 죽음의 공포. 그토록 가차 없는 동토로 그는 뚜벅뚜벅 걸어 들어갔다. 누군가는 도망치고 누군가는 외면하고 누군가는 또 다른 누군가를 몰아세워 등 뒤에 숨어 피하는 지상의 지옥, 사람이 지어낸 그악한 나락으로.

그를 안다. 스스로 고독을 받아들이는 사람. 영원히 혼자 머무는 일이나 다름없는 죽음을 두려워하지 않는 사람. 쓰라림과 막막한 허무도 더 이상 그를 침범하지 못한다. 그는 고독과 싸우며 더욱 고독해진다. 기꺼이 고독해진다. 그런 사람을 사랑한다는 것은 얼마나 잔인하고도 황홀한 운명인가?

논개는 알바늘에 실을 꿰고 거죽감을 다시 끌어당긴다. 촘촘히 박을 것이다. 올올이 누빌 것이다. 아무리 차고 모진 바람이라도 털끝 하나 해하지 못하도록. 종내 그를 지킬 수는 없을지라도, 그를 향한 사랑만큼은 목숨이 다하는 그 순간까지 끈지게 지켜내고야 말 것이다.

금산과 무주에서 전공을 세운 뒤 전라 우의병 골자 부대의 명성이 높아졌다. 병사 한 사람 한 사람이 날래고 용맹스러울 뿐더러 부대를 이끄는 최경회의 일 처리가 자세하면서도 재빠르니 상하의 일치단결이 남다르다는 평가였다. 최경회는 평소 자신이 성인을 동경하는 수수한 범인(凡人)에 불과하다고 입버릇처럼 말하였다. 뛰어난 직관이나 탁월한 식견을 갖지 못했다고 믿기에 한 번 더 생각하고 돌이켜 반성하는 것이 그의 오래된 습관이었다.

욕심으로 가득 찬 마음에는 진정한 고뇌가 깃들 수 없다. 되풀이하여 고민하고 거듭 살필수록 간명한 원리와 원칙이 남는다. 금과 은과 백금의 품질을 알아볼 때 쓰이는 시금석은 기실 검은 빛깔의 단단한 돌에 불과하다. 하지만 그 값없는 돌에 문지르지 않고서야 귀금속의 비싸고 헐함을 따져볼 수가 없다. 그렇다면 가치란 과연 어디에 있는가?

일대의 적군을 쫓고 무주 적산산성에 머무르던 최경회에게 한 통의 격문이 도착했다. 보낸 이는 합천에서 창의한 영남 의병장 정인홍이었다. 정인홍은 정여립의 난으로 옥사한 최영경과 조종도, 김면, 곽재우 등과 더불어 남명 조식의 문하에서 수학한 문인이었다. 남명의 학문과 처신의 지표는 경(敬)과 의(義)일지니, 이는 『주역(周易)』에서 유래한 것이었다.

"군자는 경으로써 안을 곧게 하고, 의로써 바깥을 바르게 한다[敬以直內 義以方外]."

남명 조식은 불우했던 젊은 날 살림이 넉넉한 김해의 처갓집에 의탁했다. 김해는 고려 때부터 왜구의 출몰이 빈번한 곳이었다. 타고난 학자였던 남명은 김해에 머무르는 동안 자신이 직접 경험한 현실에서 새로운 학문의 길을 발견했다. 현실에 발판을 두지 않은 이상이란 공중누각에 불과할지니 진리는 책 바깥에도 엄연히 존재하였다. 그리하여 남명은 제자들에게 문무의 균형을 갖추기를 요구하며 병법을 가르치고 검술을 익히게 했다. 그런 학풍의 영향으로 임진년의 난리에 경상도에서 창의한 의병장 대부분이 남명의 후예였고, 그중에서도 정인홍은 스승이 차고 다니던 단칼을 물려받을 정도의 애제자이며 수제자였다.

정인홍의 호소는 뜨겁고 세찼다.

"호남의 의병장들에게 고합니다! 요사이 성주에는 이웃 고을에 개미 떼처럼 모였던 적과 윗지방에서 후퇴한 적이 모두 모여들어 세력이 치성하니, 침범당할 날이 오늘 저녁인가 내일 아침인가를 염려하기에 이르렀습니다. 혹 오늘이라도 방어에 실패하여 남은 대여섯 마을마저 적들의 손아귀에 들어간다면, 이는 영남을 넘어 호남의 안전까지 크게 위협할 것입니다. 충혼의백으로 떨쳐 일어선 조선의 용자들이여! 영남이 없으면 호남도 없을 것입니다. 부디 하루바삐 말을 달려 와 위급 지경에 처한 영남을 구원하길 바랍니다!"

최경회는 서둘러 막하의 장수들을 모아 회의를 열었다.

"금산성에서 물러간 왜적들이 성주와 개령을 지나 거창까지 진출하여 곧 진주성을 공격할 지경에 이르렀다고 하오. 이에 경상 의병장 정인홍이 격문을 보내 구원을 청해 왔으니 어서 달려가 그들을 도와야 하지 않겠소?"

최경회의 말에 일순 군막 안이 고요해졌다. 잠시 후 우부장 권극평이 침묵을 깨고 물었다.

"그렇다면 의병장께서는 부대를 끌고 경상도로 출정하자는 말씀이십니까?"

"그렇소."

최경회의 단호한 대답에 좌부장 고득뢰가 석연찮은 낯빛으로 말하였다.

"하지만 우리 부대는 관군이 아니라 향병입니다. 그러하기에 애당초 거병의 목표는 향토의 보전이 아니었습니까? 금산과 무주에 주둔한 적의 대군이 전주와 남원을 침공하리라는 정보가 있었기에 우둔한 촌백성들조차 향리의 방위를 위해 농구대신 무기를 잡고 일어난 것입니다."

"물론 그러하오. 하지만 남원과 무주의 적은 어느 정도 토벌되었으나 쫓긴 그들이 영남으로 들이닥쳐 위협하니 시급히 구원을 나서야 옳지 않겠소?

"아무리 상황이 그렇다고 해도 원격지 구원 활동에는 무리가 따릅니다. 머지않아 겨울이 닥쳐올 것인데 연고가 없는 경상도 땅에서 군량과 피복의 충당을 어찌 장담할 수 있겠습니까?"

"외람된 말씀이오나 의병장께서는 관직에 계실 때 전국 각지에서 두루 재직하셨기에 어쩌면 향토의 정서에 둔감하신지도 모르겠습니다. 영남은 본래부터 인재가 많은 곳이며 절의의 훌륭함과 풍속의 순후함이 동방의 으뜸이라고 상하가 하나같이 으스대지 않았습니까? 그런가 하면 지난 기축년의 난리 이후 호남은 더욱 차별에 시달리며 외면당해 온 실정입니다. 심지어는 임금이 계신 반대쪽으로 산맥과 물이 달리는 배산역수(背山逆水)의 땅이라며 근거 없는 멸시까지 당하니, 어찌 병사들이 순수한 마음으로 영남을 구원할 수 있겠습니까?"

최경회는 예상치 못했던 반응에 당황하였다. 정인홍의 격문을 읽자마자 최경회에게 떠오른 것은 한시바삐 늑병하여 위험에 처한 성주 땅으로 달려가야겠다는 생각뿐이었다. 군량 보급과 전사자 및 부상자의 수송 문제 등이 염려되지 않은바 아니지만 그렇다고 싸움의 형세가 화급한 지경에 득실을 따지며

셈평할 수는 없었다. 이름 좋은 하눌타리, 허울 좋은 하눌타리여! 하늘에는 없는 경계가 어찌하여 땅에 지어지는가?

그러나 어찌 모를 수 있겠는가. 좁은 땅마저 가르고 쪼개어 편을 짓고 다른 편을 배척하는 오만. 그로써 얻어질 이익이 무엇이든 간에 무리를 지어 그 속에 숨어드는 자들의 심사는 뻔하다. 그들은 결코 강하지 않다. 하지만 무리 속에서는 그들조차 약하지 않다. 비겁하여 더욱 기세등등하고 의기양양하기까지 하다. 야비하고 비굴하게 도당을 만들어서라도 힘을 얻고자 하는 인심세태가 작금의 화난을 키운 토양인 셈이다. 얼마나 더 자디잘게 나눌 수 있을 것인가? 영남과 호남, 의병과 관군, 문인과 무인, 동인과 서인, 남인과 북인, 남명과 퇴계……. 그리고 또 어떤 기준으로 피아를 변별할 것인가?

그 분별 없는 분열과 맞서 싸워야 한다. 하지만 아무리 사악한 마귀일지라도 마냥 이를 갈며 미워하는 일은 경계해야 한다. 편협한 원한으로 상대를 노려보는 동안 자신을 들여다볼 여유를 잃기 때문이다. 결국 초심이 무엇인지, 자신이 누구인지를 잊는 순간 오랫동안 눈여겨 쏘아본 그것과 뒤집어쓴 듯 닮아버린다. 이제 마귀는 한 마리가 아니라 두 마리가 된다.

"조선이 있기 전에 영남과 호남이 있었던가? 호남도 우리 땅이요 영남도 우리 땅일진대, 사사로운 이해가 아닌 거룩한 의

(義)로써 일어난 사람들이 어찌 멀고 가까움을 가린단 말이오?"

최경회의 목소리는 이도*를 휘두르듯 엄격하였다. 구시심비**
하기는 얼마나 쉬우며, 시시비비(是是非非)하기란 얼마나 어렵
고 고단한가. 그러나 최경회가 믿는 것은 평판과 명성이 아닌
진실과 정의였다. 옳기 위해서는 고립되는 일마저 두렵지 않
았다. 그의 고독한 번뇌가 가치에 합당한 원칙으로 자리할 때,
그는 누구도 막아 세울 수 없는 열혈한, 강팔진 고집불통이
되고 말았다. 그리하고도 얼마든지 더 매섭고 독해질 수 있
었다.

최경회의 눈에서 번쩍이는 분노와 의지의 빛에 압도당한 막
하의 장수들은 쉽사리 입을 열지 못했다. 그때 말없이 그 광
경을 지켜보고 앉았던 참모 문홍헌이 무거운 입을 떼었다.

"다른 장수들의 말도 일면 일리가 있으나 의병장의 뜻은 그
보다 높고 깊은 것으로 헤아려지오. 늙은이의 부족한 식견으
로도 먼저 영남의 적을 소탕하여 그 기세를 꺾는 것이 호남을
지키는 최선의 방도요, 궁극적으로 도성을 회복하는 상책이라
고 여겨지오."

문홍헌이 최경회를 지지하며 경상도 출병
을 주장하자 팽팽했던 긴장이 적이 누그러들었
다. 문홍헌은 일전에 호남의 사류(士類)들이

*이도(利刃): 썩 잘 드는 날카
로운 칼.

**구시심비(口是心非): 말로는
옳다 하면서 마음속으로는
그르게여김.

각 당으로 분립하여 서로 배척할 때에도 오직 믿음과 의리로 그들을 아우르려 애쓴 터였다. 그제야 마음을 진정한 최경회가 다시 장수들을 설득하기 시작했다.

"경상도가 적의 일차 목표가 되고 전라도가 예봉을 비껴간 것은 왜군의 전략에 의한 순차일 뿐이오. 일각에서는 전라도에 직접적인 피해가 없으니 물력에 여유가 있으리라 짐작하지만, 우리는 각종 징발로 인해 향리가 얼마나 극심한 혼돈과 곤란에 빠져 있는지를 번연히 목도하지 않았소? 하지만 경상도의 민인들이 일찍이 왜적의 포악함을 몰랐기에 그들을 더욱 두려워하는 반면 우리 지방 사람들은 평소 왜적의 피해를 겪었기에 두려움을 억누르고 사납게 그들을 향해 돌진할 수 있소. 전 국토가 외적에게 함몰당하고 어가 파천과 국기 상실의 치욕을 겪는 극한 상황에서 우리는 국가 존망이 우리에게 달려 있음을 자랑스러워해야 마땅할 것이오. 땅의 경계를 말하기 전에 우리 마음에 지은 마음의 경계부터 허물어야 하오. 우리는 호남의 의병이 아니라 조선의 의병이오!"

그렇게 전라 우의병은 또 한 번의 전투를 치렀다. 피를 흘리며 생사를 다투는 싸움은 아니었지만 보이지 않는 적과 맞서 집요하게 치러야 할 격전이었다. 마음의 적을 무찔러 이긴 그들은 바야흐로 바깥의 적과 싸우기 위해 경상도 땅으로 출정하였다. 약속은 없었으나 그 진정은 하나같았던지 최경회군 뿐만 아니라 임계영 휘하의 전라 좌의병, 태인의 민여운, 해남의 임희진, 영광의 심우신 의병이 땅과 마음의 경계를 넘어 속속 영남으로 진군하였다.

그리하여 임진년 시월 치러진 첫 번째 진주성 전투에서의 승리는 관군과 의병, 경상 의병의 용맹과 전라 의병의 헌신이 조화를 이루어 빚어낸 값진 것이었다. 또한 진주성 전투는 영남 출병을 통해 호남의 수호를 주장했던 최경회의 혜안이 입증되는 계기이기도 했다. 진주는 한성에 주둔한 일본군 총대장 우키다가 경상도 일대의 병력 삼만여를 총동원하여 공격 명령을 내릴 만큼 중요한 지역이었다. 진주성이 무너지면 일본군은 호남으로 가는 가장 가까운 길을 확보하게 되는 셈이었다. 그리하여 일본군이 호남 평야를 장악하게 된다면 이순신의 수군에게 길이 막혀 군량 보급에 문제가 생기는 바람에 평양에서 북진을 멈춰버린 일본군에게 또다시 날개를 달아주는 결과를 가져올 것이었다.

경상도를 지켜 전라도를 구하였다. 전라도가 안전해졌기에 경상도 역시 파탄을 면하였다. 영호남은 단지 땅의 경계가 개 이빨[犬牙]처럼 맞물린 인접 지역이 아니었다. 순망치한(脣亡齒寒)이라 입술이 없으면 이가 시릴지니, 그 이해관계와 운명

166

이 밀접하여 한쪽이 망하면 다른 한쪽도 보전하기 어려웠다. 거드름을 피우며 들어와 온갖 작폐를 부리면서 생색을 쓰기에 바쁜 명나라 원병에 비하면 한 어머니 나라에서 태어나 같은 말을 나눠 쓰며 살아온 동포의 외원은 민심을 진정시키는 데에도 큰 역할을 하였다. 자닝한 참화를 겪는 동안 황폐해질 대로 황폐해진 애옥살림에도 불구하고 경상도의 민인들은 솔잎 가루를 섞어 끓인 죽이나마 나누어 손님 대접을 하려 애썼다. 그들이 서로 덜어 먹은 묽은 죽은 간을 보지 않아도 짭조름했다. 눈물 같은 삶을 삼키는 데는 나고 자란 곳을 따지는 일이 무색하였다.

그런데 시월의 진주성 전투가 끝난 뒤 조정에서는 뜻밖의 논의가 진행되었다.

"각도의 의병 가운데 곽재우, 최경회, 임계영이 거느린 군사가 쓸 만해 보입니다. 이들 세 사람이 바야흐로 경상도에 있으니 급히 군사를 정돈하여 근왕(勤王)하게 하소서."

비변사에서 제의한 근왕병 발탁은 비로소 안정을 찾아가던 영남의 민심을 발칵 뒤흔들었다. 항간에는 '의주 파천에도 곱똥은 누고 간다'는 유행어가 떠돌고 있었다. 임금이 난을 피해 이거하는 다급한 중에도 이질에 걸리면 곱똥을 누고 떠나야 하리니, 아무리 급한 일이 있어도 그보다 먼저 짬을 내어 할 일이 따로 있다는 뜻이었다. 그야말로 쌀쌀 아파오는 배를 움켜쥐고 나섰다가 길가에서 잠방이를 까 내리고 코푸렁이 같은 똥물을 내갈길 노릇이다. 지금 경상도의 전세는 바람 앞의 등불이요 백성들의 삶은 외적에 짓밟히다 못해 가리가리 찢겨 짓이겨진 지경인데, 의주까지 피난한 임금과 사족을 보호하기 위해 그중 가장 잘 싸우는 의병 부대들만을 쏙쏙 뽑아 올려 보내라니!

불에 놀란 사람은 부지깽이만 보아도 질겁하고 국에 덴 사람은 물도 불고 마신다던가. 싸움의 한가운데서 사계절을 보내며 죽음보다 모진 삶의 공포에 질릴 대로 질린 경상도의 백성들은 전라도 의병이 철수할 것이라는 소문만으로 크게 동요하였다. 골짜기로 피난을 갔다가 마을로 내려온 백성들이 다시 짐을 꾸리기 시작했다. 또 한 번 집을 버리고 비루한 몸을 숨기기 위해 허둥지둥 달아났다. 사내와 계집, 늙은이와 어린애를 가릴 것 없이 울부짖으며 사방으로 흩어졌다. 그 정경은 끔찍하다 못해 슬펐다. 차마 경망함을 꾸짖고 의연함을 요구할 수 없을 만큼 슬펐다. 아무도 그들을 지켜주지 않았기에 그들은 스스로를 지킬 수밖에 없었다. 그러나 힘도 의지도 없는 그들이 자신을 지킬 방도란 뻔하였다. 끝없는 도망질, 달아나고 또 달아나는 길뿐이다. 어디로? 어디까지?!

왕은 천지인을 관통하는 존재이자 하늘과 땅을 잇는 인간이기에 반역이란 하늘에 도전하고 땅을 배신하는 죄나 다름없었다. 친가, 외가, 처가까지 삼족의 씨를 말려 멸문지화를 하여도 마땅한 대악이며, 머리와 몸과 손과 팔다리를 도막 쳐서 죽일 무도였다. 그러니 감히 입 밖으로 임금을 욕하거나 실정을 비판할 수 없을뿐더러 충성스런 자라면 그런 생각이 문득 머리를 스치거나 꿈속에 비치는 일조차 죄악으로 여겨야 했다. 그런데 작금의 혹독한 현실은 그 명분과 도리를 금과옥조로 아는 유생들의 태도조차 바꾸었다. 영남의 쩡쩡하고 꼿꼿한 유생들이 앞장서 의병장들의 근왕을 반대하니, 전란 초기에 초유사로 내려와 경상우도 순찰사를 겸하던 학봉 김성일이 비변사의 제의를 취소하라는 상소를 올리기에 이르렀다.

"본도는 대부분 함몰되고 겨우 쇠잔한 고을 대여섯 개만이 남았는데, 그나마 흉악한 왜적이 사면에 깔려 기어코 삼키려고 하는 형세입니다. 이러한 위기에 호남의 병사들이 머물러 대처한다 하더라도 그 대응이 쉽지 않을 것으로 염려되는데, 하루아침에 군사와 무기를 거두어 물러간다면 적은 후원군이 없음을 염탐하고 재빨리 돌진해 들어올 것이옵니다. 본도가 모두 함락된다면 호남은 차례로 병화를 입게 될 것이고, 호남이 지탱하지 못한다면 국가 회복의 뿌리가 없어질까 두려우니, 생각이 이에 이르매 마음이 찢어질 듯하여 어찌할 바를 모르겠나이다. 엎드려 원하옵건대 부디 조정에서는 상황을 십분 참작하시와 장수들을 본도에 남겨두어 나라의 보장을 굳게 하소서!"

실로 전국 각지에서 의병이 일어날 때에는 거의 모든 군이 근왕을 표방하였다. 왕이 나라이고 나라가 곧 왕이기 때문이었다. 그러나 근왕병이랍시고 의주에 모여든 의병들은 제대로 전투 한번 치르지 않고 식량만 축내었다. 조정에서는 사정이야 어찌 되었든 의리상 거절할 수 없다며 야차(野次)나 다름없는 임시 거처에 겹겹이 의병을 세워두었지만 경비를 담낭하는 호조의 걱정만 키웠을 뿐이었다.

결국 조정에서도 근왕의 요구가 무리하다는 사실을 깨닫고 제안을 거둬들이기에 이르렀다.

"의병장 최경회는 무신은 아니지만 여러 번 전공을 세워서 명성이 크게 드러났고 그 재능이 책임을 감당할 만하다고 합니다. 그리고 그가 거느리고 있는 호남의 의병은 이미 그와 서로 친숙하니 사변이 안정될 때까지는 그대로 직을 맡겨도 되겠습니다."

이러한 논의 중에 일본군의 남하에 따라 경상도 지역의 방비가 더욱 위급하게 되니, 조정에서는 계사년 사월 스무하룻날 최경회에게 경상우도 병마절도사 직을 내리기에 이르렀다. 명나라와 일본 간의 강화 교섭이 시작되면서 전쟁은 일시적인 소강상태에 접어들었고, 그사이 조정에서는 의병장들에게 벼슬을 내려 의병진을 관군으로 편입하는 데 힘을 쏟고 있었던 것이다.

그런데 정인홍, 곽재우……. 그토록 뛰어난 영남의 인재들을 다 제쳐두고 왜 하필이면 최경회인가? 전라도 화순에서 태어나 자라 전라 우의병을 이끄는 최경회에게 경상도 군을 총지휘하는 병사(兵使)의 책임을 내리다니! 아무리 전쟁 중의 벼슬이 권한을 넘어선 책무에 불과하다 할지라도 호남 사람 최경회에게 영남의 군사 통솔권을 주었다는 것은 매우 의미심장한 일이었다.

조정에서 내린 경상 우병사의 직함과 인을 받아 들고 최경회가 찾아간 곳은 김면의 가묘였다. 최경회는 지난겨울부터 김면 부대와 합세하여 성주성과 개령을 수복하고 금산과 성주와 합천을 잇는 일본군의 보급망을 끊어놓은 터였다. 그때 김면의 직함이 바로 지금 최경회가 맡은 경상우도 병마절도사였으니, 최경회의 감개가 자못 새로웠다.

"김공에 비한다면 나이만 더 먹었지 무엇 하나 내세울 것이 없는 내게 어쩌자고 이런 중책이 주어졌는지 모르겠소. 김공이 어이없는 병마에 사로잡혀 그토록 허망하게 세상을 뜨지 않았다면 이러한 광영이 어찌 이 무재인(無才人)의 몫이겠소?"

최경회는 전란 중이라 고향인 고령까지 시신을 운구하지 못해 임시로 만든 김면의 붉은 무덤에 맑은 술을 부으며 말했다.

"어떻소? 그곳은 그럭저럭 지낼 만하오? 이생의 여독과 노독은 이제 다 풀리셨소?"

주도(酒道)에서는 혼자 즐기는 것보다 같이 즐기는 것을 아름답게 여길지니, 최경회는 무덤 속의 친구가 비운 술잔을 채워 자작자음한다. 오랜만에 마시는 술이 식도를 찌르르 울리며 흐른다. 음서로 벼슬을 한 명문거족 출신에다 만석지기 세도가, 그 쟁쟁한 출신에도 불구하고 김면은 참으로 순수하고 사심 없는 사람이었다. 그 역시 남명의 문하로 정인홍, 조종도 등과 오랜 친구였으나 김면의 군대는 다른 의병군과 얼마간 구별되는 특징을 지니고 있었다. 대부분의 의병군이 고을의 유지들을 중심으로 그 영향력 아래 구성된 향군이라면, 김면의 군대는 지역과 계층의 구분이 따로 없었다. 지체 높은 집안의 젊은 자제들로부터 그들을 따라온 가노들까지, 자기 땅은 자기가 지키겠다는 의기로 일어선 농민들부터 거창 지역에서 합세한 수백 인의 산척(山尺)들까지.

그 가운데서도 산쟁이라 불리는 산척들은 사냥이나 약초

캐는 일을 업으로 삼던 천민 중의 천민이었다. 평소 철저히 군역에서 배제되어 있던 천민들이 의병에 자원한 이유는 복잡다기하였다. 그들 역시 조선의 민인이니 외적에 대한 적개심이 우선일 것이다. 하지만 그에 덧붙여 군공을 세운다면 대대손손 업보처럼 물려 내려온 하천인의 신분에서 해방될 수 있으니, 전란으로 생활의 터전을 잃은 그들은 굶어 죽는 대신 싸우다 죽기를 택하였던 것이다.

그러나 어미의 태내에서부터 신분이 정해지는 세상에서 상하 귀천이 고루 섞이어 부대를 편성하기란 쉽지 않은 일이었다. 자부심 높은 공자(公子)들은 천것들과 어울려 줄을 짓는다는 사실을 마땅찮아 했다. 농민들은 양반이란 자들의 젠체하는 태도에 냉소하는 한편 의병 가담을 신분 상승의 수단으로 삼는 천민들의 꿍꿍이수작을 경멸하였다. 천민들은 천민들대로 총알이 상하를 가리고 화살이 귀천을 살펴 꿰뚫는 것이 아니라는 사실에 고소해하였다. 타고난 바탕이 어쨌거나 죽음 앞에서는 만인이 평등했다. 돈과 신분으로 살 수 없는 목숨이라는 귀물은 누구에게나 하나씩뿐이었다.

김면은 그러한 부대의 보이지 않는 갈등과 알력을 잘 조종하였다. 그는 기병한 이래 몇 달 동안이나 갑옷을 벗지 않고 싸움에서는 항상 앞장서 모범을 보였다. 명령에 절도가 있으며 계층을 가리지 않고 논공행상을 명쾌히 하였기에 불만을 품는 자가 없었다. 김면은 뛰어난 용장이라기보다 고상한 인품을 지닌 덕장이었다. 그러하기에 김면 부대는 다양한 계층으로 구성되었을뿐더러 충청도와 전라도에서 온 의병 부대까지 자연스럽게 흡수하여 연합군을 형성할 수 있었던 것이다.

"김공이야말로 공자의 성인(成仁: 인을 이루다)과 맹자의 취인(取仁: 인을 취하다)을 모두 갖춘 진정한 사대부였구려! 그런데 하늘은 어찌 그리 눈 밝고도 야박한가? 뜬세상에는 과분한 금옥군자를 용케 알아보고 이렇게 일찍 데려가시다니!"

최경회는 탄식을 하며 또다시 한 잔을 입안에 털어 넣는다. 연합하여 함께 작전을 펼치던 중 김면과 딱 한 번 대작을 한 적이 있었다. 진중에서 탈상한 최경회가 주과(酒果: 매우 간소하게 차린 제물)로 예를 올릴 때에, 김면은 헤픈 말 대신 잔 가득 술을 쳐 음복을 거들었다. 그 역시 고향에서 모친을 모시던 중 전란을 맞아 거병한 처지였기에 침묵 속에 주고받는 술잔에는 모정에 대한 사무치는 그리움이 한맘으로 흔들리고 있었다. 그토록 갸륵하고 미쁜 아들을 앞장세운 어머니의 심경은 어떠할 것인가. 아들의 상사는 상명지통(喪明之痛)이라 불리니, 상명이란 실명(失明)이요, 세상의 빛을 모두 잃고 암흑 세계에서 헤매는 일이나 다름없다 하였다.

그런데 경상우도 의병 대장 김면의 죽음은 단순히 장수 한 사람을 잃었다는 문제가 아니었다. 사사로운 통한과 의분을 넘어 최경회는 김면 없이 헤쳐 나갈 앞날에 대한 불길지조를 낌새챘다. 전쟁 시작 두 달 만에 일본군의 맹공으로 영남 거개가 초토가 되어버린 지경에 경상 감사 김수와 의병장 곽재우는 극심한 갈등에 휩싸여 있었다. 김수는 충신 중의 충신인 양 설치며 근왕병을 끌고 상경하다가 용인 전투에서 대패하여 산음에 돌아와 머물고 있었는데, 전란을 맞아 가장 먼저 창의하여 '홍의천강장군(紅衣天降將軍)'이라 불리며 눈부신 전공을 세우고 있는 곽재우를 눈엣가시처럼 여겼다. 김수는 병권을 쥔 감사의 이름으로 여러 고을에 통문을 보내어 각 의병장이 거느린 군사를 차출하였는데, 이로써 의병군이 무너지고 흩어지는 결과를 낳게 되었다.

하지만 백성들은 잊지 않고 있었다. 싸워야 할 때 마땅히 싸우고 지켜야 할 때 기어이 지켜야 하는 지도자의 도리를 그가 어떻게 져버렸는지. 입으로만 떠들어대는 애국 애족이 결국 일신의 영달을 위한 눈가림에 불과했다는 사실을 우부우맹이라고 모를 리 없었다. 분출구를 찾지 못하고 끓어오르던 백성들의 분노가 비겁한 권력가 김수를 향해 터졌다. 사나운 말들이 떠돌기 시작했고, 김수의 죄를 일일이 지적한 곽재우의 격문은 그러한 민심을 요약한 것이나 다름없었다.

"첫째로 너는 왜적을 맞아들인[迎倭] 인간이다! 둘째로 너는 패배를 좋아하는[喜敗] 인간이다! 셋째로 너는 은혜를 모르는 인간이다! 넷째로 너는 불효자식이다! 다섯째로 너는 세상을 속였다[斯世]! 여섯째로 너는 부끄러움을 모르는[無恥] 인간이다! 일곱째로 너는 마음보가 음흉한 인간이다! 여덟째로 너는 남의 성공을 시기하는[忌成] 인간이다! 네 죄가 이와 같으니 내가 네 머리를 베어 백성들의 쌓인 분노를 풀어야겠으며, 앞으로도 너처럼 의병을 일으키지 못하게 훼방하는 자가 있다면 그도 마찬가지로 죽여 없앨 것이다!"

곽재우의 격문을 받아 든 김수는 공포에 사로잡혀 푸들푸들 떨었다. 곧이라도 곽재우가 매서운 눈씨를 번득이며 문을 박차고 들어올 것 같았다. 어린애도 '곽지가 온다'고 하면 울음을 뚝 그칠 정도로 그 성미가 불같고 거침없지 않은가. 김수는 당황하여 자살을 하려다가 군교가 말리는 바람에 칼을 다시 거둬들이고 함양으로 달아나 성문을 걸어 잠갔다. 그런데 막상 위험에서 벗어났다 싶으니 무럭무럭 괘씸한 소행에 대한 울화가 끓어올랐다.

―허울 좋아 의병장이요 홍의 장군이지, 일개 사민에 불과한 주제에 감시 도주(道主)를 범하려 들다니!

김수는 의주에 있는 조정에 장계를 올려 곽재우가 역적과 다름없는 불궤한 일을 저지르고 있다고 고발하였다. 역모라면 어떤 화급한 전세보다 귀가 쫑긋해지고 눈이 회동그래지는 소식이었다. 의심으로 똘똘 뭉친 조정에서는 김수의 말만 믿고 곽재우를 견제하기에 이르렀다. 더군다나 곽재우는 서른네 살에 과거에 응시하여 차석으로 뽑혔다가 수일 만에 무효가 된 전력을 갖고 있었다. 그때 별시의 제목이 「당 태종이 대궐 뜰에서 무술을 가르친 일을 논함」이었는데, 이에 대해 '군주가 문약(文弱)하면 나라가 위태롭다'고 논한 곽재우의 글이 선조의 심기를 거스른 것이었다. 부친 곽월이 의주 목사를 지낼 때 명나라에 동행한 경험으로 국제 정세에 밝으며, 만호를 지낸 무인인 김행의 사위이자 남명 조식의 외손녀를 아내로 둔 문무겸전의 용장은 그 톡톡한 쓸모만큼이나 위험해 보였다.

군주의 의심이 낮을 것은 패역의 주형뿐이었다. 김면은 곽재우에게 두 번이나 서한을 보내 간곡히 달래었고, 김성일은 조정에 장계를 올려 임금의 오해를 풀도록 하였다. 김면은 언제나 갈등을 진정하고 조화를 도모하기 위해 노력하였다. 동인과 서인의 대립이 남인과 북인의 대립으로 비화될 즈음에는 북인의 거두인 정인홍과 남인의 거두인 김성일 사이에서 중재를 위해 동분서주하였다. 김성일과는 퇴계의 문하에서 함께 공부한 동학 관계이고 정인홍과는 오랜 친구이니, 김면이 아니라면 누구도 쉽게 나설 수 없는 일이었다.

그런 김면의 자리를 이제 최경회가 맡게 된 것이었다. 무엇을 할 것인가. 그리고 무엇을 하지 않아야 할 것인가.

대컨 술은 잊기 위해 마신다. 그러나 때로는 곱씹을수록 돋올해지는 생각을 잊지 않기 위해서도 마신다. 오늘은 아무리 마셔도 좀처럼 취하지 못할 것 같다.

김공, 그렇지 아니한가?

하늘에서 불이 날아 떨어져 인간을 불태우니 십 리를 지나가도 사람 보기가 힘들다.

방이 열 개 있어도 그 안에 사람이 하나도 없으니 한 구획을 돌아봐도 사람은 보이지 않는구나.

괴상한 기운으로 중한 병에 걸려 죽으니 울부짖는 소리가 연이어 그치지 않아 과연 말세로다.

이름 없는 괴질은 하늘에서 내려준 재난인지라, 그 병으로 앓아 죽는 시체가 산같이 쌓여 계곡을 메우니 길조차 찾기 힘들더라.

평화로운 때 비기와 도참에 꺼둘리는 사람들은 광치(狂痴:

미치광이와 멍청이)의 취급을 받기 마련이다. 그것이 아무리 그럴듯한 체계를 갖춘 예언이라 할지라도 지금 이곳의 문제를 풀기에 골몰한 생활인들에게 말세를 주장하는 이들은 허황하고 혐오스럽다. 내일 불벼락을 맞든 말든 오늘 가파른 모서리 끝에서 기우뚱대며 살아야하긴 마찬가지, 지레 호들갑으로 허풍을 떤다고 달라질 것이 대체 무언가?

하지만 어느 누구도 피해갈 수 없는 대동지환*의 시기에, 불안에 사로잡힌 사람들 속에서 허풍선이는 철인(哲人)이 되고 그들의 군소리는 계시(啓示)로 곱씹어지기에 이르렀다. 외적의 침입으로 잿더미가 된 나라에 온역(瘟疫, 장티푸스)까지 돌아 산지옥이 되자 귀 얇고 맘 약한 백성들은 슬금슬금 남사고가 쓴 『격암유록(格菴遺錄)』을 떠올리기 시작했다. 세상의 끝에는 후천(後天)이 열리리니, 소 울음소리[牛吟]가 나는 곳으로 찾아 가랬던가?

전쟁은 삶의 일부가 아닌 전부를 요구했다. 허술하게 엮인 삶의 고리에서 약점을 찾아내어 치밀하게 파고들었다. 험한 생활로 쇠약해진 백성들뿐 아니라 용맹과 지략을 겸비한 장수들까지 그 보이지 않는 적에 발목을 잡혀 쓰러졌다. 들끓는 고열, 차끈한 오한, 그리고 두통과 무기력과 지독한 권태감이 그들을 급습했다. 혀는 백태

*대동지환(大同之患): 모든 사람이 다같이 겪는 환난.

로 해읍스름히 덮이고 가슴과 등에는 담홍색 반점들이 짓이 겨진 꽃잎처럼 돋았다. 신명이 도우시어 스무 날쯤 앓다가 용케 신열이 내려 식욕을 찾으면 다행이지만, 그 고비를 넘기지 못하면 혈변을 누고 피를 토하며 귀가 멀고 의식을 잃었다.

생때같은 청장년의 장수들이 그토록 어처구니없이 병마에 사로잡혀 세상을 떴다. 정파를 초월하여 단결을 도모하던 경상 의병 대장 김면이 삼월에 죽었다. 관군과 의병을 화합하기에 힘쓰던 곽율은 초계에서 함께 창의했던 아우가 병에 걸리자 손수 간호하다가 전염되어 죽었다. 정세를 잘못 판단해 난을 대비하지 못한 죄를 씻기 위해 초유사로 경상우도 관찰사로 분전하던 김성일이 사월 그믐에 죽었다. 그리고 퇴계의 후예로 안동에서 창의한 김해도 계사년 유월을 넘기지 못하고 병사하였다. 김해는 의병 한 사람 한 사람의 이름과 의병진의 군량과 군기를 꼼꼼히 기록한 『향병일기(鄕兵日記)』에 서른아홉 짧은 생애의 흔적을 이렇게 남겼다.

"병기를 주조하고 군량을 모았으며 마음을 다하여 토적했다. 이토록 열과 성을 다하는 가운데 옛 사람도 여태 얻지 못한 지극히 아름다운 일들이 수없이 많이 얻어졌도다!"

귀를 기울인다. 바람결 어디쯤에서 음매 음매 간절한 소의 울음소리가 들려오는가. 그것은 몽중방황하듯 정처 없이 높은 산을 넘고 깊은 물을 헤쳐 가야만 찾을 수 있는 무엇이 아닐 것이었다. 싸움과 맞대하여 물러서지 않는 자, 피의 들판에서 말가죽에 싸여 죽기를 두려워하지 않는 용자만이 악다구니 속에 그 정직한 울음을 가려들을 수 있으리라.

임진년을 지나 계사년에 들어서자 전황이 급변하였다. 계사년 정월 조선과 명의 연합군이 평양성을 탈환하고 전라 감사 권율이 이월 서무날 한성의 턱밑 행주산성에서 일본군 수천 명을 사살하는 대전과를 올리면서 전세는 역전되었다. 그해 겨울의 동장군은 조선의 편이었다. 속전속결로 조선을 장악하고 대륙을 향할 헛꿈에 들뜬 도요토미의 장부에는 조선의 추위가 계산되어 있지 않았다. 일본군은 맨발에 얇은 여름옷 차림으로 얼어붙은 대동강을 건너 도망쳤다. 전쟁은 제 살을 파먹어 몸피를 불리는 괴물이었다. 침략군이라고 그 끔찍한 이치에서 벗어날 수는 없었다. 일본군 병사 요시노 진고자에몬[吉野甚五左衛門]은 곱은 손을 불며 그 밤 자신이 보았던 지옥을 일기에 기록하였다.

"그 밤은 더욱 추웠다. 북풍이 무섭게 불어 한기가 살갗을 에며 뼛속까지 스며들어 인간의 지각을 모두 빼앗아 갈 듯했다. 동상에 걸린 병사들은 활을 지팡이 삼아 짚고 나무 막대 같은 다리를 몽유병자처럼 질질 끌고 걸어갔다. 그렇게라도 움직여야 했다. 그러지 않으면 굶어 죽거나 얼어 죽는다! 번연한 죽음이 길가에서 커다란 아가리를 벌리고 기다리고 있었다."

총알과 화살에 맞아 죽고, 병에 걸려 죽고, 굶어 죽고, 얼어 죽고, 대오를 이탈하여 도망쳤다가 조선 백성들에게 잡혀 맞아 죽고……. 그리하여 서울로 후퇴하여 집결한 일본군은 원래 인원의 삼분의 일밖에 되지 않았다. 전의를 잃은 일본군과 애초에 싸울 의사가 별로 없었던 명군이 화의를 시작한 것은 놀랍지 않은 순서였다.

애걸복걸 원병을 요청하는 조선 조정에 십만 정병을 보내겠노라 허풍을 쳤던 명나라는 임진년 막바지에 이르러서야 그의 절반에 미칠까 말까 하는 병력을 조선에 파견하였다. 명군이 가져온 대장군포, 위원포, 자모포, 연주포, 불랑기포 등의 대포와 언월도, 쌍지창 등의 무기는 형형색색 다채롭고 다양하여 무기고에 시달리던 조선군에게 큰 도움이 되었다. 하지만 전투에서 무기보다 더 강하고 날카로운 것은 반드시 이기고자 하는 병사들의 의지였다. 그것이 명군에게는 없었고 조선군에게는 있었다. 꼬박 사흘 동안 벌어진 평양성 전투가 마침내 끝났을 때, 명군의 장수들은 선봉에서 비호같이 싸운 조선 정예군의 활약에 감탄하여 말하였다.

"어허, 그것참 알 수 없는 일이로군! 이런 재주를 가지고 있으면서 어찌하여 적을 여기까지 끌고 왔단 말인가?"

명나라 동정군(東征軍)의 총대장은 이여송이었다. 이여송의 할아버지는 죄를 짓고 국경을 넘어 도망쳤던 조선인인지라 그는 이른바 금의환향한 셈이었다. 하지만 이여송은 조선인이 아니었다. 나고 자라 출세한 땅이 명나라일뿐더러 그 자신이 생각하는 '조국' 또한 명나라였다. 실낱같은 핏줄의 힘을 믿는 이들에게 핏줄의 횡포는 더욱 가혹하였다. 명군은 절강성에서 왜구와의 실전을 통해 전술 교리를 확립하여 검술과 화기술에 능숙한 남병과 여진족을 방어하는 임무를 띠고 있던 기마술 중심의 북병으로 이루어져 있었는데, 이여송은 그중 북병의 장수였다.

중국의 오래된 속담이 말하였다. 산은 높고 강은 길다. 무엇이 불가능한가?

이여송은 평양성 탈환에 공을 세운 남병에게 약속했던 은 오천 냥의 보상을 언제 적 일인가 싶게 입을 싹 닦았고, 그에 반발하는 남병 천삼백 명을 깡그리 도살하였다. 돈은 주기 싫고 머릿수야 얼마든지 채울 수 있다. 가능하지 않은 일이 무엇이겠는가?

패주하는 일본군은 닥치는 대로 민가를 약탈 방화하고 백성들을 살육하였다. 그들은 익숙하다시피 한 적이었다. 하지만 이제 낯선 적이 새로이 등장했다. 명군의 북병은 그 포악함이 일본군의 귀때기를 왕복으로 후려갈길 지경이라 횡포와 민폐가 극에 달하여 그들이 지나는 길은 메뚜기 떼 쓸고 간 자리처럼 텅 비어버릴 정도였다. 그런데도 조선 조정에서는 변변한 항의조차 못한 채 군량 이외에 말 먹일 풀과 콩까지 대어주며 이바지를 하였다. 이여송군의 오만 방자 허장성세는 결국 벽제관 전투의 대패를 낳았다. 그런데도 이여송은 자기 나라 황제에게 서신을 보내 읍소하였다. 한성은 이십만 명의 일본군이 철통같이 지키는지라 중과부적이니 퇴각을 허락해 달라는 것이었다.

만신창이가 된 조선만 쏙 빼놓은 채 명과 일본의 화평 교섭이 착착 진행되었다. 주거니 받거니 셈도 명쾌하였다. 명군이 요동으로 철군하는 것과 일본군이 폐허가 된 한양에서 철수하는 것을 에끼기로 했다. 대명 황제의 칙사가 일본을 방문하여 국왕을 정식으로 책봉하면 일본군이 인질로 삼은 조선의 두 왕자와 신하들을 풀어주기로 했다. 일본군이 곡식 이만 섬을 명군에게 넘겨주고 서울을 떠나면 부상당해 남은 잔병들에게 양식을 대주고 더 이상 추격을 하지 않겠노라고 했다. 그들은 사이좋은 친구처럼 머리를 맞대고 엇셈하였다.

그제야 조선의 조정 신료들은 도망치는 적들을 추격하여

설욕하라고 조선군 장수들을 다그쳤다. 하지만 퇴각하는 일본군을 좇을라치면 조선군은 명군의 극심한 방해에 시달려야 했다. 심지어 조선군 장수들의 몸을 쇠사슬로 묶어 협박하며 추격을 멈출 것을 종용하니, 일본군은 사방을 노략질하며 느긋이 후퇴하였다. 조선군은 분하고 억울하여 피눈물을 흘리며 통곡하였다. 그래도 어쩔 수가 없었다. 이미 군사 지휘권은 명군에게 넘어간 지 오래였다. 복수도 좋았다. 설욕전도 좋았다. 하지만 벼랑 끝에서 허공에 기대어 싸워온 자들은 본능으로 알았다. 마귀는, 괴물은 아직 죽지 않았다. 죽은 척하며 엎드려 있는 음험한 놈의 뜨끈한 숨결이 목덜미에 느껴졌다. 교활한 자들과 음흉한 자들의 타협에서 기대할 것이란 없었다. 바야흐로 도요토미 히데요시는 철군 협상이 한창 진행되는 가운데 십이만 병력을 총동원하여 진주성을 공격할 것을 결정하였다. 이익을 보여주어 유혹을 하며 무언가를 주는 척하여 그것을 취하기 위해 덤비도록 할지니, 병법이 기만인 것은 본디 전쟁이 거대한 기만이기 때문이다. 정직하고 의로운 전쟁이란 어디에도 없었다.

사랑이 길을 만든다

해가 없다. 달도 없다. 달이 밝아야 별이 드물진대 달 없이 별조차 없다. 빛의 틈입을 일절 허용치 않는 조밀한 어둠, 단연한 폐색. 한없이 펼친 암흑 속에 돌연한 벽이 우뚝우뚝 키를 돋워 좁혀온다. 눅눅하고 질척하다. 코끝을 스치는 푸른 이끼 냄새, 먼지와 추억의 향기.

들여다보는 순간 빠져버렸다. 피가 거꾸로 흐르고 기억이 물구나무를 선다. 울지 마요, 어머니. 엎디어 흐느끼는 어머니를 보면 뼈 마디마디 핏줄 가닥가닥이 데식는 것 같다. 숨쉬기가 버겁다. 견디어 배기기에, 두레박은 너무 무겁다. 약하기에 조롱당한다. 여리어 모자라면 조종당한다. 줄에 묶인 사지가

건들건들, 밀고 잡아당기는 대로 비치적비치적 용춤을 추는 망석중이가 되기는 싫다. 그런데 어쩌자고 어깨를 떠밀어 자빠뜨리는가? 가랑이를 파고드는 썩정이 같은 물기둥. 욕지기가 치민다. 진저리를 친다.

그때 아득한 곳으로부터 빛이 뻗쳐온다. 햇살처럼, 달빛이거나 별빛인 양 사위가 화안하다. 맞잡은 그것은 따뜻하고 문문하여 그에 끌리면 어디까지라도 내달릴 수 있을 것 같다. 빠르게 더 빠르게 달리다 보면 훌쩍 날아오를 수도 있을 듯하다. 빛이 낮은 어깨와 저린 명치에 내려 다독거린다. 괜찮다, 이젠 괜찮다고. 슬프고 괴롭고 힘들고 아팠던 일은 다 지나갔다고. 거친 손, 차가운 뺨, 진땀으로 촉촉한 이마에 일일이 입을 맞추어 위로한다. 그 입술이 너무 부드러우니 꿈인가 한다. 그 입술로 속삭이는 영원의 약속이 달콤하여 믿기지 않으니 꿈인가 한다.

꿈인가? 또다시 꿈이런가?

어느 결에 바람벽에 머리를 기대고 깜박 잠들었나 보다. 화들짝 헤떠 깨어보니 꿈속에서조차 의심하여 도리질하던 꿈이었다. 그를 떠나보내고서부터 줄곧 겪는 일이다. 아무리 고단해도 나가떨어져 세상모르고 잠들 수가 없다. 몸이 물에 젖은 솜처럼 천근만근인 지경에도 요를 펴고 누우면 어김없이 눈꺼풀 속에서 쇳가루가 버석거린다. 곯아 물커진 듯 무력하고 무감한 하루하루, 믿을 수 없는 나날이 흐르고 있었다.

그런데 얕은 괭이잠을 자는 중에도 요즘 들어 부쩍 꿈에 시달리니 논개는 이 괴이한 마음의 조화가 불안하고 두렵다. 꿈의 예지와 계시를 맹신하는 것은 아니다. 파편같이 분분한 꿈 이야기로 길흉을 판단하는 일은 한바탕의 재밋거리로 족할 뿐이라고 생각한다. 꿈길은 외길이라 걷다 보면 어김없이 그 한 사람과 마주치게 되지만, 꿈결에서 만나는 이와는 맺어지기 어렵다는 무속의 이야기 따윈 허황하다 밀쳐낸다.

하지만 벌써 며칠째인지 모른다. 어쩌자고 이리 자주 찾으시는가. 그나마 오늘은 고운 꿈이었기에 속없이 웃다가 깨어났다. 그러나 꿈에서마저 번연히 꿈인 줄 알면서도 놀라 발버둥치다 깨어나는 일이 허다하였다. 불행한 삶이 그러하듯 악몽은 길고 선명했다. 나쁜 꿈이라고 마냥 전장의 참혹한 재앙과 화난만을 보는 것은 아니었다. 차라리 사지가 절단된 피투성이 산송장을 보았다면 나았을 것이다. 유혈이 낭자하게 살해당하여 죽는 꿈은 재물과 명예와 좋은 변화를 암시한다니, 얼마든지 그 해몽의 미신을 믿고 따를 수 있다. 그럴 만큼 충분히 어리석고 미련할 수 있다.

그런데 꿈결에서 만난 그는 도리어 헤어졌던 그때보다 기력이 좋고 건강해 보인다. 혈색까지도 저녁놀처럼 곱다. 그녀를 보면 얼굴 가득 기쁜 빛을 띠고 활짝 웃기까지 한다. 그는 죽지 않는다. 다만 그녀를 떠날 뿐이다. 마주치는 순간 다가오지 않고 멀어져 간다. 무어 그리 바쁜 용무가 있는지 목 놓아 불러도 돌아보지 않고 싸늘히 등을 돌려 총총 사라진다. 이쪽저쪽을 연해 돌아보며 찾아도 그의 모습은 곧 시야에서 사라진다. 그는 없다. 어디에서도 더 이상 찾을 수 없다.

비로소 논개는 자신이 가장 두려워하는 일이 무엇인지 깨달았다. 죽음보다 더 무서운 것은 그의 부재였다. 그가 없는 세상에 홀로 남는 일이었다. 그는 자신이 가는 곳을 알려주지 않고 떠났다. 그녀를 위해 그녀를 뿌리쳤다. 그의 모진 배반과 독한 냉담을 이해할 수 있었다. 그는 그녀의 어룽대는 물거울이 되쏜 두렷한 경상(鏡像)이다. 그녀가 짐작하며 이해하는 바로 그것이 그의 뜻과 의지일 것이다. 하지만 그는 여전히 그녀를 모른다. 그녀도 모르는 그녀가 스스로 다짐했던 생의 밀약을, 다행히도 그는 눈치채지 못하였다.

"볼품은 없어도 좋으니 잘 걷게끔 길들여진 각력* 한 마리를 구해 주셔요. 얼마간 먹일 여물과 콩, 방석과 도롱이도 함께 마련해 주시면 좋겠고요. 노새와 구종까지는 필요 없습니다."

*각력(脚力): 관직이 없는 자가 타는 말.

논개는 김 첨지 앞에 고이 간직하였던 패물들을 내놓으며 말했다.

"마님, 대체 이 난리 통에 어디를 가시려는 겝니까? 서, 설마……. 행여나 홀몸으로 그곳까지 찾아가시겠다는 말씀은 아니겠지요?"

"서둘러주세요. 말이 마련되는 대로 떠날 것입니다. 나머지 채비는 제가 알아서 하겠어요."

죄이며 병인 사랑을 앓는 누군가가 노래했던가, 꿈길밖에 길이 없기에 꿈길에서 만나리라고. 그러나 보드레하고 평편한 길일망정 꿈길에서는 누구와도 동행할 수 없다. 함께 가기 위해서는 오직 현실의 가시밭길을 헤쳐 가 만나는 수밖에. 그에게 닿을 길이 왜 꿈길뿐인가? 길이 없다면 만들어서라도 갈 것이다. 사랑은 길 밖에서도 길을 만든다.

비녀를 뽑아 머리를 풀고 깨끗이 다시 빗어 정수리에 끌어올렸다. 삐죽이 틀어 감은 상투를 동곳으로 고정한 뒤 폭이 너른 망건을 둘러 이마를 가렸다. 바지로 갈아입으려 치마끈을 푸노라니 속속곳에 고쟁이, 단속곳에 속치마가 층층이다. 가짓수가 많기도 하거니와 하나같이 겹옷이다. 종아리가 비칠까 발목이 삐져나올까 여미고 졸라 묶고 겹쳐 입는 것이 예법에서 말하는 여자의 복식이다. 그 모두를 벗어 던지고 속곳에 바지 하나만 걸치니 허전한 듯하면서도 가볍고 시원하기 이를 데 없다. 윗도리도 속적삼과 속저고리를 겹쳐 입는 대신 무명천으로 가슴을 단단히 감고 길이 너비가 넉넉한 저고리를 덧입었다. 허름한 길목버선에 짚신을 꿰어 신고 대지팡이를 짚으니 바야흐로 완벽한 길손의 모습이다.

조선에서 엄격한 내외법에 얽매인 여자가 홀로 먼 길을 떠난다는 것은 불가능한 일이나 다름없었다. 개중 운 좋은 여인들이 너그러운 시어른과 남편의 배려로 친정 나들이를 하거나 불공을 드리기 위해 출행하는 일은 더러 있었으나 그 역시 번거롭기가 여간하지 않았다. 양반이라면 노복에게 가마를 메게 하면 되지만 그도 없는 처지라면 으레 삯을 주고 교군꾼을 얻어야 했다. 말을 타면 길을 가기에 수월하고 일행도 단출하겠으나 치렁치렁한 치마에 장옷을 뒤집어쓰고 말을 달리는 것은 엄두도 내지 못할 일이었다. 그러니 논개는 여복을 걷어치우고 남장을 할 수밖에 없었다.

하지만 남복(男服)을 하고 나타난 논개를 본 장수 사람들은 얼떨결에 벌어진 입을 다물지 못했다. 여인들은 안타깝고 서러운 마음에 왈칵 울음부터 터뜨렸다.

"아이고, 꽃 같은 우리 마님은 어디 가시고 낯선 길손이 나오는가? 이렇게라도 가셔야겠습니까? 그 길이 어떤 길이라고 가려신단 말입니까?"

"섭섭합니다, 마님! 내보를 위해 출행하시는 장한 길을 어쩌자고 소리 소문 없이 가려하신단 말입니까?"

울력으로 의병들을 이바지하는 동안 어느새 들어버린 정을 주체치 못하여 아낙들은 연신 옷고름으로 눈물을 찍어내기에 바빴다.

"미안합니다. 이별은 조용할수록 좋다고 생각했기에 군이 알리지 않고 떠나려 했습니다."

예상치 못했던 전송의 무리에 당황한 논개가 짐짓 원망 어린 눈으로 김 첨지를 바라보며 말했다.

"하이고! 저는 마님의 분부대로 쥐도 새도 모르게 채비를 차리려 하였는데, 집안에 인쥐가 있어 소문을 물어 나르니 미리 약속한 것도 아닌데 이렇게 다들 모여들었지 뭡니까요? 어쨌거나 마님, 얼바람에 빚어진 일일망정 틀린 수작은 아니지 않습니까? 피붙이처럼 의지하며 손발을 맞춰 일한 시간이 얼마인데 그동안 함께 흘린 땀과 눈물은 다 뭐랍니까? 그런 차에 마님께서 척행*하신다는 소식을 들으니 아무리 우둔한 촌맹들이라도 인사를 나누고

*척행(隻行): 먼 길을 혼자서 떠남.

픈 것이 인지상정 아니겠습니까?"

처음부터 끝까지 신실한 태도로 논개의 뒤를 돌봐준 김 첨지가 섭섭한 듯 눈시울을 붉혔다. 다른 이들이야 갑이별이 아쉬워 수인사라도 나누려 달려 나온 것이겠지만, 김 첨지는 그간 듣고 본 식견으로 지금 최경회가 처한 상황을 분명히 파악하고 있을 터였다.

명나라와 일본의 화의가 진행되고 있다고 하였다. 한성을 점령했던 일본군이 물러가고 의주에 파천했던 어가는 평양으로 이동했다. 하지만 상황이 나아지기는커녕 남도의 정세는 더욱 급박해졌다. 부산까지 후퇴했던 일본군이 다시 전열을 정비하여 수륙으로 병진하니 함안과 의령 일대가 일본군의 분탕질에 잿더미가 되었다. 곧 적의 대군이 진주성으로 진격하리라는 소문이 짜하였다. 적반하장도 유분수려니 일본군이 병사들을 충동질하는 명목은 복수라 했다. 지난 해 진주성에서 삼만으로 삼천에 지는 개망신을 당했으니 이번에는 반드시 목사를 잡아 죽여 원수를 갚겠노라 벼른다고 하였다.

복수, 피의 자맥질. 대전투가 벌어질 것이 자명하였다. 어느 때 어느 곳에서보다 맹렬하고 가혹한 싸움이 될 것이었다. 그렇다고 피할 길과 살 방도를 찾기 위해 서두를 최경회가 아니었다. 경상 우병사라는 직함도 직함이려니와 그가 구하는 생의 진정은 비겁의 샛길이나 타협의 지름길에 있지 않기 때문이었다.

─저 어린 마님은 그 사실을 너무나 잘 알고 있다!

알면서도 가야 하고 알기에 더더욱 가려 하는 논개의 결심 앞에 촌옹의 가슴이 뻐개지듯 옥죈다.

"제 생각이 짧았던가 보네요. 먼 길 갈 마음이 바빠 작별의 예를 차리는 일을 잊었습니다. 다들 고맙습니다. 그동안 베풀어주신 은혜와 정의는 두고두고 잊지 못할 거예요."

논개는 마치 유람이라도 떠나는 양 선선히 인사하며 사례하였다. 끝내 속내평을 단속하며 쾌활하게 구는 논개를 보고 아낙들은 꺽꺽 속울음을 삼켰다. 지금의 헤어짐이 영이별일지도 모른다는 사실을 모두들 알고 있는 게다. 그럼에도 가지 말라, 가면 안 된다 말릴 수 없어 눈은 우는 채 입만 벌려 웃으며 금방이라도 다시 만날 듯 인사를 나누고 있는 게다.

"이건 짚신이랑 발감개입니다. 말을 오래 타 자개미가 아프고 허리뼈가 저리면 가끔은 내려 걸어야 하실 텐데 버선 대신 이걸 발에 감고 가면 험한 길을 걷는 데 훨씬 수월하실 겁니다."

"일전에 애아범이 원정 나갈 때 약방에서 지었던 천리다(千里茶)가 조금 남았기에 가져왔어요. 백복령에 갈근과 박하 가루를 꿀에 개어 만든 환약이니 갈증 나실 때마다 드시면 효과를 보실 거예요."

아낙들은 허위단심하고 먼 길을 떠나는 새아씨에게 쏠리는 연민과 동정의 마음을 가누지 못하여 이것저것 닥치는 대로 쓸모가 있는 물건들을 챙겨 와 건네었다. 여랑*이 셈하지 않았던 무게로 묵직해졌다. 그러나 차마 거절하거나 사양할 수 없었다. 실어 가져갈 수 없는 그들의 마음이야말로 부피보다 훨씬 무거운 몽근짐일 테다. 논개가 애써 치밀어 오르는 격정을 억누르고 마을 앞 바위에서 말안장에 오를 때, 멀리로부터 허둥허둥 뛰어오는 노파의 모습이 보였다.

"마님! 마님! 잠깐만, 잠깐만 기다려 주십시오!"

목이 갈린 소리를 드높이며 득달같이 달려오던 노파는 끝내 저만치에서 철버덕 엎어졌다. 논개가 놀라 급히 말에서 내려 다가갔다.

"애고, 마님! 아무도 늙은이에겐 마님이 떠나신다는 소식을 전하지 않아 이 대못박이는 지금 이때까지 방구석에 처박혀 있지 않았겠습니까?"

주름투성이 얼굴이 찝찔한 물기로 범벅이 된 노파가 갈퀴같은 손으로 논개의 손을 맞잡으며 말했다. 그 몇 달이 몇 십년인 양 폭삭 삭은 모습이 자닝하였으나 논개는 노파가 누구인지 금세 알아보았다. 골자 부대에 사수(射手)로 참전했다가 장수 출

*여랑(旅囊) : 먼 길을 떠날 때 말의 안장 뒤 양쪽에 다는 망태기.

신으로 가장 먼저 희생당한 청년의 모친, 아들의 전사 소식을 듣고 불화살에 염통을 꿰뚫린 듯 외마디 비명조차 지르지 못한 채 쓰러지던 바로 그 여인이었다.

"그러다가 뼈라도 상하면 어쩌려고 하십니까? 전쟁이 끝나고 좋은 날이 오면 다시 만날 텐데 작별 인사 따위야 못하면 어떻습니까? 그때까지 건강하셔야 해요. 밥도 드시고 고기도 자셔야 해요."

"아이고, 마님! 자식 앞세운 죄인의 발모가지 따위가 무슨 대수랍니까? 소밥은커녕 마시는 숨마저 삭이기 버거운걸요. 에구, 우리 마님! 꽃 같은 나이, 봄 같은 청춘에 어찌 홀로 험한 길을 떠나려 하십니까? 누가 거기서 오랍디까? 누가 등을 떠밀어 가랍디까? 우리 바우 갈보리 씨 뿌리다 달려와 가쁜 숨을 시근덕거리며 의병으로 나서겠다고 했을 때에도, 말릴수록 이름값하여 왕바위 같으니 못난 어미가 해줄 일은 걸림돌이 되지 않고 그 길에서 썩 비켜나주는 것밖에 더 있었겠습니까? 그러니 마님, 가니 못 가니 허튼수작은 않겠습니다. 대신에 이것, 늙은이의 촌심(寸心)을 챙겨 가주소서! 드릴 것이라곤 온전히 이뿐이니, 쪼들리고 쪼들린 애옥살림에도 팔아먹지 않고 지켜온 친정 어미의 유물입니다. 부디 지녀 가시어 요긴목에 쓰소서!"

흔들리며, 흔들리며 육십령을 넘는다. 달 없는 한밤에 더듬더듬 비척비척 짚어 가던 그 길을 어줍은 마상객이 되어 넘어간다. 금방이라도 쓰러질 듯 쓰러지지 못하던 어머니의 손은 서늘하고 축축했다. 조막만 한 손으로라도 옴켜잡지 않으면 맥없이 곤드라지길 면치 못할 것 같았다. 그래도 어머니는 강했다. 어두운 추억 속에서 북극성만큼이나 환하였다.

—뒤를 돌아보지 마렴. 귀신도 뒤돌아보지 않는 사람은 해치지 않는다더라. 앞만 보고 씩씩하게 걸어가면 상제님, 부처님, 조상님, 칠성님…… 이 산의 산신님이 우릴 지켜주실 게다!

상제님, 부처님, 조상님, 칠성님…… 하늘을 관장하고 사람의 일을 보살피는 모든 거룩한 이들이시여, 이제 어디로도 도망칠 수 없어 스스로 길을 만들어 헤쳐 가는 미욱한 소녀를 지켜주소서.

대답 없는 하늘에 걸린 창백한 새벽달을 지켜보던 논개의 눈이 남복의 마지막 의장(擬裝)인 양 사내의 그것이라 해도 족히 둘릴 만한 거친 손에 머문다. 두지(頭指: 집게손가락)에 끼인 파르스름한 옥지환은 참척의 액화를 겪은 노파가 벌벌 떨리는 손으로 직접 끼워준 것이다.

이제 논개의 반지는 다섯 개가 되었다. 운명의 장난질 속에 필사적으로 새끼를 지키고자 버둥질하던 어미가 물려준 은지환, 자신이 못다 한 사랑을 맘껏 누리라며 현부인 김씨가 남긴 금지환, 자식을 잃은 설움을 곱씹으며 죽음보다 못한 삶을 잇는 슬픈 어미의 옥지환, 그리고 혼약의 정표로 최경회에게서 받은 순금 쌍가락지까지. 그것이 어찌 단지 세상의 값어치로 셈하여 따질 금이며 은이며 옥이기만 하겠는가.

최경회군은 우병영이 있는 창원을 떠나 진주성을 향해 간다고 하였다. 장수에서 진주까지는 산길로 꼬박 백이십여 리. 빠르게 달려 한나절이면 왕복이 가능한 삼십 리 거리를 일식(息)으로 하여 따지면 이틀 안에 닿을 수도 있는 길이었다. 하지만 그것은 평시에 순로(順路)를 갈 때의 일이다. 울울창창한 숲과 곳곳의 늪지, 험준한 산줄기를 헤쳐 가는 길이니 넉넉잡아 사나흘은 소요될 것이다. 그러나 지금은 그 어림조차 장담할 수 없다. 산속에 웅거한 도적 떼와 사나운 멧짐승보다 두려운 것이 곳곳에 매복한 일본군이다. 되도록 밤에 움직이고 큰 길보다는 외딴길과 나뭇길을 이용해야 한다.

무모한 일이다. 헛고생에 자살행위나 다름없을지도 모른다. 하지만 논개는 바닥없는 뒷근심의 굴길로 빠져드는 대신 말고삐를 힘껏 채쳐 길을 재촉한다. 문득 영암의 마부에게서 들은 말의 습성에 대한 이야기가 떠오른다. 말은 두려움을 느끼면 재빨리 달아난다. 하지만 고통을 느낄 때면 그 숫된 짐승마저 자신을 방어하기 위해 돌아선다. 문제는 그것이다. 두려움과 고통 중에, 무엇이 더 큰가.

✦

　처음 길에 나설 때는 산중에서 홀로 헤맬 일을 걱정하였더니 그것은 물정 모른 기우였다. 육십령을 넘어 경상도 땅에 접어들자 여기저기서 피난민들이 눈에 띄기 시작했다. 일본군의 침략이 시작된 이래 남녀노소 상하 귀천 가릴 것 없이 산골짜기로 몰려 평지에는 사람의 그림자조차 찾아볼 수 없다더니 설마 했던 소문이 사실이었다. 새로 쌓은 성에는 장수가 없고 군과 읍에는 성주가 없으니 버림받은 백성들은 산골짝에 숨어 비루한 목숨이나마 부지해 보겠노라 악다구니를 치고 있었다.

　논개가 산길에서 처음 만난 사람은 허옇게 센 머리를 봉두난발한 노인이었다. 그는 논개를 보자마자 대뜸 소리쳤다.

　"이보게, 젊은이! 삭은 떡이든 곰팡이 핀 겨범벅이든 아무거나 갖고 있으면 좀 던져 주게! 벌써 사흘째 개울물밖에 못 마셨네. 머루 다래는 키꼴 난 놈들이 다 따 먹었고 더덕과 칡은 팔심 좋은 놈들이 다 캐 먹었네. 들짐승은 쥐새끼까지 잡아먹어버려 구경조차 못하고, 바위를 던져 꺽지라도 잡아보려니 기운이 없어 못하겠네. 왜놈들에게 잡혀 죽기 전에 굶어 죽게 생겼으니 부디 불쌍히 여겨 목숨 하나 구해주게!"

노인이 길을 막아서자 논개는 말에서 내려 길참으로 싸온 주먹밥 한 덩이를 꺼냈다. 논개가 봇짐을 풀어 연잎에 싼 주먹밥을 꺼낸 것이 먼저였나, 노인의 삭정이 같은 팔이 곧장 뻗쳐와 논개의 팔뚝까지 할퀴며 주먹밥을 낚아챈 것이 먼저였나. 돌멩이 하나 던질 기운이 없다더니 먹을 것을 잡아채는 동작만큼은 전광석화 같았다. 그런데 번갯불처럼 번쩍이는 건 음식을 향해 달려든 몸놀림만이 아니었다. 주먹밥 덩이를 입안에 쑤셔 넣어 씹지도 않고 삼킨 뒤 머리칼과 수염에 붙은 밥알까지 쪽쪽 훑어 먹는 노인의 눈에는 허기에 쫓기다 마침내 허기를 뛰어넘은 광기가 번뜩이고 있었다.

곡식의 씨앗을 뿌릴 시기를 놓쳐 들에는 쑥대만 가득하고 피난민으로 가득 찬 골골엔 그 흔하던 산나물 잔짐승까지 씨가 말랐다. 해도 해도 끝없던 일, 때로는 귀찮고 성가셨던 일마저 할 수 없으니 맥없이 손을 놓고 앉았을 수밖에 없었다. 그런데 하는 일 없이 흐르는 시간이 가져다주는 것은 굶주림과 음식에 대한 망상뿐이었다. 고단한 노동이 있었기에 평안한 휴식이 가능하였다. 하고 싶어도 할 수 없는 일은 지독한 삶의 고문이었다. 배가 고프다 못해 쓰리고, 쓰리다 못해 텅 비어 막막한 지경에 다다르니 허기에 겨운 사람들은 종내 발광하여 날뛰기에 이르렀다.

노인의 희번덕이는 눈빛에 위협을 느낀 논개는 얼른 주먹밥 하나를 더 꺼내놓고 말에 올랐다. 하지만 얼마 못 가 또다시 굶주림에 지쳐 길가에 쓰러져 있는 소녀와 마주쳤다. 꼬치꼬치 야윈 몸에 걸친 넝마마저 무거워 뵈는 아이는 구걸할 힘도 없는지 길섶에 모로 누워 눈만 슴벅이고 있었다. 무언가를 먹고 싶다는, 살고 싶다는 욕구조차 빛나지 않는 눈이었다. 미래는커녕 현재마저, 아무것도 보지 못하는 눈이었다. 그 한없이 공허한 눈구멍의 가장자리에 번들거리는 녹황색 금파리들이 웽웽거리며 들러붙어 있었다.

"저리 꺼져버려! 더러운 파리들! 이 아이는 썩은 고기가 아니란 말이다!"

논개는 치밀어 오르는 분노를 참지 못하고 말에서 내려 파리 떼를 쫓았다. 그 와중에도 소녀는 미동조차 하지 않은 채 움푹한 방울눈을 끔적일 뿐이었다. 앞길이 얼마나 멀고 얼마나 걸릴지를 따질 때가 아니었다. 논개는 화급히 여랑을 끌어내려 미숫가루와 누룽지 따위를 닥치는 대로 꺼냈다. 오랫동안 굶어온 배가 갑자기 음식을 소화시키지 못할 것이 분명하였기에 우선은 가루붙이를 물에 개어 떠먹여볼 작정이었다. 그런데 논개가 가까운 샘을 찾으려 두리번거리는 사이 갑자기

수풀에서 부스럭거리는 소리가 들리더니 정체 모를 시커먼 것들이 후닥닥 튀어나왔다.

들개인가 했다. 늑대인가 했다. 여우이거나 삵인가도 했다. 논개의 손이 절로 낭도(囊刀)를 찾아 주머니를 더듬었다. 하지만 곧장 사람을 향해 달려들지 않는 것으로 보아 약이 오른 맹수는 아닌 듯했다. 가까스로 침착을 되찾고 살펴보노라니 아, 그들은 산짐승이 아니었다. 짐승이 아니되 짐승보다 못한 처지에 놓인, 그리하여 한낱 잔인하고 미개한 짐승과 다름없는 사람이었다. 숲에서도 푸르게 숨 쉴 줄 모르는 이물스런 짐승들. 조금 큰 짐승은 아비이거나 어미일 테고 조금 작은 짐승은 형이거나 아우일 터이니……. 그들을 분별할 수 있는 것은 오로지 먹을거리를 향해 서로 밀치고 넘어트리며 달려드는 시커먼 몸통의 굵기뿐이었다. 그들 가족은 가장 비참한 모습의 소녀를 미끼로 하여 동냥질을 하는 떼거지가 되어 있었다.

"아아, 이럴 수가!"

논개는 신음을 흘리며 주춤주춤 뒷걸음질했다. 손에 잡히는 대로 입에 주워 넣기에 바쁜 그들은 뼈만 앙상한 팔을 뻗치어 자신의 몫을 청하는 소녀마저 간단히 외면하였다. 한 점이라도 더 입안에 욱여넣으려 소녀를 짓밟고 타 넘으며 달려들었다. 물컹, 여태 서럽고 더러운 숨이 떨어지지 않은 몸뚱어리가 그들의 거친 발길에 뒤채였다. 그럼에도 소녀는 아픔이거나 설움이거나 억울함이거나 그 어떤 외마디 비명을 지를 힘조차 없는 듯했다.

그들이 언젠가는 두레상에 마주 앉아 맛난 것 부드러운 부위를 골라 나눠 먹던 식구였던가. 고리짝에 식은 도시락일망정 행신(行神: 길을 지키는 신령)에게 먼저 고수레를 하던, 과객질하는 나그네까지도 괄시 않고 들밥이나마 나눠 먹자며 수저를 쥐여주던 숫진 사람들이었나. 지금껏 논개도 호락호락하지 않은 삶의 신산을 겪어왔건만 이렇게까지 참혹하고 위태로운 낭떠러지까지는 내몰려본 적이 없었다. 전쟁은 상상 따위는 가든히 넘어서는 괴물이었다.

이와전와*하는 말의 생리를 이용하여 유언비어를 퍼뜨려 민심을 교란하는 것도 병법에 버젓이 오른 전술의 하나였다. 일본군이 퍼뜨린 것이든 아니든 간에 하도 요사스런 뜬소문이 많이 떠돌기에 그 역시 어떤 허풍선이 지어낸 뺑짜인가 하였다. 그런데 직접 참경을 보고 참상을 겪으니 그것이 아주 낭설만은 아닌 듯했다.

이야기 속에는 사람이 없었다. 지옥의 육도(六道) 가운데 축생도와 지옥도 사이에 자리하는 아귀도(餓鬼道), 굶주림과 갈증을 견

*이와전와(以訛傳訛): 거짓말에 또 거짓말이 더해져 자꾸 거짓으로 전해감.

디지 못해 언제나 물과 음식을 구하며 방황하는 아귀들만이 있었다. 위장은 태산같이 크고 넓으나 식도는 바늘구멍같이 좁고 밭아서 아무리 먹고 마셔도 기갈을 면치 못하는 영원한 허기의 형벌. 조선의 백성들은 어느덧 살아 있는 아귀가 되어 있었다.

벌건 대낮에 사람을 죽여 그 인육을 먹는 지경에 이르니 여자와 어린아이들은 감히 바깥출입을 하지 못한다 하였다. 누가 굶어 죽기는 정승 하기보다 힘들다고 했던가. 굶어 죽은 시체가 곳곳에 즐비하기에 사람들은 그것까지도 고기붙이라 여겨 다투어 달려들어 뜯어 먹는다고 하였다. 어쨌거나 목구멍으로 넘기면 배가 차고 굶주림이 가시니 그것을 먹이라 부르지 못할 까닭이 없었다. 살을 다 뜯으면 사골까지 벗겨서 그 국물을 쪽쪽 빨아 마신댔다. 광분한 아귀들에게는 인륜과 패륜이 따로 없었다. 아비 어미가 병으로 죽은 자식의 시체를 삶아 먹고 자식들은 죽은 부모의 질긴 고기를 뜯었다.

"아아, 하늘이시여! 천지신명이시여!"

공포에 질려 말을 달렸다. 무심하시오, 참으로 무심하시오. 수십 수백 년을 공들여 덕을 쌓아도 단 며칠의 굶주림을 참지 못해 무너지는 것이 아귀, 아니 사람이라는 가련한 존재였다. 슬픔에 겨워 애꿎은 말에 매섭게 박차를 가했다. 뚜드럭뚜드력 땅을 박차고 달리는 말발굽 소리에 맞추어 스멀스멀 뜨거운 감정이 지펴 올랐다. 백성은 나라의 근본이요 먹는 것은 백성의 하늘이라고 하지 않나? 그런데 임금과 벼슬아치들은 조선의 백성 또한 중국의 백성이니 부모의 마음으로 죄 없는 적자(赤子)를 죽인 일본군을 단죄하라고 명나라의 바지춤에 매달려 애걸복걸하기에 바쁘다. 그 하늘의 요동 속에 하늘을 잃고 하늘로부터 버림받은 가엾은 백성들은 명군의 군마만큼도 먹지 못해 굶고 있다. 이것이 어찌 하늘만을 원망할 일인가?

바람을 맞받으며 산길을 내달리는 논개의 뺨이 어느덧 함빡 젖어 있었다. 모든 숨탄것이 눈물을 흘린다. 하지만 기쁨과 노여움과 슬픔과 즐거움으로 우는 동물은 사람뿐이다. 온몸에 가득 찬 비애의 물기가 내배어 흐르는 눈물은 짜고도 시다. 살고자 하는 가엾는 집착만큼이나, 깨끗한 죽음에 대한 뜨거운 갈망만큼이나.

조선의 백성들은 집을 잃었다. 뿌리박은 터전을 잃고 일터와 쉼터를 잃었다. 또한 조선 백성들은 가족을 잃었다. 죽음으로, 죽음보다 모진 삶으로 피붙이들은 뿔뿔이 흩어졌다. 재물을 잃은 자들이야 허다하였다. 목숨을 잃은 자들도 셀 수 없이 많았다. 그러나 그 밖에도 조선 백성들이 동시에 한꺼번에 잃은 것이 있었다. 그것은 희망, 혹은 꿈이라 불리는 무엇이었다.

서푼어치 한 끼 밥도 안 되는 알량한 그것이 무언가 하였다. 그깟 것 가진대서 배가 부른 것도 아니었다. 아니, 그깟 걸 주워섬기며 희떠운 수작을 하는 것을 배부른 소리 지껄인다고 하였다. 하지만 기아와 병마만이 사람들을 죽이는 것은 아니었다. 희망에 굶주리고 꿈을 박탈당한 사람들은 마음의 불치병에 걸렸다. 마음의 병은 종내 염치를 잃게 하고 눈치만을 키웠다. 이제 그들은 아귀보다, 그 어떤 귓것보다 한결 무서운 사람이었다.

조선은 소위 삼강과 오상, 충의와 효신의 나라였다. 그런데 전쟁이 일어나 나라가 발칵 뒤집히자 그 혼란과 소요를 일생일대의 기회로 여기며 춤추는 자들이 있었다. 일본군은 저희가 타고 온 배에 닥치는 대로 조선 백성들을 포로로 잡아 실었다. 종으로 삼아 부리거나 노예 상인에게 팔아넘기기에 맞춤한 젊은 여인과 사내들, 평소에 일본이 부러워하던 뛰어난 도자 기술을 지닌 도공들이 강제로 배에 실렸다. 그런데 납치한 조선인을 가득 태운 배가 포구를 떠날 때, 필사적으로 그 배에 오르고자 바다에 뛰어드는 사람들이 있었다. 삿갓을 쓰지 못할뿐더러 고름조차 없는 옷을 입고 일평생 산지옥과 진배없는 부곡(部曲)에 갇혀 가혹한 노동과 멸시에 시달려야 하는 백정들, 사람이되 사람 취급을 받지 못하는 천인들. 그들은 포로가 되어 적국에 가서라도 지긋지긋한 조국에서의 삶을 끊어버리려 하였다.

충(忠)은 가운데 중(中)과 마음 심(心)이 합해 만들어진 글자로 인간의 내면적 양심과 성실한 마음을 나타낸다. 그 마음에 의해 거짓 없이 행하는 것이 신(信)이며, 신을 지키어 어떤 옳지 아니한 일과도 타협하지 않는 것이 의(義)이다. 아름다운 가치요, 눈물겨운 정성이요, 고귀한 투쟁이다. 하지만 그것이 모두 누구의 것인가? 어차피 노느매기하여 나누어도 제 몫으로 떨어질 것이 없다. 권리가 없으니 의무도 없다. 내 모가치가 없는 바에야 그 불편한 말놀음에 꺼둘릴 까닭이 무언가?

아무도 나서서 지키지 않는 나라, 수령이 달아나 방치된 고을고을에 도적 떼가 들끓었다. 간악한 도둑들은 관아의 창고를 습격하고 무기를 훔쳐 빼내 난민들의 봇짐을 털었다. 적의 적은 친구려니 진격해 온 일본군과도 금세 화목하게 어울렸다. 도적들은 일본군의 옷을 빌려 입고 민가를 약탈했고, 일본군은 조선 옷을 걸치고 여염집들을 노략질했다.

"이렇게 운명하시나 저렇게 죽으시나 그 꼬락서니로 돼지시나 마찬가지다! 염병할 놈의 세상, 왜놈 세상이 되면 무슨 상관이랴?"

"하모! 하모! 버러지만도 못한 놈들이라고 맘껏 짓밟더니,
감투쟁이 양반 놈들 어디 한번 혼 좀 나봐라!"

일본군은 그런 조선인 중에서도 특히 마음먹고 날뛰는 자
들을 '향도(嚮導)'를 뽑아 길잡이로 세웠다. 그들은 일본군의
충실한 사냥개가 되어 진군에 앞장섰고 조선군의 진영에 첩자
로 숨어들어 정보를 빼내었다. 그 대가로 그들에게 떨어지는
것은 이미 약탈당하여 폐허가 된 마을을 돌며 마지막 한 줌의
양곡까지 염출해 내는 권리였다. 살이 살을 먹고 쇠가 쇠를 먹
는다더니 동포 형제끼리 서로 해하는 형국은 더욱 잔인하였
다. 아궁이를 파고 숨긴 씨곡까지 캐내어 빼앗아가고 일본군
을 가장하여 부녀자를 능욕하는 지경에 이르면, 그들을 추썩
이는 것이 시시풍덩한 부역의 떡고물이 아니라 가학의 도착인
양 하였다.

약하고 어린 것을 보면 불쌍히 여기고[惻隱之心], 자기의 옳
지 못함을 부끄러워하며 남의 옳지 못함을 미워하고[羞惡之
心], 남을 높이고 자기를 낮추어 마땅히 대접받을 일이라도 사
양할 줄 알며[辭讓之心], 옳고 그름 잘잘못을 스스로 가릴 줄
아는[是非之心] 것, 맹자는 이것이 인간이 태어날 때부터 갖
춘 천성이랬다. 하지만 타인의 약점을 보면 야멸스레 짓밟고,

강자에게 아부하고 약자에게 군림하며, 젠체하며 남을 업신여 기기에 즐거움을 느끼어, 종내 자기에게 유리한 것만이 미덕 이며 나머지는 다 위선이며 악덕이라는 이악한 논리가 판치고 있었다. 그것이 훨씬 쉽고 이로웠다. 사람을 믿고 섬기는 순진 한 마음은 간단히 무시되고 조롱받았다. 이 꼴을 보며 저승의 순자(荀子)는 쌀쌀하게 비웃을 지도 모른다.

"사람의 본성은 악한 것이다. 선이란 다만 인위적인 것이다 [人之性惡 其善者僞也]."

나약하고 보잘것없는 본성의 바닥이 남김없이 드러났다. 그 가냘프고 여린 뜻을 보호하던 아름다운 위선의 벽이 무너졌 다. 짐작보다 훨씬 얇고 약했던 벽 뒤의 진실은 잔혹하고 추악 하고 비참했다. 그리고 그런 만큼 더욱 생생하였다.

나라가 무너지면 여자들이 맨 먼저 수난을 당하고 그다음 에는 문화재가 유린을 당하는 것이 순서라던가. 일본군은 한 성을 점령하는 동안 조선의 역대 임금과 왕비의 위패를 모신 종묘를 불태웠다. 하지만 맞은 놈은 발을 뻗고 자도 때린 놈은 발을 못다 뻗고 잔다고 하였다. 피해자의 억울하고 분한 마음 만큼이나 가해자의 과보에 대한 두려움과 양심의 가책도 무 시할 수 없다는 뜻일 테다.

이국정취는 매혹적인 만큼 불안했다. 낯선 풍물들의 야릇하고 독특한 분위기, 다른 언어로 생각하는 사람들의 헤아릴 수 없는 눈빛, 떠도는 바람에 뒤척이는 공기까지. 이미 죽은 적은 어떻게 죽일 것인가? 일본군은 밤마다 종묘에 울려 퍼지는 곡소리를 들었다. 아이고아이고 붉은 벽이 울면 어이어이 푸른 머리를 풀어 헤친 대나무들이 화답했다.

"조선의 조상귀신이다! 조선인의 수호령(守護靈)이 저주의 호곡을 하고 있다!"

그리하여 공포에 사로잡힌 일본군은 종묘에 불을 놓았다. 불의 혓바닥이 너울댈 때마다 질금질금 오줌을 지리며. 전쟁에서는 살아 있는 것뿐 아니라 이미 죽은 것들과도 싸워야 했다.

하지만 북악산 아래 굳게 다문 입술처럼 한 일(一) 자로 늘어선 창덕궁과 창경궁과 경복궁을 불태운 것은 일본군이 아니었다. 홍문관에 불씨를 놓아 귀한 사초들과 서적들을 재로 만들고, 노비를 관리하던 장예원과 형조 건물에 장작불을 던지고, 궁궐의 내탕고를 습격해 재물을 훔치고, 왕자 임해군과 병조판서 홍여순의 집을 방화한 것은 침략군이 아니었다. 일본군이 점령해 들어오기 전에 도성은 이미 쑥밭이었다. 한성이 파괴되어 폐허가 되기 이전에 임금과 그의 일족, 양반 부스러기들이 먼저 달아났다. 궁궐의 열쇠도 채우지 않고, 시각을 알리는 쇠북도 울리지 않고, 사대문을 활짝 열어젖힌 채 도망쳤다.

"왕이 내빼었다!"

"임금이 서울을 버렸다!"

조선의 하늘이 울고 있었다. 빗줄기가 눈물처럼 새벽과 낮을 적셨다. 하지만 그칠 줄 모르는 빗속에서도 배신감과 증오의 불길은 사그라지지 않았다. 한 사람 한 사람의 고통까지 헤아려주길 바라지는 않는다. 하지만 목숨, 비루하고 너절하나마 모두가 지니어 지키고자 하는 마지막 그것까지 하찮게 생각하는 나라를 그들은 종내 사랑할 수 없었다.

백성들은 한성에서 도망쳐 개성에 도착한 임금의 수레에 돌을 던졌다. 개성에서 평양으로, 평양에서 다시 북쪽으로 도망칠 때에 백성들은 식칼과 몽둥이를 들고 길목을 지켰다. 누군가는 미련처럼 남은 연민과 기대로 통곡하였다.

"전하! 통촉하소서! 우둔한 백성들은 목숨을 바쳐 평양을 지키려고 하였습니다. 그런데 전하께서는 또 어디로 가신단 말입니까? 가시려면 차라리 우리를 죽이고 떠나십시오!"

누군가는 임금을 향해 치솟는 노여움을 호위 부대에게 분풀이하였다.

"금관자 옥관자를 편자에 붙여 쓴 도둑놈들아! 그동안 우리의 기름과 피를 짜내어 녹을 받아 처먹으며 떵떵거리더니 왜놈 하나 막지 못해 줄도망이냐? 길을 비키라고? 물러서라고? 네놈들이 해야 할 일이 백성을 버리고 도망치는 임금을 경호하는 것이더냐?"

성난 백성들의 몽둥이가 마상의 호위병을 떨어뜨렸다. 그나마 임금이 고귀하옵신 옥체를 보존하여 달아날 수 있었던 것은 필사적으로 근왕하는 충신들 덕분이었다. 그러나 적을 피해 북으로 갈수록 사정은 더 나빴다. 변방의 해묵은 소외감을 앓아온 함경도의 백성들은 아예 쌍수를 들어 일본군을 맞았다. 위민부모(爲民父母)라니 임금은 온 백성의 어버이이고 수령은 고을의 어버이라던가. 학정과 부패로 군림해 온 어버이는 자식들이 지은 오라에 꽁꽁 묶인 채 적군에게 바쳐졌다. 회령까지 진격한 가토에게 임해군과 순화군 두 왕자를 잡아 바친 것은 그곳에서 귀양살이를 하던 국경인이었고, 종성 부사 정현룡은 아예 불사이군(不事二君)을 거꾸로 뒤집는 항복의 문서를 써다 바쳤다. 절에 가서도 젓갈을 얻어먹을 눈치꾼이라 후일 의병군에 가담하여 가까스로 면죄된 정현룡의 논리가 과연 절묘하였다.

"나를 어루만져주면 임금이요 나를 학대하면 원수이니, 누가 부린들 신하가 아니며 누구를 섬긴들 임금이 아니랴?"

임금을 배신한 난신(亂臣)과 부모를 배반한 적자(賊子)는 어느 시대에나 있다고 하였다. 하지만 반란과 부역의 기운이 마루

넘은 수레 내려가기로 걷잡을 수 없이 빠르게 진행된 데는 정치의 탓이 엄연하였다.

정치란 호흡, 들숨과 날숨의 조화였다. 숨은 그저 언제 들이마시고 내쉬는지를 모르면 그만이다. 숨을 의식하는 그 순간부터 위태롭고 위험해지기 마련이었다. 숨 가쁜, 숨 찬, 숨죽인, 숨막힌 정치는 곧 삶의 곤란을 낳았다.

지사(志士)를 칭송하고 변절자를 욕하기는 쉽다. 그러나 정작 긴박한 사태를 맞닥뜨렸을 때에는 지사가 되기는커녕 변절자를 면하기조차 쉽지 않다. 변절자가 아니더라도 지사의 기벽(奇癖)에 가까운 외고집을 이해하고 지지할 이조차 많지 않았다. 곽재우가 사재를 다 털어서도 모자라 토호 양반들의 창고에서 군량미를 끌어냈을 때 그들은 의병을 도둑이라 불렀다. 의병들은 '나라가 있어야 너희들도 있다!'고 부르짖었지만 아침저녁 평안하게 보내는 것만을 다행스럽게 여기는 사람들은 암혈에 숨어 군사를 일으키는 자를 원망하기까지 하였다. 망국(亡國)의 조짐은 어지럽고 흐린 물줄기가 되어 민인들 사이를 흐르고 있었다.

개를 길들이는 일은 까다롭고도 단순하다. 명령에 기꺼이 복종하면 즐거운 일이 있으리라는 기대감이 개를 움직인다. 몽둥이찜으로 굴종을 강요당하며 애정에 대한 갈증을 풀지 못한 개들은 집을 나가 떠돌이가 되거나 다른 주인의 품에 기어든다. 야성의 본능, 야만의 충동은 훈련으로 사라지지 않는다. 다만 늦추어지거나 숨어들 뿐이다.

백성들은 천금처럼 여기던 도리와 명분을 지푸라기같이 뿌리친 것이 아니었다. 그 귀중한 가치들은 애당초 그들의 것이 아니었다. 오직 독서만이 의리를 배우고 익히는 길이라며 담론할 때마다 충신과 열사를 들먹이던 이들은 사대부 양반붙이였다. 얕보이고 따돌림 당하고 조롱받는 가운데 어느새 백성들은 스스로를 믿고 지키는 마음마저 잃어버렸다. 훼손된 자존은 재빨리 냉소로 대체되었다. 가치는 패배하기 이전에 지겨워졌다. 도리와 명분, 공자 왈 맹자 왈……. 이미 잊힌 그것을 지키는 일이야말로 보잘것없고 궁상스러웠다. 조선의 산천이 폐허가 되기 전부터 조선의 백성들은 충분히 황폐해져 있었다.

일본군이 일 년 만에 한성을 떠나면서 부상병들 대신 데리고 떠난 것은 일천 명의 조선인 향도였다. 일본군이 초기에 한성을 점령하여 도성의 백성들에게 쓴 전술은 양두구육(羊頭狗肉)이었다. 양의 머리를 내걸고 개고기를 팔지니! 향도들은 공을 세우기 위해 마구잡이로 한성의 인민들을 밀고하였고 일본군은 그들을 동대문 밖에서 불에 그슬려 죽였다. 그 무섭고 낯선 사계절이 지나는 동안 사람들의 머리 위에선 누린내를 풍기는 검은 연기가 유령처럼 떠돌았다. 하늘을 향해 개가 짖는다. 은밀한 야성으로 아우성친다. 이제 검질긴 개고기가 될 것인가, 마지막 자존을 울부짖는 들개가 될 것인가.

떨어진 꽃을 보고야 거기 꽃이 피어 있었음을 안다. 날로 푸르싱싱한 신록에 가렸던 감꽃이 야릇한 향내를 뿜으며 통째로 땅에 떨어지자 주린 아이들은 떫거나 말거나 주워 입안에 욱여넣기 바쁘다.

"갓 떨어져 싱싱한 것 말고 얼마쯤 시들어진 것으로 골라라. 그게 달짝지근하니 훨씬 먹을 만할 게다."

논개는 아이들에게 먹을 만한 것들을 골라 건네주며 말했다. 열매를 맺고서야 꽃이 떨어지는 것이 순리일지니, 떨어진 감꽃들 가운데 헛꽃이 많은 것이 새로운 근심을 돋운다. 감나무의 헛꽃이 많으면 그해는 유달리 비가 많다고 했던가. 구물구물 먹장구름이 몰려드는 하늘이 심상치 않다. 도라지꽃이 피려면 얼마나 남았는가. 그 무렵이면 장마철로 접어들 터이다. 그러나 만산에 백화가 핀대도 거듭 피는 꽃을 만날 수 있을 것인가? 꽃이 한 해에 두 번 피면 평화가 온단다. 평화, 그 부드럽고 따뜻한 말이 입안에서 겉놀며 서걱거린다.

"작은삼촌, 그거 다 만들면 나 줘야 해요!"

"아냐! 작은삼촌이 지금 만드는 건 내 꺼야! 넌 어제 원추리 이파리로 만든 물레방아를 받았잖아? 작은삼촌, 그러니까 이 번엔 내 차례죠?"

잠시도 쉴 줄 모르는 논개의 손에 어느새 감꽃으로 엮은 감 또개가 들려 있다. 마상의 아이들이 내 해니 네 해니 다투는 사이에 논개는 조그만 감꽃 목걸이를 하나 더 만든다.

"싸우지 마라. 먼저 나서 형이고 나중에 나서 아우라지만 본래 형과 아우는 한 가지 피를 받아 태어나지 않았겠니? 물 이라면 근원이 같고 나무라면 뿌리가 같으니, 한 알의 음식이 라도 반드시 나눠 먹고 한 자의 베라도 반으로 나누어 재봉하 랬다. 옜다! 이렇게 하나씩 나눠 가지면 사이좋게 지내겠니?"

논개에게서 감또개를 받아 들자 아이들의 입이 벙싯해진다. 감꽃과 샘물로나마 배를 채우고 말덕석에 올라 달막달막 나아 가노라니, 웬일로 조용한가 싶어 쳐다보니 어느새 아이들은 졸 고 앉았다. 논개는 말고삐를 쥐지 않은 손으로 행여 떨어질세라 아이들의 등을 받친다. 오도깨비나 다름없는 흉한 몰골이지만 때 타지 않은 아이들의 눈동자 속엔 샛별이 있다. 새벽녘 동쪽 하늘에서 빛나는 별, 어스름 속에서도 눈부신 신성(晨星).

그때 등덜미로 뜨듯한 기운이 느껴져 무심결에 뒤를 돌아보다가 아이들의 큰누이인 소녀와 눈을 마주쳤다. 논개와 눈길이 마주친 소녀가 볼을 붉히며 재빨리 고개를 숙인다. 논개는 당황스럽다기보다 군색하여 멋쩍게 웃어버린다. 지난밤 함양에서 잠자리를 구하다 만난 일행은 감쪽같이 논개를 사내인줄로 여긴다. 이목구비를 자세히 뜯어보면 남복을 한 여인임을 눈치채지 못할 리 없겠으나, 그들은 감히 어느 여인이 전시에 독행을 할는지 상상조차 하지 못하는 것이다. 순진한 아이들은 낯가림도 않고 어느새 논개를 작은삼촌이라고 살갑게 부른다. 천지간에 일가친척 하나 없이 자라며 핏줄이 당기고 이끄는 이치를 아예 모르고 살아온 논개에겐 성별을 넘어서 그 호칭 자체가 감격스럽기 그지없었다.

지팡막대를 짚고 비실거리는 노인부터 어미의 빈 젖을 빨며 찜부럭하는 갓난것까지 서너 가구 십여 명에 이르는 무리가 지금은 잿더미가 되어버린 한마을에서 피난길에 올랐다고 하였다. 논개는 그들을 위해 여랑에 들었던 마지막 양식을 풀었다. 다음 끼니, 담담 끼니를 걱정하며 아껴 남겨둘 때가 아니었다. 구석에 숨어 혼자 배불리 먹느니 넉넉지 않으나마 다같이 나눠 먹는 것이 훨씬 기쁘고 편안했다. 핏줄로 이어졌기에 가족이라던가? 눈물 한 사발 밥 한 술을 함께 나누면서 그들은 피 한 방울 섞이지 않은 뒤안길의 식구가 되었다. 오랜 기아로 강마른 팔다리에 복수가 차 배만 볼록한 아이들을 말에 태우고 논개는 가난하고 고단한 그들의 행렬에 섞여 들었다.

다리가 아프고 발바닥이 탄대도 마음의 고통에 비할까. 가까스로 땅을 움켜잡은 나무의 생가지들이 비탈의 경사로 기울어져 있다. 나뭇가지 끝에서 재넘이가 운다. 비명에 죽은 영혼들, 영산(靈山)의 호곡인 양 쓰리게 분다. 그래도 갈림길에는 어김없이 붉은 실이 표지 삼아 걸려 있으니, 미쁘다! 나그네는 누군지 모를 후인의 수고를 덜기 위해 기꺼이 발걸음을 늦추었던 게다.

그렇게 밀어주고 끌어주며 일행이 산청 오부를 지날 때였다. 갑자기 덤불숲에서 귀가 얼얼한 총소리와 함께 사나운 이방의 언어가 터져 나왔다.

"우고쿠나[動くな : 움직이지 마]! 우고카나이데[動かないで : 움직이지 말라고]!"

난생처음 들어보는 낯선 말이었으나 그 새청이 전하는 뜻이야말로 분명했다. 피난민들은 꼼짝없이 몸을 옹그리고 머리를 감싸 쥔 채 땅바닥에 엎드렸다. 황색의 면갑(面甲)이 달린 투구를 뒤집어쓴 일본군의 형상은 사나운 꿈자리에서 마주친 귀면처럼 흉측했다. 논개도 재빨리 얼굴을 가리고 몸을 숙였으나 가슴이 철렁 내려앉으며 머릿속이 새하얘졌다.

척후병으로 짐작되는 한 무리의 일본군은 피난민 행렬을 에워싸고 원숭이처럼 시끄럽게 떠들어댔다. 그러더니 한 뭉치로 엎딘 피난민들의 옆구리를 대검으로 쿡쿡 찔러 일일이 확인하며 젊은 남자와 젊은 여자, 노인과 아이들을 나누어 갈랐다. 시커먼 얼굴에 고약한 냄새를 풍기는 일본 병사가 논개를 일으켜 세웠다. 범에게 물려 가도 정신만 차리면 살지니! 논개는 은밀히 심호흡을 한 뒤 어깨를 쫙 펴고 몸을 꼿꼿이 세웠다. 일본인들은 남녀 할 것 없이 키와 몸피가 작아 흡사 왜인(矮人: 난쟁이) 같기에 왜인(倭人)이라 불린다더니, 논개가 등을 곧게 펴고 서자 일본 병사의 투구 꼭지가 눈 아래 내려다보였다. 일본 병사의 얼굴이 얼핏 틀리어 비뚤어지는 듯하였으나 그의 표정은 의심이라기보다 만족에 가까웠다. 조선 백성들을 잡아다 노예 장사를 하는 데 재미를 붙인 일본군은 한 푼이라도 더 값이 나가는 헌걸스런 장정을 포로로 삼았다는 사실이 반가운 것이다. 논개는 일본 병사의 발질에 채여 젊은 남자의 무리에 포함되었다.

앞으로 어찌 될 것인가? 어떻게 해야 할 것인가? 말을 빼앗기고 양손을 묶인 채 잡혀가면서 논개는 우짖고 신음하는 대신 어금니를 악물고 장차 닥쳐올 일을 곰곰 생각하였다. 이대로 끌려가면 배에 실려 일본에 닿기 전에 남복을 한 여자라는 사실이 탄로 날 것이 자명하였다. 전쟁, 그리고 여자의 운명이란?

반나절을 꼬박 걸어 함안의 양곡을 지날 때였다. 일본군이 군마에게 말꼴을 먹이느라 잠시 휴게하는 사이, 별안간 터져 나온 날카로운 비명 소리가 숲의 정적을 찢었다. 고개를 돌리기 전에 예감이 들이쳤다. 푸르도록 맑은 흰자위, 붉은 볼, 알싸한 감꽃 향내. 소녀가 일본 병사의 우악스런 손아귀에 머리채를 휘어 잡힌 채 울부짖고 있었다. 찌르르, 낯설지 않은 통증이 논개를 엄습하였다. 온몸을 짓이겨 누르는 야만스런 충동에 대한 공포, 분노, 혐오. 그리고 죄 없는 마음을 기름지옥처럼 끓이는 죄책감과 자괴감.

차린 꼴 하는 품이 소부대의 고참쯤으로 뵈는 일본 병사는 소녀의 머리채를 휘휘 돌리며 소리쳤다.

"거운 요자 대리고 오라! 엇을 바써라!"

더덜더덜 어색한 발음 때문에 처음에는 그것이 조선말인 줄 몰랐다. 그런데 고참의 행패를 박수 쳐 응원하며 마치 구호 외치듯 꽥꽥대는 병졸들의 소리를 가려들어보니 그 내용이 기가 막혔다.

―고운 여자 데리고 오라! 옷을 벗어라!

일본군 제칠번 대를 이끌어 경상도 일대를 점령하고 보급로의 경비를 담당했던 모리 테루모토[毛利輝元]는 부대원들에게 조선어 회화랍시고 몇 마디 말을 가르쳤다. 말이란 본디 사람과 사람 사이에 생각과 마음을 잇는 다리와 같거늘, 침략자가 배운 예속국의 말이란 막다른 길처럼 일방적인 지시이거나 명령일 수밖에 없었다. 일본말을 모르는 조선인들을 향도로 부려먹자니 필담(筆談)을 하기 위해 "글을 쓸 줄 아는가?"부터 물었다. 도공들을 잡아가기에 혈안이 되어 있었기에 "세공인이냐?" "무슨 기술을 가지고 있느냐?"고 물었다. 노략질을 나가서는 윽박아 기를 못 펴도록 소리 질렀다. "물건이 있느냐?" "정직하게 말해라!" 그리고 일말의 희망이나마 야코죽이려 떠들어댔다. "일본군이 조선 팔도를 다 점령했도다!"

분노로 끓어오른 피가 모욕감으로 싸늘해졌다. 그러나 아무것도 할 수 없다는 절망과 무력감에 결국 맥이 풀리고 기운이 빠졌다. 한 줄에 묶인 장정들도 같은 심정인지 고개를 무릎 사이에 처박은 채 맨주먹 한번 불끈 쥐어보지 못한다. 이렇게 조선 사람 모두가 노예로 길들여지는 것이다. 논개는 그 삶이 어떤 것인지 잘 알고 있다. 거대한 손아귀에 모가지를 틀어 잡힌 채 단 한 순간도 자신의 생을 살 수 없는.

바로 그때였다. 소녀가 수풀로 끌려 들어가며 생광목을 찢는 듯한 비명을 높일 즈음 불현듯 사방에서 우레와 같은 함성과 함께 한 무리의 조선군이 들이닥쳤다.

"나는 충청 병사 황진이다! 이 흉악하고 잔망한 왜적 놈들아! 당장 조선의 백성들을 놓아주지 못할까?"

그러나 아직은 아닌가 보았다. 더 이상 운명에 포박되어 등걸음칠 수 없는 것 또한 논개의 운명인가 보았다. 때마침 군사를 이끌고 함안을 지나던 황진이 그 광경을 목도하고 기습한 것이었다. 긴장을 푼 채 낄낄거리며 음탕한 농을 지껄이던 일본군은 조선군의 갑작스런 공격에 썩은 볏단처럼 나가쓰러졌다. 황진의 서슬 푸른 칼날이 빛날 때마다 일본 병사의 목이 두부처럼 섬벅섬벅 베어졌다. 순식간에 숨이 떨어진 머리통이 얼떨떨한 표정으로 흙바닥을 굴렀다. 창에 맞아 삐져나온 내장을 끌며 달아나다가 자기 내장에 발이 걸려 자빠져 죽는 자도 있었다. 단말마의 비명과 피비린내, 매몰한 복수의 아비규환.

일본군을 모두 소탕한 황진이 칼자루를 두들겨 장검에 묻은 피를 털어내며 한 두름으로 묶였다 풀려난 피난민들에게 물었다.

"이제 너희는 어디로 가려는가? 갈 곳이 정해져 있다면 흩어져 떠나도록 하라!"

황진이 다시 대열을 정비하여 떠날 차비를 하자 논개는 얼른 그의 앞으로 달려 나갔다.

"충청 병사 황진 장군이라 하셨습니까? 장군께서는 지금 어디로 가시는 중입니까?"

호리호리한 젊은이가 불쑥 나서 물으니 황진은 의아스럽다는 얼굴로 답했다.

"나는 의령으로 간다. 진주성을 둘러싼 적의 동태가 심상치 않으니 도원수의 영으로 전군이 의령에 집결하는 중이다."

"의령! 정녕 영남의 병력이 모두 의령에 모여 있다는 말입니까? 그렇다면 제가 전열의 후미를 좇아도 무방하리까?"

"의령은 좋은 피난처가 아니다. 곧 남강 건너 진주성에서 일전이 있으리라. 그런데 너는 무슨 일로 의령에 가려 하는가?"

그제야 논개는 눈썹까지 바싹 붙여 두른 망건을 풀고 말했다.

"변장으로 귀인을 눈기인 죄를 용서하소서. 소첩은 장수에서 온 주씨 성을 가진 논개라 하옵는데 진주로 경상 우병사 최경회 장군을 찾아가는 중이었습니다."

"허허, 어쩐지 목소리가 무르고 잔잔한지라 여자의 태도가 엿보인다 하였더니! 그런데 이 험악한 시세에 어인 일로 불원천리하여 최 병사를 찾아가는고?"

대체 그가 누구이기에, 그곳에서 무엇이 기다리고 있기에? 논개는 한 마디 한 마디를 가슴에 새겨 넣듯 또박또박 답하였다.

"소첩은 경상 우병사 최경회 장군을 섬기기로 약조한 몸입니다. 아무러한 재변과 격전이라도 의리의 인연을 끊을 수 없으니, 부디 헤아리시어 그곳까지의 동행을 허락해 주소서!"

흐르는 배

충청 병사 황진과 함께 나타난 논개를 보고 최경회는 한동안 아무 말도 하지 못했다. 기력이 쇠진하여 헛것을 보는가? 그러나 그토록 낯익은 모습, 되똑한 코끝과 야무진 입매와 호리호리한 몸맨두리가 그의 그녀가 아니라면 누구란 말인가.

"도원수의 명을 받들어 의령으로 오던 길에 함안에서 조선 백성들을 포로로 잡아 끌고 가는 왜군을 소탕하게 되었습니다. 그런데 무리 중 한 젊은이가 나아와 대열을 따르기를 청하기에 사연을 들어보니, 장수에서 경상 우병사를 찾아가던 여부인*이 아니더이까? 남장을 하고 척행하는 기개가 참으로 놀라우니 호협한 기남자가

*여부인(如夫人): 남의 첩을 높이어 이르는 말.

225

무색하오이다!"

황진이 치하하고 물러나자 꼬박 아홉 달 만에 두 사람의 해후상봉이 이루어지게 되었다.

"이것이 대체 어찌 된 일인가?"

한참 만에 최경회가 낮은 목소리로 물었다. 애써 침후한 태도를 유지하긴 하였으나 그에게도 논개의 돌연한 등장은 작지 않은 충격이었다.

"소첩의 채신없음을 용서해 주소서! 전쟁이 끝나면 다시 만나자, 어르신과 지은 약속을 제가 어찌 잊었으리까? 허나 외지고 깊은 산골짝까지 날로 위급해지는 전세에 대한 바깥소문이 왕왕하니, 그 변국을 알고서야 차마 앉을 수도 설 수도, 숨을 들이켤 수도 뱉을 수도 없는 지경이었습니다."

"……."

논개와 최경회 사이에 잠시 무거운 침묵이 흘렀다. 과연 논개는 여느 평범한 여인들과 확연히 다르다. 시절을 잘못 만난 여랑*이라 해야 할까, 그녀는 인습도덕의 장벽을 넘어 오직 스스로의 판단과 의지로 전장까지 찾아왔다. 하지만 최경회는 그런 논개를 마냥 반길 수가 없다. 가상하다 칭찬하며 환영할 수 없다. 그녀는 젊다. 젊음은 봄처럼 새롭고 새벽처럼 활기차며 꽃처럼 도발적인 것이다.

*여랑(女郞): 남자와 같은 재주나 기질을 가진 여자.

그것은 삶, 그 자체이다. 하지만 전장은 삶을 위해 그 삶을 저당 잡히는 곳이다. 음산한 죽음이 맹위를 떨치는 동토다. 죽음은 사내와 계집, 젊은이와 늙은이, 악인과 선인, 그리고 투사와 겁보까지도 가리지 않는다. 최경회의 음성이 더럭 높아졌다.

"그렇다고 어찌……. 그렇다면 너는 부산에 집결했던 왜군이 곧 진주성을 공격할 것이라는 사실을 알고 왔단 말이냐?"

"그러하옵니다……."

"사태가 호전될 때까지 비켜서 기다리라는 약조가 그토록 간단이 무시할 만한 것이더냐? 싸움터가 어떠한 곳이관데? 피아의 공방전이 실로 어찌할진대? 네가 그 모두를 알고도 찾아왔다고?"

그는 참전하여 한 해 동안 풍찬노숙에 시달리면서도 처음의 뜻이 일절 태만해지지 않은 강용한 노전사였다. 경상 우병사가 되고서는 처사가 정밀하고 민첩하며 그 호령이 엄하고 분명하였기에 관민 모두의 의지가 되었다. 흔들리지 않는 바위처럼 그는 제 한 몸의 안위를 구하지 않으며 일체의 사사로운 감정에 꺼둘리지 않았다. 그리하여 끝내 자기를 잊은 무아경(無我境)에 이르러 목숨을 초개처럼 여기며 적진을 향해 돌격할 수 있었다. 그런데, 그럼에도 불구하고 지금 최경회는 불현듯 솟구친 노염을 진정치 못해 논개를 모질게 나무라고 있었다. 그의 눈동자에서 귀린(鬼燐 : 도깨비불) 같은 푸른 불꽃이 퍼르르 타올랐다. 뜨겁도록, 차가웠다.

그녀는 그를 안다. 사랑하기 전에 이해하고, 이해하기에 사랑할 수밖에 없다. 대컨 숨탄것의 본능이 강자에 약하고 약자에 강한 사대(事大)와 강압(强壓)의 이치를 따른다지만, 그는 강자 앞에 담차고 약자에게 너그럽기 위해 심력(心力)을 다하는 사람이다. 그러나 지금 그들이 자리한 데는 약자에 대한 보호는커녕 조금의 동정과 배려, 온정과 연민조차 구할 수 없는 가혹한 시공이다. 그러하기에 차갑고도 뜨거운 그의 분노에는 놀라움과 안타까움과 염려가 어지러이 뒤엉켜 있었다.

"……용서해 주소서!"

논개는 울컥 북받친 설움으로 목메어 말했다.

격노한 그는 생면목만 같다. 너무 낯설어 두렵고 섧다. 그 매정하고 쌀쌀한 모습에서는 부드러운 눈빛과 따뜻한 손길을 상상할 수 없다. 그립고 또 그리워 꿈에서도 헛애를 쓰며 따라 좇던 그것을 돌이킬 수 있다면 논개는 무릎을 꿇고 이마를 땅거죽에 뱌비어도 좋다. 얼마든지 죄를 자복하고 벌을 청하리라. 정녕 모자라고 아둔하여 빚은 실수요 허물이라면 논개가 아는 최경회는, 그녀만이 알고 이해하는 그는 어떠한 망사지죄*라도 해량하여 풀치

*망사지죄(罔赦之罪) : 용서할 수 없는 큰 죄.

지 않을 리 없다. 하지만 그의 인정을 구하기 위해, 사랑을 잃지 않기 위해 혈혈무의한 여섯 살 계집애 시늉을 해야 할 것인가? 언제까지고, 언제까지나?

"어리석고 미련한 소첩을 용서하소서!"

논개는 가까스로 마음을 안출러 말을 이었다.

"애당초 길에 나서게 한 마음이 따로 있었음은 부인하지 못하옵니다. 본디 그릇이 이지러져 모자라기에 약조에 따라 정해주신 곳에 머물며 의젓이 기다릴 수가 없었습니다. 허나 조바심으로 헤쳐 온 길이 또 다른 길을 열어 보이니, 전쟁의 참상을 몸으로 겪으며 마침내 제가 길을 떠날 수밖에 없었던 참된 연유를 알게 되었습니다. 얼마나 두렵던지요? 어찌나 부끄럽던지요? 천지 사방에서 몰아쳐오는 바람을 비껴갈 도리란 없었습니다. 강산이 외적의 발아래 짓밟혀 만백성이 전란의 참화에 신음하는 지경에 무풍지대란 어디에도 없음을…… 뼈저리게 깨달았습니다."

함초롬히 내리깔은 논개의 눈이 감파랗게 빛났다. 시약(示弱: 약점을 보임)하고서야 사랑을 얻을 수 있다 할지라도 그녀는 이제 더 이상 약해질 수 없었다. 정녕 연민이거나 동정인 그 사랑을 지키는 것이 전부가 될 수 없었다. 사람이 변하면 그 사랑의 모양과 빛깔도 바뀌는지라. 짧은 현기증이 최경회의 이마를 스쳤다. 그는 비로소 어디라고 꼬집어 말할 수는 없으나 분명히 달라진 논개를 느꼈다. 애티가 가신 옆얼굴이 건둥하였다. 애정을 갈구하며 떠돌던 눈빛은 서늘히 가라앉아 있었다. 가장 불안한 때 가장 위태한 곳에서 논개는 지금껏 보았던 어떤 모습보다 완숙하였다. 고통에 의해 훼손되기보다 고통으로 단련된 자의 외로우나 강인한 마음자리.

"예까지 오는 동안 무엇을 보았더냐?"

어느덧 최경회의 목소리는 평정을 되찾아 누긋해져 있었다.

"옛적 당나라의 숙종 임금 시절에 온 나라가 내란으로 소용돌이치니 시성(詩聖) 두보는 그 참경을 '나라가 깨졌다[國破]'고 절규하였고, 귀양 온 신선인 양 세상을 살았던 시선(詩仙) 이백조차 '백골이 언덕과 산을 이루니, 백성들에게 무슨 죄가 있단 말인가?'고 울부짖었다 들었습니다. 그들의 말과 글을 넘을 재주 따윈 아예 없으나 참혹하고 암담한 심경만큼은 가든히 그들을 넘어설 만하였습니다. 어찌하여 조선이 이렇습니까? 어찌다가 숫백성들이 목두기*가 되어 분분히 떠도는 지경에 이른 것입니까?"

애써 가다듬었던 논개의 목청이 다시금 울분과 설움으로 메었다. 흐린 눈앞에 길 위에서 만난 난민들의 참상이 하나둘 스쳐갔다. 하지만 빛깔과

*목두기: 무엇인지 알 수 없는 귀신의 이름.

모양이야 다를지언정 사랑은 어디까지나 하나같은 사랑의 이름으로 불릴 수밖에 없다. 이 사랑의 순정으로 저 사랑의 진정이 이해되었다. 최경회는 더 이상 논개를 나무랄 수 없었다.

"……다치거나 몸 아픈 데는 없느냐?"

"없습니다."

"어찌되었거나…… 다행하고 고마운 일이구나. 절체절명의 위기를 넘기고 이렇게 다시 만난 것이야말로 신명이 빚어낸 이적(異跡)이리라."

그제야 그가 익숙한 얼굴로 그녀를 바라보았다. 예전과 다름없이 부드럽고 따뜻한, 그러나 복잡한 감정의 소용돌이 아래 명개와 같은 슬픔이 가라앉은 애잔한 눈빛이었다.

최경회가 논개에게 전에 없던 격분의 모습을 보인 것은 실로 약조를 어기고 느닷없이 찾아왔다는 사실 때문이 아니었다. 불길한 예감은 기어코 현실이 되어 각일각 다가오고 있었다.

유월 열나흗날, 김해와 창녕에 머무르던 일본군이 수로와 육로를 통해 서부 내륙으로 병진하였다. 부산진의 전선 팔백여 척도 웅천 앞바다로 진군했다. 들려오기로는 그들의 수가 자그마치 삼십만에 이른다고 하였다. 삼십만! 도원수 김명원의 군령을 받고 다급히 의령으로 집결한 조선군의 수는 관군과 의병을 모두 합쳐 오만을 겨우 채웠을 뿐이었다. 그런데 그 나마도 전세를 읽어 대처하고자 하는 방식이 각각 달라 의견을 모으지 못한 채 옥신각신 우왕좌왕하는 형편이었다.

명백한 결전, 예정된 혈전 앞에 그들이 주저하는 이유는 뚜렷하였다. 이길 수가 없는 싸움이다. 아무리 곰파고 짚어보아도 정해진 결말이란 뻔하다. 총동원령에 따라 치밀하게 복수전을 준비한 적군의 기세가 거셀뿐더러 그에 맞서는 아군의 형편은 어이없을 정도로 초라하다. 무엇보다 부족한 군량이 가장 큰 문젯거리로 조선군을 괴롭히고 있었다. 죽지 않으려고, 살기 위해 싸우지 아니하는가? 그런데 죽기를 각오하고 싸우려 해도 당장을 배겨낼 힘이 없다. 전라도와 충청도에서 험로를 헤쳐 식량을 보내와도 조선군에게 배당되는 몫은 열에 하나에 불과했다. 나머지 아홉은 그토록 고맙고 갸륵한 명나라 군대를 먹이기 위해 뭉텅이로 별러주니, 조선 병사들은 궁기가 낀 얼굴에 맥없는 팔다리를 흐느적거리며 필사적으로 죽음보다 나을 것 없는 삶을 견디고 있었다.

"굶주린 오만의 병사를 이끌고 어찌 삼십만 대군과 맞선단 말이오? 그건 온전히 자살행위나 다름없소!"

군사를 이끌고 의령에 모여든 장수들의 대다수는 이 무모한 싸움에 대해 회의적인 태도를 보였다. 현실적인 분석이요 명철한 판단이었다. 이리 따지고 저리 셈해도 엄청난 전력의 차이를 메울 방도란 없었다. 하지만 그런 이치라면 일본군의 가열한 공세에 맞서 지금껏 삼천리강토를 지켜온 힘은 무엇이었단 말인가? 벼슬아치들은 그마저도 조상의 은덕이요 임금의 공적이라 말치레를 하지만, 실로 한 해를 꼬박 넘겨 전쟁을 치르는 동안 행재소와 분조에서 한 일이라곤 연일 책임 과실을 따지는 공방을 벌이며 고작해야 의병을 격려하거나 허울만 멀쩡한 관직을 발령한 것뿐이었다. 망국지경에 처한 나라를 구한 것은 오직 스스로 일어나 지키고자 한 사람들의 마음, 망념과 집착까지 모두 버린 깨끗한 단심이었다. 그런데 그마저 부정될 처지에 놓였다. 그마저도 허황한 동상이몽이었던 양 불순한 분열의 기미가 스멀스멀 지펴 오르고 있었다.

그때 문득 강한 억양에 격한 감정을 실은 목소리가 진중을 울리며 터져 나왔다.

"그래서, 이대로 손을 놓고 물러서자는 말이오? 진주성을 포기하고 돌아서자는 말이오? 왜놈들이야말로 봉사 시늉하면서 다홍 고추만 골라 따는 음흉하고 간사한 놈들이 아니오? 그런데 진주성만을 공격하리라는 놈들의 말을 어찌 그리 철석같이 믿소? 대컨 진주는 호남에 가까워서 입술과 이나 다름없는 관계인데, 만일 우리가 진주성을 버리고 물러선다면 놈들은 더욱 깊숙이 쳐들어올 것이 분명하오. 호남은 나라의 근본이고 진주는 호남의 보장이니, 진주성을 지키지 못하면 호남까지도 지킬 수가 없소!"

목소리의 주인공은 나주에서 의병을 일으켜 강화도까지 진격했던 창의사 김천일이었다. 한때 그의 병력은 삼천에 이르렀으나 숱한 격전 끝에 의령까지 이끌고 온 병사는 고작 오백 명에 지나지 않았다. 하지만 호탕하면서도 드세고 급한 성정을 고스란히 드러내는 그의 새청만큼은 조금도 녹어들지 않았다. 그는 자신의 역설에도 불구하고 슬며시 고개를 돌리는 장수들을 보고 울분을 참지 못하여 소리쳤다.

"끝내 아무도 따르지 않겠다는 게요? 그렇다면 좋소이다! 나 혼자라도 진주성으로 들어가겠소!"

김천일은 의기만큼은 누구보다 왕성하나 절충과 타협 따위는 아예 모르는 외곬이었다. 태어나자마자 모친을 잃고 생후 육 개월에 부친마저 잃은 뒤 외조모의 지극정성에 동냥젖으로 자라난 김천일은 비록 문신이나 전형적인 무인의 기질이 강하였다. 용기는 허세와, 정의감은 때로 공명심과 혼동된다. 굽어지기보다는 차라리 부러지고자 하는 강퍅함 때문에 김천일은 존경만큼이나 미움을 많이 받았다. 물에 물 탄 듯 술에

술 탄 듯 유연하고 능란한 유성룡에게조차 미운털이 제대로 박혔으니, 유성룡은 김천일이 거느린 병력이 모두 쓸모없는 무뢰배들이며 김천일은 병법도 알지 못하면서 자신의 재주를 뽐내고 남의 의견을 도통 받아들이지 않는다고 욕하였다.

하지만 표현의 방식은 거칠지언정 곡창인 호남을 지키기 위해서라도 지리적 요충지인 진주성을 사수해야 한다는 김천일의 주장만큼은 틀리지 않은 것이었다. 진주성은 일본군의 일차 목표에 불과하다. 진주성이 무너지면 호남이 위험하고, 호남이 일본군의 손아귀에 들어가면 이 끔찍한 전쟁은 다시금 미궁 속으로 빠져들 것이다. 싸움은 이기기 위해 한다. 이길 수 있을 때에만 해야 한다. 하지만 질 줄을 알면서 싸울 수밖에 없을 때도 있다. 팽팽하게 수성론과 공성론으로 맞선 장수들 사이에는 경쟁심과 자존심, 시기와 알력, 그리고 당파의 미묘한 긴장이 존재하였지만, 그보다 더 근본적인 것은 승패에 대한 관점의 차이였다. 이것은 시시풍덩한 놀이나 오락이 아니다. 이기면 살고 지면 죽는다. 누가 지고도 이기기 위해, 더 크게 이기기 위해 마땅히 지고…… 죽어갈 것인가.

최경회가 천천히 무거운 고개를 끄덕였다. 일순 군막 안이 쥐 죽은 듯 조용해졌다. 충청 병사 황진이 벌떡 일어섰다. 두 병마절도사가 결단의 뜻을 표시하자 그들을 믿고 따르는 장수들이 잇달아 일어났다. 아버지 고경명의 뜻을 잇고자 스스로를 '복수의병장'이라 칭해온 고종후가 분통이 터진 듯 시근거리며 동참의 의사를 표했다. 그는 글을 쓸 때마다 한결같이 '아버지의 원수를 갚지 못하고 나라의 수치를 씻지 못하고서야 어떻게 살겠는가? 다만 한 목숨을 기꺼이 바치려 할 뿐이다'고 적어 넣곤 하였다. 김해 부사 이종인은 그럼에도 불구하고 용단을 내리지 못해 머뭇대는 좌중의 분위기에 격분하여 말을 젖혀 홀로 진주성으로 내달려 갔다. 그는 황진과 무과 동기생으로 김성일을 따라 서울에서 내려온 이래 거듭 눈부신 전공을 세운 웅상한 체구의 항장사였다. 책상물림들의 갑론을박에 질리고 물린 이종인이 군령이 내리기도 전에 출정해 버리자 진중에는 더욱 싸늘한 긴장이 감돌았다.

전라 감사 권율이 어렵게 입을 떼었다.

"거름강[岐江]을 건너 함안으로 전진하여 적군을 막읍시다!"

하지만 성주 목사 곽재우와 경상좌도 병마절도사 고언백이 그를 막아 세웠다.

"하지만 적의 세력이 한창 강성하지 않습니까? 아군은 오합지졸이 많고 앞으로 대비할 군량미도 없으니 경솔하게 전진할 수 없소이다. 고단한 병력으로 강적을 대항하면 반드시 패할 것입니다!"

그렇다 하여 그들을 비겁자라고 비난할 이는 아무도 없었다. 살아 있는 전설이 되다시피 한 곽재우와 한성을 점령한 일본군으로부터 태조의 건원릉을 지켜낸 고언백은 누구도 폄훼할 수 없는 용장들이었다. 그러나 지금 그들은 고독한 싸움을 거부하고 있다. 그들이 원하는 것은 오로지 빛나는 승리뿐이었다.

여전히 합의된 결론을 내리지 못한 채 조선군은 일단 거름강을 건너 함안성에 이르렀다. 폐허가 되어 텅 빈 성내에는 매캐한 기운이 감돌고 있었고 살아 있는 것을 먹일 무엇도 남아 있지 않았다. 굶주림에 지친 병사들은 아직 여물지 않은 풋감을 따 먹으며 허기를 견뎠다. 떫디떫은 땡감이 혓바닥 위에서 깔끄럽게 부대꼈다.

이튿날인 유월 십오일, 마침내 일본군이 가까이 닥쳐왔다는 보고가 들어오자 진중의 소요는 한층 거세졌다. 어서 진주성으로 들어가자, 이대로 머무르며 함안성을 지키자, 물러나 정암 나루에 새로운 전선을 구축하자……. 격렬하나 공허한 논쟁 속에 속절없이 시간만 흘렀다. 발끝에서 서성이던 그림자가 동쪽으로 긴 혀를 빼물며 늘어질 무렵, 문득 일본군의 조총 소리가 후터분한 공기를 찢으며 울려 퍼졌다.

그 한 발의 총성이 마치 신호 같았다. 삶을 향하여, 죽음의 반대쪽으로 욕망과 충동과 본능이 튀었다. 전열이 삽시간에 무너졌다. 겁에 질려 다투어 성을 나가다가 적교(吊橋 : 구름다리)에서 떨어져 죽는 병사들이 숱하였다.

군은 스스로 새로운 생명을 만들어 갖는 특수한 무리다. 정예부대와 오합지졸을 구분하기 위해서는 그 부대를 구성한 병사 개개인의 용맹 겁약을 따질 필요가 없다. 군은 여러 무리 가운데서도 가장 철저하게 개체를 장악하는 조직이다. 그리고 그 판세를 휘어잡는 힘이 바로 군율이다. 병서에서 말하기를 군율에 의해 군이 통제되면 비록 용감한 자라 하더라도 단독으로 전진하지 못할 것이며, 아무리 비겁한 자라도 혼자 도주하지 못할 것이라고 하였다. 따라서 혼전 상태가 되어도 문란하지 않을 것이며, 혼돈 속에서도 질서가 있어 패배하지 않을 것이다. 군대를 통솔하는 방법이 이러할진대, 지금 조선 병사들은 여태껏 지켜온 기율마저 잊고 난군(亂軍)의 행태를 보이고 있었다.

그들을 어리석고 옹졸한 겁쟁이로 만든 것은 공포였다. 누구도 모르는 죽음의, 누구도 미련을 버릴 수 없는 삶의 공포. 그러나 기어이 자제해 온 공포심을 격발시킨 것은 멀리로부터 들려온 한 발의 총성이 아니었다. 어째서 한 명의 적장을 사로잡는 것이 한 개의 적 군단을 섬멸시키는 것에 비견된다고 하는가? 아무리 미욱한 말단의 병사라도 그를 이끄는 장수의 기분과 마음가짐을 또렷이 느낀다. 전투에서의 일진일퇴는 예사로운 일이지만 나아가고자 하는 마음과 물러서고자 하는 마음 사이에는 돌비알만큼이나 가파른 간극이 있다. 그 새새틈틈으로 죽음의 용기, 혹은 삶의 비겁이 파고든다. 모두가 눈치 채고 있었다. 이 싸움이 과연 어떻게 치러질 것인지. 시작되기도 전에, 그 명백한 끝을.

장수들은 서둘러 자기 부대의 대열을 정비하였다. 그들의 입장은 단발의 총소리로 빚어진 대소동 앞에 확연히 갈렸다. 전라 감사 권율이 돌아섰다. 전라 방어사 이복남이 휘하의 병력을 이끌고 남원 방면으로 후퇴했다. 그들은 운봉의 산악 지대로 물러나 적이 추격해 오면 이를 맞아 싸우겠노라 하였다. 지금까지 최경회와 운명을 함께 했던 전라 좌의병장 임계영도 호남으로 말고삐를 돌렸다. 창녕으로 돌아가겠노라는 곽재우를 순변사 이빈이 불러 세웠다.

"진주성에서의 일대 격전이 임박하였소. 그런데 어찌하여 곽대장은 이에 가세하지 않고 창녕으로 가시려는 게요? 휘하의 장병을 끌고 진주성으로 들어가도록 하시오."

순변사는 임금의 영으로 파견된 특사이니 그의 명령은 어명이나 다름없었다. 하지만 전시에 마구잡이로 남발된 벼슬은 그 본래의 가치와 권위마저 떨어뜨렸다. 순변사 이빈은 연초 평양성 탈환으로 교만해진 명군이 벽제관 전투에서 참패하여 후퇴할 때 이를 말리다가 이여송의 일개 부장에게 발이 차여 나동그라지는 망신을 당하였다. 종로에서 뺨 맞고 한강에서 눈 흘긴다더니 이후 조선군 장수들에게 내린 이빈의 공문은 무책임한 강경책과 가당찮은 허튼소리로 가득하였다. 이런 지경에 반골의 기질이 농후한 곽재우가 순변사의 명색에 허투루 굴복할 리 없었다.

"그때그때의 형편에 따라 임기응변할 계략을 지닌 자가 군사를 능히 부릴 수 있으며 지혜로운 자만이 적을 헤아려 요리할 수 있는 법이지요. 지금 적군의 형세는 천하에 누구라도 당해낼 수 없는 상태입니다. 어찌 그런 적들을 상대로 싸워 삼(三) 리밖에 되지 않는 외로운 성을 지킬 수 있겠습니까? 나는 차라리 바깥에서 원조할지언정 성안으로 들어가지 않을 것입니다!"

그러자 옆에서 듣고 있던 경상우도 감사 김늑이 나서 말했다.

"아니, 아무리 나름의 주견으로 전세를 판단한다 하여도 장군이 명령을 듣지 아니하면 군율이 어떻게 될 것이오?"

김늑은 성품이 온화하여 적도 편도 없는 사람이었지만 군사나 병법에 대해서는 아는 바가 적었다. 그러다 보니 앞뒤가

막힌 원칙만을 내세워 장수들의 신망을 잃었다. 전적으로 붕당의 이해관계에 의해 결정된, 결코 전시에 적합지 않은 관리였다. 곽재우는 그쪽으로 눈길조차 주지 않은 채 단호히 답하였다.

"지금 내 한 몸 죽는 것이 아까워 이러는 것이겠습니까? 나는 지금껏 생사고락을 함께하며 전투 경험을 쌓아온 노련한 군졸들을 무모한 싸움으로 잃고 싶지 않은 것뿐입니다. 군율을 내세우려거든 내게 책임을 물으십시오! 하지만 어찌한대도 나는 결코 입성할 생각이 없습니다!"

그 빼어난 용력만큼이나 우김성도 대단한 곽재우를 설득할 방법은 더 이상 없었다. 순변사 이빈은 떠넘기듯 곽재우에게 의령 정암 나루의 방어를 주문하고 자기는 산청 쪽으로 피신하였다. 그토록 진주성으로 들어가야 한다고 주장하던 이빈조차 도망치듯 후퇴하니 곽재우는 최경회, 고종후 등과 함께 진주성을 향하던 황진을 붙잡고 말하였다.

"이보시오, 아술당(蛾述堂)! 우리가 비록 경상도와 전라도에서 각기 태어났고 공이 나보다 두 해 먼저 세상의 빛을 보았지만, 나는 진심으로 공의 기개를 흠모하며 지기지우*로 생각해 왔소이다. 그러하기에 지금 공의 옷자락을 잡고 말하노니, 진주성은 남강에 면해 있으므

*지기지우(知己之友): 자기를 잘 이해해 주는 참다운 친구.

로 적이 그 요충지를 끊거나 구원병이 오지 않는다면 반드시 고립되어 위태로워질 것이오. 공은 현재 충청도의 주장(主將)이고 조정으로부터 명령을 받은 것도 아닌데 어이하여 죽음이 예정된 땅으로 스스로 들어가시려는 거요?"

그들, 죽음의 영지를 누비며 삶의 길을 찾는 오만하고도 고독한 눈빛이 꼭 닮은 두 장수가 서로를 물끄러미 바라보았다. 묻고 대답하기 이전에 알고 있었다. 어디로든 가려면 더 이상 가는 이유를 생각하지 말아야 한다. 왜 가느냐고 묻는 순간 앞만 바라보고 갈 수가 없다. 그들이 피도 눈물도 없는 냉혈한 이기에 그런 것이 아니다. 인간으로 태어난 이상 누구도 한없이 강할 수는 없다. 다만 그들은 약하고서야 감당할 수 없는 책무를 깨닫고 있었다. 약해져서는, 멈칫거리며 주저하거나 뒤돌아보며 고뇌해서는 갈 수 없는 길에 이미 접어들었기 때문이었다.

"공의 진정을 내 어이 모르겠소만 앞서 창의사와 약속한 바도 있거니와 어찌 무사로서 전쟁에 임하여 구차스럽게 위난을 면하고자 할 것이오?"

언제나 청년처럼 호기롭던 황진이 장년의 위용으로 의연하게 답하였다. 곽재우는 그런 그에게 나이와 지역의 차이를 모두 넘어선 우정의 술 한 잔을 권했다. 차고 독한 이별주가 미

끄러지듯 목구멍을 넘어갔다. 잘 가오 잘 있으란 작별의 말 따
위 필요치 않았다. 정해진 어디에도 머물 수 없는 그들은 언제
든 정처 없는 그곳에서 다시 만날 것이었다. 잔을 비운 황진이
힘껏 말고삐를 채쳐 진주성을 향해 달려갔다.

최경회군이 진주성에 입성한 것은 계사년 유월 보름밤이었
다. 때마침 유두일(流頭日)이라 덩두렷한 온달 아래 남강의 물
소리가 더욱 요란한데, 청정한 물에 머리를 감으며 불길한 것
들을 씻어내는 행락객 대신 일본군을 피해 몰려든 난민들로
성안은 북새통을 이루고 있었다.

"이 많은 수가 다 성내 주민은 아닐 테고, 대체 어디에서 온
이들인가?"

예상치 못했던 성중의 혼란상에 놀란 최경회가 하루 앞서
들어온 김해 부사 이종인에게 물었다.

"왜적이 닥쳐온다는 소문을 들은 외곽 지대의 거주민들이
모두 성안으로 몰려든 데다 멀리 울산과 경주에서 피난 온 백
성들까지 뒤섞인 것으로 압니다."

"아니, 울산과 경주에서 여기까지 피난을 왔단 말인가?"

"병사께서도 아시다시피 전쟁이 시작되어 꼬박 한 해를 채

흐르는 배 243

우고 석 달을 넘기는 동안, 어느 어느 고을이라 따질 것 없이 영남 전역이 왜놈들의 분탕질에 잿더미가 되다시피 하지 않았습니까? 이들 중 대부분이 어린애와 부녀자이거나 노인이 아니면 병자들이니 피하려도 더 피할 곳이 없어 성안으로 물밀어 온 것으로 보입니다."

피하려도 더 피할 곳이 없으니 가라고 등 떠밀어도 갈 곳조차 없을 터! 최경회는 자신도 모르게 새어 나오는 장탄식을 가까스로 삼키었다.

"……모두 합쳐 얼마나 되는가?"

"물경 오만은 족히 되는 것으로 헤아려지오."

계속되는 질문에 진주 목사 서예원이 나서서 대답하였다.

"오만? 난민의 숫자만 오만 명이라고! 당장 병사들을 먹일 군량도 빠듯한데 대체 어디서 이 엄청난 양민들을 먹일 양식을 구한단 말인가? 목사는 이에 대해 어떤 대책을 세우고 있소?"

창의사 김천일이 날카로운 눈초리로 서예원을 바라보며 물었다.

"나라고 불시에 들이닥친 원거리의 피난민들까지 예상할 수 있었겠소? 그나마 감사(김성일)께서 생존해 계실 때에는 일심전력으로 구휼하고 보수하여 임진년 왜적의 침공으로 쑥밭이 되다시피 한 성이 안돈되었지만, 감사가 병졸(病卒: 병으로 죽음)하시자 다시 기강이 무너져 백성들은 도적 떼가 되어 사람을 식량 삼아 뜯어 먹는 지경에 이르지 않았소? 인의예지라곤 아예 모르는 야차 같은 천인들을 무슨 방도로 다스린단 말이오?"

"아니, 지금 그게 목사라는 사람의 입에서 나올 수 있는 말인가? 기민 구호가 온전히 감사의 소관만은 아니었을진대 어찌 자신의 무능으로 빚어진 백성들의 불행을 남의 이야기하듯 하는 게요? 그렇다면 도대체 목사로 제수된 지 두 달이 넘도록 무슨 일을 했다는 거요? 일전에 김해성을 버렸듯이 진주성도 간단이 버리면 된다고 생각하는 게요?"

서예원을 힐난하는 김천일의 목소리가 쩌렁쩌렁하였다. 김해라는 말을 듣는 순간 서예원의 낯빛이 화롯불을 뒤집어쓴 듯 검붉게 달아올랐다. 그는 전쟁이 발발할 당시 김해 부사였으나 적과 대치한 순간에 성을 버리고 달아났던 터였다. 말하자면 서예원이 이종인의 선임인 셈인데 그들의 인연이 참으로 묘하였다.

이종인이 공성이니 수성이니 말시비를 하고 앉은 꼴들을 보기 싫어 홀로 결단하여 진주성에 들어왔을 때 성중은 우두머리조차 없는 아수라장이었다. 소위 목사라는 서예원은 그날 초저녁에 이르러서야 부랴부랴 성안으로 들어왔다. 그동안 그는 결전이 임박한 진주성을 버려두고 접반관*으로 술과 음식을 싸들고 문경 새재에서 남하하는 명군의 부총병 오유충을 영접하고 있었다. 그들이 선산에 이르러서야 진주성이 위험하다는 소식이 서예원에게 전해졌고, 서예원은 조정의 지시에 따라 서둘러 진주로 돌아왔다.

어쨌거나 가라면 가고 오라면 오니 주견이라곤 눈을 씻고 찾아봐도 없을지언정 부리는 상급자의 입장에선 임무에 충실한 관리랄 수도 있을 테다. 많은 의병장들의 반대에도 불구하고 김성일이 장계를 올려 서예원을 진주 목사에 제수한 데에도 그런 연유가 작용했을 터였다. 하지만 서예원은 주견만이 아니라 적을 맞아 싸울 의지도 전혀 없었다. 서예원은 은밀히 비장들을 불러 짐을 챙기다가 칼을 빼들고 막아서는 이종인에게 붙잡혔다. 도망치다 잡힌 서예원은 울며 겨자 먹기로 이종인에게 등을 떠밀려 성안을 순시하였고, 그나마 객들 앞에서 주인의 위신을 세워보려고 안간힘을 쓰고 있는 것이었다.

그런데 김천일이 에둘러서도 아니고 곧장 코앞에서 서예원의 약점을 들이지르니, 서예원은 당황하여 짧고 빠른 아래턱을 가린 채수염을 파르르 떨었다.

"이, 일개 부사의 지위를 남용하여 국법을 혼잡케 하고 양반을 능멸한 죄로 파면당한

246

주제에, 지금 전시에 얻은 관명을 믿고 정삼품의 문관을 모욕하는 게요?"

김천일과 서예원, 객과 주, 그리고 서인과 동인의 알력이 벌써부터 굉굉하였다.

"이보시오들! 한 몸 한맘같이 뭉쳐도 모자랄 판국에 어찌 이런 망령된 행태를 보인단 말이오? 이대로 조선이 망한다면 과연 그 모두를 외적의 탓이라고 말할 수 있겠소? 그간 나라를 망친 분열과 대립만으로도 부족하단 말이오? 진주성은 조선 제일의 명성이라 할 만한 천혜의 요새이니 성안에서 힘껏 싸우고 외곽에서 적절히 응원한다면 반드시 지킬 수 있을 것이오. 아니, 반드시 지켜야 할 것이오!"

최경회가 성난 눈을 홉뜨고 막아 세우고서야 으르렁대던 두 사람은 잠잠해졌다. 최경회는 다시 한 번 자신이 진주성에 들어올 수밖에 없었던 필연을 깨달았다. 외적에 점령당할 처지에 놓여서까지 끊이지 않는 반목과 질시, 당색과 지방색의 극심한 위험을 중재하기 위해서라도 최경회는 지금 이 자리를 지켜야 했다.

하지만 군이 차례로 들어오면서 겨우 안정을 찾아가던 진주성은 이튿날 도착한 도원수의 전령으로 또 한 번 발칵 뒤집혔다.

"모든 장령들은 대열을 정비하여 진주성에서 나오도록 하라!"

그사이에 도원수가 바뀌었다. 도원수가 있고서야 순변사와 감사가 있으니, 도원수야말로 병권의 극상이었다. 전임 도원수 김명원은 그간 군무를 통할하는 역할을 하면서도 실제 전투 경험은 거의 없다시피 하였다. 그런데 김명원 대신 도원수가 된 권율이 내린 첫 군령이 바로 전군의 진주성 철수 명령이었다.

"진정 이것이 조정의 뜻이런가? 성을 비워 적의 예봉을 피하는 것만이 능사라고? 하지만 그 뜻대로라면 왜적이 영남을 침범하면 호남으로 피하고, 왜적이 호남으로 침범하면 호서로 피하면서 한결같이 성을 비워주고 예봉을 피해야 하지 않겠는가?"

이제는 분노마저 지쳤다. 최경회는 진주 관아에 모여든 장수들의 착잡한 얼굴을 바라보며 혼잣말하듯 중얼거렸다. 하지만 손가의 병서에는 장수가 하지 말아야 할 다섯 가지가 적혀 있다. 길에도 가서는 안 되는 길이 있고, 적에도 싸워서는 안 되는 적이 있고, 성에도 공격하여서는 안 되는 성이 있고, 땅에도 다투어서는 안 되는 땅이 있고……. 군주의 명령에도 들어서는 안 되는 명령이 있다.

한참 만에 김천일이 신음하듯 무거운 목소리로 말했다.

"……나갈 장수는 나가고, 남아 있는 장수도 막하 장사들

가운데 싸움에 쓸 수 없는 사람은 자유로이 나가게 하시오!"

김천일의 말이 떨어지자마자 여러 장수가 성을 빠져나가 산청 방면으로 퇴각했다. 일의 속내야 까맣게 모를지언정 뚜드럭뚜드럭 말발굽 소리와 쨍쨍 울리는 병장기의 쇳소리에 이제 살았다 안심했던 백성들은 다시 성 밖으로 멀어져가는 소음에 크게 동요하였다. 비명과 울부짖음, 슬픈 아우성과 분노의 외마디가 성안을 가득 채웠다. 최경회와 김천일 그리고 황진은 휘하 장졸들을 동요하지 않도록 단속하는 한편 놀랍고 두려워 어쩔 줄 모르는 백성들을 안심시키기 위해 성중을 순시하며 질서를 지킬 것을 당부하였다.

한바탕 회오리가 지나고 잔뜩 찌푸렸던 하늘에서 하나 둘 빗방울이 떨어지기 시작했다. 어지러이 들썩이던 사람들의 황황한 마음에도 습기가 스며든 듯 성안은 점차 조용히 가라앉았다.

"창의사의 막하는 몇이나 남았소?"

"큰놈 상건이 아비를 따라 남았고 양산숙 이하 오백 병사가 의리를 지키겠노라 하였소."

"복수의병장의 상황은 어떠하오?"

"오빈과 김인혼과 고경원 이하 사백여 명이 남아 있습니다."

"나의 휘하에는 참모인 문홍헌과 좌부장 고득래가 남아 오백여 병사를 이끌고 있는데, 가장 병력이 많아 보이는 충청 병사의 군사는 몇이나 되오?"

"저희 군은 조방장과 정명세 등 충청 지방의 수령들이 합세하여 그 수가 칠백 여에 이릅니다. 파악하건대 이외에도 거제 현령 김준민이 사백을 거느리고 있고, 사천 현감 장윤에게 삼백 명, 당진 현감 송제의 군사 이백 명, 복수의병 부장 오유의 군사 사백 명, 웅의병장 이계련이 일백 명, 비의병장 민여운이 이백 명, 도탄의복 대장 강희보가 이백 명, 도탄의병 부장 이잠의 군사 삼백 명이 전열을 가다듬고 있습니다."

"또한 김해 부사 이종인을 비롯하여 순천의 분의병 부장 강희열, 영광의 의의병장 심우신, 해남의 표의병장 임희진이 각각 약간의 병사를 거느리고 있으니, 여기에 진주의 기존 병력까지 합하면……."

김천일이 이맛살을 찌푸린 채 진주성에 남은 총병력을 셈하였다.

"대략 오천에서 육천이구려!"

총인원을 점검한 장수들은 약속한 것처럼 굳게 입을 닫았다. 병력 오육천에 민간인 오만! 이보다 더 절망적이고 암담할 수 없었다. 하지만 역설적으로 진중의 분위기는 아주 침울하지만은 않았다. 싸울 것인가 말 것인가, 나아갈 것인가 물러설 것인가, 살길을 찾을 것인가 죽음을 각오할 것인가…… . 이제 고민은 모두 끝났다. 떠날 사람은 가고 머물 사람만 남아 이제 기꺼이 나아가 죽기를 작정하고 싸우는 일만 남았다. 너더분한 켯속을 모두 정리하니 가뿐하고 가든하기조차 하였다.

함께 싸우던 전우들마저 개죽음이 어리석다 비웃으며 떠났으니, 어쩌면 그들은 날 샌 올빼미처럼 외로운 신세에 불과할는지 모른다. 하지만 외로워지기를 두려워해서는 결코 자유로울 수 없으니, 지금 그들이야말로 경(經)과 율(律)을 넘어선 자존자율*의 세계에 들어선 셈이었다. 더 두려울 것이 무엇이며 근심할 것은 무엇인가? 침묵 속에 한층 선명한 빗소리를 듣는 동안 장수들은 더께처럼 들쓴 삶의 미련을 벗고 조금씩 가벼워지고 있었다.

❧

지평까지 바싹 밀고 내려온 구름장이 음침스럽다. 새무룩이 잦아든 하늘로 기를 쓰고 날아오르는 새들의 날갯짓마저 무거워 보인다. 곧 다가올 장마철의 예고이리라 마음을 달래도 미리부터 붉어진 강물과 우물물을 들여다보는 심경은 울울하였다. 군물을 마시려면 한숨을 참아야 했다. 밑바닥에서 무언가 썩어

*자존자율(自存自律): 스스로의 힘으로 존재하고 스스로를 다스림.

가는 듯, 코를 쏘는 이취와 혀끝에서 감도는 야릇한 검은 맛.

최경회군의 후미를 좇아 진주성에 들어온 논개 역시 짐작하지 못했던 상황에 크게 놀랐다. 성안이 비좁을 정도로 가득 찬 피난민들의 모습은 산지옥이 따로 없었다. 남의 집 처맛기슭이나마 지붕을 이고 앉았다면 행운이었다. 담벼락에 나무 밑에 그도 저도 못하면 흙먼지가 펄썩이는 길섶에 대오리 한 장 달랑 펴놓고 그야말로 '게뚝(굴뚝의 경상도 방언) 막은 덕석'처럼 구겨 박힌 난민들이 허다하였다. 그토록 부족한 것으로 가득한 지경에도 곳곳에 오물과 쓰레기가 쌓이는 것이 신기했다. 지난 늦봄 역질이 한바탕 휩쓸고 지나갔다지만 성안은 다시금 병약해진 노약자들을 제물 삼은 전염병이 돌기에 딱 맞춤한 상태였다.

"어쩌자고, 대체 어쩌자고 이 많은 사람들이 스스로 사지(死地)를 찾아들었단 말인가?"

혈전은 이미 예고되었다. 적의 대군이 시시각각 육박해 오고 있다. 아군의 숫자는 적군의 일개 부대 인원에도 밑돈다. 굶주린 난민들에 대한 구호의 대책은 막막하다……. 논개는 기막히도록 딱한 상황에 어안이 벙벙할 지경이었다. 하지만 넓고도 좁은 성안을 몇 바퀴 거듭 돌며 살펴보노라니 허벙저벙 성안으로 뛰어 들어올 수밖에 없었던 백성들의 전후곡절이 이해되지 않을 수 없었다.

"보소! 어쩌다 단봇짐에 홑바지 바람으로 피난해 왔겠소? 성 밖에 있으나 성안에 있으나 위태롭긴 마찬가지래도 성 밖에서 가시 발리듯 야금야금 뜯어 먹히느니 성안에서 통째로 삼켜지는 게 낫겠다 싶었던 게요!"

그간 일본군이 자행해 온 노략질에 빈털터리 생귀신이 되다시피 한 백성들이 가슴을 쥐뜯으며 울부짖었다. 진주성은 스스로 죽을 수도 살 수도 없는 백성들의 마지막 보루였다. 비록 적과 직접 맞붙어 전투를 벌인 것은 아니지만 그들 역시 전쟁이 치러지는 내내 실낱같은 삶의 욕망을 무기로 죽음의 공포에 맞서 치열하게 싸워왔다. 선택이 가능한 일은 차츰 줄어들었고 선택한 것에 대한 대가는 점점 무겁고 커졌다.

"그래도 진주성은 영남 제일, 조선 제일의 명성이 아니오? 지난해 왜적이 쳐들어왔을 때에도 일당백으로 싸워 바람 앞의 촛불을 지켰으니, 죽기를 각오하고 싸우면 이번이라고 지키지 못할 까닭이 무엇이겠소?"

임진년 시월의 진주성 전투를 돌이켜 생각하며 애써 기세를 드높이는 사람들도 있었다. 여린 마음만큼 얇아진 귀로 백성들은 이 말에도 '하모 하모!' 저 말에도 '하모 하모!' 고개를 주억거리며 절망과 희망 사이를 갈팡질팡 오갔다.

진주, 진주성!

논개는 산란한 마음을 진정키 위해 뒤법석대는 사람들의
틈을 빠져나와 바위벼랑 위에 우뚝 솟은 남장대(南將臺: 촉석
루)에 올랐다. 비봉산과 망진산 골짝으로부터 서에서 동으로
흘러내리는 남강의 풍광이 발치 아래 진진하게 펼쳐졌다. 이
름만 알아온 타향 땅이지만 어쩐지 이곳이 낯설지 않다. 깨끗
하고 흰 모래톱, 무심히 노니는 갈매기, 강가에 우거진 산초와
계수나무. 시절은 수상하나 가경은 변함없다. 비릿하고도 서
늘한 담향, 강과 숲의 푸른 냄새가 코끝을 스친다. 지난 생의
어느 때인가 이처럼 아름다운 누각에 올라 하염없이 하염없
이 흘러오고 흘러가는 강물을 바라본 듯하다. 아질하였다.

생전에 아버지 주달문이 즐겨 보던 풍수 책은 바람과 물에
대한 이야기였다. 청룡 백호 주작 현무의 사신사*에 둘러싸
여 거센 바람을 막는 장풍(藏風)과 천천히 강물이 흐르는 곳
에 잔잔한 바람이 감도는 득수(得水)는 명당을 이루는 두 조
건이었다. 진주는 그중에서도 남강이 말발굽 모양으로 휘감아
도는 지세이니, 이 따스한 빛과 싱싱한 기운 속에서 사는 사
람들은 반드시 굳세고 튼튼할 터이다. 사람이 풍광의 명행(溟
涬: 자연의 기운)을 닮는 것이야말로 스스로
그러한 순리이므로.

*사신사(四神砂): 전후좌우 사
면에 있는 산.

254

하지만 사람의 현실은 때로 자연마저 배반하였다. 난리가 나기 전부터 진주의 민심은 흉흉하고 어지러웠다. 흉년으로 식량이 모자라는 상태가 몇 해째 거듭되면서 백성들은 몸의 생기와 마음의 온기를 송두리째 잃었다. 들리느니 어느 마을 누구누구가 굶어 죽었다는 소문이었고 보이느니 부패와 탐학으로 백성들을 핍박하는 탐관오리들의 토색질이었다. 진주로 들어오는 남강 나루터에는 떼거지가 진을 쳤고, 벼룩의 선지를 내먹고 참새 앞정강이를 긁어 먹는다더니 그 경황 중에 도적이 되어 화적질을 하는 자들이 출몰하였다. 전쟁이 일어나기 한 해 전에 경상 감사 김수의 독려 아래 성곽을 보수하는 공사가 이루어졌지만, 신역에 시달리느라 농사철을 놓친 백성들의 사이에는 원한 어린 가요만이 흉흉하게 떠돌았다.

굽은 성을 높이 쌓은들 누가 능히 지키리?
성이 성이 아니라, 백성이 바로 성이라네!

진주는, 먼 옛날 촉석*이라는 가파른 이름으로 불렸던 진주성의 운명은 과연 어떠할 것인가? 평화로운 시절 향시를 치르는 고사장으로 쓰이던 남장대가 임박한 전투를 준비하는 지휘탑이 되어버린 지금, 흐

*촉석(矗石): 삐죽삐죽 높이 솟은 돌.

르는 배[行舟]의 지형은 언제라도 바다 한복판에 고립된 일엽편주처럼 위험해질 가능성을 품고 있었다. 외곽의 응원이 없고, 연락이 두절되고, 보급마저 끊긴다면. 모두가 성과 그곳에서 마지막 희망을 붙안고 싸우는 사람들을 포기하고 외면한다면, 그리하여 마침내…… 잊혀진다면.

후텁지근한 요열(橈熱: 장마철의 무더위) 속에서도 소름이 와삭 돋았다. 논개는 항라 저고리 위로 굳어 뻣뻣해진 팔을 쓸어내리며 생각하였다. 그는 어떠한가? 이 모든 상황을 알지 못했기에 숱한 반대와 엄한 군령에도 불구하고 입성을 고집한 것인가? 난생처음 본 그의 격노한 모습, 불같은 호령 아래 왈각 서럽고 억울한 눈물마저 쏟을 뻔했던 일이 머릿살을 어지럽힌다. 그는 이미 알고 있다. 그리고 그녀 또한 그가 아는 것을 안다.

─하지만, 얼마나 다행인가?

논개는 앙당그렸던 가슴을 펴고 깊은숨을 들이쉬었다. 그것이면 되었다. 서로가 알고 있다는 사실까지도, 그들은 안다. 당황하여 허둥댈 것도 두려움에 움츠러들 것도 없다. 배릿한 강바람이 폐부를 뻐근히 파고든다.

─내가 사랑하는 사람이 그라는 사실이 얼마나 기쁘고 고마운가? 만약에 그가 비겁자였더라도 아니, 설령 모두가 꺼리는 악한이었다 할지라도 나는 그를 사랑할 수밖에 없었겠지

만, 그래도 얼마나 다행한 일인가? 신념과 의리로 당당히 싸우는 그를 사랑할 수 있으니, 그에 대한 사랑을 자랑스러워 할 수 있으니!

이윽고 남장대에서 내려온 논개의 얼굴은 맑은 바람에 닦인 듯 차분해져 있었다. 논개는 다부지게 옷소매부터 착착 걷어 붙였다. 허리띠를 질끈 동여 가치작거리는 치마를 단단히 추슬렀다. 이른바 낭자군(娘子軍)을 구하여 모을 작심이었다. 비록 전투력이 없는 부녀들이나마 계획적으로 질서 있게 움직이면 무시할 수 없는 역할을 한다는 것을 앞서 장수에서 확인한 바 있었다.

"이번 싸움은 병사들만 나서서 될 일이 아닙니다! 일심만능(一心萬能)이니 무슨 일이든 한마음이 되어 하면 안 될 일이 없을 것입니다. 도와주셔요! 함께합시다!"

논개는 목이 터져라 외치며 뜻 맞는 사람들을 찾아다녔다. 아직 전투가 시작되지 않은 지금이야말로 이후에 치러질 접전의 내용을 결정할 일고동이었다. 병사보다 민간인의 수가 훨씬 많은 상황에서 수성전을 벌이려면 군민의 화합과 단결이 무엇보다 중요하다. 남과 여, 노와 소, 귀와 천의 분별이 다 일없다. 모두에게 단 하나뿐인 목숨, 모두에게 공평한 죽음, 그 슬프고도 무서운 위안이 차이와 구별을 단번에 쓸어버린다.

살려면 싸워야 한다. 삶과 죽음이 갈리는 그 순간까지 발버둥하며 맞서야 한다.

허기에 지치고 무력감에 맥이 빠져 웅크려 앉았던 사람들이 하나둘 부스럭거리며 반응을 보이기 시작했다. 내 새끼, 내 식솔을 거두기 위해 미친년 달래 캐듯 떠돌았던 아낙들은 일단 그 목소리의 주인공이 꽃나이의 여인이라는 사실에 놀라 관심을 보였다. 신라 때까지만 해도 여인이 임금의 자리에까지 올랐다지만, 고려를 넘어오면서는 나랏일에 나설 말미조차 잃었고, 조선이 세워진 뒤로는 나랏일은커녕 중문 바깥에서는 아무 일에도 할 수 없게 되어버렸다. 그것이 조선의 여인들을 집 안에만 꽁꽁 얽매는 내외법이었다. 여자는 제 고을 장날을 몰라야 팔자가 좋다고 하였고, 여자가 셋이면 접시가 깨진다고 했다.

그러나 또한 말하길, 여자 열이 모이면 쇠도 녹인댔다. 지난해 경주부의 동천 마을에서 훈장 이언춘을 우두머리로 내세워 일어난 의용군에는 아낙들이 서른 명 넘게 포함되어 있었으니 가히 지혜로운 여왕과 자유로운 신라 여인들의 후예라 할 만했다. 그런가 하면 한성을 되찾는 데 결정적인 계기가 된 행주성 싸움에서는 여인들이 앞치마로 돌을 나르고 적에게 끓는 물을 퍼붓고 횟가루를 뿌려 승리에 크게 이바지하였으니, 평시의 요조숙녀 현부인이 전시의 여병(女兵) 낭자군이 되지 못할 까닭이 무엇이겠는가?

"젊은 새댁의 말이 참으로 옳소! 병사들에게 싸움을 내맡기고 좁은 성안에서 우왕좌왕해서는 왜놈들 총에 맞아 죽기 전에 우리끼리 서로 밟아 죽일 판이요. 애당초 안 된다고 뒷짐지고 죽을 채비를 하기보다는 안 될 일이라도 될 수 있게 썰레놓아야 하지 않겠소?"

우둥퉁한 몸피에 어울리는 걸걸한 목소리로 가장 먼저 논개를 편들고 나선 이는 동쪽 촉석문을 지키는 수문장 정천계의 아내 이씨였다. 수문을 지키는 것은 거친 일이었기에 수문장은 무과에 급제한 사람 중에서도 신분이 낮거나 서족(庶族: 서자 자손의 혈족)인 자에게 맡겨지기 마련이었다. 그러하기에 정천계의 아내 이씨 역시 양갓집 출신은 아니었지만 그 씩씩한 기상과 굳은 절개만큼은 어느 정렬부인 못지않았다. 왕성한 의기를 드러내며 발 벗고 나서는 이씨 곁에는 어미와 꼭 닮은 이팔(二八: 이팔청춘)의 딸이 붙어 서 있었다.

"맞는 소리요. 행주성의 여인네들이 한 일을 우리라고 못할 게 무엇이오? 백지장도 맞들면 낫다니 우리도 역할을 나누어 전투에 참여합시다."

입을 닫고 있으면 쌀쌀맞은 귀부인으로만 보이는 승사랑

정승업의 아내 최씨가 안찬 소리를 하며 나섰다.

"군사를 바라지하고 부상병을 돌볼 사람들부터 먼저 정하는 게 어떨까요? 그다음에 물을 끓일 사람, 끓는 물을 쏟아부을 사람, 돌멩이를 주워 모을 사람을 나누는 게 좋을 것 같아요."

허진의 아내 김 소사와 정훈의 아내 이씨가 젊은 여인들답게 늘찬 일솜씨를 발휘하여 구체적인 계획까지 내놓았다.

"그런데 낭자군은 꼭 후방만 지켜야 하는 게요? 보아하니 아군의 숫자가 오천을 겨우 넘을 듯한데 여인이라는 이유만으로 칼을 잡지 못할 이유는 또 무엇이겠소?"

언뜻 보아도 민첩하고 다부진 몸태에 날카로운 눈매가 인상적인 여인이 불평 아닌 불평을 하였다. 그녀는 의금부 도사 이번의 아내 황씨라고 하였다.

모두들 같은 마음이었다. 논개는 기다렸다는 듯 내민 손을 맞잡고 일어나는 여인네들을 보며 다시 한 번 깨달았다. 그들은 감춰지고 숨겨진 보석이다. 제도와 법이 채운 차꼬에 발목을 잡히고, 명분과 도리가 끼운 수갑에 손을 잡히고, 오랜 부자유로부터 길들여진 체념 탄식의 칼을 목에 들쓴 채 삼목지형(三木之刑)을 당할지언정 그들은 언제라도 스스로 빛날 수 있는 원석이다. 다만 닥쳐오는 어둠 앞에 그 빛이 너무 짧아 더욱 눈부시기에 슬프다. 낭자군이 자발적으로 일어난 것은 충의요 용기요 절개의 뜻이었다. 하지만 그녀들의 저항은 가려진 이유로 말미암아 더욱 필사적이고 처절할 수밖에 없었다. 전투의 패배는 죽음이었다. 그러나 여인들에게는 죽음에 이르기까지 또 다른 고통이 부가되었다.

상주에 살던 하락의 일가는 피난길에 일본군을 만났다. 적병은 먼저 여인들을 포로로 잡고 아비와 아들의 목을 베었다. 눈앞에서 피붙이의 머리통이 뒹구는 참경을 목격한 여인들은 이어 보리밭으로 끌려가 강간을 당했다. 여자 하나를 잡으면 삼십, 사십 명의 마졸이 매달렸다. 윤간을 당하던 중 죽지 않았더라도 그 참혹한 기억을 견디며 살아내기는 쉽지 않았다. 능욕당한 여인의 영혼은 이미 제 몸의 주인이 아니었다. 크고 너른 그늘이 아름답던 둥구나무 가지에 목을 매고 흔들리며 여인들은 따가운 땡볕 같던 금생을 잊었다.

일본군의 광란은 전투가 끝난 후에 더욱 극심하였다. 죽음의 긴장으로부터 벗어난 병사들은 독살풀이를 하듯 들짐승 같은 눈을 번득이며 여자 사냥에 나섰다. 금산성 싸움이 끝난 뒤 한 여인이 일본군에게 사로잡혔다. 병든 시어미를 거두어 경상도 성주에서 금산까지 피난 왔던 여인은 여러 적들에게 돌림 강간을 당한 뒤 넋이 나갔다. 그럼에도 모진 것이 목숨이고 징그럽도록 질긴 것이 삶의 본능이라 차마 생목숨을 끊지 못하고 허위허위 떠돌다가 마침내 조선군에게 발견되었다. 그때 여인의 자닝한 겉보기가 바로 지금 전쟁의 참화를 겪는 조선의 모습이었다. 속옷조차 갖춰 입지 못한 채 찢어진 치마만 허리에 두른 여인은 몇 걸음을 걷다가 곧바로 푹 고꾸라졌다. 어기적거리며 걸음을 잘 걷지 못하는 이를 두고 염불 빠진 년 같다는 상말이 꾸며낸 농만은 아니었던 게다. 얼마나 지독하게 욕을 보았던지 아기집이 음문 밖으로 비어져 나올 지경이니, 죽으려도 죽지 못하고 살아도 온전히 살아 있지 못하는 여인의 비틀걸음마다 점점이 붉은 꽃잎 같은 피가 흩뿌려져 있었다.

전쟁은 사회 전체를 파멸로 이끌지만 그중에서도 가장 처절하게 파괴되는 것이 여성이었다. 전쟁에서 외적이 여인들을 노략질하는 것은 육욕의 충동질을 넘어선 의미를 지니고 있었다. 한 겨레의 어머니를, 아내를, 누이를, 딸을 능멸함은 현재 그들의 소유만을 빼앗는 것이 아니라 그들의 미래를 모독하는 것이다. 여인들의 자궁에 잔인하고 무도한 침략자의 씨앗을 뿌림으로써 마침내 그들의 땅 전체를 불모로 만들려는 것이다. 그들을 더 이상 서로 사랑하지 못하게 하고 의심하게 만들려는 것이다. 전쟁이 끝난다고 모든 상처가 치유될 것인가?

감당할 수 없는 상처를 입은 이들은 서로를 위로하기보다는 불화하며 더 큰 상처를 빚어낼 것이다…….

논개는 그 사실을 알았다. 진주성의 여인들이 다 알았다. 그들의 하나같은 운명, 나아갈 수도 물러설 수도 없는 비극을.

그러나 그녀들은 패배와 죽음과 파멸과 고뇌 따위를 내세워 허희탄식하는 대신 밥을 짓고 물을 긷고 돌을 깨고 뜯어진 갑옷을 꿰매거나 부상자의 상처를 새 헝겊으로 처매었다. 얼마든지 더 사소해지고 자지레해질 수 있는 것은 그들의 흠이 아니라 힘이었다. 그녀들은 간간이 예정된 비운마저 잊은 채 함께 울고 웃었다. 관창에서 감사 김성일이 저장해 둔 곡식 십만 섬이 발견되었다는 소식을 들었을 때에는 명치에 맺힌 근심 걱정을 까맣게 잊고 서로 부둥켜안고 만세를 불렀다. 수성군의 전투태세가 정비되면서는 밥에 뜸을 들이고 반찬에 간을 보는 아낙들의 손길도 한층 여물어졌다.

"조선 사람은 낮 먹고 산다지만 밥 안 먹고 사는 장사가 세상 천지 어디 있소? 싸우려면 우선 배부터 든든히 채워야지요!"

한 사람이 열 가지 물음에 대한 열 가지 해답을 다 갖고 있을 수는 없대도, 열 사람 중에는 열 가지 물음에 대한 해답을 가진 사람이 반드시 한 사람씩 있기 마련이었다. 각 성문과 성루에 배치되어 수비를 하는 병사들의 끼니를 제때 챙기기란 쉽지 않은 문제였다. 가뜩이나 적은 병력에 교대를 하여 식사를 하자니 당장 그 자리가 비어 위험하였다. 그때 늙숙한 아낙 하나가 나서서 묘안을 내놓았다.

"그럼 우리가 직접 끼니를 날라다주면 되지 않겠소? 밥과 찬을 미리 한 그릇에 담았다가 끼니때마다 전합시다. 고슬고슬하게 지은 밥에 나물을 골고루 얹고 보탕국* 한 수저를 떠 얹으면 군사들의 한 끼 식사로 부족지 않을 것이오."

아낙의 말대로 한 그릇에 밥과 나물과 진주에서 많이 나는 속데기(돌김의 일종)를 섞어 비비니 과연 보기 좋고 맛 좋은 음식이 만들어졌다.

"이거야말로 꿩 먹고 알 먹는 셈이구려! 한때 끼니로 든든하고 시간도 아낄 수 있으니, 이젠 코로 들어가는지 입으로 들어가는지도 모르게 허둥거리며 배를 채울 필요가 없어졌소. 아이고, 때깔까지 고와라! 어우러진 색이 일곱 빛 꽃과 같으니 비빔밥이 아니라 칠보화반(七寶花飯)이라고 불러도 좋겠소!"

아낙들은 손가락 사이로 뽀얀 물이 배어 나오도록 조물조물 나물을 무치고 구수한 보탕국을 듬뿍 얹어 병사들에게 바라지하였다. 고을 주(州) 자를 이름 삼은 고장은 음식으로 유명하다는 말이 헛소문이 아니었다. 꽃같이 어여쁜 밥을 받아 든 병사

*보탕국: 바지락을 참기름에 볶아 된장으로 간을 맞춘 국물.

들의 얼굴에 잠시 소년처럼 무구한 미소가 떠올랐고, 그것을 맛있게 비벼 먹는 모습을 바라보는 여인들의 표정도 포만감으로 흐뭇하였다. 작고 보잘것없는 황홀을 함께 나누는 그 순간, 그들은 분명 살아 있었다.

논개는 성중을 부지런히 오가며 밥을 나르고 돌을 깨고 병자들을 돌보았다. 자신을 알아보는 사람도 없고 알아주는 사람도 있을 리 없지만 지금만큼 스스로가 누구이며 무엇을 해야 하는가를 확연히 느꼈던 때는 다시없었다. 그 미쁜 맘속에는 이 흐르는 배같이 어지러운 성안 어딘가에 그가 있다는 사실이 위로와 의지가 되었다. 그리워하는 일은 이제 습벽을 넘어 체질이 되어버렸다. 그리운 눈으로 바라보면 세상 어디에나 그가 있다. 나무에도, 산에도, 강에도, 꽃에도, 낯선 싸움터와 피 흘리는 상처에마저.

그런데 그때 갑자기 들려온 목소리가 종종걸음 치던 논개를 우뚝 멈춰 세웠다.

"논개야! 혹시…… 논개 아니니?"

놀라 뒤돌아본 논개의 눈앞에 산뜻한 녹의홍상을 떨쳐입은 기생 하나가 동그마니 서서 이쪽을 바라보고 있었다. 낯선 얼굴이었다. 아니, 가만히 뜯어보노라니 왠지 낯설지 않은 얼굴이었다. 한참 동안 논개를 우비듯 뜯어보던 기생이 보얗게 분칠한 얼굴을 와락 구기며 논개를 향해 달려왔다.

"너 정말 논개로구나? 어쩜 어릴 적 그때랑 하나도 변하지 않았어! 나 모르겠어? 산홍……. 아니, 업이. 영천 마을에서 동무하였던 업이 말이야! 어쩌다가, 어쩌다가 논개 너를 여기서 만나게 되었다니? 여기까지 어떻게 흘러온 게니?"

업이, 아니 산홍이 논개의 손을 맞잡고 강동강동 뛰었다. 일체의 변화가 모두 인연일지니……. 산홍의 짙은 화장 아래로 천덕꾸러기 무자리 업이의 모습이 언뜻번뜻 스쳐가고 있었다.

산홍(山紅)

조정에서는 그들을 반란 부대라고 일컬었다. 성을 포기하라
는 군령을 거역하고 무단으로 입성을 결단하였기 때문이었다.
세간에서는 그들을 충의군이라고 불렀다. 궁조입회*하듯 성안
으로 피해온 난민들을 외면하지 않고 끝내 성과 운명을 함께
하기를 두려워하지 않았던 까닭이었다. 일본군은 그들을 철천
지원수라 하였다. 명교(名敎)의 고전에서는 복수가 가신과 일
족의 의무라 하였으니 주군과 근친을 살해한 원수에게 죽음
으로 빚을 갚는 일은 도덕적인 필연이랬다. 지난해 한산도에
서 이순신에게 막히고 진주성에서 김시민에
게 막혀 호남 공략에 실패했던 치욕을 곱씹

*궁조입회(窮鳥入懷): 쫓긴 새
가 품 안에 날아든다는 뜻.

으며, 올해야말로 진주성을 함락시키지 못하면 절대 물러서지 않을 것이라고 맹세했다. 승전과 복수를 기념하기 위해 적의 심장과 간장을 씹던 오랜 풍습을 되새기며 도요토미는 분명하고 단호하게 명령하였다.

─진주성을 점령한 뒤, 성안에 살아 있는 것 전부를 씨도 남기지 말고 도륙할 것!

반란 부대든 충의군이든 천하의 찰원수든, 진주성의 오천 병사와 오만 난민에게는 이미 어떤 이름도 의미가 없었다. 아무리 거룩한 이름이라도 그들에게 말 한 필 병사 한 사람 보태주지 않았다. 아무리 흉악한 이름일시라도 벼랑을 등지고 진을 친 그들을 더 이상 물러서게 할 수 없었다.

"적군입니다! 적의 기병들이 순천산을 넘어오고 있습니다!"

진주성 동북쪽 산기슭에 일본군의 선봉이 나타났다는 척후병의 보고가 들어온 것은 유월 열아흐렛날 새벽이었다. 성안에 남은 혼성군의 지휘 계통을 세우는 일만으로 나흘이 아쉬웠던 조선군은 황급히 전투태세를 갖추었다. 곧이어 요란한 함성과 함께 형형색색의 기치가 하늘을 뒤덮기 시작했다. 머리를 풀어 헤치고 기괴한 가면을 쓴 채 울긋불긋한 부채를 장대에 꿰어 휘날리며, 일본군은 마치 축제를 맞아 보보행진하듯 물밀어 닥쳐오고 있었다. 간간이 기세를 돋우는 대포 소리도 들렸다. 그 모두가 조선군의 사기를 저하시키고 장수들의 마음을 어지럽히기 위한 심리 전술이었다.

"의령에서, 함양에서, 정암진에서 각기 치고 빠지는 분산 작전으로 적의 예봉을 꺾자더니, 그 전술을 주장하던 자들은 지금 모두 어디에 있는가?"

의병군의 도절제로 진주성 전투를 총지휘하는 역할을 맡은 김천일이 끓어오른 목소리로 뇌까렸다. 유월 보름날부터 행동을 개시한 일본군은 함양에 이어 반성을 점령하고 열여드렛날에는 낙동강을 건너 의령을 점령했다. 그때 이미 공성론을 주장하던 장수들의 전술이 무효하다는 사실이 명백해졌다. 그들은 변변한 전투 한번 없이 일본군에게 길을 내어주고 안전한 곳으로 퇴각해 버린 것이었다.

"이대로 군사가 성안에 들어간 채 포위를 당한다면 외원이 있지 않고서야 반드시 위태로운 상태에 놓이게 될 것입니다. 군의 일부를 내보내어 안팎에서 상응케 할 필요가 있습니다!"

순성장을 맡은 황진이 위기감 어린 목소리로 말했다.

"하지만 적세가 워낙 거세니 아군이 분산되면 싸움을 이끌기가 더 힘들지 않겠는가?"

황진이 제안한 전술이 일리 있음은 알지만 조선군의 수적인 열세가 너무 크기에 김천일은 난색을 표할 수밖에 없었다.

"그렇다면 일단 척후장에게 정병 약간을 이끌고 단성현과 삼가현 방면으로 나아가 적정을 수색케 합시다. 또한 복병장을 보내어 곤양군과 사천현 방면에서 적이 우회하여 오는 길을 막는 방법도 강구해 봅시다."

김천일이 의병을 통솔한다면 최경회는 관병을 통솔하는 도절제 역할을 하였다. 최경회는 김천일과 더불어 총사(統帥) 직을 맡으면서 명령의 계통이 무너지는 일을 가장 경계하였다. 상반된 명령은 장수들을 혼란케 하고, 장수들이 안정치 못하면 병사의 기강도 문란해지기 마련이었다. 최경회는 자신의 몸과 목소리를 낮추어 김천일에게 힘을 실어주었다.

일본군은 진주성 사방 백 리를 장악하고 일각일각 고삐를 조여오고 있었다. 진주성 재공격에 실제로 동원된 일본군의 병력은 총 십만을 상회하였다. 김천일과 최경회군이 지키는 북문으로는 일본군 제이번 대 가토의 이만 오천여 군이 포진했다. 가토는 부대의 상징인 천하무적 기다 마코베[貴田孫兵衛]와 게야무라 로쿠스케[毛谷村六助]를 비롯한 스물네 명의 용맹한 부장을 거느리고 있었다. 또한 제이번 대의 후면에는 제오번 대 고바야카와의 구천 부대가 지원을 위해 진을 쳤다. 이종인이 지키는 서문에는 고니시가 지휘하는 제일번 대 이만 육천 군사가 맞섰다. 서쪽과 북쪽의 전선에는 해자를 파서 물을 끌어들여 만든 늪이 가로놓여 있었다. 성의 남쪽은 남강에 가로막히고 절벽과 험한 바위로 둘러져 있어 쉽사리 진격의 통로로 삼지 못할 것이었다. 그럼에도 일본군은 남강 오른쪽 언덕에까지 일천 명을 매복시켜 응원군을 차단하게 하는 치밀함을 보였다.

문제는 지난 임진년 전투에서 적군의 선봉대에게 공격을 받았던 동문이었다. 만 구천여 병력의 제삼번 대 우키타 히데이에군을 앞세워 이만 이천여 명의 제사번 대 모리 히데모토군이 예비부대로 대기한 동문은 맹장 황진이 맡았다.

황진, 그보다 맞춤한 적임자는 어디에도 다시없었다. 대도를 잘 쓰는 이름난 명궁인 그는 뼛속까지도 무사도로 채운 철저한 전사였다. 김해 부사 이종인이 불덩이처럼 뜨겁고 가열한 기질을 갖고 있다면, 황진은 쉬이 녹거나 깨지지 않는 얼음산처럼 예리한 빙질을 간직하고 있었다. 장수가 품어 가질 수 있는 여러 자질 중 가장 중요한 것이 철저하고 완전한 자신감이라면, 황진이야말로 온전한 자존심과 자부심의 결정이었다. 그러나 담용이지사야(談容易之事也)라, 그는 『한서(漢書)』 「동방삭전(東方朔傳)」의 교훈대로 말보다 실천이 중요하다는 사실을 잊지 않고 있었다. 그리하여 오직 스스로를 믿고, 믿는 대로 행동하는 그의 자신감은 거만하거나 방자하지 않았다. 마흔네 살, 죽을 사(死)가 겹친다는 삿된 속신조차 그의 앞에서는 딴말이 되었다. 한 번 죽고 다시 죽으면 더욱 크게 살으니, 그는 죽음과 삶을 동시에 믿거나, 믿지 않았다.

겹겹이 일본군의 대부대에 둘러싸인 채로 십만 공격군과 오천 방어군, 바야흐로 이십 배수를 상대로 한 싸움이 일촉즉발의 순간을 맞고 있었다. 등을 돌리고 물러난 이들은 진주성의 패배를 확고부동하게 믿었다. 값없는 헛된 죽음, 스스로 칼을 물고 엎어지는 생죽음이나 다름없다고 하였다. 그리하여 자살에 관여하거나 교사할 수는 없다고 했다.

그러나 정녕 성안의 육만 관민이 선택한 것이 악에 받친 자해였던가. 아무리 불 보듯 뻔한 결말이라 할지라도 절망의 힘으로 싸울 수는 없다. 전세와 전황을 파악하고 있는 이든 무엇이 어찌 돌아가는지 종잡지 못하고 헤매는 이든 마찬가지다. 사금파리처럼 반짝이는 일말의 희망이 없다면, 그 미련하고 어리석은 찰나의 빛조차 없다면 누구도 숨 막히는 고립의 순간을 참아내지 못할 것이었다. 고립은 그야말로 섬뜩한 저주의 말이었다. 어쩌면 패배나 죽음, 그보다 더욱.

따지고 보면 승산이 아주 없는 것만도 아니었다. 일본군과 맞붙어 싸워 조선군이 승리를 거둔 곳은 거의 전부가 수성전이었다. 연안 대첩과 행주 대첩이 그 대표적인 예였다. 예외적으로 곽재우 부대가 유격전과 육박전의 전투 방식을 주로 사용하였으나 조선군은 기본적으로 『손자병법』에서 말하는 견벽청야*를 위주로 한 수성의 전법을 썼다. 버티면서 지키고, 지키면서 뒷일을 도모하는 방식이었다. 조선의 성곽 대부분이 산에 둘러싸이고 사방으로 평야가 내려다보이는 언덕 위에 세워진 이유 또한 정찰과 퇴각을 위해 좋은 장소이기 때문이었다.

임진년 시월의 진주성 전투에서 조선군이 채택한 전략 역시 장기적인 수성전이었다. 그때도 상황은 지금만큼이나 나빴다. 하지만 진주 목사 김시민의 지휘 아래 삼천 군사와 일만 관민이 일사불란하게 맞섰다. 성중의 노약자와 여인들까지 남복을 하여 전투에 나섰고, 이에 곽재우의 경상 의병과 최경회의 전라 의병이 외곽에서 적절히 지원하여 끝내 삼만의 일본군을 물리쳤다. 그런데 왜 모두들 이길 수 없다고만 하는가? 아니, 왜 아무도 이기려고 하지 않는가?

그리하여 그들은 실낱같은 희망이나마 포기하지 않고 필사적으로 성 밖과의 소통을 시도하였다. 함께 죽음의 능선을 넘나들었던 전우들에게, 불철주야 우민(憂民: 백성을 근심함)으로 잠 못 이룬다는 조정에, 삼경(三京)을 잃고서도 아직까지 망하지 않

*견벽청야(堅壁淸野) : 아군의 성은 굳건히 지키되 포기할 곳은 모두 정리하는 초토화 작전.

은 데 큰 의지가 되었다는 황은이 망극한 명군(明軍)에게 쉼 없이 구원 특사를 보내어 외원을 청했다. 하지만 황진의 전갈을 받고 진주성에 들어온 경기 조방장 홍계남과 전라 병사 선거이는 또다시 성을 버리고 퇴각할 것을 주장했다. 노한 김천일이 그들을 쫓아냈다. 같은 날 상주 목사 정기룡과 함께 나타난 명군의 부총병 왕필적은 의뭉하게도 김천일과 수성 작전을 의논하며 성안에서 하룻밤을 보내기까지 하였다.

"남쪽에 큰 강을 끼고 북쪽에 깊은 늪을 등진 천험의 성이니 가히 겨루어 볼 만한 곳이오! 또한 성안의 사람들이 모두 의협심과 절의로 가득하니 내 마땅히 이 위급한 상황을 사방에 알려 함께 구원하러 오겠소이다!"

그러나 대국(大國) 사람다운 호기를 드높이며 철석같이 원병 약속을 하고 나간 왕필적은 끝내 돌아오지 않았다. 일본군은 진주성을 함락하려는 이유가 오로지 복수 때문이라고 둘러댔다. 그러하기에 진주성만 무너뜨린다면 더 이상 조선을 공격할 의도가 없다고 내숭했다. 의심 많기로는 새끼 밴 암고양이 못잖은 명군이 웬일인지 그 말만큼은 신주 믿듯 하였다.

복수의병장 고종후가 지은 절절한 글을 들고 성주에 있는 의승군도대장 유정을 찾아갔던 양산숙 또한 성과 없이 돌아왔다. 유정은 명나라와 일본 사이에 화평 회담이 진행되고 있는 상황에서 중과부적의 싸움을 할 수 없다는 이유로 병력 출동을 거절하였다. 아무런 소득도 없이 허허롭게 돌아오는 길에 진주성은 이미 일본군에게 겹겹이 포위되어 있었다. 양산숙과 함께 나갔던 홍함은 적이 천지에 깔려 있으니 들어갈 수 없다며 말고삐를 채쳐 달아났다.

그러나 어린 날 목사로 부임한 아버지를 따라 진주에서 살았던 기억을 지닌 양산숙은 병주고향* 진주를 저버릴 수 없었다. 그는 말을 버리고 갑옷을 벗고 어둠 속에서 남강에 스며들었다. 떠나는 자와 떠날 수 없는 자. 마흔세 살의 양산숙은 온몸을 부드럽게 쓰다듬는 곤곤한 물결을 헤치며 열 살, 그 꿈으로 벅찼던 아름다운 시절로 갱소년하였다. 아무리 두려워도, 소년은 울며 도망칠 수 없었다.

새벽은 언제나 추웠다. 한여름에도, 한여름에조차. 팽팽하게 켕겼던 힘살이 절로 느즈러지고 꿈마저 틈입하지 못하도록 혼곤하게 숙면해 본 적이 없기 때문일까. 느닷없이 맞을 아침을 두려워하며 조바심으로 눈뜨는 새벽은 꼭 그렇게 차가웠다. 좀처럼 익숙해질 수 없을 것 같은 그 시간에서는 언

*병주고향(竝州故鄉) : 중국 당나라 가도가 병주에 오래 살다가 떠날 때 한 말. 오래 살아서 정든 타향을 고향에 견주어 일컫는 말.

제고 겪어보지 못한 계절의 냄새가 났다. 무언가 타다 꺼지고, 무너지고, 젖는다. 온몸을 단단히 옭매는 추위는 바깥으로부터 오는 아스스한 찬기 때문이 아닌 듯했다. 그것은 뼛속으로부터 척척히 내배었다. 정해진 수순처럼 허기가 지고 왈칵 밑도 끝도 없는 설움이 밀려왔다. 그리하여 항상 스스로 정한 순서로 딱딱 맞부딪는 이를 어금니로부터 사리물었다. 목구멍으로 밀려들어간 신음이 아픈 명치에 닿을 즈음, 비로소 하루를 배겨낼 만큼의 온기가 생겨주었다.

논개는 굳은 몸을 길게 늘여 펴며 자리에서 일어났다. 아직 새벽닭이 울기 전이라 물안개가 자욱한 성안은 적막하였다. 여기저기 흩어져 퍼진 채 끙끙 앓는 소리를 내며 몸을 뒤채는 사람들의 모습이 부드럽고 뭉툭한 안개 속에서 떠도는 넋의 무리 같았다. 한뎃잠을 자는 사람들 사이로 지난밤 피웠던 모닥불이 사위어 희뿌연 재가 분분히 날리고 있었다. 어떻게 해도 실안개처럼 성안의 모든 사람을 몽몽히 감싸고도는 혼돈과 불안정, 긴장과 초조를 가셔낼 길이 없었다. 불안, 그 집요한 빨판을 찰싹 붙여 산 채로 피를 말리는 흡혈마를 떼어낼 방도는 없었다. 이대로 알짬을 통째 앗기기보다는 제 손으로 칼을 들어 환부를 도려내는 편이 나을 듯했다. 차라리 빨리 싸움이 시작되어 주기를.

밤새 몸을 고부라뜨려 새우잠을 잤던 전쟁고아가 잠결에 잿더미를 헤쳐 곱은 맨발을 묻었다. 그 재강아지 같은 형상이 단바람에 논개를 가마득한 그때로 몰아갔다. 나는 업이다. 넨장맞을 이름이지! 봉두난발한 머리칼에 걸레쪽 같은 단벌 무명옷을 걸쳐 입고 논개를 향해 재 묻은 회백색 눈꺼풀을 슴벅이던 아이.

"산홍은 내 기명(妓名)이란다. 가을 산은 삼홍(三紅)이라지. 단풍이 물들어 산홍(山紅)이요, 붉은 잎이 맑은 담소에 비치어 수홍(水紅)이요, 보는 사람 마음도 붉디붉게 물들어 인홍(人紅)이라네!"

다시 만난 업이, 아니 산홍이 오른쪽으로 돌려 입은 치마말기를 단단히 감아쥔 채 발쪽 웃었다. 오랫동안 훈련된 아양과 정교하게 연습된 응석이 간살스러웠다. 살짝 쳐들려 흰자가 많이 뵈는 눈이 백치미를 발하고, 작은 몸피 좁은 어깨에 낭창낭창 잘록한 허리를 강조하는 기생의 복식이 꽤나 잘 어울렸다.

"네 소원대로…… 조비연이 된 것이냐?"

논개의 물음에 산홍은 잠시 멈칫하는가 싶더니 곧 다시 천연덕스런 미소를 지으며 대답하였다.

"그래! 예도옛날 죽은 조비연이 부러울쏘냐? 조선의 기녀를 말하자면 북 평양 남 진주인데, 진주 교방에서도 춤이라면 내가 앞자리를 양보 못하지. 좋은 시절에 만났다면 내가 검무며 포구락이며 굿거리며 진진하게 추어 보여줄 텐데…… 어쩌자고 이런 때 이런 곳에서 널 다시 만나게 되었다니?"

세월이 무섭고도 우스워 뜻밖의 해후상봉에 지난 시간의 괴로운 곡절 따윈 까무룩 잊힌 듯하였다. 하지만 마주칠 때마다 짐짓 태연하게 오가는 눈길이 마냥 정답고 반가울 수만은 없었다. 과거를 안다는 것은 상처를 기억한다는 뜻이다. 금봉채로 단장한 삼단 같은 채머리를 바라보며 손끝을 매작지근하게 적시던 흡혈충의 붉은 피를 떠올리고, 단속곳 너른바지 깨끼적삼과 홑단치마로 살린 옷맵시에서 물동이를 인 천방지축 뺄때추니의 비틀걸음을 생각하고, 겹버선에 당초문이 새겨진 당혜를 신은 모습에서 왕얽이짚신을 꿰어 찬 꽁꽁 얼은 맨발의 기억을 되살린다. 그리고 이제는 용서를 구하기에도 사과를 받기에도 너무 늦어버린 사연까지.

그러나 논개는 산홍에게 관비에서 벗어나 관기가 된 사정을 캐묻지 않았다. 어떻게 무자리에서 양수척이 되었나, 그러기 위해 또 얼마나 타인을 배신하고 스스로까지 속였는가를 따지지 않았다. 마침내 애벌레는 나비가 되어 날아오르고, 오색 영롱한 비늘털로 덮인 그 날개는 흐르는 물에도 젖지 않을지니…… 논개는 산홍을 위해 업이를 잊기로 하였다.

산홍의 자랑대로 진주목의 교방은 풍류와 멋으로 전국에 유명했다. 진주가 내세울 만한 세 가지를 꼽으라면 풍부한 물산과 무성한 대나무, 그와 더불어 아름답고 요염한 기녀들이 남도의 으뜸이랬다. 비봉산 아래 고경리의 객사 서쪽에 자리한 진주 교방은 각종 예기를 익히고 연회를 준비하는 기녀들로 늘 북적거렸다. 각지에서 몰려든 풍류객을 실은 놀잇배들이 남강을 유유히 넘노닐고, 육각의 다담상을 가득 채운 갖은 안주에 이태백의 포도주와 도연명의 국화주를 나누는 권주가가 드높았다.

이 술은 술이 아니오, 도원의 복숭아이리다.
이 술 한 잔을 마시면 천 년 만 년도 영원히 살 수 있으리니!

그러나 도도한 취기로 잊을 수 있는 시간은 잠깐, 현실은 술에서 깨어난 뒤의 지독한 숙취만큼이나 괴로웠다.

전투를 앞두고 성안으로 쫓겨 들어온 기녀들은 혹독한 이중고에 휩싸였다. 전쟁의 원인이 된 지배층의 무능과 부패에 대한 백성들의 원망이 크고 깊은 만큼 그들과 함께 놀이판을 벌였던 기녀들을 향한 천대와 멸시는 야멸치고 박정하였다.

어차피 관기는 정해진 사람의 소유가 될 수 없고 스스로의 의지로 행동할 수 없는 신분이었다. 하지만 아무러한 팔난봉 초친놈에 대한 비난이라도 육전(肉錢 : 화대)을 받고 살꽃을 파는 기녀들을 향한 경멸만은 못하였다. 사람들은 아무리 허랑방탕한 한량과 파락호일지언정 함부로 눈도 마주칠 수 없던 양반들 대신 그들의 노리개요 하룻밤 사랑이었던 기생들에게 침을 뱉었다. 여인 가운데서도 가장 하찮은 여인, 약한 자들 가운데서도 가장 약한 그들은 누구의 책임도 아니었기에 어떤 보호도 기대할 수 없었다.

낭자군을 꾸린 당차고 숫된 아낙들조차 기생들에게만큼은 매몰하고 사막스럽게 굴었다. 관기들은 각 군영에 배치되어 장수들의 시중을 들었다. 이른바 외지에서 온 군관들에게 수발을 바치는 현지처인 방직(房直) 기녀 노릇을 하게 된 셈이었다. 그러니 조석으로 밥상 이바지를 하고 빨래 바라지나마 하려면 낭자군의 아낙들과 섞일 수밖에 없었는데, 그때마다 여인들 사이에서는 팽팽한 신경전이 벌어지곤 하였다.

"산병에 색절편, 생치(꿩 생고기)에 전복만 드시던 아씨에게 거섶* 얹은 밥이 입에 맞으려나 모르겠네! 무릉도원 월세계로 함께 가자며 두 손 맞잡고 맹세하던 단거리 서방, 개구멍서방, 기둥서방은 다 어디로 달

*거섶 : 비빔밥에 섞는 갖은 나물.

아니셨나?"

아낙들은 그간 품어온 은밀한 적의를 거침없이 드러내며 기녀들을 조롱했다. 하지만 누구나 꺾을 수 있는 길가의 버들과 담 밑의 꽃으로 거친 세상의 바람에 단련된 기생들이 그 정도의 힐난에 쉽게 움츠러들 리 없었다. 여염의 아낙들에게 조강지처의 자부심이 있다면 기생들에게는 동기일 때부터 늙은 명기들에게서 배워 익힌 기풍에 대한 자존심이 있었다.

"우리 같은 노류장화는 어려서부터 음탕하고 지조 없는 여인으로 길들여져 왔기에 본래 성품이 허황하고 착실치 못하잖소? 관가의 통리가 와서 부를 때마다 도척 같은 놈이고 청지기고 가리지 않고 지아비를 하나씩 새로 얻다 보니 사내라면 누구나 지아비이고 누운 자리 어디든 붉은 다락 기방이더이다!"

기녀들의 대거리는 자조적이면서 자못 위악적이었다. 기생은 질서도 절제도 제한도 없이 방종하게 불륜을 저지르는 창부이기에 무엇을 위해 어찌 죽어도 정절부인 절도부인이 될 수 없었다. 군자를 더럽히고 나라를 망친 그들은, 그러나 언제나 나라에 의해 알뜰하게 쓰였다. 조선 조정의 구원 요청을 받아들여 참전한 명군이 마구잡이로 양인 여성들을 강간하여 물의를 일으키자 통역을 담당한 역관들은 명군에게 기생을 대어주며 포주 역할까지 하느라 분주했다. 그럼에도 나라는 명분을 앞세워 여전히 머리카락 뒤에서 숨바꼭질하기에 바쁜 지라, 사실이 드러나면 기생들을 성 십 리 밖으로 쫓아내어 그 '비도덕'과 '타락'을 가렸다.

바야흐로 조선군과 일본군이 상대의 동정을 탐색하며 전투 태세를 갖추어가던 때, 늙은 기생 하나가 본영에 찾아와 김천 일을 만나기를 청하였다. 새하얀 은발을 얹은머리 한 노기는 스스로를 진주의 행수기생*이라 밝히고 수성군의 군율에 대해 격렬히 항의하기 시작했다.

"아무리 기녀의 존재 명분이 아내 없는 변방의 군사들을 위한 것이라 해도 이럴 수는 없는 일입니다! 관군들이 무단으로 기녀의 거처에 들어와 겁탈을 하고 달아나는가 하면 밤낮을 가리지 않고 찾아와 술을 청하며 희롱하니, 이것이 어찌 군기가 잡힌 병사들의 행동이겠습니까?"

"뭐라고? 네가 지금 무어라 지껄였느냐? 늙은 계집이 건방지구나! 어찌 한낱 기생의 입에서 군기 운운하는 말이 나온단 말인가?"

김천일은 불쾌한 빛을 감추지 못한 채 기생의 태도를 꾸짖었다. 하지만 행수기생의 결기도 만만치 않았다. 어쨌거나 그녀는 관

*행수기생(行首妓生): 조선 시대 관아의 기생을 통괄하는 우두머리.

군의 행패에 시달리며 괴로움을 겪는 기생들의 대표였다. 행수기생은 김천일의 호령에도 물러서지 않고 다시 세차게 걸고 들었다.

"소첩이 비록 보잘것없는 기생퇴물이지만 그간 보고 듣고 몸으로 겪어 깨달은 것이 있나이다. 아직 싸움은 시작되지도 않았습니다. 그런데 우둔한 눈에도 지난해 싸움과 지극히 다른 양상이 훤히 보이니, 이 어찌 걱정스럽고 통탄할 만한 일이 아니겠습니까?"

"지난 싸움과 이번 싸움이 다르다고? 대체 무엇이 어떻게 다르다는 말이냐?"

"지난해 싸움은 병력이 적었으나 목사 이하 모든 관민이 일심동체로 똘똘 뭉쳤습니다. 성중의 모두가 서로를 형제같이 사랑하고 부모같이 존경하며 모든 명령이 한 곳에서 내려져 군율이 견고히 확립되어 끝내 대적을 물리칠 수 있었습니다. 그런데 지금은 장수가 병사를 모르고 병사는 장수에게 친근하지 못하니 군사가 많아도 통솔이 되지 않는 지경이 아니옵니까? 병사들이 규율을 따르지 않고 횡포를 부리며 풍기를 어지럽히는 것은 군율이 없기 때문입니다. 그러니 이토록 문란한 상태에서 어찌 왜적을 물리칠 수 있겠습니까?"

가칠한 어투에 뻐센 억양의 사투리가 위태로웠다. 행수기생은 단단히 작심하고 온 듯 눈 하나 깜짝 않고 지휘 계통의 난맥까지 지적하였다. 김천일의 낯빛이 붉으락푸르락 하다 못해 싸늘하게 굳어 창백해졌다. 진주 목사 서예원이 성중에 있음에도 불구하고 의병장 김천일이 총지휘를 맡은 것은 불가피한 일이었다. 서예원은 겁에 질려 당황하면 호령을 뒤집기가 일쑤인지라 전투를 지휘하는 중책을 맡길 수가 없었다. 하지만 속사정이야 어쨌든 그 모양새가 좋지 않은 것은 사실이었다. 그리고 실제로 드러나는 무질서보다 더 큰 문제는 김천일과 서예원 사이의 보이지 않는 반목질시였다.

"어쩌자고 싸워보기도 전에 지느니 마느니 민심을 교란하는 허튼소리를 퍼뜨리고 다닌단 말이냐? 이 요망한 계집은 틀림없이 진주 기생을 사칭하는 왜놈들의 간자렷다!"

전쟁은 기만으로 성립하며 병법은 곧 기만전술이니, 싸움터에서는 어느 누구도 온전히 옳거나 그를 수 없다. 순간 번쩍하는 섬광이 허공을 갈랐다. 전쟁은 기만, 생에 대한 극악한 모독이다. 즉전까지도 꼿꼿이 곧추섰던 기생의 모가지가 삽시간에 뎅겅 잘려 바닥으로 떨어졌다. 전술은 기만, 거짓과 참이 교란되고 전도되어 마침내 모든 가치가 의미를 잃는다. 목이 베어 나간 자리에서 검붉은 피가 솟구쳐 사방으로 어지러이 튀었다. 죽음이 마치 거짓말 같았다. 통째 잘려 나간 머리로 흙바닥을 구르는 늙은 기생의 얼굴도 도무지 무슨 일이 벌어졌는지 믿을 수 없다는 표정이었다.

"천한 물건은 깊이 생각할 바가 못 된다!"

곁에 지켜 섰던 장수들이 말릴 틈조차 없이 검을 뽑아 결처해 버린 김천일이 서슬 퍼런 목소리로 외쳤다. 누군가 여인들은 천성적으로 죽음을 가벼이 여긴다고 하였다. 그러나 미천한 신분 비루한 몸일수록 무엇이 처세에 이로운지를 본능으로 안다. 잔생이 보배라! 쾌와 불쾌, 기쁨과 슬픔까지도 아예 모르는 듯 못난 체하는 것이 헐한 목숨이나마 보존하는 길이다. 그런데 행수기생은 자신의 생애를 통틀어 가장 어리석고 미련한 짓을 하였다. 하지만 그녀는 생에 단 한 번, 타산 없이 정직하였다.

노기의 시체는 빠르게 치워졌다. 얼룩진 핏자국은 흙에 덮이고 역한 피비린내는 바람결에 흩어졌다. 그곳에서는 삶마저도 완전한 참이 아니었다. 감쪽같았다.

견아상착*의 경계 태세는 유월 스무하룻날 묘말** 일본군의 기병 이백이 동북쪽 순천산 위에 나타나면서 깨어졌다. 기병들이 요란한 말발굽 소리를 드높이며 성안의 상

*견아상착(犬牙相錯): 서로 엇갈린 채 맞물린 개의 어금니를 뜻하는 말.

**묘말(卯末): 묘시가 끝날 무렵. 오전 일곱 시가 되기 바로 전.

황을 살피고 돌아간 뒤 사초*에 일본군의 대부대가 순천산과 말티고개로부터 성을 향해 밀고 내려왔다. 한 겹, 두 겹, 그리고 다시 한 겹의 삼중 포위였다. 불개미처럼 버글버글 몰려든 무리 사이로 병사들을 독려하는 장수의 은빛 투구와 금가면이 번쩍거렸다. 조선에 건너온 일본군이 모두 진주성으로 집결하였다는 말이 뜬소문이 아닌 듯 부대들이 저마다 앞세운 호기(號旗: 신호기)가 가지각색으로 눈을 현혹하였다. 낯선 형상, 낯선 색채와 소리와 냄새까지가 모두 불길하고 불온한 적의 표식이었다.

그러나 한나절을 대치 상태로 보낸 뒤 일본군이 포위를 풀고 물러나면서 첫날의 전투 아닌 전투는 객쩍게 끝났다. 총한 발, 화살 한 대도 오가지 않았다. 하지만 기이한 정적 속에 긴장도는 더욱 높아졌다.

일본군은 음험하고 영리한 적이었다. 대병력을 이끌어 진주성 인근에 육박하고도 닷새 동안 산발적으로 도발하며 본격적인 공격을 미룬 것은 단순히 성이 험하여 쉽사리 공략할 수 없기 때문이 아니었다. 그들은 성안의 상황을 빈틈없이 파악하고 있었다. 조선군이 보유한 총포와 탄환과 편전**, 부녀자와 아이들까지 모두 타수하여 끌어모은 돌멩이와

*사초(巳初): 사시의 처음. 오전 아홉 시.

*편전(片箭): 총통에 넣고 화약의 힘으로 쏘는 작은 화살.

나무토막들은 엄연히 한계가 있을 터였다. 그러니 성을 포위한 채 양동작전*을 펼치면서 기다리면 성안의 무기를 모두 소진하고 바깥에서 보충할 수도 없는 형편에 이른 조선군은 마침내 어금니 잃은 호랑이 꼴이 되어 자멸하고 말 것이다. 그야말로 입 벌린 채 단잠을 자다가 선반에서 떨어진 보다모치를 얻어먹는 격이다[棚からぼたもち].

밤의 어둠 속에 포위망의 압박은 더한층 생생하였다. 성의 동편 개경원에서 말티고개까지 눈에 띄게 둔친 진(陳)만 셋이었고, 곳곳에 물샐틈없이 배치한 작은 진들이 치밀하게 계산된 고수(高手)의 바둑돌 같았다. 진주성을 둘러싼 사방 오 리(里)가 일본군으로 가득 차 있었다. 그들이 모다 피운 불더미가 나티**의 혓바닥인 양 널름거렸다. 그 불빛에 번들거리는 일본 병사들의 얼굴 또한 핏기 없는 귀면 같았다. 그들은 문보다 무를 숭상하며 출전을 출세의 도구로 여기는 전통에 따라 기세등등하게 바다를 건너왔다. 하지만 일본이 자랑하며 뽐내는 강군은 기실 가혹한 길들임의 산물이었다.

자고이래로 일본의 지배자들이 전쟁의 결과를 수습하는 방식은 참으로 교묘하였다. 참전하였던 병사들을 낱낱이 살피어 얼굴에 상처가 있는 자에게는 상을 주고 등에 상처

*양동작전(陽動作戰) : 소규모의 부대로 시위 공격하여 대공격을 하는 것처럼 위장하는 따위의 속임수 전술.

*나티 : 짐승 모양을 한 귀신.

를 입은 자에게는 벌을 주었다. 또한 패전한 장수는 가차 없이 죽이고 그의 소유인 식읍을 빼앗을뿐더러 그에게 소속되었던 병사들은 아무리 무용이 뛰어나도 절대 다른 장수의 군대에 편입시켜주지 않았다. 그리하여 패배한 자들은 철저히 버림받은 채 부랑자가 되어 떠돌다가 굶어 죽을 수밖에 없었다. 아무도 그들을 돕지 않았다. 세상천지 어디에도 남겨진 자리가 없다는 사실이 그들의 등을 앞으로 앞으로만 떼밀었다. 하라키리[腹切: 할복자살]의 전통이라는 것도 결국 이런 소외와 절망으로부터 빚어진 것이었다. 돌아갈 곳을 아예 소거해 버리는 냉혹한 처사가 전쟁터에서 싸우다가 죽는 일을 영광으로 여긴다는 강한 일본군의 숨겨진 비밀이었다.

이길 수 없는 자는 지키고 이길 수 있는 자는 공격한다. 방어하는 것은 군사력이 부족하기 때문이요 공격하는 것은 군사력이 여유 있기 때문이다. 군형(軍形)에 대한 병법의 해설대로 일본군은 숫자의 우세를 발판 삼아 여유작작하게 공격해 들어왔다. 성의 동쪽에 중점을 두고 작전 계획을 세운 조선군의 허를 찔러 서북쪽 해자를 파고 만든 늪의 물을 빼기 시작했다. 방어를 한다는 것은 땅속에 숨어 하늘의 움직임을 쳐다보는 일과 매한가지니, 조선군은 일본군이 마른 늪에 흙을 져다 메우는 꼴을 속수무책으로 지켜볼 수밖에 없었다. 그런데 더욱 기막힌 것은 그 작업에 동원되어 등짐을 지고 진창을 오가는 이들이 바로 일본군에게 포로로 잡힌 조선 백성들이라는 사실이었다.

지난해 전투에서도 일본군은 수성군을 교란하기 위해 미리 잡아둔 조선 아이들을 이용하였다. 철부지 아이들은 위협에 못 이겨 시키는 대로 소리쳤다.

"서울이 떨어지고 팔도가 무너졌다! 진주성은 새장 속에 들어 있는 새와 같으니 너희들이 어떻게 지키리? 빨리 항복하라! 오늘 저녁에 우리 장수가 오면 너희 장수의 모가지를 장대 끝에 꽂으리라!"

뻣뻣하고 억센 경상도 사투리만이 아니었다. 노긋하고 끈끈한 전라도 사투리와 느리고 숙부드러운 충청도 사투리에 서울말을 비롯한 낯선 북도의 사투리까지, 아이들의 함성에는 팔도의 사투리가 고루 섞여 있었다. 어느 마을에선가 잡혀 온 금자둥이, 누구네 집에선가 납치된 은자둥이가 복숭아 향내 나는 고운 입으로 무슨 뜻인지도 모르는 악담을 목이 터져라 외쳐댔다. '우리' 장수가 '너희' 장수의 목을 따버릴 것이다!

작심하고 일본군의 앞잡이 노릇을 하는 향도들에게는 비난이든 규탄이든 무엇이나 할 수 있을 터이다. 하지만 가락을 넣어 외운 악선전에 저도 모르게 흥이 나 어깨를 들썩이는 어린

애들과, 감시하는 일본군에게 한 번이라도 덜 걷어채이기 위해 망태에 흙을 처담는 어리석은 백성들을 대체 무슨 수로 꾸짖는단 말인가. 집단의 돈한 지배력 속에서 한 사람이 할 수 있는 일과 할 수 없는 일, 해야 할 일과 하지 말아야 할 일 사이에는 과연 얼마만큼의 간극이 있는가?

늪은 점차 메워져 평평탄탄한 대로가 되어갔다. 조선 사람들이 땀 흘려 노동하여 조선 사람들을 죽이러 갈 길을 만들었다. 그 꼴을 지켜보고 섰던 양산숙이 비참하고도 암담한 마음을 감추기 위해 김천일에게 농 아닌 농을 하였다.

"왜적들이 마치 양대수가 개구리 미워하듯 늪을 메웠군요!"

제주 목사 양대수는 성질이 뚝별나서 개구리 우는 소리가 시끄럽다며 관아 앞의 연못을 통째로 메워버렸다고 소문이 나 있었다. 그러나 한편으로 양대수는 의리를 아는 사람인지라 고경명의 요청을 받고 탐라의 명마를 보내어 복수군을 기병으로 만드는 데 크게 일조하였다. 양산숙으로서야 울 수 없으니 웃자고 한 흰소리였지만 차근차근 다져지는 적의 공격로를 바라보는 김천일의 표정은 침울하기만 했다.

이튿날인 유월 스무이튿날, 아침부터 기병 오백이 북산인 비봉산에 출몰한 것을 시작으로 일본군의 본격적인 공격이 시작되었다. 동쪽과 북쪽, 그리고 서쪽에 이르기까지 어느 방향에서든 거침이 없었다. 일본군은 대발과 방패를 들고 조총의 엄호를 받으며 돌진했다. 개경원 산허리와 향교 앞길로부터 밀려든 일본군은 서른 명가량의 희생자를 남기고 일단 물러났다. 하지만 초저녁이 되자 일본군은 다시 긴 사다리와 넓은 사다리를 갖춰 들고 동문을 향해 닥쳐왔다.

"바위를 던져라! 불화살을 쏘아라!"

황진이 진두에서 지휘하여 싸움닭의 며느리발톱처럼 악착같이 성가퀴를 걸고드는 일본군의 사다리를 물리쳤다. 하지만 아무리 넘어뜨리고 불태워도 일본군의 공세는 잦아들지 않았다. 자시*가 가까워 일본군이 다시 도발하니 황진을 비롯한 이종인, 김준민, 강희열 등 모든 장수가 동문에 달라붙어 싸웠다. 대포와 불화살에 맞아 불타는 일본군의 대나무 사다리와 편죽들이 뿜어내는 그을음이 성 안팎에 가득하였다. 매캐한 냇내 속에 마침내 둘째 날의 싸움이 일단락되자 일본군은 성벽 밑에 쌓인 시체조차 수습하지 못하고 물러났다. 하지만 승부가 결정되기엔 아직 멀었다. 조선군 병사들은 단 하루의 싸움으로 기진맥진 파김치가 되어버렸다. 암만 싸우고 암만 죽여도 중과부적이라, 이십 배수를 상대로 한 싸움은 밑 빠진 동이에 물을 붓는 일처럼 허망하였다.

"아무래도 안되겠습니다. 적의 병세가 이

*자시(子時): 밤 열한 시부터 오전 한 시까지.

토록 강성하니 하루를 더 견뎌내지 못할 것 같습니다. 지금이라도 결사의 용사를 성 밖으로 내보내서 지원군을 다시 요청하는 것이 마땅하리라 생각합니다."

호위병 부장 강희보가 김천일을 재촉했다. 김천일로서도 반대할 이유가 없었다. 강희보는 죽음을 각오하고 파견될 구원 특사로 막하의 임우화를 추천하였다. 광양에서 의병을 일으킨 강희보, 강희열 형제를 따라 영호남을 잇는 요충지인 단성*에서 활약한 임우화는 박식한 선비이면서 담력 또한 강했다. 장맛비가 억수같이 쏟아지고 있었다. 임우화는 진주성에 갇힌 장수들과 백성들의 한 가닥 희망을 품어 안고 야음을 틈타 몰래 성을 빠져나갔다.

싸움 사흘째 유월 스무사흗날은 꼭두새벽부터 시끄러웠다. 공격을 시작한 일본군이 부대 간에 호응하기 위해 왜왜 불어대는 새된 호각 소리와 역겨운 고래고함이 흉흉하였다. 조총의 탄환이 소낙비처럼 성안으로 쏟아져 내리기 시작했다. 일본군이 자랑하는 조총은 장전 시간이 길다는 단점을 빼면 가히 최고의 무기라 할 만했다. 요란한 총소리가 벼락같았다. 총상을 입은 조선 병사들이 둥치를 베인 나무처럼 꿍꿍 곤드라졌다. 한순간에 성안은 난장판이 되었다.

*단성: 지금의 경남 산청.　　　"겁먹지 마라! 물러서지 마라! 집중력을

292

잃지 말고 활을 당겨라!"

김천일과 최경회는 북장대와 서장대에서 병사들을 독려하였다. 그런데 서북방의 늪을 매립하여 닦은 길로 벌 떼처럼 몰려오는 일본군의 대열 선두에 낯익은 얼굴 하나가 눈에 띄었다.

"잠깐! 저건 구원사로 파견된 임우화가 아닌가? 임우화가 성을 빠져나가다가 왜놈들에게 잡히고 말았구나! 놈들이 임우화를 잡아 화살받이로 삼았구나!"

성을 나와 오 리도 못 가 나포된 임우화는 쇠밧줄에 포박당한 채 일본군의 공격조 맨 앞에 서 있었다.

"짐승 같은 놈들! 짐승만도 못한 놈들! 우리가 너희를 벌주지 못한다면 하늘이라도 너희를 용서치 않으리라!"

지금껏 생사고락을 함께한 부하가 적의 포로가 되어 아군의 화살에 맞아 죽을 위기에 처한 것을 본 강희보가 피를 토하며 울부짖었다. 임우화를 알아본 조선군이 차마 화살을 쏘지 못하고 멈칫거리자 무작스런 돌림매를 맞아 살범벅이 된 임우화가 번쩍 고개를 쳐들고 소리쳤다.

"어서 활을 당기시오! 화살을 쏘시오! 나를 빨리 죽이시오! 제발 죽여주시오!"

치욕과 절망으로 꿈틀대는 붉은 생귀신이 마지막 기력을 다해 소리쳤다. 비루한 목숨이 절그럭거렸다. 다 큰 사내들이 눈물 콧물을 쏟으며 엉엉 울었다. 강희보가 활시위를 당겼다. 그의 손끝이 파들파들 떨리고 있었다. 화살은 빗나갔다. 아니, 키들키들 잔인한 웃음을 흘리며 임우화의 등을 떠미는 일본 병사의 양미간에 정통으로 명중하였다. 이후로도 일본군은 공격할 때마다 임우화를 화살받이 삼아 앞세웠다. 그 비열한 심리전이 효과를 거두어 성안 병사들의 사기가 크게 떨어졌다.

하지만 조선군은 필사적으로 각다귀처럼 악세게 달려드는 일본군을 떨쳐냈다. 낮에만 세 번 싸워 세 번 물리쳤고, 밤에 다시 네 번 싸워 네 번 물리쳤다.

김천일은 원래 타고난 건강 체질이 아니었다. 어릴 적부터 시시때때로 잔병치레를 하여 불운한 외조모를 고비늙게 하였다. 그럼에도 지금까지 싸움터에서 버텨온 것은 오로지 굳고 곧은 의지와 고집 덕택이었다. 그런데 요 며칠 장마철의 덥고 습한 날씨 속에서 피로를 감내하며 지휘하다 보니 어느덧 몸이 마음을 슬그머니 배신하였다. 급성으로 생긴 습진으로 온몸에 물집과 고름집이 잡혀 가히 보행이 어려울 정도였다. 하지만 걷지 못하면 기어서라도 임무를 수행해야 하리니, 김천일은 가마에 실린 채 밤낮으로 성을 순시하며 병사들을 독전하였다. 다행히 수족과도 같은 양산숙이 궂은일을 도맡아 그를 도왔다.

밀고 밀리는 치열한 공방전 속에서는 한순간도 긴장을 늦출 수가 없었다. 김천일은 신경을 날카롭게 곤두세우고 마음을 바싹 쥔 채 성의 다락에 올라 전투를 지휘했다. 갑옷 아래로 벌겋게 부어올랐다 우둘투둘 부르텄다 딱지가 올랐다 곪아 터지기를 반복하는 살갗이 가렵고 쓰렸다. 긁어 부스럼이려니 누르고 찌르며 잦아들길 기다렸지만, 당장이라도 발작적으로 손톱을 세워 피가 터지도록 긁죽이거나 차라리 환부를 도려내버리고 싶은 심정이었다. 살아 있다는 것 자체가 거대한 고통이었다.

그럼에도 불구하고 운제*를 엉금엉금 기어오는 저 일본 병사와 성가퀴에 몸을 반쯤 걸치고 그를 향해 장창을 휘두르는 조선 병사 사이에는 결코 돌이키지도 맞바꿀 수도 없는 크고 깊은 틈이 있다. 격투에서 이기면 한 목숨이 살고, 지면 다른 한 목숨이 죽는다. 그리하여 그들은 난생처음 만난 낯선 이에 맞서 안간힘을 쓰며 다투고 있다. 누구도 죽고 싶지 않다. 그 알 수 없는 심연으로 빗빠지고 싶지 않다. 살고 싶다. 아무리 그것이 아프고 괴롭더라도, 살아야 한다.

그때였다. 진물진물한 김천일의 눈에 멀리로부터 희끗희끗이 다가오는 것들이 보였다.

"최 병사! 저, 저기 중천에 먼지가 풀썩이

*운제(雲梯): 성을 공격할 때 쓰는 높은 사다리.

는 것이 보이시오? 혹시 우리의 응원군이 달려오는 것이 아니오?"

김천일의 말에 깜짝 놀란 좌우의 장수들이 서로 밀치고 다투면서 성첩으로 몰려갔다. 기쁨을 주체하지 못해 지레 종을 울리는 자까지 있었다.

"저것은……. 우리를 돕기 위해 오는 원군이 아니오. 백리 시야에 가득 찬 것이 모두 왜군이니, 창의사께서 잘못 보셨구려……."

유심히 상황을 살핀 최경회의 대답에 김천일의 안색이 흙빛으로 변했다. 헛것을 보았다. 열망이 넘치고 간절한 마음이 지극하여 기허한 몸이 허깨비에 사로잡혔다. 왕필적은 기어이 구원병을 이끌어 오마 하였는데, 그것만이 남아 있는 유일한 희망일진대. 김천일은 저도 모르게 무거운 한숨을 토하며 구원하지 않는 장수들을 향해 이를 갈았다.

"언제나 이 적을 물리치고 하란진명*의 살점을 씹을 것인가……?!"

지금껏 김천일이 전투에서 화살과 탄약을 아끼지 않은 것은 사나흘만 총력을 기울여 성을 지탱하면 명군이나 관군이나 의병의 지원군이 나타날 것이라는 나름의 계산이 있

*하란진명(賀蘭進明) : 당 숙종 때 하남 절도사였던 하란진명은 적군에게 포위당한 아군 장수 장순이 구원을 청하였으나 장순의 명성과 공적이 자기보다 높은 것을 질투하여 구원하지 않아 회양이 드디어 함락되었다.

었기 때문이었다. 그런데 그 모두가 어리석은 기대, 망령된 집착이었던가. 늪의 물을 말려 도로를 만드는 데 성공한 일본군은 성벽에 줄사다리를 다는 한편 성 밑의 초석을 빼내어 통로를 만들기 시작했다. 이제 그들이 성안으로 밀려드는 건 시간문제였다.

남강의 물결은 눈이 시리도록 푸르고 비봉산의 산안개구름은 한기가 돌도록·희디희었다. 인간 범골이 어찌 한 치 앞 장래를 알겠는가마는, 진주성을 지키는 장수들의 가장 큰 실책은 자신의 순수를 기준으로 삼아 타인을 믿었다는 것이었다. 아무러한 논란과 공박에도 불구하고 설마 임금과 충신과 명장과 우국지사들이 모두 그들을 버리고 등을 돌릴 줄은 꿈에도 생각지 못했던 것이다. 이제 진주성은 누구도 돌아보지 않는 외로운 성이었다. 그리고 그 흐르는 배에 실린 육만 관민은 고스란히 물 밖에 난 고기 신세였다.

무서웠다. 너무 무서워 눈물조차 나오지 않았다. 하늘에서 총알이 우박처럼 쏟아질 때면 절로 오줌을 찔끔찔끔 지렸다. 섬광이 하늘을 가를 때마다 탄환을 맞은 사람들이 단말마의 비명을 지르며 픽픽 쓰러졌다. 눈을 감고 귀를 틀어막아도 숨통이 끊어지는 그 날카로운 고통의 소리, 뿜어 나온 선지피에서 풍기는 역한 비린내를 피할 수가 없었다. 지금까지 죽은 자들만 하루에 꼬박 백 명씩이었다. 시간이 지날수록 그 숫자는 점점 늘어나고 어느덧 병사보다 양민의 사상자가 더 많아졌다.

이제는 아무리 피투성이에 뼈가 부러지고 창자가 비어져 나온 모양새를 보아도 놀랍지 않다. 끙끙 신음이라도 흘리고 있으면 부상자요 그마저 없이 조용하게 엎디어 있으면 송장이다. 앞머리에 머리털이 있으면 조선인이요 앞머리에 뒤통수에만 조금 남은 털이 종이 끈으로 묶여 있으면 일본 병사다. 싸움이 시작된 뒤 하루 이틀은 일본군의 시체에 침을 뱉으며 발길질을 하거나 귀를 베어 훼손하는 이도 눈에 띄더니, 사나흘이 지나자 그마마한 원풀이마저 지친 듯 시체를 보면 건너뛰어 제 갈길 가기에 바쁘다. 병사와 양민, 남자와 여자, 어린애와 노인, 조선인과 일본인이 죽음으로 분별없이 차곡차곡 쌓여 있다. 그런 것이 죽음인지 믿기지 않는다. 그래도 산홍은 여전히 죽는 일이 무서웠다.

싸움 나흘째 유월 스무나흗날에는 일본군이 괴상한 물건을 동원하여 공격해 왔다.

"저것이 대체 무엇인가? 꼭 거북이 새끼처럼 생겨먹었네!"

"이순신 장군이 사천 앞바다에서 왜놈들을 몰살한 천하무

적 거북선을 본떠 만든 모양이네. 잔나비들이 흉내질의 명수라더니 왜놈들이 꼭 그 짝이로구먼!"

그것은 돌돌돌 네 바퀴를 굴려 다가왔다. 사륜차 위에는 튼튼한 나무 궤짝이 올려 있고 궤짝 밖에는 소가죽이 수백 매 둘러씌워져 있었다. 전진할 때에는 나무 궤짝 속에 든 역사(力士)들이 손으로 밀어 나아가고, 후진할 때는 꼬리처럼 딸린 강삭*을 뒤에서 끌었다. 꼭대기 부분이 거북 껍데기처럼 구부러져 있기에 '귀갑차(龜甲車)'라는 별칭으로 불리는 그것은 짐작대로 일본군 장수 가토와 구로다가 이순신의 거북선을 모방하여 만든 공성 기구였다.

수십 개의 사다리를 달고 성벽을 기어오르는 적병들만도 버거운 차에 괴상망측하게 생긴 귀갑차의 등장은 성안 사람들을 경악케 하였다. 사실인즉 진주성 안에는 그것을 격파할 화기가 없었다. 웬만한 화살이나 탄환은 거죽을 친친 감싼 질긴 쇠가죽에 맞아 맥없이 튕겨 나왔다. 작년 싸움에는 화포인 질려포와 군기시의 화포장(火砲匠) 이장손이 만든 폭탄인 비격진천뢰라도 있었는데 이번에는 그마저 거의 없었다.

김천일이 그토록 명군의 구원을 기다렸던 까닭도 여기에 있었다. 어쨌거나 일본군의 신무기에 맞겨룰 만한 것은 명나라의 무기들

*강삭(鋼索) : 여러 가닥의 강철 철사를 합쳐 꼬아 만든 줄.

뿐이었다. 불랑기포, 대장군포, 자모포, 연주포, 호준포, 한 개의 모총 안에 세 개의 자총이 있어서 세 명이 총 하나를 조작하도록 되어 있는 불랑기총까지. 부러웠다. 아쉬웠다. 명군이 보유한 그것들이라면 수적인 열세를 극복하고 수성전을 벌이는 데 더없이 위력적일 것이었다. 하지만 그 모든 주먹셈이 깨진 그릇 이 맞추고 죽은 자식 불알 만지는 꼴이다. 쿵쿵 거북차가 성벽을 뚫기 위해 돌진해 올 때마다 둔탁한 진동에 명치 끝이 결렸다. 저승의 차사가 연해 달음질하여 다가오는 듯 온몸의 털끝이 쭈뼛하였다.

기어이 진주 목사가 경질되었다. 서예원은 연일 계속되는 전투에 얼이 나가 제대로 눈도 뜨지 못한 채 숨을 곳만 찾아다녔다. 감찰 나온 중앙의 관리들에게 주연을 베풀고 접대를 할 때에는 그처럼 꺼드럭거리며 호기만발하더니, 며칠 전 밤에는 장수들이 다 동문으로 몰려가 싸우는 와중에 혼자 통시에 숨어 있는 꼴을 설사병 걸린 아이에게 들키기까지 하였다. 김천일과 최경회가 상의하여 임시로 세운 진주 목사는 전(前) 사천 현감 장윤이었다. 장윤은 팔 척 신장에 용력이 뛰어난 무인으로 전라 좌의병장 임계영의 부장으로 출전하여 성주성을 회복하는 데 공을 세운 맹장이었다. 성안의 장졸들이 그제야 안심하며 환호하였다.

그러나 한편에는 성의 주장이 제구실을 못해서야 백성들이 누구를 믿고 따를 수 있을 것인지를 불안해하는 사람들이 있었다. 이제 진주성을 지키는 장병은 거개가 호남에서 온 이들이니 그들의 충정을 의심하며 성의 통솔이 '남'의 손에 들어갔다고 불평을 하였다.

─허수아비를 걷어치운 게 그리 열 내며 불평할 일인가? 허재비(경상 방언)와 허새비(전라 방언)가 무엇이 어떻게 다르다고? 지겨워라! 당장 내일 총 맞고 뒈질 지경에도 경상도가 어쩌고 전라도가 어쩌고, 사내가 어쩌고 계집이 어쩌고, 양반이 어쩌고 상놈이 어쩌고!

산홍은 그 와중에도 편을 갈라 따지고 탄질하는 사람들과 그 사람들에게 여전히 지긋지긋해하는 자신에게 치를 떨었다. 진절머리가 났다. 신물이 올라왔다. 아무도 믿을 수 없고 어떤 말도 곧이곧대로 들리지 않는다. 이놈의 전쟁도 지겹고 사람도 지겹다. 아아, 이제는 사는 일마저 지겹다.

"도와주세요! 함께합시다! 다치거나 병들지 않았다면 조금이라도 기력을 내어 무기로 쓸 만한 것을 준비합시다. 주장대와 방장, 민가의 개와 멍석까지도 다 쓸모가 있을 거예요. 조금만, 조금만 더 힘을 냅시다!"

그런데 도무지 이해할 수 없는 일이다. 무슨 힘으로 논개는 저토록 지치지도 않고 성중을 쏘다니는가? 일단 하겠다고 마음먹으면 궂은일 마다않고 살손을 붙이는 성미야 어릴 적부터 유명했지만, 도대체 무엇을 바라며 이 난리판에 뛰어들어 고역을 자초하는지 참말로 알 수가 없다. 최경회 어르신의 부실이 되었다고, 논개는 언뜻 부끄러운 미소와 함께 실토하였다. 옷고름을 만지작거리는 그녀의 손은 벼슬양반의 별방(別房) 마나님답지 않게 여전히 거칠고 투박했다.

그러나 산홍은 남몰래 논개를 비웃었다. 아니, 그 잘난 사랑이란 것을 비웃었다. 기생이 된 뒤로 지금까지 노래하느니 사랑이요 듣고 보느니 사랑놀이다. 계랑이, 천금이, 홍랑이, 가련이, 추월이와 연홍이가 다 사랑에 울고 웃었다. 옥골선풍 선달님과의 정분이 점점 엷어져가는 것을 서러워하던 운심이 년이 석 자 세 치 수건에 목을 매어 서까래에 대롱대롱 매달린 꼴도 보았다. 사랑은 가을바람의 새털처럼 가볍고 축 늘어진 송장은 오달지게 무거웠다. 도대체 사랑이 뭣이관데? 그것이 주려 뒤틀리는 배를 채워줄 수 있는가, 뼈가 바수어질 듯한 고된 노동의 괴로움을 달래줄 수 있는가? 그토록 쉽게 변하여 사라질 것이라면 애초부터 하지 않는 편이 현명하지 않은가.

한 토막으로 들어갔다 두 토막이 되어 나온 행수기생의 시신을 앞에 두고 진주 기생들은 넋이 나갔다. 산홍은 데면데면

한 평소 성격대로 호들갑스레 울며 기절하거나 발작을 일으키진 않았지만 기실 행수기생의 죽음으로 그녀가 받은 충격은 누구보다 컸다. 산홍이 처음 기생이 되어 교방에 들었을 때 행수기생은 벌써 서른 살이 넘은 퇴기였다. 퇴기가 되면 돈 많은 영감탱이 하나 잡아 소실이 되거나 은근짜가 되어 몸을 팔며 생계를 유지하는 것이 보통인데 코머리*가 되어 교방에 남을 정도면 보통의 깜냥은 아닐 터였다. 무엇보다 행수기생은 가무와 풍악을 알고 기예를 중시하였다. 서화에 젬병인 데다 대단한 미색도 아닌 산홍이 교방에 차고앉을 수 있었던 것도 그녀의 춤을 높이 평가한 행수기생 덕택이었다.

하지만 그처럼 강한 자존심으로 예인(藝人)의 품위를 지키려 애쓰던 행수기생도 사랑 앞에서는 턱없이 약하기만 했다. 둥흥동 동지동당, 그녀가 타는 거문고 소리만 들으면 천년의 피로 만년의 근심이 풀린다며 온갖 달콤한 말을 다 퍼붓던 정인이 문득 이별의 말조차 없이 떠나버리니, 그 상심이 얼마나 컸던지 행수기생의 풍성했던 머리채는 하루아침에 재를 뒤집어쓴 듯 은발이 되어버리고 말았다.

"에나, 놀랄 일도 아니다. 기생에게는 나이 사십에 칠십 노파처럼 호호백발이 되는 일이 쌔벌렸다! 매착 없는 정분에 미쳐 이별가를 부르며 슬퍼하

*코머리: 고을 관아에 속한 기생의 우두머리.

다가도 일월이 흐르면 또 다른 사람을 만나 지난 일을 까맣게 잊고 다시 염정에 빠져 허우적거리는 것이 기생 팔자가 아니 겠나? 거듭되는 이별이 독이 되어 쌓이니 목석이 아니라면 어찌 늙지 않고 배겨내겠나?"

정에 휘둘리며 눈물이나 쥐어짜고 살 바에야 차라리 야멸치고 이악스럽게 사는 편이 낫다. 산홍은 입술을 깨물며 다짐하였다. 동가식서가숙한 옛날이야기 속의 중국 계집은 생각할수록 영리하고 야물다. 끼니는 재물이 많고 음식이 훌륭한 동쪽 집에서 해결하고, 잠자리는 아름다운 사내가 있는 서쪽 집에서 해결한다! 일정한 거처가 없이 떠돌면 좀 어떤가? 역려건곤(逆旅乾坤)이리니 고작해야 여관같이 머물렀다 떠나기에 족한 이 세상, 사람들의 눈총을 받고 손가락질을 당하는 게 무어 그리 두려울쏘냐.

전쟁은 고달프지만 재수 없이 죽지만 않으면 크게 손해날 일도 아니다. 조선 놈이면 어떻고 일본 놈이면 또 어떤가? 어차피 천민 관기는 나라로부터 사람대접조차 변변히 받은 적이 없기에 나라를 위해 무언가를 할 의무도 책임도 없다. 강상 죄인에 화냥년이라 불리며 죽은 어미도, 천한 물건에 값없는 노리개인 주제에 가당찮게 나라 걱정을 한 행수기생도 다 어리석다. 사랑에 속기보다는 차라리 그 사랑을 조롱할 것이다.

낮이 밤처럼 어두웠다. 한 줄기 바람조차 없었다. 모든 것이 고인 채 흐르지 않았다. 끈끈한 땀이 거미줄처럼 얼굴을 덮었다. 습기를 머금은 것들이 퀴퀴한 냄새를 뿜어냈다. 어디선가 무언가 부글부글 끓으며 썩어가고 있었다. 그나마 위로가 되는 일은 억수 같던 장대비가 가만한 부슬비로 변했다는 것이었다. 이미 흠뻑 젖은 사람들이 다시 소리 없이 젖어갔다.

싸움은 벌써 닷새째로 접어들어 공격군이나 수성군이나 인명 피해가 극심하건만 조선군의 수가 나날이 줄어드는 반면 일본군의 수는 도리어 늘어났다. 일본군은 사상자로 숫자가 줄어든 만큼, 아니 그 이상 병력을 보충하고 증강하였다. 유월 스무닷샛날, 일본군은 동문 밖 삼십 보가량 되는 곳에 흙을 쌓아 언덕을 만들고 그 위에 높은 망루를 세웠다. 그리고 망루에서 성안을 내려다보며 공격하니 포탄과 총알이 빗방울과 한데 엉켜 쏟아졌다.

"고지대를 장악당해서는 불리하다. 우리도 성안에 흙산을 쌓아 대응하자!"

동문에서 지휘하던 황진이 행호령하였다. 하지만 개미 떼같이 몰려들어 대번에 흙산을 만들어낸 일본군과 응전하는 틈틈이 흙을 져 날라야 하는 조선군의 형편이 같을 수 없었다. 머리 위로 솟은 망루에서는 연신 총탄이 쏟아져 내리고 꽃다운 목숨, 아까운 병사들이 맥없이 쓰러졌다. 발치를 적시는 붉은 비, 피 섞인 빗물을 바라보던 황진의 고개가 반짝 칩떠올랐다.

"네깟 놈들이 하는 일을 우리라고 못할쏘냐? 너희들이 머릿 수로 밀어붙인다면 우리는 일당백, 일당천이 되어 맞서리라!"

황진이 아드득 이를 갈며 갑옷과 투구를 훌훌 벗어 던졌다. 그리고 병사들 속으로, 백성들 속으로 뛰어들었다.

바위를 파서 걸머졌다. 그 차갑고 단단한 돌의 무게에 등 이 휘었다. 차라리 등뼈가 바수어졌으면 좋겠다. 후회와 자탄 은 쪼개지거나 부서지지도 않는다. 그때 더 강하게 항의했어 야 했다. 황진은 두 해 전 통신사 황윤길을 따라 일본에 다녀 왔던 때를 떠올린다. 그때 그는 미구에 일본이 내침할 것을 예 상했지만 임금은 김성일의 낙관론을 받아들여 지방에 내렸던 방비령까지 철폐하였다. 그때 목숨이 위태롭다고 말리는 주위 사람들을 뿌리치고서라도 본 대로 느끼는 대로 상소했어야 했다. 조금 먼저 죽는 일을 꺼리지 말았어야 했다.

흙을 파서 망태 가득 내리다진다. 뼈마디가 옥죄며 허물이 벗겨진 어깨가 쓰리다. 죽으면 이 아픔까지 다 사라질 것이다. 이미 한 번 죽었다 살아난 것이나 다름없으니 모르기에 두려 워할 까닭마저 없다. 지난해 권율을 좇아 이치에서 싸울 때 황진은 선봉에 서서 용전하던 중 조총 세 발을 이마에 맞았다. 번쩍, 눈앞에서 불꽃이 튀었다 이내 스러졌다. 그리고 암흑, 모든 것이 깜깜절벽 아래로 꺼져버렸다. 적의 선발대에게 밀리지 않아야 할 텐데, 배후 복병들의 교란에 속지 말아야 할 텐데, 마지막까지 꺼둘리던 생각마저도 한순간에 까무룩 잊혔다. 아프지 않았다. 괴롭지도 않았다. 죽음의 문턱은 의외로 비탈 없이 넓고 평평했다. 아주 조금쯤은 슬펐던가? 그런 감정의 사치를 누릴 겨를조차 없이 황진은 기적적으로 기절 상태에서 깨어났다. 더 쓰일 곳이 남아 있으니 아직 죽을 때가 아니었던가 보았다.

의관을 벗어 던진 황진이 몸소 돌과 흙을 나르는 모습을 본 성안의 백성들은 처음에는 놀랐다가 나중에는 북받치는 감격을 주체하지 못하였다. 뒷짐을 지고 지켜 섰던 사내들과 발만 동동 구르던 아낙들이 달려들었다. 곧 숨이 넘어갈 듯 가르랑가르랑 가래를 끓이던 노인들까지 비척걸음으로 다가들었다. 아이들의 고사리 손, 새순같이 여린 그것들까지 뒤를 받쳤다. 하늘이 울고 있었다. 독기를 뿜어내며 흙을 파고 돌을 캐는 땅의 사람들도 울고 있었다.

미친 듯했다. 모두들 미쳐버린 것 같았다. 산홍은 밤새도록 목 놓아 울며 흙산을 만들어가는 성안의 남녀노소를 바라보며 전율하였다. 삽과 괭이가 없으면 맨손으로 팠다. 그들도 미처 감지하지 못했던 무서운 힘에 등을 떠밀린 듯, 손톱이 너덜거리고 피가 뿜어 나올 때까지 일손을 멈추지 않았다. 죽음을 모르는 것이 아니다. 다만 잊는 것이다. 아직 살아 있는 사람들 곁에서 온기를 느끼며 배릿한 삶의 냄새를 맡는 동안 죽음은 잠시 유예된다. 그 어둠살, 냉하고 맵고 독한 기운을 이길 수 있는 것은 오직 삶의 열기뿐이다. 산홍은 땀에 젖어 찰싹 달라붙은 저고리 위로 무럭무럭 더운 김을 뿜어내는 사내의 등판을 본다. 너르고, 짠하다.

아무도 사랑하지 않는 사람은 무례해진다. 예의를 지킬 필요가 없으니 마음껏 비겁해지고 마음껏 만용을 부리게 된다. 그것은 참된 용기와는 전혀 다른 기만의 숨은싸움이다. 행수기생이 머리통과 몸통으로 나뉘어져 실려 나온 밤, 산홍은 수발을 맡은 장수가 머무르는 군영의 막사에 가만히 숨어들었다. 벗어부친 속옷가지에서는 알싸한 사향내가 났다. 생전에 행수기생은 누누이 일렀다. 기생은 무엇보다 속곳이 깨끗하고 육향이 좋아야 한다고. 난리판에도 그 말을 잊지 않고 산홍은 매일매일 속속곳을 갈아입었다.

"이게…… 대체 무슨 짓이냐?"

장수는 불쑥 나타나 알몸을 드러낸 기생 앞에서 당황하여 외쳤다. 그들이 그녀들에게 원하는 것은 결국 이것이 아니던가? 그러하기에 이것이 그녀들의 유일한 무기다. 뒤에서는 치마를 들치고 앞에서는 목을 치는 사내들의 위선, 남편의 성을 좇아 김부인 이실인(室人) 따위로 불리며 정조와 절개에 목을 매는 계집들의 우둔, 그에 맞설 수 있는 천한 창기들의 무기는 오직 알몸뚱이 하나뿐이다. 능멸당하는 만큼 요분질하며 능멸하리라. 모욕받는 만큼 교성을 높여 모욕하리라.

그런데 산홍의 농염한 알몸을 물끄러미 바라보는 장수의 눈길이 뜨거워지기보다 점점 차가워졌다.

"어디서 무슨 명을 받고 왔는지는 알 수 없으나 내게는 아무런 용무가 없으니 어서 옷가지를 수습하여 나가라. 곧 싸움이 시작될 것이다. 필시 화공전이 있을 터이니 초가에 머무르지 말 것이며, 총알이 쏟아지면 우왕좌왕하기보단 한곳에 숨어 피하도록 하라."

꽃을 보면 꺾고 싶은 것이 인지상정이요 열 계집 마다하는 사내 없다는 말이 만고불변의 참인 줄만 알았다. 행여 목석같은 사람이라 야단을 치거나 불호령을 내린대도 크게 놀라지는 않았을 것이다. 하지만 산홍은 낮고 냉정한 말투로 물러갈 것을 명하면서도 덧붙여 자신의 안전을 걱정해 주는 장수에게 허를 찔린 듯한 느낌이었다. 그는 대체 누구란 말인가? 지금껏 알아온 그 뻔한 사내들과 무엇이 어떻게 다른 사람인가?

산이 솟는다. 불신과 냉소와 실의와 절망으로 딴딴히 다져진 사람들 사이에 불쑥, 그 사람들이 하나로 뭉쳐 만든 산이 솟는다. 어둑새벽 안개비 속에 거짓말처럼 솟구친 그것을 보고 성안 사람 모두가 자기의 눈을 의심하였다.

"우리가 해냈다! 굼벵이도 밟으면 꿈틀하고 경상우도 참새는 죽어도 짹 한댔다! 우리 손으로 왜놈들에게 대항할 흙산을 만들었다!"

그들은 오기의 눈물을 닦으며 또다시 감동의 눈물을 흘렸다. 산은 그들의 마음속에 우뚝하였다.

흙산 위에 우물 정(井) 자의 망루를 세우고 현자총통을 놓았다. 대포알이 날아가 일본군의 망루를 부숴버렸다. 그럼에도 악착같은 일본군은 다시 망루를 만들었다. 만들면 부수고 부수면 다시 만들었다. 세 번 싸워 세 번 물리쳤다. 다시 네 번 싸워 네 번 물리쳤다.

동문에서 가열한 전투가 벌어지는 사이 일본군 정예병 하나가 서북쪽으로 기어올라왔다. 예상치 못했던 기습에 그곳을 지키던 병사들이 당황하여 도망치기 시작했다. 그 광경을 본 황진이 대검을 빼어 들고 비호처럼 달려가며 소리쳤다.

"물러서지 마라! 오늘 이 자리가 바로 내가 죽을 곳이다!"

바람을 안고 달렸다. 그는 역방향으로 가길 두려워하지 않았다. 죽음을 피해 도망치기보다 죽음을 마중하러 앞서 나갔다. 칼날이 번득일 때마다 적병의 목이 베어지고 어깨가 토막났다. 그제야 물러섰던 조선 병사들이 다시 모여들어 성벽을 기어오르는 적군을 물리쳤다. 큰 지혜가 있는 자는 졸한 듯하고 깊이 취한 사람일수록 말을 아끼니, 진실로 용맹한 자는 기상으로 타인의 두려움을 구하지 아니한다고 하였던가.

줄곧 그 한 사람의 모습을 따라 쫓던 산홍의 눈이 무심코 자신의 손을 내려다보았을 때, 섬섬옥수 열 손가락 손톱 밑에는 홀린 듯 들린 듯 저도 모르게 파헤친 검은 흙뭉치가 들이껴 있었다. 속손톱에 난 진집보다, 마음이 더 아렸다.

치미-무덤

전투와 전투 사이, 꿈과 꿈 사이, 숨결과 숨결 사이, 문득 아득한 시간을 느낀다. 열아홉 번째 맞는 여름이다. 태양과 폭염, 그리고 장마와 폭풍의 계절. 입하와 소만과 망종을 넘어 하지와 소서와 대서를 지나면 입추와 함께 여름이 스러진다. 초여름에 피었던 모란과 장미가 한여름에 석류와 백일홍과 능소화로 바뀌고, 꽃이 지면 시절이 간다. 무언들 허무하지 않으랴? 설니홍조(雪泥鴻爪)라, 소동파는 인생이란 결국 눈밭에 남은 기러기의 발자국 같다고 노래하였다. 요란스런 날갯짓, 어지러운 발자국도 눈과 함께 녹아 사라진다. 한여름에 멀고 희미한 한겨울의 꿈을 꾼다. 분분히 날리는 재가 눈발 같다. 기러기는 어디로 날아갔을까? 스무 살이 정녕 아쉽지 않다.

고립무원의 진주성, 아무도 돌아보지 않는 외로운 배는 바야흐로 풍랑에 휩쓸리고 암초에 부딪혀 침몰할 운명에 처해 있었다.

아성(亞聖) 맹자는 말했다.

"하늘의 이치를 따르는 자는 살아남고 그것을 거스르는 자는 망할 것이다[順天者存 逆天者亡]."

성을 비우고 멀리 도망치는 것만이 살길이었을까? 몸을 낮추어 순순히 하늘의 이치와 땅의 법도를 따르는 일이었을까? 값없는 개죽음을 당할 것이다. 흔적도 없이 사라질 것이다. 허망하고 또 허망하게.

그러나 도가의 시조인 노자는 이렇게 말하였다.

"스스로 드러내지 않으므로 오히려 널리 드러나고, 스스로 뽐내지 않으므로 오히려 오래도록 기억된다[不自見故明 不自矜故長]."

모두가 모두에게 인정받고 칭송되길 원한다. 하지만 누구도 누군가를 납득시키고 이해시키기 위해 살 수는 없다. 그들이 싸워 지키고자 하는 것은 진주성만이 아니었다. 그들을 향해 사납게 달려드는 것 역시 적군의 공격이나 침략만이 아니었다.

싸움 엿새째 유월 스무엿샛날, 일본군은 한층 괴이쩍은 모양새로 공격해 왔다. 일본 병사들은 각자 짐승의 생가죽을 덮어씌운 나무 궤짝을 짊어진 채 달려와 성벽에 들러붙었다. 그리고 나무 궤짝을 방패 삼아 조선군이 쏘아대는 총알과 화살을 막으며 쥐새끼처럼 약빠르게 성을 헐었다.

"돌을 굴려라! 활과 총통을 쏘아라!"

조선군은 죽을힘을 다해 일본군의 공격에 맞섰다. 천둥 같은 굉음 속에 바윗돌이 구르고 철환과 화살이 빗발처럼 내리꽂혔다. 일본 병사들은 조선군의 역공에 밀려 서로 짓밟고 밀치면서 달아났지만 한 부대가 후퇴하면 새로운 부대가 교체되어 투입되었다. 이제 수성군은 병사와 난민, 남녀노소의 구분이 아예 사라졌다. 모두가 손에 잡히는 대로 던지고 내리쏟고 들이부었다. 짚을 태워 던지고 끓는 물을 퍼부으며 기와지붕이 알머리가 되도록 닥치는 대로 돌과 불을 던졌다. 그야말로 죽기 살기의 필사적인 몸부림이었다.

격렬한 저항에 잠시 주춤했던 일본군은 다시 동문 밖에 큰 기둥 두 개를 세우고 그 위에 뚝딱뚝딱 판잣집을 짓더니 그 안에서 불화살을 쏘기 시작했다. 성안에는 초가가 많은지라 불 달린 화살을 맞은 집들이 삽시간에 타오르기 시작했다. 불꽃과 연기에 휩싸인 성중은 생지옥이었다. 구석에 쌓여 썩어가던 시체들이 지글지글 누린내를 풍기며 익어가고, 불바다에

놀라 광증을 일으킨 사람들이 비명을 지르며 맨발로 검부잿
불 위를 뛰어다녔다.

"불을 끕시다! 물을, 어서 물을 길어 나릅시다! 우물까지 줄
을 대면 훨씬 일손이 오를 거예요!"

논개는 우물의 뚜껑을 젖히고 연신 두레박을 끌어올리며
외쳤다. 미련하대도 어쩔 수가 없다. 불을 끄는 것은 물뿐이다.
쪼개질 듯 아프던 정수리와 출렁이며 눈을 가리던 물기에도
두레박줄만은 놓칠 수 없었다. 그것이 생존, 미리 앞지를 수도
나중으로 미룰 수도 없는 그 순간의 오롯한 진실이기 때문이
었다.

낭자군이 앞장서 물을 긷자 누가 시키지도 않았는데 난민
들이 다투어 물동이를 가져다 불구덩이에 던졌다. 그사이 황
진은 재빨리 성안에 같은 높이의 판잣집을 만들고 그 안에서
총통과 포를 쏘아 일본군의 판잣집을 부수었다.

와아, 조선군의 목쉰 함성이 검은 구름으로 뒤덮인 하늘에
닿는 순간 후드득후드득 성긴 빗방울이 잇따라 떨어지기 시작
했다. 소나기였다. 조선 백성들을 이대로 불타 죽게 할 수 없다
는 하늘의 감응이었을까? 하지만 계란유골*
이라더니 성안의 화재를 잠재운 소나기는 짧
은 행운이자 또 다른 불운의 시작이었다. 빗

*계란유골(鷄卵有骨) : 달걀에
도 뼈가 있다. 운수가 나쁜 사
람은 모처럼 좋은 기회를 만나
도 역시 일이 잘 안 된다는 뜻.

물에 젖은 화살은 궁시가 풀어져 활력이 줄어들었고 연일 싸움에 시달린 병사들은 다습한 일기에 더욱 피비해졌다.

일본군은 이런 조선군의 허점을 놓치지 않았다. 흑풍이 휘몰아치는 가운데 세차게 쏟아지는 빗줄기를 뚫고 일본군 선발대가 성 한쪽 모퉁이의 무너진 틈을 타고 기어올라왔다. 그곳을 막고 있던 거제 현령 김준민이 다급히 부하들을 일으켜 기습에 맞섰다. 칼과 칼, 창과 창, 몸과 몸이 부딪혔다. 제일선에서 싸우는 김준민의 온몸이 검붉은 피로 물들었다. 창으로 찌르고 쑤시기를 계속하니 창이 부러졌다. 부러진 창을 내던지고 칼을 잡아 치고 또 치니 칼이 부서졌다. 부서진 칼을 버리고 맨주먹으로 달려들었다.

김준민은 변방에서 여진족과 맞서 싸우며 무공을 쌓아온 무인이었다. 그는 전쟁 초기 경상 우수영의 모든 장수들이 진을 비우고 도망쳤을 때에도 홀로 성을 지키며 외로운 투쟁을 벌인 바 있었다. 애초에 고분고분 가라면 가고 오라면 오는 골샌님이 아니었다. 그래서 김준민의 상관이었던 원균은 그를 간사하다며 비난하였고 이순신까지도 그를 해괴하다고 평가하였다. 그러나 서얼 출신으로 온갖 차별과 멸시 속에 잔뼈를 키워온 김준민은 힘이 다해 쓰러질 때까지 싸우다가 죽음으로써 자신의 가치를 증명하였다. 불손하고 괴팍한 첩의 자식은 단 한 번도 자신에게 다정하지 않았던 땅을 부둥켜안고 죽어 갔다.

적군은 물러갔지만 용장 김준민을 잃은 장졸들의 슬픔은 가실 줄을 몰랐다. 장수가 죽었다. 응원군에 대한 희망은 완전히 사라졌다. 자포자기의 심정에 빠진 병사들과 백성들은 할 말을 잃었다. 위태로운 침묵이 맴도는 성안에 빗소리만이 소소하였다.

유월 스무이렛날 싸움 이레째, 일본군은 동문과 서문 밖에 언덕 다섯 개를 쌓고 대나무를 엮어 방책을 세웠다. 그리고 그 방책 뒤에 숨어 성안을 향해 조총을 쏘아대니 짧은 순간 삼백 명이 죽어나갔다. 또한 귀갑차가 다시 동원되어 철갑을 쓴 정병 수십 명이 차를 밀어서 성벽 밑까지 접근했다. 쿵쿵, 철추가 성벽에 구멍을 뚫는 소리가 요란하였다.

잊어라, 잊어버려라. 고향을 잊고, 부모를 잊고, 자신마저 잊어라. 내가 없고 네가 없으니, 오직 우리와 적이 있을 뿐이다. 승리와 패배를 모두 잊어라. 삶을 잊고, 죽음까지도 잊어라.

김해 부사 이종인이 강궁을 당겼다. 힘으로는 성안에서 최고 자리를 양보 못할 그였다. 연거푸 다섯 명의 적병이 그의 화살에 꿰뚫려 죽었다. 수성군은 황진의 지휘로 기름 묻힌 섶에 불을 붙여 동시에 귀갑차를 향해 던졌다. 궤짝에 든 공격군이 모두 타 죽었다. 조선군 장수들이 며칠 동안 머리를 맞대고 고안한 귀갑차 퇴치법이 실효를 거두었다.

그러나 묵은 체증이 내린 듯 후련한 찰나도 잠시, 강희열의 애끓는 통곡 소리가 귓전을 때렸다. 귀갑차를 쳐부수려 맨 앞에서 활을 쏘던 도탄의복 대장 강희보가 조총에 맞아 전사하고 만 것이었다. 강희보는 임우화가 적군의 포로로 잡힌 뒤 더욱 몸을 돌보지 않고 맹렬히 싸웠다. 부하를 잃은 괴로움과 복수심, 그리고 전술의 실패로 아군의 사기를 떨어뜨렸다는 죄책감 때문이었다. 죽음으로 마음의 빚을 갚은 강희보의 시신을 앞에 두고 강희열은 낯선 거리에서 형의 손을 놓쳐버린 아이처럼 목 놓아 서럽게 울고 있었다.

술초*에 대사지 연못 끝 신북문으로 접근했다가 이종인에게 막혀 물러간 일본군이 이날 밤 사령관 우키타의 이름으로 편지를 보내왔다.

"성안의 백성들을 한꺼번에 도살하는 것은 참혹한 일이다. 장수 한 사람만 이쪽으로 보내어 강화를 청하면 성안의 군사와 백성들은 생명을 보전할 수 있을 것이다. 강화할 뜻이 있으면 전립을 벗어서 표시하라!"

하지만 아무리 다급해도 야수의 음험한 손을 덥석 맞잡을 수는 없었다. 지난 이레 동

*술초(戌初): 술시의 첫 무렵. 오후 일곱시.

318

안의 싸움을 통해 일본군의 기만전술은 더욱 명백해졌다. 그들은 전투력이 없는 양민의 숫자가 병사보다 열 곱절에 달하는 진주성을 사면에서 포위하고도 모자라 인근 고을의 요해처가 될 만한 산과 골짜기마다 병사들을 매복하여 외원을 막았다. 그리고 진주성을 손바닥 안의 손금 들여다보듯 파악한 상태에서 치밀하고 집요한 보복전을 펼쳤다. 지금 무기를 버리고 성문을 열어 항복한다면 과연 백성들의 목숨을 보장할 것인가?

일본군이 철수한 한성은 거대한 무덤이었다. 남대문 밖은 시체로 뒤덮였고 시구문 밖에도 성보다 몇 발이나 높은 시체의 산이 쌓였다. 일본 병사들에게도 전쟁은 끔찍하고 지긋지긋했다. 하지만 그들은 전쟁에 대한 염증을 죄 없는 민간인들을 학살하는 것으로 풀었다. 신뢰는 사람과 사람 사이에나 가능한 것이었다. 이미 귀축이 되어버린 침략자에게는 무엇도 믿고 기대할 수 없었다.

김천일이 답신하였다.

"우리는 오직 싸우다 죽을 각오뿐이다. 그러나 명심하라. 이제 곧 명의 군사 삼십만이 추격하여 너희들을 모조리 죽여버리고 하나도 남기지 않을 것이다!"

공허한 으름장이었다. 그러나 두 얼굴을 가진 일본군에게 동정질을 하느니 헛된 희망을 고집하는 편이 나았다. 그러자 항복을 거부하는 수성군을 향해 일본 병사들은 바지를 까 내리고 엉덩짝을 두드리며 소리쳤다.

"명나라 장수들은 이미 모두 물러갔다. 너희들은 이제 독 안에 든 쥐 꼴이다!"

그들의 말이 옳을지 모른다. 지금 조선군은 천하고 비루한 일본 병사들에게까지 조롱당하며 비웃음을 사기에 맞춤한 형편이다. 하지만 돛이 찢기고 널은 꺼져 검푸른 물이 콸콸 쳐들어올지라도 그들은 배를 버릴 수가 없다. 코앞에 바싹 다가와 얼씬거리는 죽음의 큰 물결을 거부할 방도가 없다. 그것을 인정하고 부둥켜안을 도리밖에 어떠한 선택도 남아 있지 않다. 성안의 장졸 백성들은 뜨거운 눈물을 삼키며 마지막 분전의 결의를 되새겼다. 오직 스스로의 힘으로, 죽음으로 진주성을 지킬 것이다.

젖은 옷을 입은 채로 잠들었다 깨어난 것처럼 최후의 예감은 축축하고 퀴퀴했다. 성안의 길짐승들조차 징조를 깨달은 듯 마구발방하며 밤낮없이 울었다. 불안으로 흔들리는 눈망울들, 핏줄 속의 피톨이 꿀렁꿀렁 출렁였다. 숨이 멎으면 어떠할까? 누구도 그 생각으로부터 자유로울 수가 없었다. 죽는다는 건 어떤 것일까? 그러나 삶과 죽음, 존재함과 존재하지 않음에 대해 곱씹을수록 그것은 더욱 알 수 없는 무엇이 되어갔다.

모든 것이 지워진다. 숨을 놓는 순간부터 육신은 썩어들기 시작하고 몸의 주인이 가졌던 생각과 감정은 먹이를 향해 달려오는 벼룩파리와 개미 떼보다 더 빨리 사라진다. 그야말로 흙처럼 말라 티끌같이 없어진다. 살아가는 동안은 안간힘을 쓰며 부귀와 영화, 행복과 안락을 좇아 남을 밀어젖히고 앞서 나가려 발버둥 친다. 갖고픈 것, 먹고픈 것, 입고픈 것, 누리고픈 것도 참으로 많다. 하지만 왕후장상도 필부필부도 천뜨기 불상놈까지도 죽음에 대해 바라는 것은 오직 한 가지다. 늙어 죽는 것. 아프지 말고, 고요히 시간을 따라 사라지는 것.

"……너는 죽는 게 무섭지 않으냐?"

잠시 전선이 소강상태에 들어 깨다 만 바위 위에 걸터앉은 채 한숨을 돌리고 있는 논개에게 산홍이 물었다.

"모르겠다. 그게 뭔지 잘 모르겠다."

"하루에도 수백이 픽픽 죽어나가고 천지 사방에 보이느니 송장인데 어찌 그걸 모른다는 게냐?"

"그게 어디 몰라서 당하고 알아서 피할 일이더냐? 천하의 명의 편작(扁鵲)도 죽음은 어찌할 수 없다지만, 죽을 약 곁에는 살 약이 있다지 않느냐? 오직 죽기를 각오하고 싸울 수밖에, 지금 할 수 있는 일이 대체 무엇이겠니……?"

"참말로 논개 너는 아무리 이해하려도 이해할 수가 없다. 어쩌자고 제 발로 이 불구덩이에 뛰어들었느냐? 나야 진주 교방의 관기이니 어쩔 수 없었다 치더라도, 너는 장수의 안전한 골짜기에서 전화를 피할 수 있지 않았느냐?"

여전한 산홍의 악악*에 입술을 감쳐물고 앉았던 논개가 나직이 대답하였다.

"전쟁의 재난과 죽음에 대한 두려움보다도 애별**이 더 고통스러우니, 마땅히 함께 살고 함께 죽어야지 않겠느냐?"

그녀의 검은 눈동자가 익애***의 빛으로 반짝이고 있었다. 또다시 사랑이라고! 그러나 산홍은 평소처럼 비식대며 콧방귀를 뀔 수가 없었다. 여전히 이해하고 싶지 않지만, 어쩌면 이해할 수밖에 없을지도 모른다. 죽음을 목전에 두자 사람이 사람에게 할 수 있는 일은 거개 사라졌다. 금덩이 은덩이를 손에 쥐여주고 능라 주단으로 옷을 지어 바친대도 얼마나 기쁘고 얼마나 즐거우랴. 기대와 바람 때문에 더욱 독하고 질기던 비난과 불평마저 의미를 잃었다. 그저 할 수 있는 일이라곤 서로를 향해 희미하게 웃는 것이 전부

*악악(諤諤) : 거리낌 없이 바로 집어 말함.

**애별(愛別) : 사랑하는 사람과 헤어짐.

***익애(溺愛) : 함빡 빠져 심히 사랑함.

였다. 슬픔 속에서 슬픔을 향해 미소 지을 뿐이었다. 악다구니를 부리며 행짜를 놓던 도철*까지도 얼마간 시무룩이 잦아들었다. 성안에 괴괴한 정적은 단지 체념과 절망이 아니라 순순한 응대이자 어렴풋한 깨달음이기도 하였다.

산홍의 눈길이 다시금 그의 일거수일투족을 따라 좇는다. 용감한 사람, 맹렬한 사람, 그 밖에 풀어 설명할 여지마저 남기지 않는 냉정하고도 정백한 사람.

병서에서는 장수의 기질에 따라 지장(智將)과 신장(信將)과 인장(仁將)과 용장(勇將)과 엄장(嚴將)을 나누어 말한다. 황진은 문종 임금 때의 이석정을 이어 장필무와 함께 당대의 명궁으로 이름이 높았다. 통신사를 따라 일본에 갔을 때에는 활쏘기 실력을 자랑하는 일본 무사들 앞에서 화살 두 개를 연발로 쏘아 두 마리의 새를 떨어뜨리니 그들이 놀라 더 이상 거드름을 빼지 못했다. 지금도 선두에서 활을 쏘는 황진에게 서너 명의 병사가 번갈아 화살을 건네주는 역할을 하고 있는데, 그 빠르기를 감당하느라 일손이 째었다. 그는 검술사 나가이의 도장에서 침략의 기운을 감지하고 돌아와 동복현 협선루에서 전쟁을 대비하며 무술을 닦았다. 비록 나라로부터 인정받지 못한 지략이었으나 그는 누구보다 정확히 정세를 파악하였다. 또한 곽재우의 만류를

*도철(饕餮): 재물과 음식을 몹시 탐내는 사람.

뿌리칠 때 그가 내세운 명분은 김천일과의 약속이었으니 믿음과 의리야말로 그의 신앙이었다.

그렇다고 하여 마냥 거칠고 억센 무장이 아니었음은 그에게 은혜를 입은 숫백성들이 생생히 기억한다. 왜적에 대항할 흙산을 쌓는 일에 솔선수범한 것은 우연한 충동이 아니었다. 현감이 되어 다스리던 동복현에 홍수가 났을 때 그는 관창*하는 사람들을 제치고 살여울에 뛰어들어 허우적거리며 떠내려가던 노파를 구해냈다. 그때 노파는 물에 빠진 사람 구해냈더니 보따리 내놓으란다는 속담을 증명이라도 하듯 황진에게 "저기 떠내려가는 내 표주박마저 건져주오!"라고 간청하여 모두를 폭소하게 하였다던가.

남을 위한 희생이야말로 배워 훈련될 수 있는 덕목이 아니었다. 높은 벼슬과 신분이 보장하는 것도 아니었다. 오직 스스로를 완전히 믿고 긍정하는 운명애, 그로부터 거연히 뿜어난 참된 용기가 그를 불구덩이에서든 물구덩이에서든 변함없이 강하게 했다. 그곳에는 사사로운 욕심과 삿된 계산이 깃들 여지가 없었다. 누구보다 자신에게 엄격한 그는 숱한 이국의 진기물을 다 뿌리친 채 보검 두 자루만을 샀고, 적국에서 산 그 칼로 지금 적을 베어 무찌르고 있었다.

*관창(觀漲): 홍수가 난 것을 구경함.

"실로 황진 장군은 하늘이 이 나라에 주신

맹장이로다! 그런 만큼 마음이 더욱 아프다. 어쩌다 이 맹장을 잃지 않을까, 두려움으로 가슴이 옥죄어든다."

황진의 기지와 용전에 감탄한 진주 선비 하명은 성벽에 기대어 쓴 일기에 그렇게 적었다. 진주성 안의 모든 이들의 마음이, 산홍의 마음이 그와 같았다.

"식사를 대령했습니다. 많이 드십시오."

그러나 정작 그에게 할 수 있는 말은, 그를 위해 할 수 있는 일은 너무 적었다. 작작한 일패*로서만이 아니라 그 교명**이 인근에 짜하던 산홍이 그의 앞에서만은 아무런 아양도 교태도 부릴 수가 없었다. 간드러진 콧소리 대신 존경과 흠모가 깃든 공손한 목소리는 산홍 자신의 귀에조차 남의 것인 양 낯설었다.

"수고가 많구나. 고맙다."

그 한마디가 전부였으나 그 한마디가 무엇보다 느꺼웠다. 바라는 것이 없기 때문일까. 아무런 보상 없이, 원하는 것도 없이.

알랑거리며 눈웃음을 치면 금가락지와 옥비녀가 주어지고, 허리를 비틀며 간살을 떨면 기생이라면 모두가 탐내는 방물인 창포 가루 한 됫박이 떨어졌다. 화류계의 사랑이

*일패(一牌): 노래와 춤과 풍류로 업을 삼던 기생.

**교명(嬌名): 기생이나 창녀가 교태로 난 명성.

란 오로지 교환할 수 있는 어떤 것, 주고받고 사고팔 수 있는 무엇이었다. 어차피 장사 웃덮기다. 팔 물건을 진열할 때에는 좋고 성한 것을 겉에다 놓고 못난 것은 밑에 깔아 숨기기 마련이다. 심지어 산홍은 열다섯 살에 화초머리를 얹을 때에도 앙큼하게 속임수를 썼다. 알부자로 소문난 함안의 박 첨지에게 거듭 술을 권해 인사불성이 되게 하고는 도화(월경)의 흔적을 원앙금침에 남겨 파과*를 위장하였다. 그들이 믿는 순결, 그들이 바라는 처녀라면 몇 번이라도 거듭해 연기할 수 있었다.

그럼에도 양심의 가책 따위는 느껴본 적이 없었다. 어차피 깨끗하고 더러운 것 모두가 거짓이다. 사랑하고 사랑하지 않는 것까지도 눈속임이다. 후회 같은 건 하지 않는다. 뒤돌아보며 곱씹지 않는다. 과거는 지우고 미래는 그리지 않으며 오직 아침에 태어난 하루살이처럼 그날 저녁까지를 생의 전부로 삼는다. 그저 가끔 지독한 숙취에 일찍 눈뜬 어둑새벽, 바닥에 배를 깔고 누운 채 깔깔하게 마른입을 다시며 생각할 뿐이었다. 나는 왜 하필이면 사람으로 태어났을까? 나무나 바위였다면 어땠을까, 새나 바람이었다면 또 어땠을까?

"서쪽 성이 뚫렸다! 왜놈들이 간밤에 몰래 서쪽 성벽에 구멍을 뚫었다!"

*파과(破瓜): 성교에 의하여 처녀막이 터짐.

유월 스무여드레, 또다시 여덟째 날의 싸

움이 시작되었다. 서예원이 방비를 맡은 서쪽 성벽에 구멍이 뚫렸다는 소식을 듣고 황진은 지친 몸을 벌떡 일으켰다. 잠시의 지체도 없이 그곳을 향해 달려가는 황진의 뒷모습을 바라보며 산홍은 온몸을 부르르 떨었다. 골수에 사무치는 그것은 쓰라린 후회였다. 사람에게 잡힌 사향노루가 배꼽의 향내 때문에 잡혔다며 제 배꼽을 물어뜯듯, 그러나 이미 훼손된 순수는 돌이킬 수 없었다. 교만과 방종과 음란, 그리고 거짓된 사랑을 심판하는 것은 사람들의 이목이나 엄숙한 제도가 아니었다. 오직 사랑만이 사랑을 제재하였다. 사랑만이 사랑에 상처 입고 위악을 부리는 방탕아를 정화하였다.

사랑은 부박하다. 짧고, 가볍다. 그러나 사람들은 기어이 그 찰나의 착각에 꺼둘린다. 그래도 사랑할 수밖에 없고 사랑해야만 하리니, 다른 누군가를 사랑하고서야 비로소 자신의 참모습을 깨닫는다. 사랑하는 사람을 통해 자기를 본다. 어쩌면 실재보다도 더 자신다운 허상을 본다. 사랑은 진실과 가장 많이 닮은 거짓이다. 그래서 사람들은 필사적으로 사랑하고야 만다.

서쪽 성벽은 지난밤 서예원이 야간 방비를 제대로 하지 않아 일본군에 의해 뚫려 거의 무너질 지경이었다. 분노하여 펄펄 뛰며 서예원의 무능과 태만을 욕하는 이종인을 가까스로 진정시키고 황진은 전열을 정비해 일본군의 공격에 대비하였다. 날이 밝자 짐작한 대로 일본군이 성 아래까지 육박해 들어왔다. 미리 준비했던 화살과 바위, 총통과 불뭉치를 한꺼번에 날렸다. 첫 격돌에서 예상 밖의 성과가 있었다. 일시에 죽은 일본군 병사가 수백 명에 달하는 데다가 적장까지 한 명 쏘아 죽였다. 조선군도 마찬가지지만 특히 일본군은 장수가 죽으면 크게 전의를 잃고 흩어지는지라, 황진은 성루에 올라 성 아래를 내려다보며 기뻐 말하였다.

"적군의 시체가 호 속에 가득 찬 것을 보니 오늘 싸움에서 죽은 적이 천여 명은 족히 되겠구나! 위태로운 지경을 넘기고 대승을 거두었도다!"

바로 그때였다.

탕―!

한 방의 날카로운 총성이 적막을 깨고 울려 퍼졌다. 모든 움직임이 순간 정지하였다. 모두의 숨이 일순 멎은 것만 같았다. 그 아슬아슬한 정적 속으로 수많은 상흔을 갑옷 아래 감춘 채 늘 강건하던 황진의 몸이 균형을 잃고 허물어졌다. 둔탁한 소리와 함께 그의 뒤통수가 흙바닥에 부딪쳤다. 이종인이 달려가 몸을 흔들어보았으나 이미 황진은 숨이 끊겨 있었다. 유언 한마디 남길 틈이 없었다. 총알이 관통한 왼쪽 이마에서

옻빛처럼 검붉은 피가 솟구쳐 흘렀다. 성 밑의 시체 속에 잠복해 있던 일본 병사가 위를 향해 쏜 조총의 탄환이 나무판자에 튕겨서 그의 이마를 명중한 것이었다. 절명한 황진의 손에는 여전히 대검이 움켜쥐어져 있었고 그 칼끝은 적진을 가리키고 있었다.

"황 병사! 황 병사! 어찌 이리 허망하게 가신단 말이오! 이럴 순 없소! 정녕 이럴 수는 없소이다!"

황진의 시신을 끌어안은 이종인이 하늘을 우러러 울부짖었다. 성안의 장졸과 백성들이 모두 땅을 치며 통곡하였다. 지혜와 믿음과 어짊과 용맹과 위엄의 자질을 모두 갖춘 최고의 장수, 성안의 사람들에게 사랑과 존경을 담뿍 받았던 뜨거운 사내가 죽었다. 황진이 최후를 맞은 서쪽 성벽은 생전에 그가 하루에 한 번씩 물끄러미 바라보곤 하던 곳이었다. 의령에 모였던 오만 명, 아니 그중 일만 명이라도 족할 터인데. 지금이라도 원군이 달려와 적의 배후를 치고 부산과 진주 사이 삼 백 리에 걸친 양도(糧道: 군량을 나르는 길)를 몇 군데만 끊어주어도 적은 보름을 넘기지 못하고 후퇴할 것인데……. 그는 끝까지 패배를 작정하거나 준비하지 않았다.

그 밤에는 비가 내렸다. 진혼의 예처럼 조용히 내리는 빗속을 뚫고 산홍은 생귀신의 꼴로 황진의 시신을 염한 삼밭을 향해 달려갔다.

　죽어서 잊어야 하랴, 살아서 잊어야 하랴?
　죽어서 잊기도 어렵고, 살아서 그리워하기도 어려워라…….

　죽음을 두려워하고 삶을 아쉬워하는 까닭은 인간이별 앞에
더 이상 사랑할 수 없기 때문이다. 사랑할 시간이 남아 있지
않아서, 더 사랑하지 못해서. 산홍은 평양 기생 매화의 한시를
떠올리며 너무 늦게 찾아와 너무 빨리 떠난 사랑을 위해 오오
래 소리 죽여 울었다.

　황진의 죽음으로 진주성이 깊은 슬픔과 절망에 빠진 날, 나
고야의 도요토미 히데요시는 협상을 위해 일본에 왔다가 돌
아가는 명나라 사신에게 들려 보낼 문서를 구술하고 있었다.
도요토미는 만일 명나라가 화평을 서약한다면 선봉군을 파견
하여 앞서 '토벌'한 땅을 명나라와 분할하여 서울과 네 개의
도를 조선에 반환할 것이라고 선심을 썼다. 또한 네 개의 도는
이미 '반환'하였으니 그 대신 조선의 왕자와 대신들을 인질로
보내라고 주장하였다. 명나라 사신들은 사십여 일 만에 지루

한 협상을 끝내고 마침내 본국으로 돌아가게 되었다는 사실에 들떠 있었다. 자타가 인정하는 세상의 중심인 중국이 '변두리 나라'와 '바다 나라'의 싸움에 휘말려 굳이 피를 흘릴 이유가 없었다.

한편 조선 조정에서는 한성을 점령했던 일본군에 의해 파괴된 선릉(宣陵)과 정릉(靖陵)을 정비하여 복원하느라 구각유말*이 한창이었다. 머리터럭이 다 빠지고 콧등은 깨져 이지러지고 낯가죽은 녹아 없어진 '옥체'를 두고 늙은 후궁과 나인과 구신(舊臣)들이 모두 불려 나와 진위를 가리느라 법석이었다. 헤아릴 수조차 없는 백성들이 죽어나가고 수많은 촌락이 폐허가 되어도 예삿일인 양 의연하던 조정 대신들이 왕릉이 도굴되었다는 보고에 대성통곡하며 호들갑을 피웠다. 의관 예악을 가진 문화민족이 단발문신의 야만 풍속을 가진 왜적에게 이백 년을 지켜온 종묘사직을 훼손당했다며 분기탱천하여 벌벌 떨었다. 그것이 바로 그들의 충성심이었다. 임금을 위한, 나라를 위한, 성스럽고 위대하옵신 왕조의 해골들을 위한 애국충정이었다.

너무나 많은 죽음을 보았다. 고작 보름, 한 달 서른 날의 반절밖에 되지 않는 시간 동안 삶의 굴우물의 밑바닥까지 보아버렸다. 민간

*구각유말(口角流沫) : 입가에서 거품이 흐른다. 의논이나 논쟁을 몹시 심하게 하는 모양.

에서는 사람을 보려면 다만 그 후반을 보라고 하였다. 명명백백히 예정된 것 앞에서 사람은 심지와 본바탕을 고스란히 드러낸다. 누군가는 비열해지고, 누군가는 의연해지고, 누군가는 나약해지고, 누군가는 용감해진다. 하지만 모두가 하나같이 죽음 앞에 무력하다. 피할 수 없고 돌이킬 수 없기에 그것을 깨닫는 순간 더할 수 없이 끔찍하게 외로워진다.

죽음이 무서운가, 홀로 그것과 맞대면하는 고독이 더 두려운가.

"……어리석은 일이었다. 어쩌자고 사지까지 함께 들어왔단 말인가? 따라온 너도, 너를 말리지 못한 나도 어리석었다."

최경회의 목소리는 침착했으나 그 눈빛에는 숨길 수 없는 회한이 가득하였다. 논개는 북받치는 설움을 이기지 못해 고개를 떨어뜨렸다.

"사람이라면 누구라도 어리석지 않습니까? 성인(聖人)이 아니라면 누구라도 어리석음을 면한 채 세상을 떠날 수 있겠습니까?"

자긋자긋 깨문 입술에서 배릿한 피가 느껴진다. 아픔으로 슬픔을 누른다. 그에게 눈물을 보이고 싶지 않다. 담양에서 장수에서 헤어졌을 때처럼 어디서라도 곧 다시 만날 듯 웃으며 작별 인사를 나누고 싶다.

"내가 정녕 너를 아꼈다면 날개를 달아주어야 하지 않았겠느냐? 너를 내 좁은 새장에 가두기보다 훨훨 날아가도록 추썩여야 옳지 않았겠느냐?"

"아닙니다! 아닙니다. 어르신은 한 번도 소첩을 가두고 옭매지 않았습니다. 제가 이짐을 썼습니다. 욕심을 부리고 고집을 피웠습니다!"

기어이 논개의 눈에서 후드득 눈물이 떨어졌다.

"내게야 일없다. 술꾼이 술집에서 죽고 노름꾼이 노름판에서 죽는 것은 쉽게 얻을 수 없는 행운이리라. 생애 전부를 걸고 몰두했던 일이 마침내 최후가 되는 것이야말로 얼마나 기쁘고 흔연한가. 그러니 장수에게 마혁과시*는 광영이요 행복이다. 나는 슬프지도 억울하지도 않다. 살던 방식대로 죽을 수 있으니 복되고 감사하다. 하지만……."

논개를 바라보는 최경회의 눈빛이 자욱해진다. 살아온 연한이야말로 논개를 이해하거나 설명하기에 가장 변변찮은 근거일 테지만, 어쨌거나 그녀는 스무 살, 죽기에 너무 이른 나이다.

"논개야!"

"네……."

"내 마지막 부탁을 들어주겠느냐?"

"어떠한 당부이신지, 소첩이 감당할 수 있

***마혁과시(馬革裹屍)**: 말가죽으로 시체를 싼다는 뜻으로, 전쟁터에서 죽음.

는 일이라면 무엇이든 꺼리오리까?"

"이것이야말로 의병장도 병마절도사도 아닌 일개 필부로서의 사사로운 당부이니라. 바야흐로 결전의 때가 목전에 닥쳐오니, 내게 남은 걱정이라곤 네 목숨조차 내 힘으로 보장할 수 없다는 것뿐이구나. 그러나 너는 아직 젊고 어떤 여인보다 강하고 검질기니 환란 속에서도 기어이 한 목숨을 보존할 수 있으리라."

최경회가 눈물 젖은 논개의 손을 가만히 끌어 잡았다. 스무 해 동안 고된 운명을 스스로 일구어온 굵은 손마디가 뭉클하였다. 다른 맵시는 빠질 데가 없음에도 유달리 손매가 투박한 것은 어린 날부터 험한 노동에 시달려온 탓이었다. 데거친 손에는 흑염소가 최고라고, 언젠가 여막에 상식을 바치러 온 큰 아주머니가 하는 소리를 들은 기억이 난다. 그 와중에도 거친 손에 좋은 보양제가 있다는 말에 귀가 번쩍 띄는 것이 자못 민망하였으나, 천 가지 종류의 풀을 먹은 흑염소에다 만 가지 종류의 꽃에서 모은 꿀을 넣고 고아서 만들었다는 천초만화탕(千草萬花湯)의 이름만은 생생히 기억한다. 천 가지 풀과 만 가지 꽃, 그것들이 피고 지기까지의 아득한 시간.

"살아다오. 부디, 살아남아 다오!"

최경회가 논개에게 마지막으로 남긴 것은 한 점 거짓 없는 진정의 유촉(遺囑)이었다. 그러나 논개는 아무 대답이 없었다.

목숨을 보존하겠노라는 다짐 대신 논개는 챙겨 온 침으로 최경회의 등에 천천히 바늘땀을 두기 시작했다. 눈물 한 방울에 피 한 방울. 따끔따끔 침이 살갗을 파고들어 그들만의 표식을 새기는 동안 논개의 흰 비단 손수건은 상처에서 흘러나온 피로 붉게 물들어갔다.

육신과 혼백, 사람과 귀신을 나누어 생각하지 않는 유교에서는 낯선 곳에서 죽음을 맞음으로써 본래 태어난 땅에 묻히지 못함을 가장 큰 재앙으로 생각하였다. 그리하여 전장에서 죽은 병사의 무명지를 끊어 돌아가 가족에게 전하는 것이 망자와 유족에 대한 예의요 도리였다. 넷째 손가락 한 토막이 아들을, 남편을, 형제를 잃은 사람들의 마지막 위안이었다. 그 한 토막이라도 영혼의 집인 무덤에 안치하면 떠돌던 넋이 돌아와 쉴 거처를 찾는다고 하였다. 모두가 간절히 그 평화의 약조를 믿었다.

숱한 사랑만큼이나 많은 이별이 있었다. 무명지라도 끊어와 고향 땅에 묻으려면 전쟁터에 쌓인 시신들 중에서 그이가 바로 그이라는 징표가 필요했다. 그리하여 전쟁터로 떠나는 남편과의 마지막 밤, 아내는 남편의 등에 바늘로 자기만이 알수 있는 표식을 새기고 그 흐르는 피를 흰 치마에 받아놓았다. 아무리 정화수를 떠놓고 비손을 하여도 사람의 목숨은 정녕코 사람의 몫이 아니었다. 하지만 행여 하늘의 무심함으로 전사 소식이 전해온다 하더라도 황야를 떠도는 객귀를 고향으로 인도할 최후의 방법이 남아 있었다. 유족들은 징표에 의해 시신을 확인하거나 그도 못하면 지난날 흘린 피를 받아두었던 치마로 관을 채우고 무덤을 올렸다. 치마무덤은 사랑의 무덤이었다. 그러나 흰 치마를 물들인 사랑의 붉은 기억만큼은 깊은 땅속에서도 영원히 썩지 않을 것이었다.

논개가 말없이 묵묵한 등을 향해 물었다.

─당신에게는 사랑이 생의 유일한 실수일지 모르지요. 오욕이거나 과오일지도 모르지요. 어쩌다가 그런 실수를 저지르고 마셨나요?

최경회의 너른 등이 침묵으로 답했다.

─걱정 마라. 성인이 되지 못할 바에야 가장 잡스러운 범인으로 사는 편이 낫지 않은가? 너를 사랑하게 된 것이 실수였다면 그건 내 생애 최고의 실수였다. 달갑고 갸륵한 실수였다…….

마음껏 어리석고 끝내 어리석을 수 있어서 행복하였다. 충(忠)도 좋고 용(勇)도 좋을 것이다. 인(仁)도 좋고 경(敬)도 좋고 애(愛)라도 물론 좋을 것이다. 그러나 논개가 최경회의 등에

망설임 없이 새겨 넣은 글자는 의(義), 모든 진정한 것들의 마지막 이름이었다.

마침내 싸움 아흐레째인 유월 스무아흐렛날이 밝았다. 최경회는 서예원을 황진의 전사로 공백이 된 순성장 자리에 임명하였다. 서예원의 실책으로 성벽이 뚫리는 바람에 황진이 전사하고 말았다는 비난이 거세니 후임이 되어 스스로 명예를 회복하라는 최경회 나름의 배려였다. 하지만 검둥개는 더운 물로 목욕하든 찬물로 목욕하든 검둥개일 수밖에 없는 모양이었다.

"애고애고, 아이고머니! 이를 어쩌나, 이를 어쩐단 말인가?"

서예원은 그 마지막 기회마저 감당할 깜냥이 없었다. 겁에 질려 정신이 반쯤 나간 서예원은 전립까지 벗어 던진 채 말을 타고 질질 짜며 성내를 돌아다녔다. 장수가 전립을 벗고 나오면 강화사로 보아주겠다는 일본군의 항복 권유 편지를 따르려는가?

"천하에 저런 못난 사람이 있나? 저 꼴로 영내를 돌아다니면 군사들이 모두 놀라 흔들리지 않겠는가?"

격노한 최경회가 당장이라도 목을 칠 기세로 요검을 움켜잡았다. 하지만 최경회는 김천일과 적이나 달랐다. 체면이고 품위고 다 벗어젖힌 서예원의 꼬락서니는 군기를 문란하게 할 소지가 다분했지만, 그 비굴하고 왜소한 모습을 보노라니 한편으로 허탈감과 슬픔이 느껴졌다.

─사람이라면 누구라도 어리석지 않습니까?

그 말이 옳다. 사람이기에 비겁하고 사람이기에 죽음 앞에서 본능적으로 뒷걸음질할 수밖에 없다. 황진의 죽음 이후 수성군은 크게 동요하였고 패배가 자명하다는 위기감이 팽배하면서 성을 넘고 남강에 뛰어들어 도망치는 피난민이 점점 늘어났다. 하지만 죽음을 피해 도망쳐도 살길은 요원하였다. 남강의 불어난 물살에 빠져 죽는 이가 절반, 용케 모래톱에 닿았으나 일본군에 잡혀 살해되는 이가 절반이었다. 최경회와 김천일은 그 아비규환, 삶과 죽음의 참혹한 아우성을 지켜보며 피눈물을 흘렸다.

최경회는 서예원의 머리를 베는 대신 그에게 내렸던 임무를 거두고 장윤을 진주 목사로 임명하였다. 누리고 피울 권세라곤 없이 맡아 진 임무만 무거운 전란 중의 벼슬. 하지만 새로 진주 목사가 된 장윤은 그마저도 오래 배기지 못한 채 성을 돌아보던 도중 탄환에 맞아 숨을 거두었다. 이제 마흔을 갓 넘은 장윤은 본래 벼슬 운이 없었고 벼슬 욕심 또한 없었다.

팔 척 장신에 무용이 뛰어났음에도 그 성미가 대차 권력가들에게 빌붙길 거부했기에 서른이 넘어서야 무과에 급제하였다. 그는 다루기에 녹록치 않은 목곧이였을망정 공정하고 명쾌한 장수였다.

그러나 이제는 누군가의 죽음을 애도할 여유조차 없었다. 장윤의 전사 이후 성안의 지휘 체계는 무너져 사실상 작전 수행이 불가능한 것이나 다름없었다. 때를 놓치지 않고 일본군은 이날을 최종일로 삼아 총공세를 퍼부었다. 귀갑차 세 대가 동문 성벽으로 돌진해 왔다. 남은 돌과 불화살을 모두 쏟아부었다. 그럼에도 일본군은 후퇴하지 않고 쇠로 만든 지렛대를 이용해 성곽의 밑돌들을 뽑아내었다. 정오를 지나 폭우가 쏟아지기 시작했다. 마침내 비에 젖은 동문의 성벽과 성가퀴가 무너졌다.

대항할 무기가 없었다. 지휘관도 없었다. 뚫린 성벽을 돌파해 일본군이 쳐들어왔다. 가토 부대의 장수인 모리모토[森本義太夫]와 이다[飯田覺兵衛], 구로다 부대의 고토[後藤基次]와 노무라[野村太郎兵衛]와 호리[堀久七]가 앞장섰다. 그리고 그들을 따라 일본군의 주력 부대가 고함을 지르며 돌진하였다. 곧 모리와 고바야가와의 예비부대까지 성안으로 개미 떼처럼 몰려들었다.

가장 먼저 무너진 동문 옹성을 지키던 병사들은 거의 전원이 몰사죽음을 당하였다. 그들은 판관 성수경이 지휘하는 진주의 관군이었다. 지난해 김시민과 함께 싸워 진주성 대첩을 일구어낸 그들은 끝까지 신화의 재현을 믿고 있었다. 그러나 더 이상의 기적이나 신화는 없었다. 성수경은 동쪽 성벽이 무너지면서 그 돌무더기에 깔려 칼 한번 제대로 잡아보지 못한 채 숨졌다.

　동문에 이어 김천일의 의병군이 지키던 신북문이 무너졌다. 필사적으로 맞서 싸우던 의병들은 적병의 수효에 밀려 흩어졌다. 일본군의 주력 부대는 마구잡이로 칼을 휘두르며 길을 뚫었다. 일본 병사들이 몰려오자 서예원은 괴성을 지르며 도망쳤다. 성안을 지키던 조선 병사들도 일시에 무너져 흩어졌다. 이제 그들은 낱낱이 자기의 운명 앞에 서 있었다. 살아남을 수 없다면, 어떻게 죽을 것인가? 소속 부대도 상관도 계급도 이름마저 없다. 어느 마을 누구네 집에서 태어나 자란 몇 살 먹은 누구는 깡그리 지워졌다. 기쁘고 슬프고 서럽고 애태웠던 기억들마저 가뭇없이 사라졌다. 전쟁은 그들에게 아무것도 묻지 않았다. 오로지 그들의 피와 목숨, 완전한 소멸만을 요구했다.

　"이 도적놈들아! 다 덤벼라! 어디 너 죽고 나 죽고 해보자!"

화살 없는 활과 무딘 날의 창칼을 내던진 진주 사람 정대보가 맨주먹을 휘둘렀다. 그는 지난해에도 그랬던 것처럼 어머니나 매한가지인 고향 땅을 저버리고 떠날 수 없었다. 살기 돋은 주먹으로 수십 명의 일본군을 고꾸라뜨린 뒤 기력이 다한 그는 온몸의 구멍구멍에서 피를 뿜으며 자기가 때려죽인 적군의 시체 더미 위에 쓰러졌다.

사방의 병사들이 중과부적으로 주장대인 촉석루 쪽으로 밀려나고 있을 때, 끝까지 제가 버텨 선 자리를 지키며 돌을 날리는 사람이 있었다. 그는 함안에서 피난 온 조씨 성을 가진 사내로 어렸을 때부터 밥만 먹으면 산에 올라가서 돌팔매질을 해대어 아들 하나에 의지해 사는 홀어머니의 속을 꽤나 썩였다. 그런데 보리까락도 쓸모가 있다고 그놈의 얄궂은 재주가 밥벌이가 되어, 조씨는 돌팔매질로 새와 산짐승을 잡아서 어머니를 봉양하며 살았다. 이제 조씨의 사냥감은 잔짐승이 아니라 사람의 탈을 쓴 흉악한 괴수였다. 그의 돌팔매가 포물선을 그리며 날아갈 때마다 이마를 정통으로 맞은 일본 병사들이 휙휙 쓰러졌다. 수북이 쌓아둔 그만의 무기가 다할 때까지 꼬박 일백여 명을 그렇게 해치운 뒤 이름 모를 조씨는 난자당해 죽었다.

"나는 무인이다! 이대로 그냥 죽을 수는 없다!"

촉석루까지 밀려갔던 의병장 심우신이 사생결단으로 활을 쏘며 적진을 향해 달렸다. 그는 고향인 영광에서 향병 수백 명을 이끌고 영남 땅에 들어온 이래 아홉 달을 한결같이 쉬지 않고 싸워왔다. 그가 부린 유일한 욕심은 무인으로 살다 무인으로 죽는 것이었다. 욕심껏, 탐욕스럽게, 그는 화살이 다하자 활을 휘두르며 싸웠고, 활마저 부러지자 남강으로 홀연히 투신하였다.

"정녕 하늘은 우리의 편이 아니었구나! 살아 적의 예봉을 꺾지 못하여 참혹함이 이 지경에 이르렀으니 이제 죽어 임금과 부모의 은혜에 보답하고자 하노라!"

도탄의병 부장 이잠이 북쪽을 향해 사배를 바치고 막료들에게 마지막 유언을 남겼다.

"적의 칼이 내 몸을 범하여 더럽힐 바에야 적병 하나라도 더 죽이고 가는 것이 낫지 않겠는가?"

그는 애마에 올라 조용히 말갈기를 쓰다듬었다. 그리고 곧장 적진을 향해 달리며 화살을 퍼부었다. 한꺼번에 여럿이 이잠의 화살에 맞아 쓰러졌다. 그 기세가 워낙에 가열하다 보니 일본군은 감히 접근하지 못하고 주춤거렸다. 화살이 다하자 장검을 뽑아 휘둘렀다. 그의 검술은 빠르고 정확하기로 유명했다. 좌우로 몰아쳐 베어 죽인 일본군의 피로 애마의 흰 몸통이 붉게 물들었다. 마침내 삶과 죽음마저 까맣게 잊은 무아의 순간, 이잠의 몸이 마상에서 굴러떨어졌다.

피로 물든 전복이 젖었다 마르길 수차례였다. 의병장 민여운은 육박전 중에 왼손을 잘렸다. 오른손으로 검을 잡고 휘두르니 오른팔이 부러졌다. 그래도 그는 끝까지 병사들의 싸움을 독려하다가 죽었다. 형 강희보를 잃고 어린아이처럼 울던 강희열도 격전 끝에 전사하였다. 산음에서 진주성이 위급하다는 말을 듣고 의분을 참지 못해 향병을 이끌고 들어왔던 손승선도 죽었다. 지난해 진주성 대첩에서 공을 세웠던 진주 사람 정유경과 진해 현감 조경형도 마지막까지 외로운 배와 운명을 함께 했다.

초목의 푸른빛이 창창하던 천지에 검붉은 유혈이 낭자하니, 피를 씻을 것은 오로지 피뿐이었다. 혈육을 잃은 슬픔과 분노는 하늘까지도 찌를 듯하여 어린 손자가 할아버지의 원수를 갚기 위해 맨몸으로 적진을 향해 돌진하였다. 조부 정관윤과 손자 정열, 조부 김개와 손자 덕련이 같은 날 같은 곳에서 세상을 떠났다. 가동 서른 명으로 의병을 일으켜 싸워온 아비 송건도와 아들 국평, 최경회 막하의 형 김인갑과 아우 의갑도 함께 죽었다.

유함과 박안도, 이욱의 부대가 몰살당했다. 선비 하계선과 최언양, 우병영의 우후 성영달, 수문장 장윤현과 김태백, 판관 박승남, 선무랑 양제, 의병 문귀생과 이운과 안홍종이 죽었다. 그리고 이름 없는, 이름을 잃거나 얻지 못한 수많은 생명들이 혈투 속에서 표표히 사라졌다. 주(周) 나라의 태공망이 말하길 "능히 약하고 능히 강하면 그 나라가 빛나고, 능히 유하고 능히 강하면 그 나라가 더욱 밝으며, 순전히 유하고 순전히 약하면 그 나라가 쇠하고, 순전히 강하면 그 나라가 반드시 망한다"고 하였다. 약하고 부드러운 그들을 버리고 외면한 나라, 그러나 강인한 백성들은 끝내 그 나라를 지키며 죽어갔다.

"야아! 저기 날틀이 날아간다!"

땅 위는 비명과 신음 속에 피비린내로 가득한데, 그때 문득 철없는 아이 하나가 천진한 탄성을 지르며 하늘을 가리켰다. 순간 사람들의 고개가 위를 향해 꺾였다. 정말이었다. 서문 위 비탈에서 새를 닮은 비거(飛車)가 세찬 빗발을 뚫고 검은 하늘로 두둥실 날아오르고 있었다. 전라도 김제에서 왔다는 정평구가 늘 쓸고 닦으며 자랑하던 그것은 대나무로 짠 뼈대에다 가죽을 씌운 날개를 양쪽에 달고 있었다. 바퀴를 굴려 높은 언덕에서 힘차게 달리면 솔개마냥 하늘로 치솟는다는 것이 정평구의 설명이었지만 사람들은 아무도 그의 말을 믿지 않고 살짝궁 정신이 나간 미치광이 취급했다. 그런데 지금 그것이 산지옥 같은 진주성 위로 솟구쳐 바람을 타고 남강 너머로 훨훨 날아가고 있다. 누가 탔을까? 어디로 가는 것일까? 사람도 없고, 개와 닭과 소와 말도 없고, 인기척도 없고, 오직 빈 배 한 척만이 있을 뿐이라는 연분홍빛 무릉도원을 향해 가는 것은 아닐까?

그러나 어디로든 날아오를 수 없는 사람들은 삶의 벼랑 끝으로 밀리고 몰렸다. 사람은 누구도 단순하게, 그리 쉽게 죽지 않는다. 하지만 선택의 기회를 빼앗기고 투쟁의 의지를 잃은 사람들은 턱없이 쉽게, 맥없이 죽어갔다. 싸울 힘이 없는 백성들은 가랑잎처럼 인파에 묻혀 된비알로 밀렸다. 그리고 뛰어들거나 떠밀리거나 헛디뎌 남강의 붉은 황톳물에 빠졌다. 검회색 허공에 흩뿌려지는 점점의 흰 꽃잎들. 목숨이 졌다. 희망이 낙화하였다. 절망이 부침을 거듭하다가 이내 가라앉았다.

─졌다! 완전히 참패하였다!

김천일은 연일 내린 비로 곤죽이 된 진흙땅에 털썩 주저앉아 일어나지 못했다. 그의 장남 상건과 양산숙이 양쪽에서 부축하여 겨우 일으켰다. 진주성의 마지막 보루인 촉석루로 패장들이 모여들었다. 최경회와 문홍헌이 함께 왔다. 고종후의 막하 오빈과 김인혼과 고경원은 벌써 최후를 준비하는 듯 북

녘을 향해 절하고 있었다. 군관 조인호가 굵은 눈물을 뚝뚝 떨어뜨리며 김천일을 향해 물었다.

"……주장께서는 어찌하시렵니까?"

"지난날 거사하던 때에 이미 나는 죽음을 결심하였으니 오늘 그 순간을 맞는대도 늦었다고 할 것이다. 다만 그대들은 집을 버리고 나를 따라 쓰라린 고생을 겪은 지 두 해 만에 이 지경에 이르렀으니, 내 마음은 그대들을 향한 측은지심으로 괴로울 뿐이다."

김천일은 고통으로 일그러진 얼굴로 자신을 부축하고 있는 양산숙을 바라보며 말했다.

"이보게, 회원(會元)! 자네는 헤엄을 잘 치니 능히 격류를 헤치고 강을 건널 수 있으리라. 그러니 성을 빠져나가서 다시 의병을 일으켜 이 원수를 갚도록 하라!"

하지만 양산숙은 울며 왼고개를 쳤다.

"아닙니다! 그런 말씀 마십시오. 그럴 순 없습니다. 남아의 의리로 어찌 저 혼자 살아남을 수 있겠습니까?"

패장은 병법을 말하지 않는다고 하였던가. 동서고금을 막론한 모든 무인의 운명대로 패장은 역사의 뒤안길로 불명예스럽게 사라지리니, 양산숙은 그 추칭*까지도 함께 나누겠노라 다짐하였다.

*추칭(醜稱): 더럽고 불명예스러운 이름.

그때 막하의 장수 누군가가 최경회에게 성을 탈출하여 후일을 도모함이 어떠한가를 물어왔다. 최경회가 담담하게 대답했다.

"나라의 두터운 은혜를 입어 이 성을 맡았으니 성이 없으면 나 또한 있을 수 없도다!"

최경회는 조카 홍우를 불러 지난해 우지치 전투의 전리품인 언월도와 〈청산백운도〉, 그리고 입었던 관복을 벗어 건네며 말했다.

"홍우야, 내 말을 잘 새겨들어라. 너는 이 칼과 그림과 조복을 품고 고향 화순으로 돌아가거라. 네 큰아버지와 아버지가 내가 죽었다는 것을 알게 되면 반드시 계기의병*을 창의하실 터이니 그때 이것을 증표로 삼도록 하라!"

최경회의 유언과 유사를 받아 든 홍우는 흐느끼며 숙부의 정충(精忠)과 의기가 서린 그것들을 말안장에 매달고 성을 빠져나갔다.

"이제 다 되었는가? 주머니도 마음도 모두 비었으니 북망산으로 갈 차비가 끝난 셈인가?"

최경회는 준마에 박차를 가하여 뚫린 성벽을 넘어가는 홍우의 뒷모습을 바라보며 중얼거렸다. 사방으로 흩어져 도망치는 난민들의 물결이 어지러

*계기의병(繼起義兵): 잇달아 일어난 의병.

웠다. 그래도 살아라. 나는 사라지더라도, 너는 살아남아라.

백발을 펄펄 날리며 최경회의 곁을 지켜선 문홍헌의 눈시울이 불그레하였다. 나는 순서는 있어도 가는 순서는 없다지만 팔십 생을 벅차게 살아온 노옹에게 젊은 죽음은 여전히 겸연쩍다. 함안에서 진주성으로 들어가기를 결정했을 때 최경회는 문홍헌에게 후방에 남기를 청하였다. 무리가 모두 죽는 것은 무익하니 본도로 돌아가서 후일을 도모함이 옳지 않겠는가 하고 조심스럽게 의견을 물었다.

"이미 함께 의를 행하기로 하였는데 홀로 살지 않겠소이다!"

여든 해를 살고도 유부족(猶不足)이라더니, 아직도 모자란단 말인가, 아니 오히려 모자란단 뜻인가. 문홍헌은 자신의 대답이 흡족했다. 늙어서 죽기보다 싸우다 죽기를 스스로 결정할 수 있어 흔연하였다.

날이 점점 어두워지고 있었다. 먹장구름은 무겁디무겁고 가련한 조선 백성들의 피비린내는 더욱더 짙었다. 김천일과 최경회, 그리고 고종후의 눈길이 허공에서 부딪혔다.

"성이, 무너졌소……."

김천일의 목소리는 쓸쓸한 휘파람 같았다. 그들은 그 말을 신호 삼아 말없이 촉석루에 올랐다. 가파른 층암절벽 아래로 거센 탁류가 상처 입은 황룡처럼 꿈틀대며 흘러가고 있었다.

"……목이 마르구나!"

김천일의 말에 양산숙이 난딱 허리춤에 차고 있던 호리병을 건넸다. 양산숙은 해학이 넘치는 재담가이기도 했거니와 천문과 지리에 능하여 전쟁이 일어나기 전에 천상(天象)을 보고 왜란이 일어날 것을 예언하기도 했다. 끝까지 변함없는 양산숙의 재간과 눈치에 촉석루에 모여 앉은 장수들의 얼굴에 잠시 희미한 미소가 떠올랐다.

그들은 나무 입잔을 돌리어 한 잔씩 이별의 술을 나눴다. 술이 있으니 시가 따르지 않을 수 없었다. 최경회가 즉석에서 시 한 수를 읊었다.

촉석루의 세 장사는
잔을 들고 웃으며 저 강물을 가리키노라.
강물은 변함없이 도도히 흘러가니
저 물이 마르지 않는 한 내 혼도 죽지 않으리!
矗石樓中三壯士
一杯笑指長江水
長江之水流滔滔
波不渴兮魂不死

일반 병사가 아닌 장수로서 생포된다면 그 훼손과 능욕은 말로 다하지 못할 것이었다. 시체로 적군에게 노획되어도 마찬가지였다. 젓갈로 담가져 삼천리를 돌며 조선인에게는 협박과 공포를, 일본인에게는 충분(忠憤)과 전의를 돋우는 도구가 될 것이다. 그리하여 그들은 스스로 몸을 없애버리는 길을 택하였다. 죽기보다는 사라지기로 하였다.

마지막 의식으로 북향 사배를 하였다. 김천일이 아들 상건의 손을 잡았다. 그 뜻과 기개가 한 몸 같았던 부자가 동시에 몸을 날렸다. 피로 얼룩진 전포를 입은 채로 복수의병장 고종후도 남강에 투신했다. 최경회는 곧바로 절벽을 향해 달려가려다 잠시 멈칫하였다. 문득 경상우도병마절도사인(印)이 눈에 띄었던 것이다.

전라도 땅에서 태어나 자랐어도 그의 마지막 운명은 경상도 땅에서 경상 우병사로 죽는 것이었다. 물굽이를 감돌아 흐르고 흘러 어느 거북등엔가 걸려 얹히면, 몸은 썩고 뼈는 삭을지언정 경상 병사의 위(位)를 상징하는 신장만은 이 땅에 남을 것이다. 십 년 후, 백 년 후에 발견된다고 한들 어떠한가. 정의를 아는 후손들이라면 물속에서 건져낸 깨끗한 그것의 의미를 되새겨 기억해 줄 것이다. 외면받고 고립되어 희생당하면서도 끝끝내 포기할 수 없었던 그 무엇을.

최경회는 경상우도병마절도사인을 품어 안고 남강으로 몸을 날렸다. 싯누런 물줄기에 잠시 흰 포말이 솟구쳤다 스러졌다. 문홍헌과 양산숙이 앞다투어 투신했다. 금산 싸움에서 전공을 세웠던 광산 사람 이정익과, 문홍헌과 함께 창의하여 최경회를 따랐던 오방한과 박혁기와 구희가 뒤를 이었다. 그들 모두는 성의 함락을 책임지고 스스로 목숨을 끊었다.

칼과 주먹을 휘두르며 일본군에 맞서다 뒤늦게 촉석루에 도착한 최기필은 객사를 두려워하지 않은 호남 장수들의 무리 죽음 앞에 가슴을 쳤다. 최기필은 진주성에 갇힌 채 그토록 애타게 외원을 청하던 수성군에게 응답한 몇 안 되는 의인이었다. 전쟁 전 진주 판관으로 재직했던 그는 성이 위태롭다는 소식을 듣자 일본군의 삼중 포위를 뚫으면서까지 기어이 의병을 이끌고 성안으로 들어왔다. 모두가 가는 곳의 반대 방향으로 거슬러 가기를 두려워하지 않았던 그가 끝내 남강의 물거품이 되었다. 최기필과 함께 가동 백여 명을 거느리고 고립된 진주성에 들어온 하공헌도 벗의 뒤를 따랐다. 그들의 모습은 몇 번 물낯 아래위로 오르락내리락 거리다가 곧 물살에 휩쓸려 사라졌다.

이윽고 무수한 죽음 속에서도 끝까지 창칼을 휘두르고 맨몸을 부딪쳐 싸우던 장수들이 하나둘 쓰러져갔다. 오유와 강홍덕, 김극후와 김극순 형제가 버림받은 땅을 흙 베개 삼아 영원히 잠들었다. 극렬했던 저항만큼이나 사후에 그들이 받은 앙갚음도 모질고 사나워, 일본군은 이미 숨이 떨어진 시신을 닥치는 대로 찌르고 베고 가르고 토막 쳤다.

장수들도 병사들도 거의 다 죽었다. 공포에 사로잡혀 혜갈하는 백성들을 죽이기란 지푸라기 꺾기보다 더 쉬웠다. 열흘 동안의 혈투가 마침내 끝나가고 있었다. 누구나 예상했던 패배, 그러나 누구도 예상치 못했던 치열한 항전이었다.

마지막까지 살아남은 장수는 김해 부사 이종인이었다. 그는 사방에서 몰려드는 적군에 맞서 궁시를 내던지고 짧은 단기를 양손에 움켜잡았다. 칼을 꺼둘러 오른쪽을 베고 창을 내저어 왼쪽을 찔렀다. 그러나 싸우고 싸워도 죽이고 또 죽여도 적병은 너무 많았다. 베고 찌른 만큼 그도 베이고 찔려갔다. 남쪽 촉석루에 밀려 닿을 무렵 이종인의 온몸은 창상과 자상으로 너덜거렸다. 가죽신에 피가 고여 걸음을 뗄 때마다 질퍽거렸다. 조금만 움직여도 벌어진 상처에서 피가 흐른다. 춥다. 몸에 열이 많아 한겨울에도 홑이불 하나면 족하던 그가 뼛골을 파고드는 매서운 한기에 진저리를 친다. 그런 것일까, 죽음은. 생에 한 번도 겪어보지 못한 낯선 냉기 같은 것.

이종인은 깜박깜박 흐려지는 정신의 끄트머리를 간신이 붙

잡고 남은 힘을 다하여 눈앞에 보이는 일본군을 향해 내달려
갔다.

"김해 부사 이종인이 여기서 죽는다!"

양 옆구리에 적병을 껴안은 이종인이 천둥 같은 고함을 지
르며 낭떠러지를 향해 달려갔다. 피가 치뿜는다. 아니, 춥지 않
다. 시원하다. 후련하고도, 가뿐하다.

복수의 축제

잠의 늪이다. 늪 속의 잠이다. 몸은 손끝 하나 까딱 못할 정도로 피둔한데 정신은 여전히 잠의 경계에서 혼곤히 맴돈다. 한 발은 꿈에, 다른 한 발은 생시에 담가져 있다. 그래서 꿈도 생시도 좀처럼 믿을 수 없다. 우묵한 잠의 구덩이 속에서 허우적거리며 생각한다. 나, 다시는 꿈 없는 잠으로 평온할 수 없으리라.

잠 속에서 꿈의 파편들이 자박자박 밟힌다. 발밑에서 부서지다가 한순간 발목을 친친 휘감고 덩굴줄기를 뻗쳐 온몸을 욱조인다. 성벽이 무너진다. 적병들이 쏟아져 들어온다. 군사들이 흩어진다. 백성들은 꺅꺅 새청맞은 비명을 올리며 사방으로 도망친다. 주위가 온통 피다. 선혈이 낭자한 뻘밭이다. 검붉은 감탕판으로 사람들이 허깨비처럼 픽픽 곤드라진다. 꿈조차 너덜너덜하다. 갈기갈기 찢겨져 조각나 있다. 그 틈새로 언뜻번뜻 생시가 비친다. 낯익은 얼굴들, 그때까지 살아 있던 사람들의 최후가 보인다.

패배는 죄악이었다. 싸우다 죽지 못한 것이 그 죄에 죄를 더했다. 능히 강하지도 능히 약하지도 못한 나라에서 태어난 것이 벗을 수 없는 허물이었다. 죄 많은 그들이 죽어갔다. 침략자의 칼창 아래 죽음으로 죗값을 치렀다. 그러나 그것은 전투라기보다 살해였다. 살해라기보다 도살이었다. 광기로 날뛰는 야수들에게 축생처럼 사냥 당했다. 일본군은 진주성 안에 숨이 붙어 있는 것이라면 무엇이든 죽였다. 노인은 주먹세례에 맞아 죽고 아이들은 거꾸로 들려서 강물에 던져졌다. 붙잡힌 이들은 닥치는 대로 베이고 찔리고 두들겨 맞고 짓밟혀 죽었다. 이미 죽은 시체들은 두세 번씩 더 쑤셔져 걸레처럼 찢겼다. 하다못해 골골대는 암탉과 컹컹 짖는 개들까지도 예외가 아니었다. 생명이라면 무엇이든 가려지지 않고 전쟁의 광증에 휩싸인 살인마들의 제물이 되었다.

시체의 강이 흘렀다. 남강에 던져진 주검들은 부침을 거듭하며 흘러갔다. 촉석루에서 남강 북쪽 기슭까지 겹쳐 쌓인 시

체가 산을 이루었다. 지리산 천왕봉에서 발원하여 진주를 에
둘러 동으로 흐르는 청천강에서부터 서북쪽 옥봉에 이르는
오 리 사이에는 떠내려간 시체들이 둑을 만들었다. 강섶에 자
리 잡은 집들은 때 아닌 물난리를 만났다. 죽음의 홍수로 범
람한 피가 마당에서 출렁거렸다. 눈을 까뒤집고 미쳐 날뛰던
일본군은 더 죽여 없앨 숨탄것이 남아 있지 않자 도끼를 들고
성안의 나무들을 찍어내기 시작했다. 집이란 집에는 모두 불
을 지르고, 성채를 헐어서 평지로 만들고, 다시는 누구도 살
수 없도록 우물에 독을 풀었다.

닭도 개도 푸나무들도 죄에 얽혔다. 집도 땅도 물까지도 벌
을 면치 못했다. 죄 없는 죄인들이, 순진하고 어수룩하고 무던
하고 수더분하여 죄 없이도 숨죽이고 죄인의 삶을 기꺼이 감
당했던 이들이 별똥별처럼 잠시 반짝이다가 지상에서 영원히
사라졌다. 백성이 없는 임금과 나라가 어디 있는가. 잔별들마
저 없는 하늘은 칠흑 같은 암흑이었다.

"사창 큰 창고로 피하라! 그러면 목숨을 건질 수 있다!"

성이 무너지는 찰나 마음이 흐너졌다. 짧은 순간 뇌리를 스
친 생각은 오직 하나였다. 성이 없으면 그도 없다. 마지막 장소
는 남쪽 절벽의 촉석루일 것이었다. 그리로 가야 한다. 그곳에
갈 것이다. 그러나 사람들의 거센 물결을 헤쳐 가기란 녹록치

356

않았다. 그때 일본군 장수 하나가 도망치는 조선 백성들을 향해 창고로 들어가면 살려주겠노라 외치니, 우왕좌왕하던 무리는 계산도 작정도 없이 우우 창고를 향해 몰려갔다. 목숨을 구걸할 생각도 없었고 간교한 적의 말을 믿을 생각은 더더욱 없었다. 하지만 사람들의 기세에 등을 떠밀려 허위허위 창고를 향해 흘러가노라니, 홀연 누군가가 무리 바깥에서 거칠게 손목을 낚아채어 끌었다.

"논개야! 이리 와라! 그리로 가면 안 된다!"

산홍이 목이 터져라 외치며 손을 뻗쳤다. 손목을 옥쥔 암팡진 아귀힘에 끌려 간신히 인파에서 빠져나왔다. 얼김에 비녀가 풀리고 짚신이 벗겨졌다. 흘러내린 머리칼이 얼굴을 뒤덮어 전후좌우를 식별할 수 없었다. 그저 산홍이 이끄는 대로 무리가 흘러가는 반대 방향으로 뛸 뿐이었다. 숨이 턱 끝에 찼다. 발밑에서 뭉클거리는 것이 진창인지 송장인지 분간할 수 없었다. 무엇이든 밟고 아무것이나 건너뛰었다. 경황없이 그렇게 뭇사람의 떼를 벗어나노라니 문득 꼭뒤에서 우럭우럭 뜨겁고 따가운 불기운이 느껴졌다.

"저, 저 왜놈들이 사람들을 창고에 몰아넣고 자물쇠를 채운 채 불을 놓았다! 짐승 같은 놈들! 아니, 짐승만도 못한 놈들!"

그 냄새, 그 소리는 죽어 백골이 되고 그마저 티끌과 흙이 되어도 잊지 못할 것이었다. 산 채로 타 죽는 사람들의 피맺힌 울부짖음, 엉키고 깔린 채 익어가는 희생물의 노린내.

전쟁은 언제나 모질고 혹독하다. 사람이 사람에게 할 수 있는 모든 악덕이 당당히 자행된다. 하지만 조선 땅에서 벌어진 수많은 전쟁 중에서도 신묘년 진주성 전투 뒤에 벌어진 참화만큼 끔찍한 사례는 고금을 통틀어 없다시피 하였다. 침략자들은 기어이 조선의 미래를 짓밟아 씨를 말리고자 하였다. 그러하기에 진주성의 함락과 더불어 조선 여인들이 당한 수난은 사람이 할 수 있는 가장 음험한 상상마저 간단히 뛰어넘을 정도였다.

강간과 윤간은 말해 봤자 입만 고단한 부동의 순서였다. 하지만 침략자들이 여인들의 몸을 짓밟아 얻으려는 쾌락은 단순한 육감이 아니었다. 그들은 장악할 수 없는 것까지 장악하려 하였다. 오로지 파괴를 통해 소유하려 하였다. 일본군은 강간한 여인들의 코와 귀를 잘랐다. 항거하는 여인들의 배를 갈라 간을 도려내어 나뭇가지에 주렁주렁 걸었다. 산 채로 불 속에 던져 고통으로 몸부림치는 모습을 바라보며 낄낄거리고, 눈알을 파고 얼굴 가죽을 벗겨낸 뒤 그 문드러진 기이한 형상을 즐기기도 하였다. 품안의 아이는 빼앗아 눈앞에서 토막 내고, 젖에 붙은 유방은 도려내어 던져버렸다. 손가락 발가락을 하나하나 자르고 배를 갈라 창자를 끄집어내고 예리한 칼로 가죽을 벗겼다. 고립된 섬의 가혹한 질서로 길들여진 잔인한 족속은 치밀하고 교묘하게 복수라는 이름의 살인극을 즐겼다.

그들은 사람이 아닌 듯했다. 그러나 사람이 아니라면 어느 짐승도 사람에게 이토록 집요한 위해를 끼칠 리 없었다. 짐승을 상대로 사람답게 싸운다는 것은 어려운 일이다. 짐승 같은 사람을 상대로 사람의 품위를 지킨다는 것은 더욱 어려운 일이다. 짐승만도 못한 사람의 지배 아래 사람답게 살기를 바랄 수는 없다. 하지만 짐승에 맞서서라도 사람답게 죽을 방도만은 있을 것이다.

기운찬 태도로 낭자군의 선봉에 섰던 수문장 정천계의 아내 이씨는 일본군 기병이 마상으로 낚아채려 하자 끝까지 저항하였다. 성난 기병이 칼을 뽑아 목덜미에 걸쳐도 눈을 부릅뜨고 맞서며 버티니, 놈은 결국 이씨를 마디마디 토막 쳐 쓰러뜨렸다. 언제나 곁에서 그림자처럼 재바르게 움직이던 그 딸은 어미의 비참한 죽음을 보다 못해 연못으로 달려가 몸을 던졌다.

단정한 이목구비만큼이나 심지도 곧고 굳던 승사랑 정승업의 아내 최씨는 일본 병사에게 잡히자 늘 지니고 다니던 패도를 빼 들었다. 배냇불행에 시운불행에 봉시불행*이 대수일까. 항상 불행에 대비하며 스

*봉시불행(逢時不幸): 공교롭게아주 좋지 못한 때를 만남.

스로 죽음을 준비해 온 그녀는 의연하게 자기의 심장에 칼을 꽂았다. 그 입가의 비틀린 미소가 괴이하고도 서늘하니, 최씨를 범하려던 왜놈이 기가 질려 오줌을 지리며 뒷걸음질할 정도였다.

참으로 엽렵하고 솜씨 좋던 젊은 아낙들, 허진의 아내 김 소사와 정훈의 아내 이씨도 삶과 같은 방식의 죽음을 택하였다. 자나 깨나 친정아버지 봉양에 애면글면하던 효성이 지극한 김 소사는 일본 병사가 아비를 죽이려고 하자 몽둥이를 휘두르며 맞서 싸우다 아비와 함께 칼끝의 이슬이 되었다. 정훈의 아내 이씨는 눈앞에서 남편이 난자당하는 참상을 겪은 뒤 남편을 죽인 왜병이 자신에게 덮쳐들자 돌팔매질을 하며 완강히 대항했다. 그러다 미간에 돌을 맞은 놈이 게거품을 물고 칼을 휘둘러 이씨의 양팔을 뎅겅 잘라냈다. 잘려진 두 구멍에서 붉은 분수가 치솟았다. 이씨는 남편의 곁에 엇누워 죽었다.

의금부 도사 이번의 아내 황씨는 여인의 몸일지나 무(武)를 알았다. 규중처녀 시절에도 여공보다는 무술에 취미가 있었고, 출가 뒤에도 때때로 남편과 목검으로 대련하며 검술을 익혔다. 황씨는 무너진 성벽 사이로 일본군이 쏟아져 들어오자 쓰러진 조선 병사의 시체에서 양날검을 찾아 빼 들었다. 칼을 잡고 선 여인을 우습게 보고 덤벼들었던 일본 병사 한 놈이

황씨의 검에 맞아 잘린 팔목을 들고 '이따이[痛い]! 이따이!' 원숭이처럼 울며 물러났다. 곧 여러 놈이 달려들어 황씨의 몸을 조각냈다. 그러나 황씨는 끝내 호통을 치며 눈을 부릅뜨고 죽어갔다.

학살, 피에 굶주려 날뛰는 악귀들, 태초에 사람이라는 동물을 세상에 낸 하늘조차 감히 예상하지 못했을 짐승의 시간. 과연 이 무서운 꿈에서 깰 수 있을까. 깨어나면 악몽보다 더 지독한 생은 어떻게 견딜까.

가위에 눌려 식은땀을 흘리며 한참을 버둥거린 뒤에야 가까스로 선잠에서 깨어났다. 하지만 여전히 널브러져 누운 채 좀처럼 몸을 일으킬 엄을 낼 수 없었다. 올크러진 생각을 어찌 수습해야 할지, 끔찍한 절망감을 어떻게 감당해야 할는지. 슬픔은 차라리 그다음 문제였다. 믿을 수 없는, 그러나 믿을 수밖에 없는 현실을 인정한 뒤에야 머리를 풀고 곡을 하든 가슴을 치며 실신하든 할 것이었다. 한꺼번에 물밀어든 공포와 낙담과 울분과 그 모두를 어우른 거대한 고통에 다만 숨통이 조이고 눈앞이 흐렸다.

"이제 좀 정신이 드느냐?"

"여, 여기가 대체 어디냐?"

"쉿! 목소리를 낮추어라. 아직도 문밖에는 인간 백정들이 돌아치고 있다. 여기가 그나마 이 근방 백 리를 통틀어 가장 안전한 곳이다. 왜놈들이 정말로 조선을 삼킬 준비를 단단히 하고 왔는지 진주 기생이 조선의 명물이라는 것까지 행하게 꿰고 있더라. 왜놈 장수 중에 서양 귀신을 믿는다는 고 머시기가 진주 교방은 태우지 말래서 예가 여태 무사한 거란다."

어두운 방 안에서 산홍의 두 눈만이 반들거리며 빛났다. 살아 있는 눈, 살고자 하는 본능으로 가득 찬 잔짐승의 눈이었다.

"그렇다면 여기는……."

"그래, 내 방이다. 고경리의 진주 교방이다."

"내가, 우리가 언제 어떻게 여기까지 왔느냐? 성은, 성은 어찌 되었느냐?"

"기억나지 않느냐? 그래, 숫제 기억하지 못하는 편이 나을지도 모르지. 진주성은 없어졌단다. 싸그리 깡그리 사라졌단다……."

그렇다면 그 사나운 흉몽이 정녕 실제로 일어난 일이었단 말인가. 천분지일 만분지일이라도 노루잠에 개꿈이길 바라고 바랐건만. 꿈이 꿈이 아니라면, 꿈에서 본 것들이 거부할 수 없는 현실이라면, 그는…… 이제 더 이상 이 세상 사람이 아니라는 것인가.

"그 오두발광을 하며 눈에 띄는 족족 잡아 죽이기에 혈안이 되었던 왜놈들이 하루를 쉬고는 두 패로 갈리어 인근의 고을들을 분탕질하러 나갔단다. 그러니 이나마 방 안에라도 들어앉았지, 그날 밤과 다음 날 새벽까지는 마루 밑에 숨어 나올 생각도 못하지 않았잖니? 아니, 그런데 너 정말 그 모두가 하나도 기억나지 않는단 말이냐?"

산홍은 믿을 수 없다는 듯 이틀 사이 반쪽이 되어버린 논개의 얼굴을 빤히 들여다보았다. 논개 자신도 믿을 수 없다. 부끄럽다, 살아남았다는 것이. 슬프다, 살아남았다는 것이. 그리고 무섭다. 그를 잃고도, 여전히 살아남았다는 것이.

그런데 이상스럽게도 울음이 터져 나오지 않는다. 자면서 흘린 한 움큼의 눈물마저 꿈인 듯 마른 눈가가 부숭부숭하다. 머리는 깨어질 듯 아프고 온몸 마디마디에 울혈이 맺혀 들쑤시는데, 으으으, 신음 같은 울음소리는 터져 나오는 대신 목구멍 속으로 말려들기만 한다. 주먹손으로 답답한 가슴을 탕탕 쳐본다. 배꼽노리로부터 불덩이 같은 것이 불쑥 치솟는 듯하다가 문득 가슴통 한복판에서 싸늘하게 식어 사라진다.

"왜 그러느냐? 진심통*이 오느냐? 그동안 그토록 무리를 했으니 네 몸이 강철이 아닌

*진심통(眞心痛): 심장 부위에 발작적으로 생기는 심한 통증.

이상 병나지 않는 것이 오히려 이상하지."

산홍이 혀를 차며 논개의 팔다리를 주물렀다. 항상 얄미울 정도로 당차고 다부지던 논개가 넋을 놓은 채 괴로워하는 모습을 보니 신기하고도 안쓰럽다. 머리에 떠오르는 대로 주워섬기는 입이 사람으로서 겪고 보지 않았어야만 했을 참극에 질려 짐짓 무거워진 것이 그나마 다행이었다.

전투가 끝난 뒤 일본군은 남강의 시체 더미를 뒤져 기어이 최경회의 시신을 찾아냈다. 승리의 증거물로 경상 우병사의 목을 도요토미에게 가져다 바치기 위해서였다. 논개의 사랑은 두 토막이 났다. 머리는 소금에 절여지고 몸통은 다시 강물에 던져졌다. 산홍은 얄팍한 입술을 꼭 눌러 깨문다. 몸과 마음이 황폐해진 상태에서 이 이야기까지 듣는다면 논개는 정말 정신을 놓아버릴지도 모른다.

논개 스스로도 이상하다. 산홍보다 더 황망하여 정신을 가다듬지 못하는 자신을 이해할 수 없다. 가슴이 횅댕그렁하다. 몸 한복판이 텅 비어버린 듯하다. 염통이 뜯겨 나가버린 것이 분명하다. 뜨겁게 고동치던 그것이 송두리째 뽑혀 나간 게다. 그도 아니라면 잔인한 운명에 심장마저 굳어 멈춘 것일까. 가슴이 뛰지 않는 생은 살아도 참삶이 아닐 것이었다.

논개를 공황에 빠뜨린 것은 다름 아닌 삶, 그 자체였다. 죽을 각오는 되어 있었지만 살아남을 계획은 전혀 없었다. 그런 일말의 기대조차 무상할 만큼 패배는 급박하고 뚜렷하였다. 최경회의 마지막 당부는 받아들인대도 실로 행할 수 없는 부탁이었다. 그런데 명리(命理)란, 하늘이 내린 목숨과 자연의 이치란 참으로 오묘하고 알 수 없었다.

일본군은 진주성 안에 살아 있는 것이라면 하나도 남기지 말고 도륙하라는 도요토미의 지시를 충실히 따랐다. 수성군 오천여에 난민 오만여, 그중 얼마가 죽고 얼마가 살아남았는지는 아무도 정확히 헤아릴 수 없었다. 대저 어느 편의 장수든 승리를 과장하고 패배를 축소하는 것은 흡사하였다. 이긴 자는 전공을 과시하려 하고 진 자는 책임 추궁과 처벌을 두려워하기 때문이었다.

그러나 최경회의 군대를 일례로 하여 따져보자면, 그와 함께 진주성에 들어왔던 병사는 총 오백 명이었다. 그런데 전투가 끝난 뒤 살아남은 병사는 팔십 명, 나머지 사백이십 명은 전사하였다. 그들 중의 대부분은 화순과 장수가 고향이었으나 땅의 경계를 좇기보다는 하늘의 몰경계*를 우러러 낯선 진주 땅에서 장렬하게 죽음을 맞았다. 오백 중의 사백이십, 수성군 오천 중에 어림잡아 사천이백이 전몰하였다면, 갑옷도 무기도 없는 맨몸 맨손의 양민들

*몰경계(沒經界): 시비나 선악의 경계가 전혀 없음.

은 얼마나 많은 수가 희생당했을까?

생사의 갈림길에서 우연의 희비극이 속속 연출되었다. 성이 함락된 다음 날은 청명하였다. 하늘을 뒤덮었던 먹장구름도 온데간데없이 걷혀 하늘도 사람도 함께 울던 어제는 거짓말만 같았다. 그날도 일본군은 사냥 놀이를 멈추지 않았다. 이제는 제법 여유까지 부리며 지푸라기 허수아비나 나무 인형 대신 조선 백성을 잡아다 세워놓고 장수가 병사들에게 검술이며 창술을 가르쳤다. 장수들의 무예는 능숙하고 뛰어났다. 한 칼에 목이 뎅겅 잘려 나가고 허리를 쳐 단번에 베는 요참(腰斬) 시범도 대단하였다. 일본 병사들은 기분까지 상쾌해지는 좋은 날씨 속에서 산뜻한 피 냄새를 폐부 깊숙이 들이마셨다.

그때 제삼번 대의 대장 우키타의 가신 오카모토[岡本]가 성 주위를 돌아보다가 우연찮게 남강 기슭 수풀에 숨어있는 조선군 하나를 발견했다. 오카모토는 앞뒤 가리고 잴 것도 없이 단칼에 그의 목을 날려버렸다. 그런데 죽이고 보니 조선인들이 말하길 방금 시체가 된 그가 진주 목사라고 하였다.

"이자가 바로 진주 목사라고? 우마이(うまい)! 드디어 목사를 죽였다! 작년에 죽어간 우리 장졸들의 원수를 갚았다!"

어쨌거나 일본군이 진주성을 총공격한 명분은 임진년의 대패에 대한 복수전이었다. 지난해 진주성 전투를 이끌었던 김시민이 승리를 거둔 지 십여 일 만에 전투 중 입은 총상으로 숨졌다는 사실을 모르는 일본군은 이번 싸움 역시 김시민이 경상 우병사와 함께 이끄는 줄로 알고 있었다. 아니, 설령 지휘부에서 간자를 통해 빼낸 정보로 그 사실을 알고 있었다 하더라도 일반 병사들을 선동할 구실을 포기할 이유 따윈 전혀 없었다. 하지만 오카모토가 잡아 죽인 진주 목사는 김시민이 아니라 서예원이었다. 그토록 죽음을 두려워하던 서예원은 달아나 숲속에 숨어서도 아까워 벌벌 떨던 그 귀중한 목숨을 끝내 부지하지 못했다. 서예원의 목은 최경회의 그것과 함께 소금에 절여져 나고야의 도요토미에게로 보내졌다. 이후 그것은 교토의 거리에 공개 효수되어 전승을 선전하는 데 이용될 터였다.

그런데 운명의 장난질은 그야말로 얄궂었다. 그토록 살고자 발버둥 치던 자는 허망하게 죽고, 죽여달라고 울부짖던 자는 도리어 살았다. 전투가 시작될 무렵 원병을 청하러 나갔다가 일본군의 포로가 되어 화살받이로 꼬박 이레를 최전선에 묶여 있었던 임우화는 천신만고하여 살아났다. 그는 호남으로 쳐들어가는 일본군에게 계속 끌려 다니다가, 훗날 하동에서 탈출하여 고향 광양으로 도망쳤다.

그런가 하면 회덕 현감 남경성처럼 성이 함락되던 날 죽은 일본 병사의 푸른 바지를 벗겨 입고 머리를 단발로 깎고 갈고리를 꿰어 찬 채 일본군 무리에 섞여 살아난 이도 있었다. 촘촘히 일기를 적어 진주성의 참상을 알린 하명은 시체 더미 속에 숨어 이틀 낮 이틀 밤을 지내고 나서 야음을 틈타 구사일생으로 목숨을 건졌다. 충청 병사 황진 휘하의 군관이었던 인발은 신북문을 지키다가 화살이 다 떨어지자 뛰어내려 시체속에 숨었다. 뒤늦게 진주성을 지원하러 온 황해도 방어사 이시언의 척후병이 진주성 북쪽 강가에서 알몸으로 풀숲을 기던 그를 발견했다. 무너진 집 마루 밑에, 노적가리 속에, 첩첩이 쌓인 시체 틈에서 목숨은 또 그렇게 너절하고 모질게 이어졌다.

들창 틈으로 소주를 고는 냄새가 은은하였다. 서역의 아라길(阿剌吉 : 아랍의 옛 명칭)에서 중국을 통해 조선에 들어온 소주는 주로 잔치에 쓰이는 비싸고 독한 술이었다. 일본군은 싸움에서 승리하면 배를 띄우고 술을 마시며 피리를 불고 노래를 부른다더니, 외곽 지대 초토화에 나선 일본군이 돌아와 승전의 연회를 열기 위해 미리 교방에 명령을 내린 모양이었다.

불에 익혔기에 화주(火酒)요, 색깔이 희고 맑아서 백주(白酒)요, 찬 몸에 더운 땀을 낸다고 하여 한주(汗酒)이며, 이슬처럼 방울방울 받아내노라니 노주(露酒)라⋯⋯. 불현듯 최경회에게 꽃소주에 설리적을 바쳤던 그날의 주안상이 떠오른다.

그가 펼쳐 보여준 너른 물, 말없이 함께 바라보았던 바다의 푸른빛이 아삼아삼하다. 그는 없다. 이 세상 어디에도 더 이상 존재하지 않는다. 그만큼이나 믿기 어렵고 배기기 버거운 사실이 다시없다. 그는 은인이면서 정인이면서 세상을 향해 트인 창문이었고, 그를 사랑하는 그녀 자신이기도 하였다.

아이고 서방님!
죽은 당신은 잊을 수 있어도
모두 잊고 관 속에 편히 누울 수 있어도
남은 나는 어찌 잊을 수 있겠소?

전라도의 민요 〈육자배기〉 한 가락이 쓴물로 찬 논개의 입속에서 뱅뱅 맴돈다. 아내가 그렇게 주면 남편은 이렇게 받는다.

아이고 마누라!
남은 자네는 눈물도 마르겠지만
모두 말라 이 세상을 노래로 살 수도 있겠지만
죽은 이 몸은 어찌 당신을 잊겠는가?

이렇게 아픈 건 생에 단 한 번이면 족하다. 아껴 모아 쌓아

둘 필요가 없다. 모두 쏟아붓고 아무것도 남기지 않아야 마땅할 것이다. 뻥 뚫린 마음에 서릿발이 치솟는다. 아프다. 너무 아프다. 슬프다. 너무 슬프다. 그러나 신음하며 고꾸라져 울지 않을 것이다. 아직 할 일이 남아 있다. 아픔과 슬픔의 힘으로, 사랑의 마지막 간힘으로 해야만 할 어떤 일이.

진주성을 함락한 일본군은 두 갈래로 나뉘어 한 패는 단성과 산청으로, 다른 한 패는 섬진강을 따라 구례와 곡성을 향해 갔다. 가토가 이끄는 부대에는 강경파인 나베시마 나오시게[鍋島直茂]와 시마즈 요시히로[島津義弘]가 소속되어 있었다. 나베시마는 가토와 함께 함경도까지 치올랐었고 시마즈는 강원도에서 전투를 벌였다. 지난 해 혹렬한 조선의 겨울 추위에 시달리며 악전고투했던 그들은 피도 눈물도 없는 냉혈한이었다. 나베시마는 북으로 나아가 단성과 산음을 단번에 결딴내고 지리산을 헤집고 다니며 닥치는 대로 조선인들을 살육했다. 시마즈는 남으로 사천과 고성을 짓밟은 다음 동북향으로 나아가 삼가와 의령을 쑥밭으로 만들었다. 전쟁 전 출정군이 나고야에 집결해 있을 때 그가 다스리던 오오스미 구리노 성에서 반란이 일어났다. 이 일의 책임을 물어 도요토미는 시마즈의 동생을 할복자살하게 하였고, 시마즈는 동생을 잃은 분노와 복수의 감정을 애꿎은 조선인들을 도륙하며 풀었다. 시마즈는 전란을 통틀어 가장 많은 조선인들을 강제 납치한 일본 장수이기도 하였다.

군량이 떨어진 지 오래라 굶주려 병든 조선군을 치기란 가을날 마당을 덮은 낙엽 쓸어내기보다 쉬웠다. 남의 나라 땅에서 배부르고 등 따습게 잘 지내온 명나라 군대는 잠시 나와 싸우는 시늉만 하고는 도망치기에 바빴다. 기세등등한 가토는 병력을 네 개 부대로 나누어 구례와 남원, 순천과 광양을 각각 치고 이어 총력으로 전주를 칠 계획을 세웠다. 호남 땅을 손아귀에 넣는 것은 시간문제였다. 가토는 천리마를 잡아탄 기세로 일대를 분탕질하고 고니시군과 약속한 칠월 초아흐렛날에 며칠 앞서 진주성으로 복귀했다.

한바탕 피의 광풍이 휩쓸고 간 진주는 고요하였다. 사람은 물론 새와 바람까지도 두억시니 같은 침략군의 만행에 질려 숨을 죽인 듯하였다. 자욱한 공포, 팽팽한 긴장, 그리고 깊디깊은 절망감과 너르디너른 패배감만이 살아남은 자들의 목덜미를 단단히 움켜잡고 있었다. 일본군이 외치는 승리의 환호성이 그 삭막한 정적을 찢었다.

요이싸! 요이싸!

이마에서 정수리까지 반달 모양으로 털을 깎은 사카야카 [月伐]의 머리 모양을 드러낸 일본 병사들이 소요고(小腰鼓: 허리에 차는 북)와 단적(短笛: 짧은 피리)에 맞추어 함성을 올리 며 노래를 불렀다. 노래 소리는 숨이 밭은 듯 짧고 촉박하였 다. 흥에 겨워 덩실덩실 춤을 추는 자들도 있었다. 그 떠들썩 한 개선 행렬 뒤로 각지에서 약탈한 물건을 실은 우마차와 손 발이 꽁꽁 묶인 조선 백성들이 굴비 두름처럼 줄줄이 끌려오 고 있었다. 귀한 것은 훔쳐내고 남은 것은 모조리 부수고 불태 웠다. 남강을 출발하여 김해로 가는 배마다 재물과 포로들이 가득하였고, 일본군이 쓸고 지나온 곳은 어디나 잿더미가 된 촌락들과 민숭민숭 나무조차 사라진 황량한 들판이 펼쳐져 있었다.

폐허, 그리고 파멸이었다. 침략자들은 땅만이 아니라 하늘 까지 빼앗았다. 몸만이 아니라 마음까지 죽였다. 고립된 채 정 복당한 진주성은 일말의 자존과 자긍까지도 깡그리 잃어버린 터였다. 잔해만 남은 옛터에는 원통한 귀신들이 펄럭이며 떠돌 고, 생존자들은 감히 자신의 비루한 행운을 자랑하지 못했다.

"재수가 없으려면 엎어져도 코가 깨지고 자빠져도 코가 깨 진다더니! 하필이면 요귀의 부대가 먼저 돌아올 게 무어람? 얼금뱅이로 꾸며서라도 그 귀신의 눈에 띄지 않아야 할 텐데,

아이고, 역신님이 도우사! 신령님이 보우하사!"

산홍이 웃통을 걷어붙인 채 팥을 잘게 부순 가루비누로 얼굴을 씻으며 주절주절 넋두리를 늘어놓았다.

"고 머시기라는 왜장은 서양 귀신이 붙은 눈알 파란 코배기를 데리고 다닐지언정 여자는 소 닭 보듯 닭 소 보듯 한다더라. 그런데 가토라는 자는 당창(唐瘡: 매독)이라는 괴질을 고질로 가진지라, 끌려가 하룻밤을 자고 나오면 직방으로 병이 옮아 온몸에 열꽃을 피우고 미쳐 죽게 된다지 않니? 가토에게 욕을 보고 더러운 병에 걸려 목을 매거나 우물에 빠져 죽은 조선 여인들이 부지기수라니, 행여 그놈의 눈에 들어 개죽음을 당할까 두렵구나!"

"그럼 지금 준비하는 연회가 가토라는 왜장이 여는 것이라니?"

"그래. 명색이 전승 축하연이라네! 이제 거치적거릴 것이 아무것도 없으니 한바탕 질펀하게 놀아나겠지. 소를 잡고 있는 술을 다 끌어내고 진주 관기를 모조리 소집하라는 명이 떨어졌다더라."

오지 소줏고리에서 술 내리는 소리가 청량하다. 쇠고기 산적을 부치고 떡을 찧고 탕을 끓이는 냄새가 그득하다. 그러나 구수한 냄새 맑은 소리에도 창자가 미어지고 욕지기가 솟는다. 그 술이 조선인들의 피요 그 안주가 조선인들의 살이다. 비상식량인 볶은 쌀과 말린 고기에 식상한 침략자들은 싱싱한 피를 마시고 신선한 살을 씹으며 통쾌한 승리를 자축할 것이다. 심장이 뜯겨 나간 앙가슴의 공동에서 울걱 무언가가 뜨겁게 치밀었다. 번갯불처럼 강렬하고 날카로운 빛이 순간 논개의 뇌리를 스쳐갔다.

"진주목의 관기가 모두 얼마더냐?"

"관기의 숫자는 현에 십여 명, 군에 이십여, 목에 사십 여에 영에는 팔십 명 정도가 보통이지만 진주는 보통의 목과 달라서 평시에는 거진 백여 명에 달했지. 침향산이나 선유락 같은 춤을 추려면 한꺼번에 오십 명씩 필요하니까 말이야. 하지만 전쟁 통에 얼마는 달아나고 얼마는 죽어 이십여나 겨우 남았는지 모르겠다. 아이고, 살갗이 강대나무 껍질 같아서 팥비누로 씻어도 분이 안 먹네."

"연회가 언제 시작된댔지?"

"임시로 코머리를 맡은 장기*가 남은 기생들을 불러 모아 말하길 내일 신전**까지는 성안으로 들어가야 한다고 하더라. 그러니 아마도 신시 이후부터 질탕 처먹고 놀아나지 않겠니? 그런데 왜? 논개 네가 왜 그 사정을 궁금해하는데?"

그제야 산홍은 대흑***을 잡은 손을 멈추

*장기(壯妓): 나이가 지긋한 장년의 기생.

**신전(申前): 신시가 되기 전. 오후 세시전.

***대흑(黛黑): 눈썹을 그리는 먹.

고 논개를 쳐다보았다. 짙은 버들눈썹이 불안과 의혹으로 구겨져 있었다. 혼절한 듯 이틀을 자고 깨어나 다시 며칠을 방구석에서 꼬박 새운 논개의 분위기가 아무래도 심상치 않았다. 물 한 모금 제대로 삼켜 넘기지 못하고도 배고픈 기색을 보이지 않았고, 무슨 생각엔가 골똘한 듯하다가도 어느 순간 백치같이 공허한 낯빛을 지었다. 불길하다. 무언가 예사롭지 아니하다. 하지만 논개는 질문에 대한 대답 대신 또다시 엉뚱한 소리를 하였다.

"임시로 코머리를 맡은 기생이 있다고 했지? 부탁인데 나를 그 기생에게 소개시켜 줄 수 있겠니?"

"뭐라고? 왜? 네가 무슨 용무로 행수기생을 만나겠다는 거냐? 대체 무슨 이유로……?"

눈을 휘둥그레 뜨고 고개를 갸웃대던 산홍의 얼굴이 문득 돌덩이처럼 딱딱하게 굳었다.

"너, 설마……. 설마?"

산홍은 자신의 엉뚱한 상상이 어이없어 피식 웃기까지 하였다. 휘휘 손을 내저으며 경대에 바싹 다가앉아 눈썹꼬리를 마저 그렸다. 하지만 손끝이 바들바들 떨려서 날렵하게 뻗쳐야 할 선이 일그러졌다. 반사경 안에는 절실한 눈빛으로 산홍을 바라보는 논개의 모습이 오롯이 들어 있었다. 산홍이 홱 돌아

앉아 대거리를 하였다.

"네가 거기 가서 무얼 하려고? 거길 들어간다고 하여 이제 와 무얼 어쩔 수 있다고? 미쳤느냐? 미쳤구나! 육만이 다 죽어나간 마당에 왜놈 천지가 된 성안에서 혼자 칼춤이라도 추려느냐? 그것도 기안(妓案: 기생 명부)에다 이름까지 올려가면서?"

"지금 성안으로 들어갈 수 있는 조선 사람은 진주 관기들뿐이지 않느냐? 기안에 이름을 올려야 관기로 확인을 받아 성문을 통과할 수 있지 않겠느냐?"

"얘, 얘가 정말⋯⋯. 참, 기가 차고 코가 막혀서 말이 다 안 나온다. 너도 한때 관노 노릇을 하면서 보지 않았니? 관기가, 기생이 무엇이더냐? 천한 이들 중에서도 가장 천하고, 상된 이들 중에서도 가장 상된 이가 아니더냐? 온 세상이 다 업신여기며 깔보는 몸 파는 계집이로다. 흉사에 휘말려 집안이 몰락하고 초년고생을 한 것만으로도 모자라느냐? 그런데 네가 관노의 신분에서 간신히 벗어나 부실일망정 반가의 너울짜리가 된 마당에 스스로 기생 안책에 이름을 올리겠다고?"

산홍이 입에 게거품을 물고 다가앉았다.

"세상에나 네상에나, 내 돌대가리로는 도무지 이해가 되지 않는다. 이래 죽으나 저래 죽으나 상관없다면 차라리 들보에 명주 수건을 걸고 목을 매어라. 정절을 지키기 위해 자결을 하면 임금님이 법주와 포목에다 잔칫상까지 내려주잖니? 하늘이 낸 열녀에 열부라고 나라에서 누각에 비석에 정문(旌門)까지 떡하니 세워주잖니? 해주 최씨와 신안 주씨가 모두 가문의 영광이라며 너를 떠받들고 칭송할 게다. 하지만 네가 만약 기안에 이름을 올린다면, 설령 성안에 들어가기 위해 불가피하게 기생으로 위장을 하였대도 그 속사정을 누가 알아주겠니? 천한 관기가 되었다는 추문에 휩싸일 게다. 집안에서는 아예 없는 사람 취급당하며 매장되고 말 것이다. 그 내막을 다 알고도 네가 지금 제정신으로 하는 말이냐?"

산홍이 애써 칠한 분가루까지 날리면서 펄펄 뛰었다. 충성과 정절, 그건 다 가진 자 있는 자들의 문자 놀음에 불과하다. 그 마음이 얼마나 뜨겁고 깨끗한가는 중요치 않다. 삼강과 오상, 유교의 윤리라는 명분과 제도의 틀을 벗어나면 아무리 뜨겁고 깨끗한 것도 간단히 훼손된다. 모욕당하고 멸시받는다. 그게 세상이다. 그런 것이 더러운 세상의 고결한 이치다.

산홍은 논개의 우둔함에 뻣성이 치민다. 탄탄대로를 마다하고 안돌잇길을 가겠다는 논개의 미련함에 분노마저 느낀다. 영해 관아의 홍살문을 나서면서 흘깃거렸던 새로 온 무자리의 되똑한 콧날과 야무진 입매가 아직도 산홍의 기억 속에

선연하다. 관노 주제에 어쩌자고 저리 당차게 생겨먹었나. 그 때 산홍이 느낀 것은 기묘한 호기심과 야릇한 강샘이었다. 호기심으로 논개의 벗이 되고파 치근덕거렸고 강샘으로 논개를 궁지에 빠뜨려 곤란을 겪게 하였다. 박 지통에게 논개와의 우정을 팔아먹은 것은 단지 관기가 되는 길을 열어주겠다는 약조 때문이 아니었다. 별다른 수작 없이도 모두에게 호감과 신망을 받는 논개가 미웠고, 애초에 겨룰 상대조차 되지 못하는 자기가 싫었다. 사실인즉 그 삿되고 비열한 박 지통이란 사내가 산홍, 아니 천둥벌거숭이 업이의 첫사랑이었다.

논개는 하나도 변하지 않았다. 그것이 자신의 의지에서 비롯되었다면 우둔하고 미련하기조차 두려워하지 않는다.

"나는, 나를 모르면서 하는 사람들의 말 따위는 상관없다."

정녕 어리석고 둔하여 평평하고 넓은 길을 마다하는가. 그녀는 이제 소칭 미망인(未亡人)이다. 미망인이란 아직 죽지 못한 여인이라는 뜻이다. 부부간의 의리를 지켜 동년 동일 동시에 함께 죽지 못한 여분의 목숨, 나머지 자투리라는 말이다. 반가의 여인들에게 의(義)란 바로 죽은 남편을 따라 자결하는 것이었다. 그것만이 여인들에게 허락된 지고지순의 지조와 절개였다.

여자들은 굳이 나라를 사랑할 필요조차 없었다. 우국충정은 여인의 덕목이 아니기 때문이었다. 충은 오직 임금과 신하의 관계에서만 성립되는 도덕이요 규범이었다. 세상을 다스리는 남자의 것이지 그 주인의 그림자에 불과한 여자에게까지 허락될 하찮은 가치가 아니었다. 칠실지우*라는 말이 자기 분수에 넘치는 일을 근심함을 뜻하니, 여인의 충이란 궁극적으로 불경 혹은 반역이나 진배없었다. 강상의 가르침에 따르자면 논개는 진주성이 함락했을 때 주저 없이 그 자리에서 자결했어야 한다. 한 남자만의 한 여자로서, 몸을 더럽히지 않고 정조를 지키기 위해.

그러나 논개는 살아남았다. 살아남아 사랑하는 이와의 약속을 지켰다. 그리고 논개는 이제 다시 죽으려 한다. 오로지 자유로운 그녀의 뜻으로, 스스로와의 마지막 약속을 지킬 것이었다.

"논개야, 에고, 이 고집불통아……!"

산홍이 끝내 울음을 터뜨렸다. 말릴 수 없다는 건 처음부터 알았다. 힘으로도 안 되고 정으로도 못 한다. 정렬부인이 되는 대신 음탕한 창기로 오해받는 것을 마다않는 그녀를 무슨 수로 말리고 막을 것인가. 포이지례**로 사당에 모셔지고 임금의 사액을 받기보다는 조선의 여인에게 책임 지워진 절의의 명목에서조차 예

*칠실지우(漆室之憂): 중국 노나라에서 신분이 낮은 여자가 캄캄한 방에서 나라를 걱정하였다는 고사에서 유래한 말.

**포이지례(襃異之禮): 공적을 특별히 칭찬하고 권장하여 상을 내리는 규범.

외인 기생으로 변신해서라도 지키고, 바치고, 이룰 것이 있다는데.

"무얼 입으려느냐? 내 치마는 네게 조금 짧을지도 모르지만, 남색 은조사 치마에 옥색 깨끼저고리는 어떠하냐? 머리를 풀어 감아라. 내가 다시 빗겨주마."

한바탕의 눈물범벅 끝에 산홍은 마침내 마음을 다잡고 논개를 도울 궁리를 하였다. 오는 사람 막지 말고 가는 사람 잡지 말랬다. 만남보다 몇 곱절 어려운 것이 이별이지만, 이별의 의식은 짧고 빠르고 간결할수록 좋다. 그것이 화류계에서 노는계집으로 잔뼈가 굵은 산홍의 서글픈 현실감이었다.

논개는 산홍과 함께 행수기생을 찾아가 기안에 이름을 올렸다. 정작 당사자인 논개는 담담한데 산홍의 가슴이 쓰라린 피눈물로 얼룩졌다. 행여 행수기생이 의심하며 사연을 캐물을까 봐 속을 태웠던 건 공연한 걱정이었다. 지금은 진주 교방의 기풍 운운하며 좌칭우탈*할 때가 아니었다. 한 명이라도 빠뜨리거나 숨기면 진주 기생을 몰살시킬 줄 알라는 가토의 으름장에 퇴기들까지 주름투성이 얼굴에 분칠을 하고 연회에 나가야 할 형편이었다. 십 년 만에 다시 만난 소꿉동무라는 산홍의 소개에 행수기생은 별말 없이 논개의 이름을 기안에 올려주었다. 패배는 사람의

*좌칭우탈(左稱右頉) : 이리저리 핑계를 대고 까탈을 부림.

가장 저열한 밑바탕을 드러낸다. 그것이 바로 생존의 본능이다. 그 끔찍한 전투가 끝난 뒤 살아남은 이들은 너나없이 일본군에게 빌붙어 머리를 조아리며 목숨을 구걸하는 형편이니 논개라는 여인도 그러려니 하였다. 그저 징그럽고 더러운 게 산목숨이었다.

"참, 산홍아!"

'기생 논개'와 함께 문지방을 넘으려던 산홍을 행수기생이 불러 세웠다. 시선을 피해 구부정하게 수그린 논개의 어깨가 순간 멈칫 움츠러들었다.

"말 타면 경마 잡히고 싶다더니 왜장의 심부름꾼이 와서 당부하기를 조선 제일의 명성을 정복했으니 남도 제일 명기들의 기예를 보고 싶다나? 기온*의 예기(藝妓)가 어쩌니 무기(舞妓)가 저쩌니 들먹이며 제대로 된 조선의 풍류를 즐기겠노라 하더란다. 그러니 어쩌겠니? 네가 내일 교방굿거리를 출 준비를 하여라."

하지만 행수기생의 말이 다 끝나기도 전에 멀쩡하던 산홍의 몸이 갸우뚱 기울며 비틀어졌다.

"아이, 그런데 이걸 어쩐다지요? 성을 탈출하던 중에 발목을 접질려 춤을 추고 싶어 몸이 근질거려도 출 형편이 안 될 것 같은데…… 채봉이에게

*기온[祇園]: 교토의 지명. 화류가로 유명함.

시키시지요. 교방굿거리라면 채봉이도 제법이지 않습니까?"

산홍은 과연 요망스런 애물이었다. 앙큼하게 거짓말을 지어 바치고 발목을 짤름거리며 돌아서 나오는 품이 사당패의 탈 놀음에서 주인공 자리라도 족히 차고앉을 만하였다. 그러나 아무리 천성이 간살스럽고 좋은 게 좋다며 살아온 산홍이라 도 원혼이 들끓는 성안에서 적장들을 위해 춤을 추고 싶지는 않았다. 작달비 쏟아붓는 그 밤 삼밭에서 그녀의 마음 한구 석도 허물어졌다. 천상바라기 같은 흠모, 고백조차 못한 외짝 사랑도 사랑이라 부를 수 있을지 모르겠다. 하지만 지금 논개 의 위태로운 잠획에 동조하며 은밀히 돕는 행동이 그 불가사 의한 사랑의 증거였다. 진정한 사랑을 해본 사람만이 사랑의 분별없음을 이해한다.

"내일 연회에서 춤을 추어라."

그런데 방으로 돌아와 마주 앉은 논개는 또다시 생뚱맞은 소리를 하였다. 산홍이 놀라 펄쩍 뛰었다.

"무슨 소리냐? 네가 지금 날더러 씹어 먹어도 시원찮을 저 원수들 앞에서 는실난실 축하의 춤을 추라고 권하는 게냐?"

"네가 추어줬으면 좋겠다. 네가 추어야 한다."

"무슨 속사정이 있는지는 정확히 모르지만 너는 기생 너울 을 쓰면서까지 거사를 도모하는데 나는 위험에 처한 친구를 앞에 두고 깨끼춤을 추라고? 섭섭하구나! 설령 해웃값 받고 몸을 파는 창기라 할지라도 그렇게까지 쓸개도 배알도 없을 수는 없다!"

"오해 마라. 내가 무슨 자격으로 너를 심판하며 조롱하겠니? 나는 다만 네 도움이 필요할 뿐이야. 네가 현란한 춤사위로 왜장들의 정신을 쏙 빼놓아야 내가 비로소 작정한 일을 이룰 수 있단다. 그놈들을 위해 춤추지 마라. 나를 위해 추어다오. 갑자기 분 강풍에 쓸려 갈 지경에도 발목을 붙잡은 왕의 손바닥 위에서 춤을 추었다는 조비연처럼, 왜놈들이 녹어들어 허리에 찬 패도를 풀고 거나하게 취할 때까지 쉬지 말고 멈추지 말고 춤추어다오."

간곡히 산홍을 설득하는 논개의 눈동자는 이미 이 세상의 것이 아니었다. 웅숭깊고 감파랗게 빛나는 그것은 알 수 없는 그곳처럼 멀고 아득했다. 산홍은 터져 나오는 울음을 간신히 참으며 물었다.

"너…… 정말 어찌할 작정이냐? 상대는 하나같이 괴력의 거한들이다. 우리 같은 여인네야 한주먹거리조차 되지 못할 테다. 자칫하면 원수를 갚기는커녕 굶주린 범 아가리에 머리통을 들이미는 꼴이 될 것이야."

"그래서 사실은 네게 부탁할 것이 하나 더 있단다."

그러면서 논개는 주섬주섬 속주머니를 뒤졌다. 말라 뻣뻣해진 피로 농갈색이 되어버린 비단 손수건을 펼치는 그녀의 손이 파르르 떨렸다. 은지환, 금지환, 옥지환과 순금 쌍가락지, 혈흔으로 얼룩진 비단손수건에 곱게 싸인 것은 다름 아닌 반지 다섯 개였다. 논개는 그것들을 양손 엄지와 검지, 그리고 오른손 중지에 나란히 끼더니 엇갈려 단단히 깍지걸이를 해보았다. 아, 산홍의 양미간이 고통스런 어림으로 찌푸려졌다. 논개가 통나무를 끌어안듯 양팔을 한껏 뻗고 깍지를 당기는 순간 산홍의 숨이 훅 말려들었다.

"팔이 잘려 나가거나 몸이 두 동강으로 찢기기 전에는 끄떡없다. 제아무리 항장사라도 맨주먹만으로는 이 사슬을 끊을 수 없으리라."

어쩌면 그토록 무서운 말을 저리도 태연히 내뱉는지 모르겠다. 그러나 예사로운 말투에는 머뭇거림이나 두려움뿐만 아니라 일말의 흥분과 긴장감마저 없었다. 즉흥적인 결심이라면 결코 그런 눈빛과 표정을 지을 수 없을 것이었다. 오랫동안 삶을 관통해 온 죽음의 예감이 있었던 게다. 자신의 별이 흘러가는 방향을 끈질기게 지켜보았던 사람, 잔손금 안에 그려진 운명의 지도를 가만히 펼쳐 보았던 사람만이 갖는 쓸쓸하고도 단호한 직관.

산홍이 떨리는 손으로 제비초리 경첩을 열어 반닫이 안 비단 치마저고리 사이에 숨겨둔 패물함을 꺼냈다. 사랑이라는 이름으로 사고판 값싼 기억들이 상자 안에서 반짝거렸다. 그것들을 얻기 위해 알랑대며 지었던 백만교태가 남의 일인 양 겸연쩍다. 봄에 금지환, 여름에 옥지환과 자마노 지환, 가을에 파란 지환, 겨울에 다시 금지환. 마음이 가난해질수록 구색을 맞추어 단장하고 치장하는 데 열을 올렸다. 그것들은 여전히 값지다. 하지만 하나도 아깝지 않다. 논개의 굵은 손마디에 하나하나 들이껴질 때마다 그것들은 세속의 셈수로 따질 수 없는 새로운 값어치를 얻는다.

이제 새끼손가락 하나만이 비어 남았다. 산홍은 그것에 가장 잘 어울릴 반지를 갖고 있었다. 몇 해 전 옥공예에 능하다고 소문난 장인바치에게 특별히 부탁하여 가공한 그것은 영해에서 이별할 때 논개가 손에 쥐여주고 돌아선 곱돌을 갈아 만든 반지였다. 무엇과도 바꿀 수 없고 무엇으로도 훼손당하지 않는, 세상에서 그녀를 믿어준 유일한 사람의 선물이었다.

"미안하다……. 논개야."

산홍이 마음속에서 사위지도 않고 해묵은 그 말을 마침내 내뱉었다.

"……고맙다, 업이야."

논개는 꼭 그때같이 웃었다. 다시 돌아오지 않을 것처럼, 돌아서면 까마득히 다 잊을 것처럼.

녹음이 짙어 아름다운 꽃이 드문 계절이다. 꽃의 화려함마저 무색케 하는 심벽, 그 깊은 푸름을 오오래 응시한다. 강 건너 대숲과 그 아래 펼쳐진 백모래밭의 대비가 선명하다. 온통 푸르른 세상에 꽃이라곤 파도가 부딪쳐 하얗게 일어나는 물방울의 낭화(浪花)뿐이다. 낭화는 헛꽃이다. 열매를 맺지 못하는, 꽃이면서 꽃이 아닌.

폐허는 고요하다. 슬픔과 아픔도 지쳐 괴괴하다. 가만사뿐 발소리조차 허구렁으로 잦아든다. 기안을 일일이 확인하고 대조하는 보초의 매서운 눈초리를 거쳐 겨우 성벽을 통과했을 때, 누군가 어깨를 툭 치고 지나갔다. 돌아보니 한 무리의 혼백이 빙그레 웃고 있다. 불타 무너진 기둥 사이로 기엄기엄 기어 나온다. 허물어진 성벽을 타고 헐떡헐떡 기어오른다. 발목을 움켜잡고 눈물 고인 눈망울로 칩떠본다. 원한이 구천에까지 미치어 여전히 이승과 저승을 넘나드는 숱한 혼령들이 논개의 주위를 좇아 맴돈다.

―외로워 말아요. 나는 당신들과 영원히 함께할 거예요.

기생 산홍이 나긋나긋 한들한들 춤을 춘다. 촉석루의 산뜻한 단청 아래 남색 끝동 자주 고름의 미색 저고리가 선연하다. 맨손으로 입춤을 추는 사이사이 날렵한 깃과 낭창한 고름의 금박이 눈부시게 반짝인다. 진주 교방 굿거리는 침묵의 춤이다. 침묵 속에 멋을 부리고 흥을 내며 교태를 부리는 정교한 기예다. 살풀이장단 대신 굿거리장단인 자진타령가락으로 시작하여 차분하면서도 끈끈하고 섬세하면서도 애절한 무태로 연상에 둘러앉은 이들을 현혹한다.

"스고이[すごい: 대단하다]! 스고이! 우츠쿠시이[美しい: 아름답다]!"

그동안 수많은 조선 여인들을 둘암캐 취급하며 흘레붙었던 일본군도 정중동(靜中動)의 심미에 취하여 절로 탄성을 터뜨렸다. 오늘따라 산홍의 춤사위는 더욱 아름답고 요염하다. 풍성한 가채를 호박 비취 칠보 댕기로 장식하고, 홍치마의 뒤춤을 치켜세워 묶어 움직일 때마다 유혹적으로 흔들리게 하였다.

일본인들의 풍습으로는 오른쪽 자리가 상석이라 남자는 보통 여자의 오른편에 앉았다. 하지만 무사들은 그 반대로 여자를 오른쪽에 앉히고 자기들은 왼쪽에 서거나 앉았다. 언제 어디서 갑자기 나타날지 모르는 적을 치기 위해서는 왼쪽에 서는 편이 칼을 뽑기에 더 수월했기 때문이다. 또한 술에 취하면 객쩍은 혈기로 칼을 뽑아 싸우는 일이 잦기에 함부로 술을 마시지 않는 것도 그들의 습속이었다. 손님을 접대할 때에도 반드시 밥을 먼저 먹은 뒤 술을 권하되 서너 잔 이상을 넘지 않았다. 하지만 여기는 일본 땅이 아니다. 또한 진주성 둘레 백리 안에는 감히 그들에 맞설 적군이 없다. 꼬리를 흔드는 개는 맞지 않을지니, 공포에 질린 조선 백성들은 꼬리를 치며 밑창까지 빨고 핥길 꺼리지 않을 것이다.

일본 장수들은 압승에 이은 대토벌의 만족감으로 긴장을 풀고 급하게 취해갔다. 태평소 소리가 점점 빨라졌다.

─놈들을 위해 춤추지 마라. 나를 위해 추어다오. 조비연처럼, 조비연처럼……

자진모리가락에 맞추어 산홍이 소고춤을 추기 시작했다. 누각에 올라앉은 장수들뿐 아니라 누각 아래에 있던 병사들까지도 입을 헤벌리고 춤의 삼매에 빠져들었다. 그 사이로 독한 조선 소주가 끊임없이 퍼부어졌다. 술기운이 거나하게 돌자 장수들은 무거운 갑옷이 답답하게 느껴졌다. 주장인 가토도 열이 올라 더운지 갑주를 벗고 환도를 풀어도 좋다고 허락을 내렸다. 기모노 위에 짧은 하오리만 걸친 일본 장수들이 흥청망청 먹고 마시며 흐트러졌다. 음욕의 화신인 가토는 벌써 곁에 앉은 기생의 허리를 껴안고 촉석루 바닥에서 뒹굴고 있었다.

　가만가만 바위 모서리를 짚어 낭떠러지 아래에 다다랐다. 장맛비에 불어난 남강이 쏴쏴 꿈틀거리며 빠르게 흐르고 있었다. 그 자리였다. 바로 그곳이었다. 산홍에게서 전승 축하연이 벌어질 것이라는 이야기를 들었을 때 불현듯이 촉석루와 그 절벽 아래 외딴 바위가 떠올랐다.『동국여지승람』에서는 고려 우왕 때 섬에 침범한 왜구를 만나 욕을 보게 된 강화도의 여인 삼녀가 적을 맞붙들고 강에 떨어져 죽었다고 하였다. 약자가 가진 무기는 약함뿐이다. 약함으로 무장하여 강자를 방심케 하는 것이다. 맨손으로 야수를 잡기 위해서는 함정을 파고 허를 찔러야 한다.

　사면이 깎아지른 듯한 험한 절벽으로 되어 있기에 위암(危巖)이요, 물속 깊이 뿌리를 박고 뭍에서부터 한 발 정도 되는 거리에 떠 있기에 부암(浮巖)이랬다. 거센 강물이 바위에 부딪혀 사방을 사나운 물길로 휘감아 도는 데다 편평한 돌등이 물기를 머금어 미끈미끈 번드러웠다. 논개는 지체 없이 바위를 향해 껑충 뛰어올랐다. 지레 미끄러져 일을 그르칠 것을 염려하여 당혜는 바위틈에 숨기고 버선발로 솟구쳤다. 발을 헛디디면 곧장 빠져 헤어 나오지 못할 것이었다. 그렇게 조심을 했는데도 순간적으로 몸의 중심을 잃어 자칫하면 물속으로 떨어질 뻔하였다. 하지만 논개는 씰긋 흔들리던 몸을 금세 다시 곧추세웠다. 검누런 강물 속에서 흰 팔뚝들이 불쑥불쑥 치솟아 그녀를 떠받쳤다.

—이 법은 존비귀천이 없고 남녀노소의 차별이 없으니 들을 줄만 알고 볼 줄만 알면 다 얻게 되느니라⋯⋯. 이 법은 비롯함도 없고 마침도 없어 과거와 현재와 미래가 한때이므로 고금이 없느니라⋯⋯. 이 법은 두려움이 없나니 내가 본래 없기 때문이니라⋯⋯.

논개는 언젠가 읽었던 수륙재의 경문을 웅얼거린다. 여태 물과 뭍에서 떠나지 못하고 떠도는 서러운 넋들을 위해, 마침내 죽음의 자리를 찾은 그녀 자신을 위해. 내가 본래 없으니 두려움도 없을지라⋯⋯. 논개가 판 함정의 미끼는 바로 논개 자신이었다.

마음껏 먹고 마시고 농탕치며 전승 피로연을 즐기던 일본군 장수 중에 눈에 띄는 칠 척 거구의 대장부가 있었다. 그는 일본군이 한성을 점령했다는 소식을 본국의 도요토미에게 맨 먼저 전했던 가토의 심복 게야무라 로쿠스케였다. 가토가 거느린 여러 명의 장수 중에서도 게야무라는 특히 젊은 병사들에게 인기가 좋았다. 다른 장수들이 지방의 성주이거나 명문가 출신인데 비해 게야무라는 혹독한 고행을 극복하고 출세한 입지전적인 사무라이였기 때문이었다. 사병들은 게야무라를 영웅 대접하고 우상으로 숭배하며 자신의 야망과 포부를 키웠다.

게야무라는 누각 뒤편에서 팽팽한 오줌보를 시원하게 비우고 돌아서다가 우연히 절벽 아래 바위 끝에 무언가가 흔들리며 서 있는 것을 보았다. 해오라기인가, 높은 물결인가?

"아레[あれ:뭐야]? 웬 계집이 저기에 서 있단 말인가?"

게야무라의 말에 누각에 올라앉았던 일본 장수들이 괴성을 지르며 환호하였다.

"이봐, 게야무라! 저 조선 년이 용케 자네가 풍기는 홀아비 냄새를 맡은 모양이로구만! 잡아 잡수십사 바쳐오는 계집을 냉큼 집어먹지 못하면 두부 모서리에 머리를 부딪치고 죽어야 마땅하지!"

일본 장수들은 낄낄거리며 조선에 출정하기 직전 아내를 잃은 게야무라에게 음탕한 농지거리를 던져댔다. 발끝까지 드리운 여인의 남치마가 차랑차랑 강바람에 나부끼었다. 게야무라는 피를 데운 얼근한 취기와 동료 장수들의 부추김으로 발동한 객기를 의지 삼아 가파른 돌비알을 기어 내려가기 시작했다.

놈이 온다. 제 앞에 벼락죽음의 허방다리가 팬 줄도 모르고 조급스레 달음질쳐 온다. 와라, 어서 와라! 그러다 무심코 발밑을 내려다보노라니 흐린 물결이 수귀의 혓바닥마냥 널름거린다. 아질아질 현기증이 돈다. 발끝이 저리며 머리가 쭈뼛 선다. 그 모두가 죽음을 피하고픈 마음이 지어낸 요사다. 살고자 하는 본능에 몸이 순연히 따르는 것이다. 얼마나 아플 것인가? 언제까지나 고통스러울 것인가? 하지만 죽음이 두려운 이유는 무엇보다 그것이 한 번도 겪어보지 못한 생경한 것이기 때문이다. 상상하는 것보다 백배는 아프고 천배는 힘들 것이기에, 논개는 다시 백배 천배의 고통을 만 곱절로 늘여 각오한다.

살신성인 같은 가언(嘉言) 따윈 모른다. 충효열의 삼원(三元)과 삼덕(三德)도 알 바 없다. 후대의 오해와 가문의 적출과 그녀에게 들씌워질 치욕과 오명도 상관없다. 이름 없이 죽어간 수많은 생령들이 모두 영혼의 투명한 핏줄로 맺어진 형제이며 자매일지니, 그녀는 더 이상 혈혈단신 외돌토리가 아니다.

주논개면 어떻고 기생 논개면 또 어떠리. 낮고 천하고 보잘 것없을수록 좋다. 천하무적 안하무인의 침략군 장수는 그 낮고 천하고 보잘것없는 조선 기생의 손에 죽음을 맞을 것이다. 어처구니없을수록, 당황스러울수록, 부끄러워 체면과 위신이 무너질수록 좋다.

논개가 방긋 웃으며 적장을 향해 팔을 벌린다. 우람한 체구가 감싸 안기에 벅차지만 양팔을 한껏 벌려 허리를 감는다. 허리 뒤에서 손가락마다 낀 반지를 엇갈려 단단히 고리 짓고, 다시 한 번 방씬 웃는다. 그러나 그 미소는 좁은 품을 파고드는 낯선 이물을 향한 것이 아니다. 저 물굽이를 돌아 동쪽으로 흘러 어디쯤에선가 그가 그녀를 기다리고 있다. 곧 그를 만날 것이다.

─노여워 마셔요. 나는 당신 없이도 남은 삶을 견딜 만큼 강합니다. 하지만 삶의 미련을 떨치고 당신을 좇아 스스로 죽음을 선택할 만큼, 나는 사랑으로 더욱 강합니다. 슬퍼 마셔요. 사랑은 내 부박한 생에 누린 최고의 호사였습니다…….

사랑하였다. 온 생애에 단 한 사람을. 또한 사랑하였다. 아프고 아름다운 땅을, 그곳에서 태어난 슬픈 운명을. 그러나 그것들이 어떻게 다른지는 말할 수 없다. 사랑의 경중도 따질 수 없다. 모든 사랑은 진정으로 닿아, 기어이 닮아 있기 마련이므로.

아득하게 흐르는 연파 사이로 짧은 생애의 기억이 휙휙 지나간다. 고단하다. 애달프다. 그러나 세상의 동정과 연민을 구하지 않겠다. 바라던 것을 주지 않았다고 원망하지도 않겠다. 논개는 순간 혼신의 힘을 모두 기울여 잔학한 세상을 들어 밀쳤

다. 그 무게가 태산만큼 무거운 듯, 새털처럼 가벼운 듯도 하였
다. 기쁨과 슬픔 사이, 순경과 역경 사이, 그리고 죽음과 삶 사
이. 세상의 틈새를 향해 발을 굴러 몸을 던졌다. 날아오르듯,

〈끝〉

작가의 말

10년 만에 다시 원고를 들췄다.

내가 쓴 문장과 지어낸 이야기뿐만 아니라 인물과 주제를 통해 세상을 바라보던 시선이 새삼 낯설다.

젊은 만큼 강강하니 대견하고 젊은 만큼 강퍅하니 부끄럽다.

지나간 것들은 다 그렇다.

그사이 뜻밖으로 장수군에서 주는 '의암주논개상'을 받았다.

무어 하나 특별할 것 없는 글쟁이에게는 그 이름과 뜻이 버거웠으나 거듭해 거절하는 것도 무례함이라 부끄러운 손으로 귀한 상을 받았다.

이 모두 그 아름다운 영원의 여인의 음덕이리라.

10년이 지나도 시절은 괴이쩍고 격랑을 흐르는 배처럼 위태롭다.

열 손가락의 빛나는 가락지와 차랑차랑한 남치맛자락이 더욱 그립다.

그리운 것들은 잊혀지지 않는다.

2017년 1월

김별아

　나는 이야기를 찾아 헤매지 않는다. 그것이 나를 찾아올 때까지 기다린다. 소설가라는 벅찬 이름으로 살아온 지 벌써 15년, 이제 겨우 15년. 그래서 마냥 다가오기를 기다리기만 해서는 안 된다는 이치쯤은 눈치 챘다. 그것은 간절히 소망해야 온다. 열렬히 고대해야 온다. 그렇게 어느 순간 그녀가, 그리고 이야기가 내게로 왔다.

　우리 역사를 바탕으로 쓴 세 번째 소설이다. 누가 가라 하지 않았고 일러 준 적도 없으니 고스란히 내 길이다. 다만 한 번 가고 거듭 가고 다시금 그 길을 택할 때, 내가 왜 이 길을 가고 있으며 어디쯤 자리해 있는지 냉정히 돌이켜 살필 일이다. 애초에 나는 당대의 현실에서 출구를 찾지 못했다. 세상은 날로 경조부박해지고 있었으며 나는 감히 희망을 읊조리지 못할 만큼 무력하고 참혹했다. 현대는 하품(下品)의 인간으로밖에 살아갈 수 없는 곳이다. 한때 나는 비장하게도 문학만이 삶의 의미이며 꿈의 무기라고 믿었으나 그조차 맥없이 흔들리기 일쑤였다. 문학보다 먼저 삶에 대한 믿음을 잃었다. 낙마하기 직전이었다. 나는 날바닥에 흙투성이로 뒹굴기보다 차라리 맹렬하게 달리는 말 등에서 뛰어내리기로 했다. 스스로 낙상의 생채기를 핥으며 낡은 목발인 문학을 짚고 비척비척 길을 되짚어가고자 했다.

어쩔 수 없다. 작가들은 대개 자기가 쓰고자 하는 것보다는 자기가 쓸 수 있고, 쓸 수밖에 없는 것을 쓴다. 역사는 유행도 퇴행도 흥행의 보증도 아닌, 각별한 재주도 없는데다 명민하게 현실을 따라 좇는 일에 젬병인 내가 지금 쓸 수 있고 쓸 수밖에 없는 유일한 이야기다. 누군가의 말대로 그토록 애써 떠나와서도 '캐나다의 아름다운 해변' 같은 이야기를 쓰지 못하고 임진왜란, 진주성 전투 따위의 이야기에 맴돌리는 나 자신을 내가 아니면 누가 이해하랴. 떠나기 전 마음먹었던 일을 포기하고 계획을 수정하는 데는 채 하루도 걸리지 않았다. 덕분에 비싼 짐삯을 치르며 태평양을 건너온 자료들을 돌려보내고 새로운 자료들을 공수해야 했다. 언제 어디서든 앓아야 할 일은 반드시 앓게 되어 있다.

미련처럼 덧붙여, 나는 까마아득한 과거의 일을 쓰지만 내 삶은 엄연히 현실 안에 있음을 잊지 않고 있다. 2005년 겨울은 '나라에 곧고 지극한 마음을 바치는 일[忠]'의 진정한 의미를 재차 곱씹게 했고, 사랑으로 돌이켜지는 생의 의미는 이야기의 터에서 이제는 물이 되고 흙이 되고 바람이 된 그녀를 곧장 조우하게 해주었다.

이제 그녀를 이야기할 때다. 그녀의 이야기는 역사이면서 전설이다. 전설이면서 역사다. 한 민족의 긍지가 관련되면 전설이 역사를 대신하는 일이 드물지 않다는 말을 상기한다. 그녀는 환란과 비탄의 시대에 제도와 관념의 견고한 울타리를 뛰어넘어 누구와도 다른 삶을 만들어 냈다. 모두가 사랑을 비웃을 때 사랑했고, 모두가 싸우지 않고 도망치려 할 때 끝까지 싸웠다. 하지만 세상은 그녀를 오해했다. 이해하지 못했기에 오해할 수밖에 없었다. 그녀의 이름은 논개, 모두가 다 아는 듯 누구도 제대로 안다고 말할 수 없는 여인이다.

조선의 정사(正史)에는 그녀가 없다. 고종 때(1882년) 유생 백낙관이 올린 상소에 '먼 지방의 천기'로 등장하기 전까지 『조선왕조실록(朝鮮王朝實錄)』에는 논개의 이름이 단 한 번도 등장하지 않는다. 1617년 홍문관에서 펴낸 조선 조정의 공식 기록인 『동국신속삼강행실도(東國新續三綱行實圖)』에도 그녀는 이름을 올리지 못했다. 전쟁 중에 목숨을 바친 충신과 효자와 열녀를 찾아 수록한 책에 음탕한 창녀인 관기를 넣을 수 있겠느냐는 시비 때문이었다. 그런 그녀의 이야기가 전쟁이 끝난 뒤 세자(광해군)를 따라 현지 조사를 하던 유몽인에 의해 발굴되었다. 그러나 『어우야담(於于野譚)』(1621년)에 "논개는 진주의 관기였다"고 기록되면서 오해가 시작되었고, 그녀는 가문과 조선 왕조로부터 버림받은 '전설'이 되었다.

논개는 자결하여 열녀로 칭송받기보다 치밀하게 복수를 계획했다. 『어우야담』을 비롯해 『호산외기(壺山外記)』 『겸산필기(兼山筆記)』 『숭양지(崧陽志)』 등의 방대한 사료를 대본으로 한 장지연의 『일사유사(逸士遺事)』(1922년)에서 다시금 밝힌 대로, 실제로 논개는 기생이 아니라 몰락한 신안 주씨가의 자손이자 진주성 전투를 지휘한 경상 우병사 최경회의 부실이었다. 하지만 성(姓)을 가졌느냐 가지지 못했느냐가 인격과 인권을 결정하던 시대에 논개는 허울 좋은 양반의 신분을 미련 없이 버리고 모두가 멸시하고 천대하는 기생으로 가장해 적군의 장수를 껴안고 남강 속으로 투신했다. 주논개가 아닌 논개로 살

신성인하였다.

　논개는 죽기 전에 이미 자신이 죽은 후의 논란을 알고 있었다. 충(忠)은 여자에게 요구되는 덕목이 아니었다. 절(節)은 기생이 감히 범접할 수 있는 미덕이었다. 하지만 논개는 충신이나 열녀로 칭송받기보다는 자신의 진실과 가치를 지키길 원했다. 그녀가 생애 단 한 번 가졌던 사랑이 죽고, 동정과 연민으로 감쌀 수밖에 없는 숫백성들이 죽고, 강토와 문화가 외적의 발에 밟혀 짓이겨지는 지경에 후대의 평가와 평판이 두려워 몸을 사릴 수가 없었다. 전투의 패배와 잔혹한 학살로 말미암아 일말의 자긍심마저 깡그리 잃어버린 백성들에게 논개의 죽음은 새로운 희망의 불씨가 되었다. 그리하여 진주 사람들은 성이 무너지고 그녀가 죽은 칠월 초입마다 관의 개입이나 지시와 상관없이 민중의 제의를 바쳤다. 논개는 삶이 아니라 죽음으로 세상에 알려졌지만, 사람들의 기억 속에서 그녀는 끊임없이 부활하였다. 그런 의미에서 나는 그녀가 한때의 '주논개'가 아니라 영원한 '논개'일 수밖에 없다는 정동주 시인의 의견에 동의한다.

　하지만 몰이해와 편견은 끝없는 오해와 왜곡을 낳아, 지금까지도 그녀는 수많은 미스터리와 논란에 휩싸여 있다. 출생과 가계에 대한 해묵은 논쟁을 비롯하여 친일 화가가 그린 영정이 수십 년간 계시되었다가 교체되는가 하면, 엉뚱하게도 복수의 제물이 된 장수의 애첩으로 둔갑해 20여 년간 일본의 신사에서 숭배되기도 하였으며, 그녀가 죽은 곳과 태어난 곳의 지방 자치 단체가 경쟁적으로 추모제이자 축제를 벌이는 촌극마저 있다.

실로 역사에는 정답이 없다. 사료라는 것 자체가 학자의 사상적, 계급적 입장과 학문적 영역에 따라 충돌되기도 하고, 조상을 자랑스럽게 여기는 후손들의 자존심 때문에 과장 왜곡되는 경우가 빈번하기 때문이다. 그러하기에 나는 전설이자 역사인 그녀의 이야기를 '분석'하여 '해명'하기보다는 소설적 취사선택으로 '재창조'할 수밖에 없다. 그것은 '기억 속으로 끌려 들어가 갈가리 찢기는' 과정을 통해 그녀의 피와 살과 숨결을 되살리는 일이다. 내게 그녀는 충이나 절로 치장된 '의기'가 아닌 오로지 자신의 의지로 스스로 죽음을 택한 강인한 여인이다. 그리하여 이 소설의 테마는 충성이나 절개가 아닌 사랑과 죽음이다. 그녀는 한 사내를, 숫백성들을, 자기가 태어나 자란 강산을 자기 자신보다 사랑했다. 고산자 김정호의 말대로 애국이란 어떤 거창한 신념이라기보다 자신이 살고 있는 땅과 그 땅에 살고 있는 사람들을 사랑하는 것이다. 그것은 다름 아닌 '운명애'다.

소설을 쓰기 위해 참고한 자료는 다음과 같다.

『어우야담』『진주서사(晉州敍事)』『노량기사(露梁記事)』『의암기(義巖記)』『의기전(義妓傳)』『청구야담(靑丘野談)』『진주의기사기(晉州義妓祠記)』『명암집(明庵集)』『호남절의록(湖南節義錄)』『소계문(疏啓文)』『호남삼강록(湖南三綱錄)』『호남읍지(湖南邑誌)』『진주목읍지(晉州牧邑誌)』『금옥총부(金玉叢部)』『동감강목(東鑑綱目)』등의 고문서와 함께 『장수읍지(長水邑誌)』『대동기문(大東奇聞)』『일사유사(逸士遺事)』『쇄미록(瑣尾錄)』『벽계승람(碧溪勝覽)』『명문(名門)의 고향』『삼절의 고장』『장수군지』『전북인물지』『전북신서』등의 근현대 문헌 기록을 참고하였다. 더불어 최경회의 행장인 『일휴당실기(日休當實記)』와 『일휴당집(日休堂集)』을 살폈고 금석문 8기(진주에 3기 장수에 5기)의 기록을 참고하였다. 앞서 밝힌 대로 정동주 시인의 평전 『논개』가 복잡다기한 자료의 검토에 큰 맥을 잡아 주었고, 임진왜란 전후 역사적 상황은 『선조실록(宣祖實錄)』과 『선조수정실록(宣祖修正實錄)』을 기본으로 유성룡의 『징비록(懲毖錄)』, 민백순의 『임진록(壬辰錄)』, 신경의 『재조번방지(再造藩邦志)』등과 함께 『한국사 이야기』(이이화), 『임진왜란기 영남의병연구』(최효식), 『진주성(용사일기)』(허남오) 등을 바탕으로 재구성하였다.

임금 생존 당시에는 이명(異名)으로 부르지 않지만 이해를 돕기 위해 선조라는 묘호(廟號)를 사용했으며, 소설적 전개를 위해 최경회의 사적인 내력 일부를 변형하였다. 또한 가공인물 업이의 기명(妓名)인 산홍(山紅)은 을사오적 이지용이 첩실로 삼으려 농간을 부리자 "역적의 첩이 될 수 없다"며 거절하다 몽둥이질을 당하고 죽은 진주 의기의 실명을 차용하였다.

　세상에 널리 알려지지 않은 역사적 인물을 발굴하는 일도 어렵지만, 어쩌면 방대한 자료만큼이나 고착된 관념으로 자리 잡은 역사적 인물을 새롭게 조명하는 일이 더 어렵다. 변영로와 한용운의 시, 박종화와 정한숙과 전병순의 소설, 윤봉춘과 이형표의 영화, 유치진의 희곡, 안익태의 교향시 등이 꾸준히 시도한 것 역시 역사이면서 전설인 그녀에게 새로운 빛을 비추는 일이었을 테다. 그들의 논개는 논개이면서도 나의 논개와는 또 다르다. 숱한 논란과 자료의 혼란 속에서 내 상상력을 가장 기묘한 방식으로 자극한 것은 '논개는 실존 인물이 아니라 역사적 인물'이라는 어느 향토 사학자의 주장이었다. 있고도 없는, 그리하여 언제나 새로울 수 있고 다시금 새로울 수밖에 없는. 소설은 결국 시간을 다루고, 시간에 저항하고, 시간과 화해하는 것이다. 과연 나는 어떤 빛으로 그녀를 눈부시게 할 것인가?

이 소설은 일 년 가운데 비 오는 날이 절반인 캐나다의 서쪽 도시에서 쓰였다. 어쩌면 모국어에 대한 갈증과 안타까움이 이방에서도 나를 게으르지 못하게 다그쳤는지 모른다. 내 외롭던 날을 가득 채운 아름다운 여인과 순정한 사내에게 이 부족한 글을 바친다.

2007년 7월

김별아

논개 2

초판 1쇄 2007년 7월 20일
개정판 1쇄 2017년 1월 25일

지은이 | 김별아
펴낸이 | 송영석

편집장 | 이진숙 · 이혜진
기획편집 | 박신애 · 정다움 · 김단비 · 정기현
디자인 | 박윤정 · 김현철
마케팅 | 이종우 · 김유종 · 한승민
관리 | 송우석 · 황규성 · 전지연 · 황지현 · 채경민

펴낸곳 | (株)해냄출판사
등록번호 | 제10-229호
등록일자 | 1988년 5월 11일(설립일자 | 1983년 6월 24일)

04042 서울시 마포구 잔다리로 30 해냄빌딩 5·6층
대표전화 | 326-1600 **팩스** | 326-1624
홈페이지 | www.hainaim.com

ISBN 978-89-6574-615-7
ISBN 978-89-6574-613-3(세트)

파본은 본사나 구입하신 서점에서 교환하여 드립니다.

이 도서의 국립중앙도서관 출판예정도서목록(CIP)은 서지정보유통지원시스템 홈페이지
(http://seoji.nl.go.kr)와 국가자료공동목록시스템(http://www.nl.go.kr/kolisnet)에서 이용
하실 수 있습니다.(CIP제어번호:CIP2016031280)